목로주점 2

이 도서의 국립중앙도서관 출판시도서목록(CIP)은 e-CIP 홈페이지(http://www.nl.go.kr/ecip)와
국가자료공동목록시스템(http://www.nl.go.kr/kolisnet)에서 이용하실 수 있습니다.
(CIP제어번호: CIP2011005199)

세계문학전집
084

Émile Zola : L'Assommoir

목로주점 2

에밀 졸라 장편소설
박명숙 옮김

문학동네

일러두기

1. 번역 대본으로는 Collection Folio Classique 판 *L'Assommoir*(Émile Zola,
   Gallimard, 2010)을 사용했다.
2. 주석은 모두 옮긴이주이다.
3. 본문 중 고딕체는 원서에서 이탤릭체로 강조한 부분이다.

차례 ▌

8

 그 후 첫번째 토요일, 저녁식사 시간까지 돌아오지 않았던 쿠포는 열시경 랑티에를 데리고 나타났다. 그들은 몽마르트르에 있는 토마네에서 함께 양 다리 고기를 먹고 오는 길이었다.

 "화내지 말라고, 잘난 마누라쟁이야." 함석공이 변명을 늘어놓았다. "보다시피 우린 아무 짓도 하지 않았다니까…… 오! 이 친굴 겁낼 필욘 없어. 당신한테 절대 나쁜 짓 같은 건 하지 않을 거라고."

 그러면서 그는 로슈슈아르 로에서 자신들이 어떻게 만났는지를 들려주었다. 저녁을 먹고 난 후 랑티에는 불 누아르*에서 한잔하자는 쿠포의 제안을 거절했다. 착하고 행실이 바른 여자와 결혼한 남자는 술

* '검은 공'이라는 뜻. 1822년에 처음 문을 연 유명한 무도장으로 간판에 검은 공이 그려져 있다.

집 같은 데서 흥청거리면 안 된다는 이유에서였다. 제르베즈는 엷은 미소를 띤 채 그의 말을 듣고 있었다. 물론 그랬다, 그녀는 남편한테 잔소리를 퍼부을 생각 같은 건 하지 않았다. 다만 마음이 몹시 불편한 것은 어쩔 수 없었다. 생일날 이후 조만간 옛 남자를 다시 보게 되리라고 예상했던 건 사실이었다. 하지만 잠자리에 누우려는 늦은 시각에 두 남자가 함께 불쑥 나타난 데 그녀는 몹시 당황했다. 제르베즈는 목덜미로 흘러내린 머리를 떨리는 손으로 다시 모아 올렸다.

"당신은 모르겠지만 말이지." 쿠포가 이어 말했다. "이 친구가 당신을 생각해서 밖에서 술 마시는 걸 마다했으니까 당신이 우리한테 한 잔 줘야 해…… 아무렴! 당연히 그래야 하고말고!"

세탁부들은 이미 한참 전에 떠났고, 쿠포 엄마와 나나는 막 잠이 든 터였다. 그들이 나타났을 때 덧문을 닫으려던 제르베즈는 가게 문을 그대로 열어둔 채 술잔과 남은 코냑을 가져와 작업대 구석에 내려놓았다. 랑티에는 그때까지 그대로 서 있으면서 그녀에게 직접 말 거는 것을 애써 피했다. 하지만 제르베즈가 그에게 술을 따라주자 큰 소리로 외쳤다.

"조금만 주세요, 부인, 아주 조금만."

그들을 번갈아 쳐다보던 쿠포는 자신의 생각을 솔직하게 얘기했다. 두 사람 다 바보같이 굴 생각은 아니겠지, 설마! 과거는 과거일 뿐이지 않은가? 9년, 10년이 지난 후까지도 여전히 앙금을 털어내지 못한다면, 이 세상에서 서로 보고 살 사람은 아무도 없을 것이다. 아니, 그렇게 살 수는 없다. 그는 모든 걸 이해할 수 있었다. 그는 무엇보다 자신이 어떤 사람들과 얘기를 나누고 있는지 잘 알고 있었다. 좋은 여자와 좋은 남자, 한마디로 말해 좋은 친구들이 아닌가! 그는 그들의 양심을 믿었기 때문에 아무것도 걱정하지 않았다.

"오! 물론이죠…… 물론 그렇고말고요……" 제르베즈는 시선을 아래로 향하고는 자신이 무슨 말을 하는지도 모르는 채 계속 되뇌었다.

"이젠 누이 같은걸요 뭐, 그냥 누이랑 똑같다니까요!" 이번에는 랑티에가 혼잣말처럼 얘기했다.

"그럼 서로 악수라도 하라고!" 쿠포가 소리쳤다. "잘난 부르주아 나부랭이들이 어떻게 생각하건 신경 쓸 거 없다니까! 이런 생각을 갖고 있는 우리가 백만장자들보다 더 멋진 사람들이지. 난 무엇보다 우정을 중요하게 생각하는 사람이야. 우정은 우정인 거라고, 우정보다 더 중요한 건 없어."

제르베즈와 랑티에는 몹시 격한 표정으로 자신의 배를 주먹으로 세게 두드리는 그를 진정시켜야만 했다. 그런 다음 세 사람은 아무 말 없이 서로 잔을 부딪친 다음 술을 들이켰다. 제르베즈는 그제야 비로소 편안한 마음으로 랑티에를 바라볼 수 있었다. 생일잔치 때는 그의 모습이 안개에 가려진 것처럼 흐릿하게 보였기 때문이다. 랑티에는 그사이 살이 좀 찐 듯 얼굴이 동그스름하고 통통하게 변해 있었고, 작은 키 때문에 팔다리가 둔해 보였다. 빈둥거리는 백수 생활로 인해 얼굴이 부어올랐는데도 잘생긴 모습은 예전 그대로였다. 게다가 섬세한 콧수염을 항상 신경 써서 가꾼 덕분인지 그의 나이인 서른다섯 살 이상으로는 보이지 않았다. 그날 그는 신사처럼 회색 바지와 짙푸른 외투 차림에 둥근 모자를 썼다. 심지어 은사슬이 달린 시계까지 차고 있었다. 시계에는 기념품인 듯 보이는 반지가 매달려 있었다.

"난 이만 가봐야겠어요. 집이 무지 멀어서요."

쿠포는 이미 밖으로 나간 그를 다시 불러들여, 부근에 올 때면 자신들한테 꼭 들를 것을 다짐하게 했다. 그사이에 슬그머니 어디론가 사라졌던 제르베즈는 셔츠 바람에 얼굴에 졸음이 가득한 에티엔을 앞세우고 나타났다. 아이는 엷은 미소를 띤 채 눈을 비볐다. 그러다가 랑티에를 알아보자 몸을 떨면서 불안한 눈빛으로 엄마와 쿠포를 번갈아 쳐다보았다.

"이 신사가 누군지 몰라?" 쿠포가 물었다.

아이는 아무 대답도 하지 않고 고개를 숙였다. 그리고 이내 그를 알아본다는 의미로 고개를 까딱했다.

"그런데 뭐 하고 있는 거야! 그렇게 바보같이 서 있지 말고 가서 뽀뽀라도 하란 말이야."

랑티에는 근엄하고 차분한 얼굴로 기다렸다. 마침내 에티엔이 그에게로 다가가자 그는 몸을 숙여 두 뺨을 내밀었다. 그리고 아이의 이마에 진한 키스를 했다. 그제야 아이는 용기를 내서 아버지를 똑바로 바라보았다. 그러다가 느닷없이 울음을 터뜨리면서 엉망이 된 옷차림으로 정신없이 달아났다. 그러자 쿠포는 버릇없다며 아이를 꾸짖었다.

"조금 놀란 것뿐이에요." 제르베즈 역시 몹시 혼란스러운 듯 해쓱한 얼굴로 말했다.

"오! 평소에는 아주 순하고 착한 아이라네." 쿠포가 해명하듯 덧붙였다. "내가 아주 씩씩하게 길렀거든, 두고 보면 알겠지만…… 곧 자네한테 익숙해질 거야. 이제 사람들을 알 나이가 됐으니까…… 어쨌거나 아이를 위해서라도 우리가 언제까지나 모른 체하고 지낼 수는 없잖아, 안 그래? 벌써 한참 전에 이렇게 했어야 하는데. 난 말이지, 아비한테 자식을 못 만나게 하느니 단두대에 목을 내놓고 말겠어."

그렇게 말하며 그는 코냑 병을 마저 비우자고 제안했다. 세 사람은 또다시 건배했다. 랑티에는 조금도 동요하는 빛을 보이지 않은 채 놀라울 정도로 차분함을 유지했다. 그리고 떠나기 전에 함석공의 친절에 보답하려고 그와 함께 가게 문을 닫겠다고 고집했다. 그런 다음 두 손을 부딪쳐 먼지를 떨면서 부부에게 잘 자라는 인사를 건넸다.

"좋은 밤 보내세요. 난 얼른 가서 승합마차를 타야 할 것 같군요…… 곧 다시 보러 올게요."

그날 밤 이후 랑티에는 구트도르 가에 종종 모습을 드러냈다. 함석공이 있을 때만 나타나서는 문간에서부터 그의 안부를 묻고 오직 그를 보려고 안으로 들어가는 척했다. 그리고 외투 차림에 항상 깔끔하게 면도를 하고 머리를 빗은 모습으로 창가에 바짝 붙어 앉은 채, 교육을 잘 받은 남자처럼 매너를 갖추어 공손히 얘기했다. 그렇게 해서 쿠포 가족은 그가 그동안 어떻게 살아왔는지 조금씩 알게 되었다. 그는 지난 8년간 한때 모자 공장을 운영하기도 했다. 그에게 왜 그 일을 그만두었는지 묻자, 그는 동향 사람인 동업자가 배신했다고 말했을 뿐이다. 사기꾼 같은 작자가 여자들하고 붙어서 공장을 말아먹었던 것이다. 하지만 과거에 공장주로서 지녔던 기품은 마치 부인하고 싶어도 할 수 없는 귀족의 신분처럼 여전히 그를 따라다녔다. 그는 매우 중요한 사업을 시작할 거라고 계속 떠벌리고 다녔다. 모자 제조업자들이 그에게 투자해 엄청난 일을 맡게 될 것이었다. 그러기를 기다리는 동안은 아무것도 하지 않고 부유한 부르주아처럼 주머니에 두 손을 찔러 넣은 채 한가로이 햇볕을 쬐며 산책하는 게 유일한 일과였다. 때로 그가 투덜거리면, 주변에서 그에게 일꾼을 구하는 공장을 일러 주기도 했다. 그러면 그는 측은하다는 듯한 미소를 지어 보이면서, 자신은 남을 위해 등골이 빠지도록 일하다가 굶어 죽을 생각이 없다는 반응을 보이는 게 고작이었다. 게다가 쿠포의 말에 의하면 그는 결코 빈털터리 백수가 아니었다. 오! 그는 영리한 사람이라서 상황이 나아지기를 기다리는 동안 자잘한 일을 하면서 생계를 꾸려나가는 게 틀림없었다. 차림새만 보더라도 그가 잘나가는 인물임에는 의심의 여지가 없었다. 항상 새하얀 셔츠를 입고 세련된 넥타이를 매고 다니려면 돈이 많이 들지 않겠는가. 어느 날 아침 함석공은 랑티에가 몽마르트르 가에서 구두에 윤을 내는 것을 목격하기도 했다. 하지만 진실 중의 진실은, 랑티에는 다른 이들에 관해서는 말이 매우 많은 반면, 자신에 관해서는 침묵으로 일관하거나 거짓말을 한다는 것이었다. 심지어 어디에 사는지조차 말하려고 하지 않았다. 단지 상황이 좀 더 좋아질 때까지 아주 먼 곳에 사는 친구 집에 머물고 있다고 둘러댔을 뿐이다. 그러면서 사람들이 찾아오는 것을 절대 금했다. 집에 거의 없다는 이유에서였다.

"괜찮은 일자리는 열 개 중에 한 개 정도밖에 없는 편이죠." 그는 종종 자신의 입장을 설명했다. "그런데 오래 머물지 못할 곳에서 일할 필요는 없단 말입니다…… 내 얘길 좀 하자면, 월요일에 몽루주에 있는 샹피옹의 작업장엘 갔었지요. 그런데 그날 저녁 샹피옹이 정치 문제로 내 비위를 몹시 거스르더군요. 나와는 생각이 달랐지요. 그래서 내가 어떻게 했느냐! 다음 날인 화요일 아침에 그곳을 떠났습니다. 우

리가 뭐 노예를 부리는 시대에 사는 것도 아닌데, 하루에 고작 7프랑
을 받고 날 헐값으로 팔 생각은 없다 이겁니다."

　때는 어느덧 11월로 접어들었다. 랑티에는 바이올렛 여러 다발을
가져와 제르베즈와 두 세탁부 여인에게 정중히 나누어주었다. 그는
점차 방문 횟수를 늘리면서 거의 매일 얼굴을 비치다시피 했다. 마치
건물 전체, 더 나아가서 온 동네를 정복하려는 듯 보였다. 그러면서
클레망스와 퓌투아 부인을 공략하기 시작했다. 나이를 가리지 않고
그녀들에게 열성적인 배려를 아끼지 않자, 한 달 후쯤 두 세탁부 여인
은 그에게 푹 빠져버렸다. 그는 또한 매번 관리실에 들러 인사하면서
관리인 부부의 비위를 맞추는 일도 게을리하지 않았다. 그러자 보슈
부부는 깍듯이 예의를 지킬 줄 아는 그를 입에 침이 마르도록 칭찬했
다. 로리외 부부로 말하자면, 제르베즈의 생일날 디저트 시간에 뒤늦
게 나타난 남자의 정체를 알게 된 그들은 감히 집에 옛날 정부를 끌어
들일 생각을 한 파렴치한 제르베즈를 향해 차마 입에 담지 못할 욕설
을 퍼부어댔다. 그러던 어느 날 랑티에는 그들의 집으로 올라가 정중
히 자신을 소개한 다음, 자신이 아는 한 여성을 위한 사슬을 주문했
다. 그러자 그를 자리에 앉힌 그들은 그와의 대화에 매혹돼 그를 한
시간이나 붙들고 있었다. 심지어 그처럼 품위 있는 남자가 어떻게 방
방 같은 여자와 살았는지 의아해했다. 마침내 랑티에가 쿠포의 가족
을 방문하는 것은 그 누구도 문제 삼지 않을 만큼 지극히 자연스러운
일이 되었다. 그는 구트도르 가의 동네 사람들 모두의 환심을 사는 데
성공했던 것이다. 오직 구제만이 수심에 찬 얼굴을 했다. 그가 제르베
즈의 세탁소에 있는 동안 랑티에가 나타나면, 그는 모자 제조업자와

엮이는 것을 피하려고 슬그머니 자리를 뜨곤 했다.

랑티에가 구트도르 가의 총아로 떠오르는 동안 제르베즈는 처음 몇 주간은 극심한 혼란에 빠져 지내야 했다. 비르지니가 처음 그에 관한 소식을 들려주던 날, 배 속 깊은 곳을 화끈거리게 만들었던 뜨거운 느낌이 내내 그녀를 괴롭혔기 때문이다. 무엇보다 그녀를 두렵게 했던 것은, 혹시라도 저녁에 혼자 있을 때 불쑥 그가 나타나 강제로 키스한다고 해도 아무런 저항도 하지 못할 것 같다는 생각이었다. 제르베즈는 그를 지나치게 자주 생각했다. 아니 온통 그에 대한 생각으로 가득차 있었다. 하지만 항상 매너 있게 행동하면서 그녀를 똑바로 바라보지도 않으며, 다른 사람들이 보지 않을 때조차 손가락 하나 건드리지 않는 그를 보면서 서서히 평정을 되찾아갔다. 제르베즈의 생각을 훤히 꿰뚫어 보는 것 같은 비르지니는 그녀의 그런 생각을 나무라면서 그녀를 부끄럽게 만들었다. 대체 무엇 때문에 두려워한단 말인가? 그보다 더 신사다운 남자는 세상에 없을 터였다. 물론 제르베즈는 더 이상 아무것도 두려워할 필요가 없었다. 그러면서 비르지니는 술수를 꾸미며, 어느 날 두 사람이 구석에서 서로의 속내를 터놓고 얘기하도록 자리를 마련했다. 랑티에는 진중한 목소리로 말을 애써 가려 하면서, 자신의 마음은 이제 차갑게 식어버렸으며 앞으로는 오직 아들의 행복을 위해서만 살아갈 것이라고 선언했다. 하지만 그는 남부에 머물고 있는 클로드에 관해서는 여전히 한 마디도 언급하지 않았다. 게다가 매일 저녁 에티엔의 이마에 입맞춤을 하면서도, 아이가 계속 서 있기라도 하면 무슨 말을 해야 할지 난감해했다. 그러다가 이내 아이를 잊어버리고는 클레망스에게 달콤한 말을 속삭이기에 바빴다. 점차 마음이 편안해진 제르베즈는 자기 안에서 과거가 죽어버렸음을 느낄 수 있었다. 랑티에의 존재는 플라상과 봉쾨르 여관에서의 기억을 닳아 없어지게 했다. 매일같이 그를 보자 더 이상 꿈꿀 필요가 없게 된 것이다. 심지어 과거의 자신들의 성적인 관계를 떠올리면 역겨움마저 느꼈다. 오! 이젠 다 끝났어, 정말로 끝났다고! 혹시라도 그가 그런 걸 요구한다면 그녀는 따귀로 대답을 대신할 것이며, 남편에게 그 사실을 즉시 알리고 말 터였다. 이제 제르베즈는 아무런 양심의 가책 없이, 더할 나위 없이 달콤하게 구제와의 소중한 우정을 다시 떠올릴 수 있었다.

어느 날 아침 클레망스는 세탁소에 도착하자마자, 어젯밤 열한시경에 랑티에 씨가 어떤 여자와 팔짱을 끼고 가는 모습을 보았다고 얘기했다. 그녀는 여주인의 반응을 보기 위해 의도적으로 몹시 지저분하고 악의적인 표현을 사용했다. 그랬다, 랑티에 씨는 노트르담드로레트 가를 거슬러 올라가고 있었다. 금발의 여자는 실크 드레스 아래로 엉덩이가 반쯤 드러나 있었다. 닳고 닳은 거리의 여자가 분명해 보였다. 클레망스는 호기심에서 그들을 따라가보았다. 여자는 돼지고기 전문점으로 들어가 새우와 햄을 샀다. 그런 다음 랑티에는 로슈푸코 가에 있는 건물 앞 길가에서 혼자 건물로 올라간 여자가 창문으로 들어오라는 손짓을 할 때까지 위를 쳐다보고 서 있었다. 클레망스가 일부러 듣기 거북한 말들을 덧붙이는데도 불구하고, 제르베즈는 낯빛 하나 변하지 않은 채 태연히 하얀색 드레스를 계속 다림질했다. 클레망스가 얘기하는 도중에 입가에 살짝 미소를 띠기도 했다. 그러면서 본래 프로방스 출신 남자들은 여자라면 사족을 못 쓰는 족속이라고 해명했다. 그들에겐 어쨌거나 여자가 필요했다. 그들은 분명 오물 더미에서도 삽으로 여자를 건져 올리고야 말 것이었다. 그날 저녁 랑티에가 나타나자 제르베즈는 클레망스가 금발 여자에 관한 짓궂은 질문으로 그를 난처하게 하는 것을 보면서 즐거워했다. 그는 누군가의 눈에 띄었다는 사실에 오히려 우쭐해하는 듯했다. 오, 맙소사! 그녀는 서로 누가 되지 않을 정도로 가끔씩 만나는 오랜 친구일 뿐이었다. 자단으로 만든 가구들로 집 안을 장식한, 취향이 아주 고상한 여성이었다. 그러면서 그는 자작과 부유한 도자기 상인, 공증인의 아들과 같은 그녀의 과거 애인들을 줄줄이 열거했다. 그는 좋은 향기를 풍기는 여자를 좋아했다. 그러면서 클레망스의 코앞에 금발 여자가 향수를 뿌려준 손수건을 들이미는 순간 에티엔이 안으로 들어왔다. 그러자 그는 표정이 갑자기 근엄하게 돌변하면서 아이의 이마에 입맞춤을 했다. 그리고 이 모두가 우스갯소리일 뿐이며, 자신의 마음은 이미 굳어버렸다고 덧붙였다. 고개를 숙인 채 작업을 하던 제르베즈는 그의 말에 수긍하는 의미로 머리를 끄덕였다. 클레망스는 그에게 고약하게 군 대가를 치러야만 했다. 랑티에는 남의 눈에 띄지 않게 그녀를 슬쩍슬쩍 꼬집었다. 클레망스는 자신에게서 거리의 여자한테서 나는 사향 향기가 나지 않는다는 사실에 질투심이 끓어올라 씩씩거렸다.

쿠포네와 한 가족처럼 돼버린 랑티에는 좀 더 친구들 가까이에서 살기 위해 봄이 오자 동네로 이사하고 싶어 했다. 그러면서 깨끗한 집에서 가구가 갖추어진 방을 얻고자 했다. 보슈 부인과 제르베즈는 그에게 마땅한 방을 찾아주려고 동분서주하면서 부근의 거리를 모두 뒤지고 다녔다. 그는 몹시 까다롭게도 커다란 뜰이 딸린 1층 방을 원하면서 상상할 수 있는 온갖 편리한 것을 모두 갖추고 싶어 했다. 그리고 이젠 쿠포 가족과 함께 보내는 저녁마다, 쿠포네 방의 천장 높이를 재고 배치를 따져보면서 그곳과 비슷한 곳을 바란다는 뜻을 언뜻언뜻 내비치곤 했다. 오! 그는 더 많은 것을 바라지 않았다. 이처럼 조용하고 아늑한 곳이라면 기꺼이 둥지를 틀 용의가 있었다. 그러면서 매번 똑같은 식으로 결론짓듯 말했다.

"오, 두 사람은 정말 좋은 곳에 자리를 잘 잡은 것 같아, 부럽군!"

어느 날 저녁 그들과 함께 식사를 하고 디저트를 먹던 랑티에가 또다시 그렇게 내뱉자, 그와 말을 터놓고 지내던 쿠포가 불쑥 소리쳤다.

"그럼 여기서 같이 살면 되잖아, 이 친구야. 자네가 그러고 싶다면…… 자리는 어떻게든 마련하면 되고……"

그러면서 더러운 세탁물을 쌓아두는 방을 깨끗이 청소하면 꽤 괜찮은 방이 될 거라고 덧붙였다. 에티엔은 가게 바닥에 매트리스를 놓고 자면 될 터였다. 그러면 되지 않겠는가.

"아니, 아니야, 그럴 순 없어." 랑티에는 손사래를 치며 사양했다. "나 때문에 두 사람을 불편하게 할 순 없지. 자네가 진심이라는 건 알지만 서로 바짝 붙어 지낸다는 게 어디 말처럼 쉬운 일인가…… 게다가 각자의 사생활도 보장되지 않고 말이지. 그러면 난 매번 두 사람 방을 지나쳐 가야 하는데, 그게 얼마나 번거롭고 불편할지 한번 생각해보라고."

"오! 이런 고집불통 같으니라고!" 함석공은 자지러지게 웃어젖히다가는, 목소리를 가다듬으려는 듯 주먹으로 식탁을 두드렸다. "어째 자넨 늘 그렇게 꽉 막힌 생각만 하는지 모르겠구먼!…… 이 멍청한 친구야, 사람이 머리를 써야지 머리를! 안 그래? 그 방엔 창문이 두 개나 있어. 그런데 뭐가 문제냔 말이지! 아래쪽으로 난 창문을 문으로 만들면 간단히 해결되는 걸. 그러면, 이제 알겠어, 자넨 뜰로 드나들면 돼. 서로가 불편하면 우리 방으로 통하는 문을 막아버리면 되고. 그럼 서로 들여다볼 일도, 서로 뭘 하는지 알게 될 일도 없는 거야. 자넨 자네 방에서, 우린 우리 방에서 각자 자유롭게 지내면 된다고."

그들 사이에 침묵이 흘렀다. 잠시 후에 랑티에가 조그맣게 중얼거렸다.

"아! 그렇군, 그런 식이라면 내가 굳이…… 하지만 아무리 생각해도 안 되겠어. 자네 가족한테 짐이 되긴 싫거든."

그는 제르베즈의 시선을 애써 피했다. 쿠포의 제안을 받아들이기 위해 제르베즈의 입에서 떨어질 말 한마디를 기다리는 게 분명했다. 제르베즈는 남편의 제안에 몹시 난감해했다. 랑티에와 한집에 살게 된다는 사실에 심기가 불편하거나 특별히 불안해서가 아니었다. 그녀는 더러운 세탁물들을 어디에 쌓아놓을지를 고민하고 있었다. 그사이 쿠포는 그렇게 하는 것의 이점을 입에 침을 튀겨가며 역설했다. 그들로서는 500프랑의 집세는 언제나 다소 부담스러운 게 사실이었다. 그렇다면 이렇게 하면 어떨까! 친구가 한 달에 20프랑을 내고 가구가 모두 갖춰진 방으로 세를 든다고 생각하면 되지 않겠는가. 그렇게 한다면 랑티에에게는 결코 부담이 되지 않으면서, 그들에게도 집세를 낼 때 보탬이 될 수 있을 터였다. 그러면서 쿠포는 자신들의 침대 밑에 온 동네의 더러운 세탁물을 모두 쌓아둘 수 있는 커다란 상자를 만들어주겠노라고 다짐했다. 여전히 마음의 결정을 하지 못하던 제르베즈는 쿠포 엄마에게 눈짓으로 의견을 구했다. 랑티에는 이미 수개월 전부터 노부인에게 그녀를 괴롭히는 고질적인 기침 증세에 좋다는 사탕을 가져다주면서 지지를 확보해놓은 터였다.

"물론 전혀 부담되지 않아요, 절대 아니에요." 마침내 제르베즈는 결정적인 말을 내뱉고 말았다. "방은 어떻게 해볼 수 있을 거예요……"

"아니, 정말 아니에요, 그럴 순 없어요." 랑티에는 거듭 사양했다. "그동안 두 분한테 너무 과분한 대접을 받아서 더는 신세를 질 수가 없을 것 같아요."

쿠포는 이번에는 불같이 역정을 냈다. 대체 언제까지 바보 같은 소리를 반복할 텐가? 진심으로 그러는 거라고 누누이 이야기했는데도 불구하고! 게다가 오히려 그가 자신들에게 도움이 된다는 사실을 그렇게 이해하지 못하는 건가! 쿠포는 잔뜩 화가 난 목소리로 소리를 질렀다.

"에티엔, 에티엔!"

식탁에 엎드린 채 잠들어 있던 아이는 소스라치게 놀라며 고개를 들었다.

"너 말이지, 이 아저씨한테 그렇게 해주면 좋겠다고 얘기해…… 그래, 이 아저씨한테 말이야…… 아주 큰 소리로 말해야 해. '꼭 그렇게 해주세요!'라고."

"꼭 그렇게 해주세요!" 에티엔은 졸음이 가득한 어눌한 말투로 더듬더듬 말했다.

그러자 모두들 웃음을 터뜨렸다. 하지만 랑티에는 곧 다시 엄숙하고 진지한 표정을 지었다. 그리고 식탁 위로 쿠포의 손을 잡으면서 말했다.

"그럼 그렇게 하도록 하지…… 우린 좋은 친구잖아, 안 그래? 그러지, 아이를 위해 자네 제안을 받아들이겠네."

바로 다음 날 제르베즈는 건물주인 마레스코 씨가 보슈 부부의 관리실에 들러 한 시간가량 머무는 틈을 이용해 그에게 그 사실을 알렸다. 그는 처음에는 그녀가 건물의 한쪽 옆면을 무너뜨리기라도 할까봐 불안해하고 화를 내면서 보수 공사를 금지했다. 그런 다음 장소를 꼼꼼하게 살펴보고 위를 올려다보면서 위층이 아무런 영향을 받지 않으리라는 사실을 확신한 다음에야 허락했다. 자기에게 어떤 비용도 부담시키지 않는다는 조건하에서였다. 또한 쿠포 부부는 그가 내미는 서류에 서명을 해야만 했다. 임대차 계약이 끝날 시에는 모든 것을 원래대로 복구해놓을 것을 약속하는 내용이었다. 바로 그날 저녁, 쿠포는 동료들을 데리고 왔다. 하루 일과가 끝난 후 기꺼이 그를 도와주려는 석공, 소목장, 칠장이 등이었다. 문을 새로 만들고 방을 청소하는 데만 해도 100프랑이 넘게 들었다. 일하는 동안 그들의 목을 축여준 술값은 포함시키지 않은 돈이었다. 쿠포는 그들에게 나중에 새로운 세입자의 첫번째 월세를 받으면 갚겠다고 약속했다. 이제 방에 가구를 들여놓는 문제가 남아 있었다. 제르베즈는 그곳에 쿠포 엄마의 옷장을 그대로 남겨두었다. 그리고 자신들의 방에서 테이블과 의자 두 개를 가져다놓았다. 그런 다음에는 세면대와 침대 그리고 침구 일체를 사야 했다. 그러느라 들어간 130프랑은 한 달에 10프랑씩 갚아나가기로 했다. 처음 10개월간의 월세는 미리 진 빚 때문에 상쇄돼버린다고 해도 그 후부터는 짭짤한 수익을 챙길 수 있을 터였다.

랑티에가 결정적으로 이사를 한 시기는 6월 초였다. 짐을 옮기기 전날, 쿠포는 그가 트렁크를 옮기는 것을 도와주겠다고 나섰다. 삯마차 비용 30수를 아끼기 위해서였다. 하지만 랑티에는 난색을 표하면서 그러기엔 자신의 트렁크가 너무 무겁다고 변명을 늘어놓았다. 마지막 순간까지 자신이 어디 사는지를 숨기려는 것 같았다. 그는 오후 세시경 짐을 가지고 도착했다. 쿠포는 자리를 비우고 없을 때였다. 가게 문간에 서 있던 제르베즈는 삯마차에 실려 있는 트렁크를 보자마자 얼굴이 창백하게 변했다. 그것은 그들의 과거의 삶과 함께했던 트렁크였다. 플라상을 떠나올 때부터 그녀와 함께했던 가방은 이제는 거죽이 벗겨지고 망가진 채 끈으로 둘둘 묶여 간신히 모양을 유지하고 있었다. 그 트렁크는 그녀가 종종 꿈꾸었던 대로 다시 돌아왔던 것이다. 제르베즈는 삯마차 역시 그 여우 같은 금속 연마공 아델이 자신을 조롱하듯이 타고 떠났던 예의 그 마차라고 상상했다. 그사이 보슈는 트렁크를 내리는 랑티에를 도와주었다. 세탁부 여인은 다소 멍한 상태로 그들을 뒤따라갔다. 방 한가운데에 짐을 모두 내려놓자 그녀는 단지 예의상 말을 건넸다.

"이제 다 됐죠? 마음에 들어요?"

하지만 랑티에가 트렁크의 끈을 푸는 데 정신이 팔려 자신에게 눈길조차 주지 않자 다시 정신을 가다듬고 말했다.

"보슈 씨, 한잔하셔야죠."

그때 마침 제복을 입은 푸아송이 부근을 지나가고 있었다. 제르베즈는 미소를 띤 채 그에게 눈을 깜빡거리면서 신호를 보냈다. 경관은 그 의미를 완벽히 이해했다. 근무 중인 그에게 눈을 깜빡거리는 것은 포도주 한 잔을 제공하겠다는 의미였다. 심지어 그는 세탁부 여인이 눈을 깜빡거려주기를 기다리면서 몇 시간이고 그 앞을 서성이기도 했다. 그러다가 다른 사람의 눈에 띄지 않도록 안뜰로 난 문으로 들어가 몸을 숨긴 채 벌컥벌컥 술을 들이켰다.

"아! 아!" 그가 들어오는 것을 본 랑티에가 외쳤다. "저기 바댕그*가 오시는군!"

랑티에는 자신이 황제를 우습게 여긴다는 것을 나타내려고 경관인 푸아송을 바댕그라고 불렀다. 푸아송은 그 호칭을 경직된 표정으로 받아들였지만, 속으로 그가 어떤 생각을 하는지는 알 수 없었다. 그사이 두 남자는 서로 다른 정치적 신념에도 불구하고 격의 없이 지내는 친구가 되어 있었다.

"황제도 예전에 런던에 있을 때 경관이었다는 건 알고들 계시나." 이번에는 보슈가 한마디 했다. "정말이라니까, 맙소사! 술 취한 거리의 여자들을 잡아들이는 일을 했다더라고."

그사이 제르베즈는 테이블 위에 놓인 잔 세 개에 포도주를 채웠다. 정작 그녀는 속이 메스꺼워 술을 마시고 싶은 생각이 들지 않았다. 그보다는 마지막 끈을 푸는 랑티에를 바라보면서 트렁크 안에 뭐가 들었는지 알고 싶다는 생각이 절실히 들었다. 그녀의 기억 속에서 방구석에 놓여 있던 트렁크에는 양말 몇 켤레와 더러운 셔츠 두 벌, 낡은

* 나폴레옹 3세의 별명 '바댕게(Badinguet)'의 변형. 제1제정의 붕괴로 망명생활을 하던 그는 은밀히 프랑스로 돌아와 반란을 꾀하다 체포된다. 수감생활을 하던 중 '바댕게'라는 이름의 석공과 옷을 바꿔 입고 탈출에 성공한다. 이후 정적들은 그를 경멸하는 의미로 바댕게라고 불렀다.

모자 하나가 들어 있었을 뿐이다. 그것들이 아직 그대로 들어 있을까? 과거의 기억을 떠올리게 해주는 누더기들이 그녀 앞에 다시 모습을 드러낼 것인가? 랑티에는 트렁크 뚜껑을 열기 전에 먼저 잔을 들고 건배를 했다.

"건강을 위하여."

"건강을 위하여." 보슈와 푸아송이 그의 선창에 화답했다.

세탁부 여인은 잔들에 술을 다시 채워 넣었다. 세 남자는 손으로 입가를 훔쳤다. 마침내 랑티에가 트렁크를 열어젖혔다. 그 속에는 신문, 책, 낡은 옷가지, 속옷 무더기 등이 뒤죽박죽으로 들어 있었다. 그는 냄비 하나와 부츠 한 켤레, 코가 깨진 르드뤼롤랭*의 흉상, 수놓인 셔츠, 작업복 바지 한 벌을 차례로 꺼냈다. 몸을 숙이고 있던 제르베즈는 트렁크 속에서 올라오는 담배 냄새를 맡을 수 있었다. 청결하지 못한 남자의 냄새, 밖으로 드러나는 겉모습만을 신경 쓰는 남자의 냄새였다. 아니, 낡은 모자는 더 이상 왼쪽 구석에 놓여 있지 않았다. 대신 여자한테 받은 선물인 듯 보이는 바늘꽂이가 그 자리를 차지하고 있었다. 그제야 비로소 마음이 진정되는 것 같으면서 아련한 슬픔이 느껴졌다. 제르베즈는 눈으로 계속 물건들을 좇으면서, 그것들이 과거 그 시절의 것인지 아니면 다른 시기의 것인지를 궁금해했다.

"이봐, 바댕그, 자네 혹시 이 책 본 적 없나?" 랑티에가 물었다.

그는 푸아송의 코밑에 브뤼셀에서 인쇄된 조그만 책자를 들이밀었다. 삽화가 곁들여진 『나폴레옹 3세의 연애사』라는 책이었다. 그 속에

---

* 7월 왕정(1830~1848년)하에 공화주의를 옹호한 정치가.

는 무엇보다 황제가 요리사의 열세 살짜리 딸을 어떻게 유혹했는지에 대한 흥미로운 일화가 들어 있었다. 삽화는 맨다리를 드러낸 나폴레옹 3세가 레지옹 도뇌르 훈장의 현장(懸章)만을 걸친 채 그의 음탕함을 피해 달아나는 소녀를 쫓아가는 모습을 묘사하고 있었다.

"오! 그럼 그렇지!" 또다시 은밀한 육욕이 되살아난 보슈가 외쳤다. "다들 그렇고 그렇단 말이지!"

푸아송은 충격을 받은 듯 당혹스러워하는 기색이 역력했다. 황제를 옹호할 말이 전혀 생각나지 않았다. 책에 나온 이야기를 아니라고 부인할 수는 없지 않은가. 랑티에가 빈정거리는 표정으로 그림을 그의 코밑으로 더 바짝 갖다 대자 그는 두 팔을 으쓱하면서 평소와는 달리 큰 소리로 대꾸했다.

"그래서, 뭐가 어쨌다는 거지? 인간의 자연스러운 본성 아닌가?"

그러자 랑티에는 입을 다물었다. 그리고 옷장 선반에 책과 신문을 정돈했다. 그러면서 테이블 위에 매다는 조그만 책꽂이가 없다며 아쉬워하자 제르베즈는 곧 만들어주겠노라고 약속했다. 그는 루이 블랑의 『10년간의 역사』*를 첫번째 권만 빼고 모두 가지고 있었고, 1회분에 2수씩 지불하면 되는 라마르틴의 『지롱드 당의 역사』와 외젠 쉬의 『방랑하는 유대인』도 있었다. 그 밖에도 고물상에서 건진 철학적이고 인도주의적인 책들이 한 무더기 있었다. 하지만 그가 무엇보다 아끼고 가치 있게 여기는 것은 신문들이었다. 그는 수년 전부터 죽 신문을 모아왔다. 카페에서 신문을 읽을 때 자신의 생각과 일치하는 잘 쓴 기

---

* 7월 왕정의 처음 10년간을 신랄하게 공격한 책으로 1841년에 출간되었다.

사를 보면 신문을 사서 간직했다. 그렇게 해서 연도와 신문 이름에 상관없이 사 모은 수많은 신문이 전혀 분류되지 않은 채 잔뜩 쌓여 있었다. 그는 트렁크 안쪽에서 신문 뭉치를 꺼내 애정 어린 손길로 톡톡 치면서 두 남자를 향해 말했다.

"이거 보이나? 이게 다 내 거야. 나 말고 또 이렇게 근사한 걸 가진 사람 있으면 나와보라고 해…… 이 속에 뭐가 들어 있는지 자네들은 아마 상상도 못 할 거야. 여기서 얘기하는 것들의 반만 실천해도 이 사회를 단번에 개조할 수 있단 말이지. 그렇게 된다면 자네의 고귀하신 황제와 그 떨거지들은 모두 피죽이나 끓여 먹게 될지도 모른다고……"

랑티에의 열띤 장광설은 창백한 얼굴에 붉은색 콧수염과 턱수염을 부르르 떨고 있던 경관이 말을 자르는 바람에 중단되었다.

"그럼 군대는, 어디 말해보게, 군대는 어떻게 될 것 같나?"

그러자 발끈한 랑티에는 신문 더미를 주먹으로 치면서 외쳤다.

"난 군국주의의 철폐를 원해. 민중이 서로 우호적으로 지내기를 바란다고…… 특권과 작위 그리고 독점권 같은 건 쓰레기통 속으로 사라져야 한단 말이지…… 모두가 공평한 임금과 똑같은 혜택을 누릴 수 있도록, 프롤레타리아의 영광을 위해서…… 모든 자유가 보장되어야만 해, 반드시! 모든 자유가!…… 이혼을 포함해서!"

"그래, 맞아. 이혼은 필요해, 도덕적으로도!" 보슈가 그의 말을 지지하고 나섰다.

푸아송은 근엄한 표정을 지으며 자신의 생각을 얘기했다.

"비록 나는 그대들의 자유는 바라지 않네만, 나 자신은 온전히 자유롭다고 생각하네.”

“그걸 바라지 않는단 말이지, 그걸 바라지 않는다면……” 흥분해서 목이 멘 랑티에는 말을 제대로 잇지 못하고 더듬거렸다. “아니, 당신들은 자유롭지 않아!…… 만약 당신들이 그걸 바라지 않는다면 내가 당신들을 카옌*으로 보내버릴 거야, 내가! 그래, 카옌으로, 당신네 잘난 황제와 그 더러운 일당을 모두!”

그들은 만날 때마다 이처럼 격론을 벌였다. 토론 같은 것을 좋아하지 않는 제르베즈가 끼어들어 중재를 해야 하는 경우가 많았다. 그제야 비로소 그녀는 퇴색해버린 옛사랑의 냄새가 가득 밴 트렁크를 마주한 충격에서 깨어날 수 있었다. 그리고 세 남자에게 술잔을 가리켰다.

“아, 물론이죠.” 갑자기 차분해진 랑티에가 잔을 들며 말했다. “건강을 위해.”

“건강을 위해.” 보슈와 푸아송도 그와 함께 건배했다.

그러는 동안 불안한 표정으로 몸을 건들거리고 있던 보슈는 경관을 곁눈질하면서 조그맣게 물었다.

“이런 얘기는 우리끼리만 알고 있는 거겠죠 물론? 그렇잖습니까, 푸아송 씨? 여기서 본 것과 들은 것 모두……”

푸아송은 그가 얘기를 마저 끝낼 틈조차 주지 않고 왼쪽 가슴에 손을 올려놓았다. 마치 모든 걸 그 속에 담아두겠다고 얘기하려는 듯했다. 물론 그는 친구들을 고자질하는 비열한 행동 따위는 하지 않을 터였다. 그리고 쿠포가 오자 그들은 포도주 한 병을 새로 비워냈다. 그

---

* 남아메리카 북동부의 프랑스령 기아나에 있는 유형지.

26

런 다음 경관은 안뜰을 통해 다시 밖으로 나가, 근엄하고 뻣뻣한 몸짓으로 천천히 다시 길을 갔다.

처음 한동안 제르베즈의 세탁소는 모든 게 뒤죽박죽이었다. 랑티에는 자신만의 방과 출입문, 열쇠를 갖게 되었다. 하지만 마지막 순간에 쿠포 부부의 방으로 통하는 문을 막지 않기로 했기 때문에 그는 종종 가게를 통해 방으로 들락거렸다. 더러운 세탁물들도 제르베즈의 골칫거리였다. 쿠포는 애초에 약속했던 것처럼 커다란 상자를 만들어줄 생각을 하지 않았다. 그리하여 그녀는 하는 수 없이 세탁물들을 여기저기에 되는대로 쑤셔 넣어야 했다. 무엇보다 침대 밑에 넣어둔 더러운 빨랫감은 한여름 밤에는 몹시 견디기 힘든 상황을 야기했다. 게다가 매일 저녁 가게 한가운데에 에티엔의 잠자리를 만들어야 하는 것도 무척이나 성가신 일이 아닐 수 없었다. 세탁부들이 밤늦게까지 일할 때면 아이는 의자 위에서 잠을 청하면서 때를 기다려야 했다. 그러자 구제는 에티엔을 릴로 보내라고 권했다.* 마침 기계공인 구제의 예전 주인이 수습생을 구하고 있는 터였다. 제르베즈는 마음이 흔들렸다. 집에서 조금도 행복하지 못했던 에티엔 역시 스스로의 주인이 되고 싶다는 생각에 그녀에게 떠나는 것을 허락해달라고 간청했다. 다만 제르베즈는 랑티에가 단번에 거절할 것을 염려했다. 그는 오직 아들과 가까이 지내기 위해 그들과 함께 살고자 했던 것이다. 그런데 그들 집에 자리를 잡은 지 보름 만에 또다시 아들과 헤어지는 것은 그가 원치 않을 게 분명했다. 하지만 그녀가 몹시 두려워하면서 그 문제에

---

* 졸라는 에티엔을 프랑스 북부인 릴로 보냄으로써 집필을 구상 중인 『제르미날』을 예고하고 있다.

대해 얘기하자 그는 젊은 일꾼들은 넓은 세상을 볼 필요가 있다면서 적극 찬성하고 나섰다. 에티엔이 떠나는 날 랑티에는 아이에게 그의 권리에 대해 일장 연설을 늘어놓았다. 그리고 아이에게 입맞춤을 하면서 선언하듯 말했다.

"생산을 하는 노동자는 노예가 아니라는 것을 명심해라. 하지만 생산을 하지 않는 자는 그 누구든 기생충 같은 사람이란 것도 잊지 말도록."

또다시 매일매일 똑같은 나날이 이어졌고, 새로운 방식의 일상이 자리를 잡아가면서 모든 게 진정되는 듯 보였다. 제르베즈는 여기저기 널려 있는 더러운 세탁물과 랑티에가 수시로 들락거리는 것에 점차 익숙해져갔다. 그는 중요한 사업을 도모하고 있다는 말을 입에 달고 살았다. 그러다가 가끔씩 깔끔하게 빗어 넘긴 머리에 새하얀 셔츠를 입고 외출하는 날이면 밖에서 밤을 보내고 오기도 했다. 그러고는 마치 스물네 시간 내내 굉장한 사업에 관한 얘기라도 한 것처럼, 머리가 지끈거린다며 몹시 지친 기색으로 돌아왔다. 사실 그의 머릿속은 온통 편안하게 지낼 궁리로 가득 차 있었다. 오! 적어도 그의 손에 못이 박일 일은 없을 터였다! 그는 대개 열시경에 일어나 그날 햇살이 마음에 들면 오후에는 산책을 했다. 비가 오는 날에는 세탁소에 머물면서 신문을 읽었다. 그곳은 마치 그를 위한 곳 같았다. 그는 치마들 틈에서 더없는 편안함을 느끼면서 여인네들의 적나라함 속으로 끼어들기를 즐겼다. 자신은 조심스럽게 말을 가려 하면서도, 여인네들의 거친 말에 반색하면서 그녀들을 더욱더 부추겼다. 그런 이유로 그는 정숙한 척하지 않고 거침없는 세탁부 여인네들과 어울리는 것을 아주 좋아했다. 클레망스가 줄줄이 얘기를 쏟아낼 때면, 그는 미소를 띤 다정한 모습으로 가느다란 콧수염을 비비 꼬면서 그녀의 말에 귀를 기울였다. 세탁소 특유의 냄새 속에서 맨팔로 다림질을 하는 땀에 젖은 세탁부 여인네들이 있고, 온 동네 여인네들이 속내를 풀어놓는 규방과 같은 이곳이 그에게는 오랫동안 꿈꾸며 찾아 헤매던 이상적 안식처이자 나태와 향락이 공존하는 은신처같이 느껴졌다.

랑티에는 처음에는 푸아소니에 가의 모퉁이에 있는 프랑수아네에서 식사를 해결했다. 하지만 일주일 일곱 날 중에 서너 번은 쿠포 가족과 함께 저녁을 먹었다. 그렇게 얼마가 지나자 자신에게 식사를 제공해줄 것을 요구하면서 대가로 매주 토요일에 15프랑씩을 내겠다고 했다. 그때부터 그는 집을 떠나는 일 없이 그곳에 완전히 눌러앉았다. 그러면서 아침부터 저녁까지 셔츠 바람으로 가게와 뒷방을 오가며 목소리를 높여 지시를 하기에 이르렀다. 심지어 고객들까지 상대하면서 집안의 모든 일에 관여하기 시작했다. 그는 프랑수아네의 포도주가 입맛에 맞지 않는다면서 앞으로는 바로 옆 비구루 부인의 석탄 가게에서 포도주를 사도록 제르베즈를 설득했다. 그는 포도주를 주문하러 가서는 보슈와 함께 석탄 가게 여주인을 꼬집었다. 그런 다음에는 쿠들루의 빵이 제대로 익지 않았다고 투덜거리면서, 오귀스틴을 포부르 푸아소니에르 가에 있는 메예르 빵집으로 빵을 사러 보냈다. 또한 르옹그르의 식료품점도 더 이상 다니지 못하게 하면서 폴롱소 가에 있는 뚱뚱보 샤를의 푸줏간하고만 계속 거래하도록 했다. 자신과 정치적 성향이 비슷하다는 이유에서였다. 한 달쯤 지나자 그는 모든 요리에 기름을 쓰도록 했다. 클레망스는 이 남부 출신의 남자에게서는 도무지 기름의 흔적을 지워낼 수가 없다고 비아냥거렸다. 심지어 그는 자신이 직접 오믈렛을 만들기도 했다. 양쪽 면을 뒤집어가면서 크레이프보다 더 바짝 익힌 오믈렛은 바삭한 갈레트*로 착각할 정도였다. 랑티에는 쿠포의 엄마에게 비프스테이크를 신발 깔창처럼 딱딱하게 익혀달라고 하면서 그녀가 요리하는 모습을 지켜보았다. 그러다가 샐러드에 허브를 조금이라도 넣을라치면, 허브는 모두 잡초이며 독이 들었을지도 모른다면서 역정을 냈다. 그가 사족을 못 쓰는 것은 버미첼리에 기름 반 병가량을 쏟아붓고 아주 걸쭉하게 끓인 일종의 포타주로, 그것을 먹을 수 있는 사람은 그와 제르베즈밖에 없었다. 호기심에서 한번 맛보고자 했던 파리 사람들은 속이 뒤집혀 먹은 음식을 모두 토해내야만 했다.

랑티에는 점차 가족 문제에까지 관여하기 시작했다. 로리외 부부가 여전히 쿠포의 엄마를 위한 돈을 내기를 꺼려하자, 그는 그들이 소송을 당할 수도 있다고 으름장을 놓았다. 다른 사람들을 바보로 아는 건가! 그들은 매달 5프랑이 아닌 10프랑을 내기로 하지 않았는가 말이다! 그러면서 그는 직접 돈을 받으러 위로 올라갔다. 사슬 제조공은 그의 당당하면서도 정중한 태도 앞에서 감히 거절할 생각을 하지 못했다. 이젠 르라 부인 역시 100수짜리 동전 두 개를 내놓았다. 쿠포의 엄마는 그의 두 손에 입이라도 맞출 태세였다. 그는 노부인과 제르베즈가 다툴 시에는 중재자 역할을 충실히 수행했다. 가끔씩 짜증이 난 세탁부 여인이 시어머니에게 심하게 굴어 노부인이 침대에서 눈물을 흘릴 때면, 랑티에는 두 여자를 떠밀어 강제로 화해하게 했다. 그러면

---

* 프랑스에서 디저트나 간식으로 즐겨 먹는 팬케이크 모양의 달콤한 빵과자.

서 그런 식으로 주변 사람들을 피곤하게 만들지 말라는 충고를 서슴지 않았다. 그건 마치 나나처럼 행동하는 것과 다를 바 없었다. 그가 보기에 그들은 나나를 아주 잘못 키웠다. 그의 생각은 틀리지 않았다. 아비가 나나를 야단칠 때면 어미가 아이를 두둔하고 나섰다. 반대로 어미가 아이에게 호통을 치기라도 하면, 이번에는 아비가 마구 역정을 냈다. 부모가 서로 으르렁대는 모습을 본 나나는 자신이 무슨 짓을 하더라도 용서가 된다는 사실을 알고 점점 더 대담한 행동을 하기 시작했다. 이젠 맞은편에 있는 제철 공장이 나나의 놀이터가 되었다. 그곳에서 하루 종일 짐수레의 손잡이들 사이를 오가며 놀았다. 대장간의 불그레한 불빛이 아른거리는 침침한 뜰 구석에 한 무리의 개구쟁이들과 숨어 있다가는, 헝클어진 머리와 진흙이 묻은 얼굴로 느닷없이 다시 나타나 소리를 지르며 달려가기도 했다. 그러면 마치 내리치는 망치 소리에 놀란 것처럼 조무래기들이 줄줄이 나나의 뒤를 쫓아갔다. 나나를 꾸짖을 수 있는 사람은 랑티에밖에 없었다. 하지만 나나는 랑티에 앞에서도 어떻게 처신해야 하는지를 이미 잘 아는 듯 보였다. 이 영악한 열 살짜리 꼬마 계집아이는 그의 앞에서 여인네처럼 엉덩이를 흔들면서, 벌써부터 사악함이 가득한 눈빛으로 그를 비딱하게 쏘아보았다. 그리하여 나나를 교육할 필요성을 느낀 랑티에는 아이에게 춤추는 법과 자신의 고향 방언을 가르쳤다.

그렇게 1년이 흘러갔다. 동네 사람들은 랑티에가 연금이라도 받는가보다며 수군거렸다. 그렇지 않다면 쿠포 가족이 어떻게 그토록 흥청망청 살 수 있겠는가. 물론 제르베즈는 여전히 일을 하면서 돈을 벌었다. 하지만 지금처럼 아무것도 하지 않는 두 남자를 먹여 살려야만 하는 상황에서는 세탁소 수입만으로는 당연히 모든 걸 충당할 수가 없었다. 게다가 세탁소 운영도 예전 같지 않아 고객들은 떠나버렸고, 세탁부들은 아침부터 저녁까지 빈둥거리기 일쑤였다. 사실 랑티에는 돈을 한 푼도 지불하지 않았다. 방세와 식비, 그 어느 것도 내지 않았던 것이다. 처음 몇 달은 조금씩 나누어서 냈다. 그러더니 앞으로 받게 될 거액의 돈에 관해서만 언급했다. 나중에 밀린 돈을 한꺼번에 갚겠다는 것이었다. 제르베즈는 더 이상 그에게 한 푼도 요구할 엄두를 내지 못했다. 그러면서 빵과 포도주, 고기를 모두 외상으로 가져왔다. 여기저기서 하루에 3, 4프랑씩 청구서가 날로 쌓여갔다. 게다가 가구상과 쿠포의 세 동료, 석공, 소목장 그리고 칠장이에게 진 빚도 한 푼도 갚지 못했다. 그러자 모두들 불평을 늘어놓기 시작했고, 상인들은 그녀를 예전처럼 친절하게 대하지 않았다. 하지만 제르베즈는 무언가에 홀린 듯 미친 듯이 빚을 지면서 가장 비싼 것들을 사들였고, 빚을 더 이상 갚지 못하게 되면서 더욱더 탐욕 속으로 빠져들었다. 그러면서도 마음속으로는 매우 올바른 생각을 간직하고 있었다. 하루 종일 일해 수백 프랑을 모아 빚을 진 상인들에게 100수짜리 동전을 한 움큼씩 나눠줄 수 있기를 꿈꾸었다. 비록 돈을 어떻게 모아야 할지 알지는 못했지만 말이다. 하지만 제르베즈는 점점 더 악화 일로로 치달았고, 그럴수록 사업을 확장하겠다는 얘기를 늘어놓았다. 그사이 한여름이 되자 키다리 클레망스는 제르베즈의 세탁소를 떠났다. 일감이 없어서 세탁부가 두 명이나 필요하지도 않았을뿐더러, 이미 수주 치급여가 밀려 있는 상태였기 때문이다. 그런 와중에도 쿠포와 랑티에는 볼에 통통하게 살이 올라 있었다. 식탁에 죽치고 앉아 배를 가득 채우는 게 유일한 일상이 된 두 남자는 제르베즈의 세탁소를 거덜 내면서 그녀의 파멸로 살을 찌웠다. 그들은 더 많이 먹으라고 서로를 부추기면서, 디저트를 먹을 때는 배를 두드리면 음식이 더 빨리 내려간다면서 낄낄거렸다.

이제 동네 사람들의 가장 큰 관심사는 랑티에가 정말로 제르베즈와 다시 잘 지내기로 했는지 하는 것이었다. 그에 관해서는 의견이 분분했다. 로리외 부부의 말에 의하면, 방방이 모자 제조업자를 다시 유혹하려고 갖은 애를 다 써봤지만 그는 이미 한물간 그녀에게 눈길조차 주지 않았다. 더구나 도시에는 그녀보다 훨씬 더 젊고 매력적인 여자가 널려 있었다. 하지만 보슈 부부는 반대 의견을 주장했다. 세탁부 여인은 바보 같은 쿠포가 코를 골기 시작하자마자 첫날 밤부터 옛 서방에게 간 게 분명했다. 사실이 어떻든 간에 이 모든 건 조금도 자랑할 만한 일이 아니었다. 하지만 세상에는 너무나 추잡스럽고 황당한 일이 많다보니, 그들은 세 사람이 함께 사는 것이 자연스럽고 보기 좋다고까지 여기게 되었다. 그도 그럴 것이 그들은 결코 서로 싸우는 법이 없었고, 서로 간에 품위를 지킬 줄 알았다. 만약 동네의 다른 집들을 들여다본다면 그네들보다 훨씬 더 구린 냄새가 나는 집이 많을 터였다. 적어도 그들 세 사람은 심성이 착했다. 함께 자신들만의 순박한 게임에 열중하면서 이웃의 편안한 밤을 방해하는 일 없이 소박하게 취하고 잠들었다. 게다가 온 동네 사람들 모두가 랑티에의 깍듯한 매너에 푹 빠져 있었다. 이 매력 덩어리 남자는 말 많은 사람들의 입을 단번에 다물게 하는 재주를 지녔다. 심지어 모두들 그와 제르베즈의 관계를 의심하면서도, 과일 가게 여주인이 내장 가게 여주인 앞에서 그들의 관계를 부인이라도 할라치면 내장 가게 여주인은 오히려 실망스러운 표정을 지어 보였다. 그런 사실은 쿠포 가족에 대한 흥미를 반감시켰기 때문이다.

이 모든 것에도 불구하고 제르베즈는 예의 그 추잡한 짓거리에는 전혀 관심을 두지 않은 채 평온한 나날을 보냈다. 심지어 사람들은 그녀의 매정함을 비난할 정도였다. 가족들조차 그녀가 모자 제조업자에 대한 원망을 여전히 떨쳐내지 못하고 있다는 사실을 이해하지 못했다. 연인들의 일에 끼어들기를 좋아하는 르라 부인은 매일 저녁 제르베즈를 보러 왔다. 그녀는 랑티에가 거부하기 힘든 매력을 지닌 남자라고 치켜세우면서, 돈 많고 세련된 숙녀들까지 그에게 넘어가고도 남을 거라며 호들갑을 떨었다. 보슈 부인은 열 살만 더 젊었더라면 정절을 지켜내지 못했을 터였다. 이처럼 은근하고 지속적인 음모가 점점 퍼져 나가면서 제르베즈를 서서히 몰아붙였다. 제르베즈 주위의 모든 여자가 그녀에게 정부를 붙여줌으로써 대리 만족을 느끼는 듯했다. 하지만 정작 제르베즈는 그런 얘기들에 놀라면서 랑티에가 그토록 매력적인 남자라는 데 선뜻 맞장구를 칠 수 없었다. 물론 그가 좋은 쪽으로 변한 것은 사실이었다. 항상 외투를 입고 다녔고, 카페와 정치 집회 같은 데서 주워들은 것도 많았다. 하지만 그를 잘 아는 제르베즈는 그의 두 눈을 통해 마음속까지 들여다볼 수 있었다. 그리고 그 속에서 수많은 것을 다시 발견하면서 여전히 가벼운 전율을 느꼈다. 그런데 어째서 다른 여자들은 그가 그렇게 마음에 든다면서 어떤 시도도 하지 않는 건가? 어느 날 그녀는 누구보다 흥분해 마지않는 비르지니에게 그런 얘기를 내비쳤다. 그러자 르라 부인과 비르지니는 그녀의 질투심을 자극하기 위해 랑티에와 키다리 클레망스의 관계를 떠벌렸다. 그랬다, 제르베즈만 그 사실을 감쪽같이 몰랐던 것이다. 그녀가 장을 보러 나가기만 하면, 모자 제조업자는 세탁부를 자기 방으로 데리고 갔다. 이젠 둘이 함께 있는 모습이 종종 눈에 띄는 걸로 봐서는 그가 클레망스의 집에 드나드는 게 틀림없었다.

"그래서요?" 제르베즈는 다소 떨리는 목소리로 대꾸했다. "그게 나랑 무슨 상관이 있는데요?"

그러면서 마치 고양이 눈처럼 금빛으로 빛나는 비르지니의 노란 눈을 응시했다. 그러니까 이 여자는 아직 자신을 원망하고 있었단 말인가? 그래서 질투심을 불러일으키려는 것인가? 하지만 양재사 여인은 의뭉스러운 표정을 지으며 태연히 대꾸했다.

"물론 당신하곤 아무 상관이 없겠죠…… 하지만 그에게 그 계집과 어울리지 말라고 충고하는 게 좋을 거예요. 안 그러면 무슨 곤란한 일을 당할지 모르니까요."

무엇보다 최악은 자신을 지지하는 이들이 있음을 알게 된 랑티에가 제르베즈에 대한 태도를 바꾸었다는 사실이었다. 이제 그는 제르베즈와 악수할 때면 한동안 그녀의 손을 잡고 놓아주지 않았다. 또한 무엇을 원하는지 빤히 드러나는 대담한 눈빛으로 그녀를 계속 응시하면서 진을 빼놓았다. 그녀 뒤로 지나갈 때면 무릎을 그녀의 치마 속으로 찔러 넣고, 그녀를 잠재우려는 듯 목덜미에 더운 입김을 불어 넣었다. 하지만 그는 결코 과격하게 굴거나 속셈을 드러내지 않은 채 기회를 엿보면서 기다렸다. 그러다가 어느 날 저녁에 제르베즈와 단둘이 있게 되자, 두려움에 떠는 그녀를 아무 말 없이 가게 구석의 벽 쪽으로 밀어붙이고는 키스를 하려고 덤벼들었다. 공교롭게도 바로 그 순간 구제가 안으로 들어왔다. 제르베즈는 몸을 버둥거려 랑티에의 품에서 빠져나왔다. 그리고 세 사람은 아무 일도 없었던 듯이 몇 마디를 주고받았다. 구제는 자신이 그들을 방해했다고 생각하고는 창백해진 얼굴로 고개를 숙였다. 제르베즈가 단지 자신이 보는 앞에서 키스하지 않으려고 랑티에한테서 벗어났다고 믿었던 것이다.

다음 날 절망감에 사로잡힌 제르베즈는 손수건 한 장도 다리지 못하고 가게에서 발을 동동 굴렀다. 그녀는 구제를 꼭 만나, 랑티에가 자신을 어떻게 벽으로 몰아붙여 꼼짝 못하게 했는지를 설명해야만 했다. 하지만 에티엔이 릴로 떠난 이후로는 더 이상 대장간에 발을 들여놓을 엄두를 내지 못했다. 음흉한 미소를 띤 채 그녀에게 알은척을 하는 베크살레가 몹시 불편했기 때문이다. 하지만 오후가 되자 도저히 참을 수가 없었던 제르베즈는 빈 바구니를 들고 포르트블랑슈 가에 사는 고객의 페티코트를 수거하러 간다는 핑계를 둘러대고 길을 나섰다. 그리고 마르카데 가의 볼트 공장 앞에 이르자, 우연히 구제와 마주치기를 기대하면서 천천히 발을 떼어놓았다. 구제 역시 그녀를 기다렸던 듯했다. 그녀가 그곳에 도착한 지 오 분도 채 되지 않아 그가 마치 우연인 듯 밖으로 나왔던 것이다.

"아, 안녕하세요! 장을 보고 오시는 길인가봐요." 그는 엷은 미소를 띠면서 말했다. "이제 집으로 가시는군요……"

그것은 단지 제르베즈에게 말을 걸기 위해 한 말이었다. 그녀는 푸아소니에 가를 등지고 서 있었던 것이다. 그들은 팔짱을 끼지 않은 채 나란히 몽마르트르를 향해 올라갔다. 두 사람 모두 볼트 공장에서 멀어져야겠다는 생각을 한 듯했다. 문 앞에서 만나자고 약속이라도 한 것처럼 보이지 않기 위해서였다. 그들은 공장들에서 들려오는 우르릉 소리를 뒤로한 채 고개를 푹 숙이고 움푹 파인 길을 따라갔다. 그렇게 200여 걸음을 가더니 마치 이미 잘 알고 있는 곳을 찾아가듯 여전히 아무 말 없이 왼쪽으로 돌아 공터로 접어들었다. 그곳은 제재소와 단 추 공장 사이에 아직 푸르게 남아 있는 띠 모양의 목초지였다. 군데군 데 햇볕에 누렇게 말라버린 풀들이 눈에 띄었고, 말뚝에 매인 염소 한 마리가 메에 하고 울면서 주위를 빙글빙글 돌고 있었다. 한쪽 모퉁이 에는 따가운 햇볕에 바짝 말라비틀어진 죽은 나무 한 그루가 보였다.

"정말 근사해요!" 제르베즈가 나지막하게 말했다. "시골에 와 있는 것 같잖아요."

그들은 죽은 나무 아래로 가서 앉았다. 세탁부 여인은 들고 있던 바 구니를 발 아래쪽에 내려놓았다. 맞은편에는 몽마르트르 언덕의 듬성 듬성한 수풀 사이로 줄지어 늘어선 노란색과 회색의 높다란 건물들이 보였다. 고개를 더 뒤로 젖히자, 뜨거운 순수함으로 도시를 덮고 있는 광대한 하늘의 북쪽으로 새하얗고 조그만 구름들이 떠가는 게 보였 다. 강렬한 햇빛 탓에 눈이 부시자 이번에는 평평한 지평선 멀리 보이 는 교외의 백악 같은 풍경으로 시선을 향했다. 하지만 무엇보다 그들 의 시선을 끈 것은 숨을 쉬듯 증기를 뿜어내는 제재소의 가느다란 굴 뚝이었다. 탄식하듯 길게 뱉어내는 한숨은 짓눌린 그들의 가슴을 달 래주는 듯했다.

"네, 장을 보러 가던 길이었어요. 그래서 나왔다가……" 이어지는 침묵에 마음이 불편해진 제르베즈가 다시 입을 열었다.

그에게 그토록 해명하고 싶었음에도 불구하고 갑자기 더 이상 아무런 말도 할 수가 없었다. 그와 동시에 엄청난 수치심이 그녀를 사로잡았다. 제르베즈는 자신들이 마치 합의라도 한 것처럼 그 일에 관해 얘기하려고 이곳으로 왔음을 잘 알고 있었다. 아니, 그들은 서로 한 마디도 꺼내지 않았지만 이미 그것에 관해 얘기하고 있는 것과 다를 바 없었다. 전날의 일이 무거운 돌덩이처럼 그들의 가슴을 짓눌렀다.

그러자 견딜 수 없는 슬픔에 사로잡힌 제르베즈는 눈물을 글썽이면서, 그날 아침에 끔찍한 고통 속에서 죽어간 세탁부 비자르 부인의 임종에 대해 얘기했다.

"비자르가 부인을 발로 차서 죽인 거라고요." 제르베즈는 단조로운 목소리로 조용히 말했다. "부인의 배가 풍선처럼 부풀어 올랐거든요. 배 속 어딘가에 탈이 난 게 분명해요. 맙소사! 부인은 사흘 동안이나 몸을 뒤틀면서 끔찍한 고통에 시달려야 했어요…… 아! 아마 노예선에 보내진 불한당들도 그 남자만큼 악한 짓을 하진 않았을 거예요. 하지만 남편한테 맞아 죽는 여자들을 일일이 신경 쓰다보면 법이 할 일이 너무 많아지겠죠. 매일같이 맞고 사는 여자들한테는 한 대 더 맞고 덜 맞는 게 무슨 상관이겠어요, 안 그래요? 그런데도 그 불쌍한 여자는 자기 남편이 참수형이라도 당할까봐 거짓말을 하더라고요 글쎄. 물통 위에서 떨어져서 배를 다친 거라면서…… 그러고는 밤새 비명을 지르다가 죽었어요."

대장장이는 아무 말 없이 주먹을 꼭 움켜쥔 채 풀을 잡아 뜯었다.

"어린 쥘의 젖을 뗀 지 보름도 채 지나지 않았는데. 그나마 아기가 굶어 죽진 않을 거라는 걸 다행으로 알아야겠죠…… 어쨌거나 이젠 어린 랄리가 두 동생을 돌봐야 하는 처지가 됐어요. 아직 여덟 살도 안 된 꼬마 계집아이가 말예요. 하지만 진짜 엄마처럼 어찌나 속이 깊고 현명한지 모른답니다. 그런데도 아이 아버지란 작자는 딸에게 또 발길질을 해대고 있어요…… 아, 이 세상에는 마치 고통 받기 위해 태어난 사람들이 있는 것 같아요."

그녀를 응시하던 구제는 떨리는 입술로 불쑥 말했다.

"어제 당신은 날 아프게 했어요, 오! 그래요, 많이 아프게요……"

그러자 얼굴이 새하얗게 변한 제르베즈는 두 손을 한데 모았다. 대장장이는 말을 이었다.

"그래요, 나도 언젠가는 그렇게 될 줄 알았어요…… 하지만 당신은 내게 미리 얘기해줬어야 해요. 내가 허황된 생각을 하지 못하도록 두 사람의 관계를 솔직하게……"

그는 얘기를 마저 끝낼 수 없었다. 제르베즈는 구제 역시 온 동네 사람들처럼 자신이 랑티에와 다시 관계를 맺었다고 믿고 있음을 깨닫고 자리에서 벌떡 일어났다. 그리고 두 팔을 앞으로 내밀면서 외쳤다.

"아니, 아니에요, 정말이에요…… 그가 날 떠밀고 키스하려고 했던 건 사실이에요. 하지만 그 사람 얼굴은 내 얼굴에 닿지도 않았다고요. 그리고 그런 일도 처음이었고요…… 오! 정말이에요, 나와 내 아이들의 목숨을 걸고 맹세할 수 있어요. 내가 가진 가장 신성한 것을 두고 맹세할 수 있다고요!"

하지만 대장장이는 고개를 가로저었다. 그는 그녀의 말을 믿지 않았다. 여자들은 언제나 아니라고 말하기 때문이다. 그러자 제르베즈는 매우 진지한 태도로 천천히 반복해 말했다.

"이제 날 충분히 잘 알지 않나요, 구제 씨, 내가 거짓말을 할 사람이 아니란 걸…… 아니에요, 절대로 아니라고요, 맹세코!…… 앞으로도 그럴 일은 결코 없을 거고요, 아시겠어요? 절대로! 만약 그런 일이 생기면 난 인간말짜 중의 말짜가 되는 거예요. 더 이상 당신처럼 훌륭한 남자와 우정을 나눌 자격도 없을 테고요."

솔직함으로 빛나는 아름다운 제르베즈의 얼굴을 바라보던 구제는 그녀의 손을 잡아 다시 자리에 앉혔다. 그는 비로소 제대로 숨을 쉬면서 속으로 웃을 수 있었다. 그가 지금처럼 제르베즈의 손을 잡은 것도, 그 손을 힘주어 꼭 쥔 것도 이번이 처음이었다. 두 사람은 아무 말 없이 한동안 그대로 있었다. 하늘에는 새하얀 구름들이 마치 백조의 날갯짓처럼 느리게 떠가고, 들판 한 모퉁이에서는 그들을 향해 돌아선 염소가 띄엄띄엄 나긋한 울음소리를 냈다. 두 사람은 서로 꼭 잡은 손을 놓지 않은 채, 애정이 가득한 눈으로 멀리 높게 솟은 공장 굴뚝 숲 사이로 보이는 희끄무레한 몽마르트르 언덕을 응시했다. 새하얀 석고처럼 보이는 황량한 교외의 음침한 선술집들 주위로 우거진 수풀이 그들의 눈시울을 뜨겁게 했다.

"어머님이 절 많이 욕하실 거예요, 당연히 그러시겠죠." 또다시 먼저 입을 연 제르베즈는 나지막하게 속삭이듯 말했다. "아니라고는 하지 마세요…… 우리가 그 댁에 갚아야 할 돈이 얼만데요!"

하지만 구제는 과격한 몸짓으로 그녀의 말을 가로막았다. 그러고는 잡고 있던 그녀의 팔을 부러뜨릴 것처럼 세게 흔들었다. 그는 제르베즈가 돈 얘기를 꺼내는 것을 원치 않았다. 잠시 머뭇거리던 구제는 마침내 더듬거리며 말을 하기 시작했다.

"할 말이 있어요. 오래전부터 이 말을 꼭 하고 싶었어요…… 당신은 지금 행복하지 않아요. 어머님도 그러셨어요, 당신이 사는 게 위태로워 보인다고……"

그는 말문이 막힌 듯 잠시 얘기를 멈추었다.

"그래요! 우린 함께 떠나야 해요."

제르베즈는 지금 무슨 말을 하는지 이해가 잘 안 된다는 얼굴로 그를 바라보았다. 지금까지 단 한 번도 입 밖으로 꺼내지 않았던 급작스러운 사랑 고백은 그녀를 몹시 놀라게 했다.

"그게 무슨 말이에요?" 그녀가 물었다.

"그래야만 해요." 그는 고개를 숙인 채 얘기를 계속했다. "함께 멀리 가는 겁니다, 어디든지 우리가 함께 살 수 있는 곳으로. 당신이 원하면 벨기에로 갈 수도 있어요…… 거긴 내 고향이나 마찬가지거든요…… 둘이 열심히 일하면 곧 자리를 잡을 수 있을 겁니다."

그러자 제르베즈의 얼굴이 화끈 달아올랐다. 구제가 그녀를 거칠게 껴안고 키스를 한다고 해도 이렇게까지 부끄럽진 않았으리라. 참으로 별난 남자임에는 틀림없었다. 소설 속이나 상류사회에서 일어날 법한 야반도주를 제안하다니. 아, 물론 결혼한 여자에게 추근대는 노동자를 본 적은 있다. 하지만 그들은 여자를 생드니에조차 데리고 갈 생각을 하지 않았다. 그 자리에서 직설적으로 표현하는 것으로 그쳤다.

"아! 구제 씨, 구제 씨……" 제르베즈는 달리 할 말을 찾지 못하고 나지막이 중얼거렸다.

"그럼 우리 둘만 있을 수 있어요. 난 다른 사람들이 신경 쓰인다고요, 아시겠어요?…… 난 누군가를 좋아하면 그 사람이 다른 사람하고 있는 게 싫단 말입니다."

하지만 제르베즈는 다시 정신을 가다듬고 차분한 목소리로 그를 설득하기 시작했다.

"그건 말도 안 돼요, 구제 씨. 그건 아주 나쁜 짓이라고요…… 난 결혼한 몸이에요, 잘 아시잖아요? 내겐 아이들도 있고요…… 당신이 날 각별하게 생각하고, 나 때문에 마음 아파한다는 것도 잘 알아요. 하지만 그런 일을 저지르면 우린 반드시 후회할 거예요. 결코 행복할 수 없을 거라고요…… 나도 당신을 좋아해요. 당신을 아주 많이 좋아해서 당신이 어리석은 짓을 하는 걸 그냥 보고만 있을 수가 없어요. 그건 어리석은 짓이 분명하니까요…… 그러니까 그냥 지금 이대로가 좋아요. 우린 서로를 존중하고, 서로의 감정을 잘 알잖아요. 난 그것만으로도 충분히 좋아요. 당신은 그동안 내게 여러 차례 힘이 되어주었고요. 우리가 각자 분수를 지키면서 정직하게 살아간다면 언젠가는 충분히 보상받을 거라고 믿어요."

구제는 제르베즈의 말을 들으면서 고개를 끄덕였다. 그 역시 그녀의 말에 동의했다. 그녀의 말에 아무런 반박도 할 수가 없었다. 그는 환한 대낮인데도 불구하고 느닷없이 그녀를 으스러지도록 껴안았다. 그러면서 마치 제르베즈의 살갗을 먹어버리려는 것처럼 목에 미친 듯이 격렬한 키스를 퍼부었다. 그런 다음 아무것도 요구하지 않고 그녀를 놓아주었다. 그리고 더 이상 자신들의 사랑에 관해 언급하지 않았다. 몸을 흔들어 다시 마음을 추스른 제르베즈는 자신들이 이 짧은 순간의 쾌락을 누릴 자격이 있다는 생각에 조금도 언짢은 기색을 보이지 않았다.

그러는 동안 머리부터 발끝까지 강렬한 전율을 느낀 대장장이는 제르베즈에게서 몸을 떼고 물러섰다. 그녀를 다시 안고 싶은 욕망에 흔들릴 것이 두려웠기 때문이다. 두 손을 어떻게 해야 할지 몰라 머뭇거리던 그는 무릎으로 기어가 민들레를 따서는 멀리서 제르베즈의 바구니로 던져 넣었다. 햇볕에 그을린 풀들 사이로 근사한 노란색 민들레가 무리 지어 피어 있었다. 그 작은 놀이는 점차 그의 마음을 달래주고 즐겁게 해주었다. 그는 망치질로 딱딱하게 굳은 손가락으로 꽃들을 조심스럽게 꺾어서는 하나씩 제르베즈를 향해 던졌다. 그러다가 꽃이 바구니로 정확하게 들어가면 선한 강아지 같은 눈빛으로 활짝 웃어 보였다. 세탁부 여인은 편안하고 즐거운 표정으로 죽은 나무에 몸을 기댄 채, 제재소의 시끄러운 소음 때문에 목소리를 높여 그를 향해 소리쳤다. 릴에서의 생활을 매우 마음에 들어 하는 에티엔에 대해 얘기하면서 두 사람이 나란히 공터를 떠날 무렵, 제르베즈의 바구니는 민들레로 가득 차 있었다.

사실 제르베즈는 랑티에 앞에서 자신이 주장하는 만큼 그렇게 용기 있게 행동할 수 있을 거라고는 확신하지 못했다. 물론 그가 손가락 하나라도 건드리지 못하게 하겠다고 굳게 마음먹고는 있었다. 하지만 막상 그가 건드리기라도 하면 또다시 예전의 나약함과 무기력함에 굴복하게 될까봐 두려움이 앞섰다. 주변 사람들 모두를 기쁘게 하기 위해 자신이 바라는 것을 순순히 포기하고 그들의 뜻에 따라 살았던 과거의 전철을 밟게 될까봐 두려웠던 것이다. 하지만 랑티에는 또다시 그전과 같은 시도를 하지 않았다. 제르베즈와 단둘이 있을 기회가 여러 차례 있었지만 그녀에게 지분덕대는 모습을 전혀 보이지 않았다.

이제 그는 마흔다섯 살의 나이치곤 무척 젊어 보이는 내장 가게 여주인에게 지대한 관심이 생긴 듯 보였다. 제르베즈는 구제를 안심시키려고 일부러 그의 앞에서 내장 가게 여주인 얘기를 꺼내곤 했다. 비르지니와 르라 부인이 모자 제조업자를 칭찬하는 말을 할 때면, 온 동네 여인네들이 그를 각별하게 생각하는데 굳이 자신까지 나설 필요는 없지 않느냐며 쏘아붙였다.

쿠포는 랑티에가 자신의 친구이며, 그것도 진정한 친구라고 동네방네 떠들고 다녔다. 사람들이 아무리 뒤에서 수군거려도 그는 자신이 아는 것만을 믿을 뿐이었다. 스스로가 거리낄 게 없는데 구설 같은 것에 신경 쓸 이유가 없었다. 일요일에 세 사람이 함께 외출할 때면, 그는 여봐란듯이 모자 제조업자와 아내가 서로 팔짱을 낀 채 앞에서 걸어가도록 했다. 그러면서 누가 비웃기라도 하면 싸대기를 올려붙일 기세로 사람들을 둘러보았다. 물론 쿠포는 다소 거만하고, 싸구려 독주를 우습게 여기는 랑티에가 거슬릴 때도 있었다. 게다가 글도 읽을 줄 알고, 변호사처럼 장광설도 늘어놓는 모자 제조업자를 비아냥거리기도 했다. 하지만 그런 점을 제외한다면 랑티에는 진정 사내다운 사내였다. 샤펠을 다 뒤져봐도 그런 인물을 찾아내기란 힘들 터였다. 어쨌거나 그들은 서로를 이해했고, 서로를 위해 존재하는 사람들 같았다. 자고로 남정네들끼리의 우정이란 여인네와의 사랑보다 더 굳건한 법이다.

다만 한 가지는 인정해야만 했다. 쿠포와 랑티에는 함께 먹고 마시는 데 엄청난 돈을 쏟아부었다. 이제 랑티에는 집에서 돈 냄새를 맡을 때마다 10프랑, 20프랑씩 제르베즈에게 돈을 빌렸다. 그러면서 항상 중요하다는 사업 핑계를 댔다. 그런 날이면 오래 걸리는 일에 쿠포가 필요하다는 핑계로 그를 꼬드겨 데리고 나가서는 하루 종일 흥청대곤 했다. 두 남자는 이웃에 있는 레스토랑 안쪽에 편안하게 자리를 잡고 앉은 채, 집에서는 맛보지 못할 음식과 고급 포도주로 배를 가득 채웠다. 함석공에게는 소박한 선술집에서의 식사가 더 편했을 것이다. 하지만 그는 메뉴판에 있는 특이한 소스들의 이름을 줄줄이 꿰고 있는 모자 제조업자의 고상한 취향에 감탄을 금치 못했다. 그처럼 다감하면서도 까다로운 남자는 세상에 또 없을 것 같았다. 남부 사람들은 모두가 그런 식인 듯했다. 그는 뜨거운 것이라면 질색을 했고, 음식마다 건강에 좋을지 아닐지를 일일이 따져가면서 먹었다. 그가 보기에 지나치게 짜거나 후추가 많이 뿌려진 음식은 다시 가져가게 했다. 특히 바람에는 극도로 민감하게 반응했다. 문이 조금이라도 열려 있으면 레스토랑이 떠나가라 소리를 질러댔다. 게다가 어찌나 인색한지 7, 8 프랑짜리 식사를 하면서 웨이터에게는 팁을 고작 2수밖에는 주지 않았다. 어쨌거나 모두들 그를 두려워했고, 바티뇰에서 벨빌에 이르는 외곽 도로에서는 그들을 모르는 이가 없을 정도였다. 그들은 테이블 위에 놓인 조그만 향로에 데워 먹는 캉식의 트리프*를 먹으러 바티뇰로에 있는 식당으로 다녔다. 몽마르트르 언덕 아래쪽에 있는 빌 드 바르르뒤크**에서는 그 지역에서 가장 싱싱한 굴을 먹을 수 있었다. 언덕 위쪽의 물랭 드 라 갈레트***에서는 그곳까지 힘들게 올라온 그들에

---

* '캉'은 프랑스 북서부 노르망디 지방에 있는 도시. '트리프'는 소의 위, 장 따위에 야채를 넣고 사과주와 함께 찐 요리.
** '바르르뒤크 도시'라는 뜻. 바르르뒤크는 프랑스 북동부 로렌 주에 있는 소도시이다.

게 특별히 튀긴 토끼고기를 내놓았다. 마르티르 가에 있는 **릴라**의 특별 요리는 송아지 머리 고기였다. 클리냥쿠르 가에 위치한 레스토랑인 리옹 도르와 **되 마로니에***에서는 입에서 살살 녹는 콩팥 튀김을 먹을 수 있었다. 하지만 그들이 가장 자주 가는 곳은 왼편의 벨빌 쪽에 있는 식당들이었다. 그들만의 지정석까지 마련돼 있는 **방당주 드 부르고뉴와 카드랑 블뢰****, 카퓌생은 눈을 감고 아무거나 주문해도 될 만큼 믿을 만한 식당들이었다. 두 남자는 포식을 한 다음 날 아침이면 제르베즈가 내놓은 감자를 깨지락거리면서 자신들의 비밀스러운 향연에 대해 은밀히 속닥였다. 심지어 어떤 날은 랑티에가 **물랭 드 라 갈레트**의 야외 무도장에 여자를 데리고 온 적도 있었다. 쿠포는 디저트를 먹을 때 그들을 남겨둔 채 그 자리를 떠났다.

물론 흥청망청 놀면서 동시에 일을 할 수는 없었다. 모자 제조업자가 그들의 삶 속으로 들어온 후 이미 적잖이 빈둥거리던 함석공은 더 이상 연장을 만지지도 않게 되었다. 빈둥거리는 게 지겨워진 함석공이 어쩌다 다시 일이라도 할라치면, 그의 동료는 매듭지어진 로프 끝에 매달린 꼴이 꼭 훈제 소시지 같다고 마구 놀려대면서 또다시 그를 부추기기 시작했다. 그러면서 내려와 한잔하자고 소리치면, 그 즉시 마음을 정한 함석공은 연장을 팽개친 채 수일, 수주씩 이어지는 술판

*** '갈레트 풍차'라는 뜻. 19세기 말경 파리 사람들에게 사랑받은 무도장으로 인상주의 화가 르누아르의 대작 〈물랭 드 라 갈레트〉의 모델이 된 곳이다.
* '릴라'는 '라일락', '리옹 도르'는 '황금 사자', '되 마로니에'는 '두 그루의 마로니에'라는 뜻.
** '방랑주 드 부르고뉴'는 '부르고뉴 포도주 수확', '카드랑 블뢰'는 '푸른색 문자반'이라는 뜻.

을 벌였다. 오! 맙소사, 이보다 더 기막힌 술의 향연이 있을 수 있을까. 그들은 동네의 술집이란 술집을 모두 순회하는 것은 물론이고, 다음 날 아침까지 마신 술이 점심때쯤 깨면 저녁에 또다시 독한 브랜디를 주거니 받거니 하면서 밤을 지새웠다. 그리하여 마치 축제를 밝히는 초롱처럼, 밤이 깊어 마지막 촛불이 꺼질 무렵에야 겨우 마지막 잔을 내려놓았다! 하지만 저 영악한 모자 제조업자는 결코 끝까지 가는 법이 없었다. 그는 쿠포가 실컷 취할 때까지 내버려두었다. 그리고 그를 내팽개치고 자신은 기분 좋은 미소를 띤 채 집으로 돌아오곤 했다. 그는 다른 사람이 알아차리지 못하게 취하는 재주를 지녔다. 그를 잘 아는 사람만이 게슴츠레해진 눈과, 여인네들에게 더 적극적으로 추근대는 걸 보고서야 그가 취했음을 알 수 있었다. 그와는 정반대로 함석공은 술에 취하면 더할 나위 없이 역겨운 모습을 보이곤 했다. 그는 갈 데까지 간 다음에야 비로소 술 마시는 것을 멈출 수 있었다.

그리하여 11월 초에 쿠포는 엄청난 추태를 부려 그 자신과 다른 사람들 모두의 혐오감을 유발하기도 했다. 전날 함석공이 새로운 일자리를 얻게 되자 랑티에는 이번에는 감정이 숭고하게 고양된 듯 보였다. 노동은 인간을 고귀하게 만든다면서 함석공 앞에서 노동에 대한 찬사를 늘어놓았다. 심지어 아직 날도 채 밝지 않았는데 일어나 친구를 일터까지 정중하게 에스코트하겠다고 자청하기도 했다. 그에게서 진정 노동자라는 이름에 걸맞은 모습을 발견했기 때문이다. 하지만 막 문을 연 **프티트 시베트** 앞에 이른 그들은 자두주를 마시려고 안으로 들어갔다. 앞으로 올바르게 살겠다는 굳은 결심을 한 것을 함께 기념하기 위해 꼭 한 잔만 마실 생각이었다. 카운터 맞은편의 장의자에는 비비라그리야드가 벽에 등을 기대앉아 뿌루퉁한 얼굴로 파이프 담배를 피우고 있었다.

"저런! 비비가 이 시간에 빈둥거리고 있다니." 그를 본 쿠포가 놀라 소리쳤다. "오늘은 일하기가 싫은가, 친구?"

"아니, 그런 게 아니야." 그의 동료는 두 팔을 쭉 뻗으면서 대꾸했다. "주인이란 작자들이 역겨워서 그래…… 어제 일을 때려치웠거든…… 다들 더럽고 치사한 놈들이라고……"

그러면서 비비라그리야드는 자두주를 받아 마셨다. 그는 그곳에 앉아 누군가 술을 한잔 사주기를 기다린 듯했다. 그러는 동안 랑티에는 고용주들에 대한 옹호론을 펼쳤다. 그들도 몹시 힘들 때가 있다. 바로 얼마 전까지 직접 사업을 했던 그로서는 고용주들의 입장을 충분히 이해할 수 있었다. 노동자들이 얼마나 다루기 힘든 족속인 줄 아는가! 일은 내팽개친 채 걸핏하면 술독에 빠져 지내면서, 한창 주문이 밀려들 때는 나 몰라라 한다. 공장이 파산하고 나면 그제야 다시 나타나는 게 바로 그들인 것이다. 그가 부리던 일꾼 중에 체격이 자그마한 피카르디 출신 사내가 하나 있었는데, 그는 마차로 돌아다니기를 광적으로 좋아했다. 그래서 주급을 받으면 며칠 동안 삯마차를 빌려 여기저기 싸돌아다니곤 했다. 노동자가 그런 취미를 갖는다는 게 말이 된다고 생각하는가? 그러다가 랑티에는 이번에는 고용주들을 공격하기 시작했다. 오! 그는 사리를 분별할 줄 아는 사람으로서 각자에게 맞는 진실을 얘기할 뿐이었다. 고용주들은 따지고 보면 비열하기 짝이 없는 족속이었다. 뻔뻔하게 착취를 일삼고, 세상을 집어삼키려는 자들이 아닌가. 하지만 그는 다행스럽게도 편안히 발을 쭉 뻗고 잠들 수 있었다. 그는 자신이 부리는 일꾼들을 언제나 친구처럼 대했기 때문이다. 그럼으로써 다른 고용주들처럼 수백만 프랑을 벌지 못한다고 해도 개의치 않을 터였다.

"자, 이제 그만 가자고, 친구." 그는 쿠포를 향해 말했다. "자제할 줄 알아야지. 이러다가 늦겠네."

비비라그리야드는 두 팔을 건들거리면서 그들과 함께 밖으로 나왔다. 바깥에는 그제야 날이 밝아오기 시작했다. 도로는 진흙탕으로 뒤덮여 시야가 희뿌옇게 흐렸다. 간밤엔 비가 내렸고 날씨는 매우 포근한 편이었다. 밤거리를 밝히던 가스등도 그사이에 꺼져 있었다. 건물들 사이에 아직 채 물러나지 못한 밤의 조각들이 갇혀 있는 푸아소니에 가는 점차 파리의 일터를 향해 내려가는 노동자들의 둔탁한 발소리로 채워져갔다. 어깨에 함석공의 연장가방을 둘러멘 채 걸어가던 쿠포는 어쩌다 한 번씩 활기가 넘치는 사람처럼 허세를 부렸다. 그러다가 뒤를 돌아보며 물었다.

"어이 비비, 자네 일자리 하나 소개해줄까? 주인이 일할 친구가 있으면 데려와보라고 했거든."

"고맙지만 난 지금 속이 안 좋아서…… 그러지 말고 메보트한테 얘기해보지그래. 마침 어제 그 친구가 일거리를 찾는다는 얘길 들었거든…… 잠깐, 지금쯤 여기 있을 것도 같은데."

길 아래쪽에 이른 그들은 과연 콜롱브 영감의 주점에서 메보트를 만날 수 있었다. 새벽 이른 시간부터 주점에는 환하게 불이 밝혀져 있었다. 덧문은 활짝 젖혀놓았고 가스등까지 켜져 있었다. 랑티에는 문간에 버티고 서서 쿠포에게 서두르라고 충고했다. 겨우 십 분밖에 남지 않았다.

"뭐라고! 그 쥐새끼 같은 부르기뇽 밑에서 일을 하겠다는 건가 지금!" 함석공이 일자리 애길 꺼내자 메보트는 소리를 질렀다. "난 다시는 그런 쓰레기 같은 데서 일하지 않을 거라고! 아니, 그럴 바엔 차라리 내년까지 술을 안 먹고 말겠어…… 장담하건대 자네도 거기서 사흘도 못 버티고 그만둘걸!"

"이런, 그렇게 안 좋은가?" 불안해진 쿠포가 물었다.

"오! 말도 마…… 사람을 아주 옴짝달싹도 못하게 한다니깐. 주인이 계속 뒤에서 지키고 서 있거든. 게다가 마음에 안 드는 게 한두 가지가 아니란 말이지. 그 마누라쟁이는 우리를 주정뱅이 취급하질 않나. 하다못해 침도 마음대로 못 뱉게 한다니까…… 그래서 난 딱 하루 일하고, 그날 저녁에 그치들 면전에 대고 잘 먹고 잘 살라고 소리치고 나왔다는 거 아냐."

"잘 알겠네! 미리 알려줘서 고마우이. 나도 물론 거기서 언제까지고 일할 생각은 아니야…… 오늘 아침엔 일단 어떤지 한번 알아보려고 가는 것뿐이라고. 하지만 주인이 정 나를 성가시게 하면 영감탱이를 번쩍 들어서 그 마누라쟁이한테 던져버리고 말 거야. 한 쌍의 가자미처럼 납작 들러붙어버리게 말이지!"

함석공은 좋은 정보를 알려준 동료에게 고맙다고 인사하면서 그의 손을 잡고 흔들었다. 그리고 함석공이 그곳을 떠나려고 하자 메보트는 발끈 화를 냈다. 이런 우라질! 그 부르기뇽이란 작자가 그들에게 술 한잔도 못 하게 한단 말인가? 이젠 남자들이 남자 취급도 받지 못한다는 건가? 주인이 오 분 정도는 얼마든지 기다려줄 수 있지 않은가 말이다. 한잔하는 데 동의한 랑티에가 안으로 들어섰다. 이제 네 남자는 카운터 앞에 나란히 섰다. 시커멓게 때가 묻은 검정 작업복 차림의 메보트는 닳아빠진 신발을 신고 머리에는 납작하게 찌그러진 모자를 쓴 채, 주점의 주인이라도 되는 양 큰 소리를 내면서 눈을 부라렸다. 그는 살아 있는 풍뎅이로 만든 샐러드와 죽은 고양이 고기를 먹었다는 이유로 스스로를 술꾼들의 황제이자 돼지들의 왕으로 칭했다.

"이런, 이 보르자* 같은 영감탱이야!" 그는 느닷없이 콜롱브 영감을 향해 소리쳤다. "누런색 술을 달라고. 여기서 제일 좋은 걸로. 그 당나귀 오줌 같은 술을 내놓으란 말이야."

푸른색 스웨터를 입은 콜롱브 영감이 희멀건 얼굴로 차분히 잔 네 개를 술로 가득 채우자, 네 남자는 술이 새어 나가기라도 할까봐 단번에 잔을 비워냈다.

"이게 목구멍으로 내려갈 때 기분이 아주 그만이란 말이지." 비비라그리야드가 중얼거렸다.

그사이 메보트는 우스갯소리를 계속 지껄여댔다. 지난 금요일에는 그가 한창 취해 있을 때 동료들이 장난삼아 그의 파이프에 석고 가루를 한 줌 집어넣었다. 등을 둥글게 구부린 메보트는 다른 사람 같았으면 벌써 죽고도 남았을 거라면서 으스댔다.

"어떻게 다들 한 잔씩 더 안 하시나?" 콜롱브 영감이 끈적거리는 목소리로 물었다.

"물론 마셔야죠, 한 잔씩 더 주시오. 이번엔 내가 낼 차례요." 랑티

---

* 이탈리아 르네상스 시대의 전제군주 체사레 보르자를 가리킨다. 목적을 위해서는 수단과 방법을 가리지 않는 냉혹한 처사로 악명이 높았다.

에가 말했다.

이번에는 여자들 얘기가 오갔다. 비비라그리야드는 지난 일요일에 아내와 함께 몽루즈의 숙모 집엘 다녀왔다. 쿠포는 콜롱브 영감의 주점에서 잘 알려진, 샤요에 사는 세탁부 말데쟁드의 소식을 물었다. 그리고 다시 술을 마시려는 찰나, 메보트가 지나가는 구제와 로리외를 소리쳐 불렀다. 문 앞까지 온 그들은 안으로 들어가려고 하지 않았다. 대장장이는 술 생각이 전혀 없었다. 사슬 제조공은 핏기 없는 얼굴로 몸을 떨면서 주머니 속 금 사슬을 손에 꼭 쥐었다. 그는 기침을 하면서, 브랜디를 한 모금이라도 마시면 그대로 쓰러지고 말 거라고 변명을 늘어놓았다.

"저런 겉 다르고 속 다른 인간들 같으니라고!" 메보트가 못마땅하다는 표정으로 투덜거렸다. "남이 안 보는 데서 몰래 마시는 걸 누가 모를 줄 알고."

그러고는 잔에 코를 들이대더니 콜롱브 영감의 멱살을 움켜잡았다.

"이 빌어먹을 영감탱이를 봤나, 그새 술을 바꿔치기하다니!…… 내 앞에서 그 알량한 술을 가지고 수작을 부리면 큰코다칠 줄 알아!"

점차 날이 밝아오면서 희뿌연 빛이 주점을 비추자 주인은 가스등을 껐다. 쿠포는 매형을 두둔하고 나섰다. 체질상 술을 못 마시는 걸 범죄 취급할 수는 없는 노릇이 아닌가. 또한 술 마실 필요성을 느끼지 않는 건 타고난 복이라면서 구제를 부러워하기까지 했다. 그런 다음 쿠포가 일을 하러 가려고 하자, 이번에는 랑티에가 엄숙한 표정을 지어 보이면서 그를 따끔하게 질책했다. 그렇게 도망치듯 떠나기 전에 적어도 남자답게 술 한잔은 사는 게 예의가 아닌가. 아무리 일 때문이

라고 해도 그렇게 친구들을 내팽개치고 가버리는 것은 비겁한 짓이
아닐 수 없다.

"대체 언제까지 그놈의 일 타령으로 우릴 성가시게 할 건지 원!"
메보트가 짜증을 내며 소리쳤다.

"그럼 이번에는 당신이 내실 차례인가?" 콜롱브 영감이 쿠포에게
물었다.

함석공은 술값을 치렀다. 비비라그리야드의 차례가 되자 그는 주인
의 귀에 대고 무언가를 속삭였다. 그와 동시에 주인은 느릿느릿 고개
를 가로저었다. 금세 상황 파악을 한 메보트는 또다시 콜롱브 영감에
게 늙다리 사기꾼이라면서 마구 욕설을 퍼부어댔다. 어떻게 이럴 수가
있단 말인가! 감히 자신의 동료를 이따위로 취급하다니! 온 동네 술집
주인들이 너도나도 외상을 못 줘서 안달인 판국에! 술 마시러 온 곳에
서 이런 모욕을 당하다니 웃기는 일이 아닌가 말이다! 그러는 동안 주
인은 커다란 두 주먹을 카운터 가장자리에 올려놓은 채 차분한 얼굴로
공손히 반복해 말했다.

"이 친구분에게 돈을 빌려주면 될 것 아니오."

"이런 젠장맞을! 그러지, 내가 돈을 빌려주고말고." 메보트는 고래
고래 소리를 질렀다. "자, 돈 여기 있네, 비비! 저 뻔뻔한 늙은이 얼굴
에 이 동전을 던져버려!"

그러고는 쿠포가 어깨에 메고 있는 연장가방을 보면서 잔뜩 열이
받은 표정으로 쏘아붙였다.

"자넨 젖먹이 어미라도 된 건가. 그 애새끼 좀 내려놓지그래. 곱사
등이처럼 그러고 있지 말고."

쿠포는 잠시 머뭇거렸다. 그리고 곰곰 생각한 끝에 마침내 결심한 듯 조용히 가방을 바닥에 내려놓으면서 말했다.

"어쨌거나 이젠 너무 늦었어. 부르기뇽한테는 점심을 먹고 가도록 하지. 마누라가 배탈이 났다고 둘러대면 될 거야…… 콜롱브 영감, 연장가방은 이 의자 아래 놔뒀다가 점심때 와서 다시 찾아가리다."

랑티에는 고개를 끄덕이면서 그의 절충안에 만족을 표했다. 물론 일은 중요한 것이다. 하지만 친구들과 함께 있을 때는 예의를 지키는 것이 우선이다. 한바탕 술판을 벌이고 싶은 유혹에 마음이 흔들린 네 남자는 점차 무기력감에 젖어들면서 두 팔을 축 늘어뜨린 채 눈빛으로 서로의 속마음을 타진했다. 앞으로 다섯 시간의 여유가 주어졌다고 생각하자 갑자기 기분이 좋아진 그들은 서로 뺨을 때리거나 다정함이 잔뜩 묻어나는 말을 마구 내뱉으면서 시끌벅적한 광경을 연출했다. 누구보다 마음이 가벼워진 쿠포는 갑자기 젊어진 얼굴로 "여보게, 친구"를 남발했다! 그들은 또다시 다 함께 목을 축인 다음, 당구대가 설치된 조그만 선술집 라 퓌스 키 르니플*로 자리를 옮겼다. 모자 제조업자는 잠시 못마땅한 표정을 지어 보였다. 그곳은 그다지 평판이 좋지 않은 곳이었다. 그곳에서는 싸구려 브랜디를 한 병에 1프랑, 두 잔이 나오는 반 병은 10수를 받았다. 게다가 술꾼들이 당구대에 온갖 더러운 것들을 묻혀놓은 터라 공들이 당구대에 달라붙을 정도였다. 하지만 일단 게임이 시작되자 랑티에는 큐를 기막히게 놀리면서, 공 두 개를 연속으로 맞힐 때마다 엉덩이를 살짝살짝 흔들어 보이거나 가슴

---

* '술 마시는 벼룩'이라는 뜻.

을 쭉 펴면서 평소의 매력과 유쾌함을 유감없이 발휘했다.

점심때가 되자 쿠포는 좋은 생각이 떠오른 듯 발을 구르면서 소리쳤다.

"베크살레를 데리러 가야 해. 그 친구가 어디서 일하는지 내가 알거든…… 그리고 루이 어멈 집으로 가서 독일식 소스로 버무린 돼지 족발을 먹는 거야."

모두들 그의 생각에 대찬성이라며 환호했다. 그래 맞아, 베크살레, 일명 부아상수아프는 독일식 소스를 곁들인 돼지 족발을 먹어야만 해. 그들은 다 같이 길을 나섰다. 누르스름한 빛을 띤 거리에는 가랑비가 내렸다. 하지만 이미 속이 달아오를 대로 달아오른 그들은 손발을 적시는 빗줄기의 촉촉함조차 느끼지 못했다. 쿠포는 볼트 공장이 있는 마르카데 가로 그들을 이끌고 갔다. 점심시간이 되려면 삼십여 분이나 남은 터라, 함석공은 한 아이에게 2수를 쥐여주고는 베크살레에게 부인이 아프니 즉시 나오라고 전하도록 시켰다. 대장장이는 즉각 밖으로 나왔다. 진탕 먹을 일이 자신을 기다리고 있음을 감지한 그는 태연한 얼굴로 몸을 건들거리면서 나타났다.

"오! 이런 천하의 술고래들 같으니라고!" 그는 문 뒤에 몸을 숨기고 있던 동료들을 보자마자 소리를 질렀다. "내 이럴 줄 알았다니까…… 엥? 그래, 뭘 먹을 건데?"

그들은 루이 어멈 집에서 조그만 돼지 족발을 쪽쪽 빨아 먹으면서 또다시 고용주들을 성토하기 시작했다. 베크살레는 공장에 급히 처리해야 할 주문이 있었다. 오! 주인은 이깟 십오 분 정도는 얼마든지 기다릴 수 있었다. 그가 점호에 참석하지 못한다고 해도 여전히 사람 좋은 얼굴을 한 채 기다리다가 자신이 다시 나타나주는 것만으로도 다행으로 여길 터였다. 어쨌거나 감히 그가 베크살레 같은 일꾼을 내쫓을 생각은 하지 못할 것이었다. 그처럼 유능한 일꾼을 다시 찾기란 무척 힘든 일이었기 때문이다. 그들은 돼지 족발을 다 먹은 다음에 오믈렛을 먹었다. 그리고 각자 포도주 한 병씩을 비웠다. 루이 어멈은 칼에 베였을 때 나는 피 같은 색의 오베르뉴산 포도주를 내놓았다.

"그 빌어먹을 주인이란 작자가 나를 얼마나 짜증나게 하는지 아나?" 디저트를 먹던 중에 베크살레가 언성을 높였다. "대장간에 좋은 왜 매다느냔 말이지. 그런 건 노예들한테나 필요한 거라고…… 그래 좋아! 오늘 어디 한번 울려보라지! 벌써 닷새 동안이나 죽어라고 일했으니 오늘 하루쯤은 무시해도 좋은 게 아니냐고…… 만약 그 일로 날 추궁하기라도 하면 나도 그냥 있진 않을 거야."

"난 이제 그만 가봐야겠네." 쿠포가 진지한 표정으로 말했다. "일하러 가야 해. 그래야만 해, 마누라한테 약속했거든…… 재밌게들 보내게, 난 마음으로 자네들과 함께하겠네."

다른 친구들은 그의 말을 농담으로 받아넘겼다. 하지만 그의 단호한 표정을 보고는 모두들 콜롱브 영감의 주점으로 연장가방을 찾으러 가는 그를 따라나섰다. 그는 장의자 아래 넣어두었던 가방을 집어 자기 앞에 내려놓았다. 그사이 일행은 마지막 술을 마시고 있었다. 오후 한시가 되었는데도 여전히 그곳을 떠나지 않고 술잔을 주거니 받거니 했다. 그러자 쿠포는 짜증스럽다는 몸짓으로 연장가방을 도로 장의자 아래로 집어넣었다. 그는 거치적거리는 사람들 때문에 카운터로 가까이 갈 수가 없었다. 이 시각에 일하러 간다는 게 우습다는 생각이 든 그는 다음 날 가기로 마음을 고쳐먹었다. 급여 문제를 논하던 네 남자는 함석공이 별다른 설명도 없이 잠깐 다리를 풀어주러 밖으로 나가자고 하는데도 전혀 놀라는 빛을 보이지 않았다. 어느새 비가 그쳐 있었다. 그들은 앞뒤로 줄지어 선 채 두 팔을 건들거리면서 200여 걸음을 걸어갔다. 바깥의 차가운 공기에 움츠러든 그들은 밖으로 나온 것이 못마땅한 듯 서로 아무 말도 하지 않았다. 그러다가 팔꿈치로 서로를 찌르면서 의견을 구할 필요도 없이 본능적으로 천천히 푸아소니에 가를 거슬러 올라갔다. 그리고 프랑수아네로 들어가 최상급 포도주 한 병을 마셨다. 역시, 뭐니 뭐니 해도 기분 전환에는 술만큼 좋은 게 없었다. 거리의 칙칙한 풍경은 사람을 우울하게 만들었다. 온통 진흙 투성이여서 길바닥은 경관조차 문밖으로 나가기 싫어질 정도였다. 랑티에는 동료들을 조그만 칸막이 방으로 몰아넣었다. 반투명 유리창이 달린 칸막이로 홀과 분리된 곳으로, 테이블 하나가 놓여 있었다. 그는 대체로 이와 같은 개인적인 공간에서 술을 마시는 걸 즐겼다. 그게 훨씬 편안했기 때문이다. 친구들도 편안해하지 않는가? 그곳은 집처럼 편하고, 거리낌 없이 잠을 잘 수도 있었다. 그는 신문을 가져오게 해서는 활짝 펼쳐서 눈썹을 찡그리면서 죽 훑어나갔다. 쿠포와 메보트는 피켓 게임*을 시작했다. 테이블 위에는 포도주 두 병과 술잔 다섯 개가 아무렇게나 놓여 있었다.

"그래, 대체 무슨 얘기를 지껄이고 있나?" 비비라그리야드가 모자 제조업자에게 물었다.

---

* 두 사람이 32매의 패를 가지고 하는 카드놀이.

랑티에는 잠시 뜸을 들이더니 눈도 들지 않은 채 대답했다.

"의회 소식을 읽고 있네. 아무짝에도 쓸모없는 한심한 공화주의자 좌파들 같으니라고! 달콤한 사탕발림이나 하라고 국민이 자기들을 뽑아준 줄 아는가 말이야!…… 여기 이 작자는 신의 존재를 믿는다면서 장관들 비위나 맞출 생각을 하고 있네! 난 말이지, 누가 날 뽑아주기만 하면 연단 위에 올라가서 이렇게 외칠 거야. 빌어먹을! 이렇게 말이지. 정말이라니까, 그 말 한마디면 끝난다고. 그게 바로 내 생각일세!"

"요 전날 저녁 바댕게가 신하들이 다 지켜보는 데서 마누라한테 불같이 화를 냈다는 거 아냐?" 이번에는 베크살레가 아는 체를 했다. "그것도 아무것도 아닌 일로 그랬다지. 바댕게가 술에 취했던 게 분명해."

"그놈의 정치 얘기 좀 안 할 수 없나!" 함석공이 소리쳤다. "살인 사건 같은 걸 읽어봐. 그게 훨씬 더 재밌으니까."

그리고 다시 게임을 하던 그는 9점짜리 석 장과 퀸 석 장을 들었음을 알렸다.

"시궁창이 석 장에 숫처녀가 석 장이라…… 난 도무지 여자들 치마폭을 벗어나기 힘든 것 같군."

그사이 모두들 술잔을 비우기에 바빴다. 랑티에는 큰 소리로 기사를 읽기 시작했다.

"잔혹한 범죄가 조그만 마을 가용(센에마른)을 공포 속으로 몰아넣었다. 아들이 삽으로 아버지를 살해하고 30수를 훔친 사건이 발생한 것이다……"

모두들 소리를 지르면서 치를 떨었다. 그런 놈을 사형시킨다면 박수를 치면서 기꺼이 지켜볼 것이다! 아니, 단두대로는 충분치 않다.

아예 잘게 토막을 내 죽여야 마땅할 터였다. 영아 살해 사건 역시 그들을 분노케 했다. 평소에 매우 도덕자연하는 모자 제조업자는 모든 잘못을 여자를 유혹한 남자 탓으로 돌리면서 여자를 두둔하고 나섰다. 비열한 사내가 그 불행한 여자에게 아이를 배게 하지만 않았더라면 여자가 아이를 변소에 던져버리는 일은 일어나지 않았을 것이 아닌가. 하지만 무엇보다 그들을 열광케 한 것은 T후작의 무훈담이었다. 새벽 두시에 무도회에서 막 나온 그는 앵발리드 대로에서 세 명의 불한당과 맞서 용감히 싸웠다. 장갑도 벗지 않은 채, 두 명은 머리로 배를 들이받아 물리치고, 나머지 한 명은 귀를 잡고 경찰서로 끌고 간 것이다. 어떤가? 여인네들이 보기에 정말 멋진 남자가 아닌가! 그가 귀족이라는 게 못내 아쉬울 뿐이었다.

"자, 이제 이 얘기를 잘 들어보라고." 랑티에는 신문 기사를 계속 읽어나갔다. "높은 분들 소식을 좀 들려줄 테니까. '브레티니 백작부인은 큰딸을 황제의 부관인 젊은 발랑세 남작과 결혼시켰다. 신랑이 신부에게 주는 선물 속에는 30만 프랑어치의 레이스 속옷이 들어 있었다고 하며……'"

"그런 게 대체 우리랑 무슨 상관이 있다는 거야!" 비비라그리야드가 소리치며 그의 말을 가로막았다. "그 사람들이 밤에 무슨 색깔 옷을 입는지 하나도 안 궁금하다고…… 여자가 제아무리 비싼 레이스 속옷을 걸쳐봤자 벗겨놓으면 다 똑같아. 그 짓거리 하는 건 우리랑 다를 게 무어냐 이 말이야."

랑티에가 기사를 계속 읽으려고 하자 베크살레는 그에게서 신문을 낚아채서는 엉덩이에 깔고 앉으면서 말했다.

"아! 됐네, 이제 그만!…… 이렇게 하면 따뜻해지고 좋잖아……
신문은 이럴 때 쓰라고 있는 거야."

그사이 자신의 패를 들여다보던 메보트는 의기양양한 얼굴을 하고
주먹으로 테이블을 힘껏 내리쳤다. 93점을 기록했던 것이다.

"야호, 내가 드디어 혁명*을 이뤘어." 그는 환호하면서 설명을 해나
갔다. "요부가 다섯이면 20점, 그렇지?…… 유리 장수가 하나면 23점,
거기다가 소가 셋이니까 26점이고. 거기에 종놈 셋을 더하면 29점,
애꾸**가 셋이면 모두 92점이지. 거기다가 공화력*** 1년을 더하면 정
확하게 93점이란 말이지."

"애도를 표하네, 친구." 모두들 쿠포를 향해 소리쳤다.

그들은 포도주 두 병을 더 주문했다. 잔이 미처 빌 틈도 없이 마시
는 동안 취기가 점점 도를 넘어갔다. 다섯시경부터는 하나둘씩 차례
로 역겨운 모습을 보이기 시작했다. 랑티에는 아무 말 없이 자리를 뜰
생각을 하고 있었다. 소리를 지르고 술을 바닥에 쏟는 것은 그의 취향
과는 맞지 않았다. 바로 그때 쿠포가 일어나 술꾼들끼리 통하는 성호
를 그어 보였다. 머리를 두드리면서는 몽페르나스, 오른쪽과 왼쪽 어
깨를 번갈아 두드리면서는 각각 메닐몽트****와 쿠르티유를 외쳤다.

---

* 프랑스대혁명 당시 1793년에 루이 16세가 단두대에서 처형되고 공포정치가 시작되었
다. 93점은 1793년의 혁명을 가리킨다.
** 요부는 '클로버', 유리 장수는 '다이아몬드 스트레이트', 소는 '킹', 종놈은 '잭', 애꾸
는 '에이스'를 의미한다.
*** 1793년 국민공회가 그레고리력을 폐지하고 개정한 달력. 공화제 선언일인 1792년
을 원년으로 한다.
**** '몽페르나스'와 '메닐몽트'는 취기 때문에 '몽파르나스'와 '메닐몽탕'을 불분명하
게 발음한 것.

또한 배 한가운데를 주먹으로 치면서 바뇰레*를 부르짖고는, 마지막으로 명치를 세 번 두드리면서 토끼고기 튀김을 외쳤다. 그러자 모자 제조업자는 어수선한 분위기를 틈타서 조용히 문을 나섰다. 그의 동료들은 그가 떠나는 것조차 알아차리지 못했다. 그 역시 적지 않은 술을 마신 터였다. 하지만 밖에서 정신을 추스른 그는 평소처럼 태연히 집으로 돌아가 제르베즈에게 쿠포가 친구들과 함께 있다고 알렸다.

그 후 이틀이 지났지만 함석공은 여전히 모습을 드러내지 않았다. 동네 어딘가에 있을 거라고 짐작하면서도, 그가 있는 곳을 정확히 아는 사람은 아무도 없었다. 사람들은 저마다 그를 바케 어멈 집이나 파피용, 프티 보놈 키 투스에서 보았다고 주장했다. 그러면서 그가 혼자였다고 주장하는 이들과, 그처럼 술에 취한 일고여덟 명의 남자와 함께 있는 걸 보았다는 이들로 나뉘었다. 제르베즈는 체념한 표정으로 어깨를 으쓱했다. 맙소사! 이런 일에는 익숙해져야만 했다. 그녀는 남자 뒤를 쫓아다니는 여자가 아니었다. 심지어 술집에 있는 남편을 보면 그를 자극하지 않기 위해 일부러 멀리 돌아가기도 했다. 그리고 그가 돌아오기를 기다리면서, 밤이면 혹시라도 문간에서 잠들지나 않았는지 귀를 기울였다. 함석공은 쓰레기 더미나 벤치, 공터, 심지어 도랑에 엎어져 잠들기도 했다. 그런 다음 날에는 아직 전날의 술도 덜 깬 채로 또다시 술집의 덧문을 두드렸다. 그리하여 또다시 크고 작은 술잔과 술병 들에 둘러싸여 미친 듯이 술을 향한 질주를 시작했다. 친구들과 헤어졌다가 다시 만나기도 하면서 멈출 줄 모르고 달리던 그는

---

* 몽파르나스, 메닐몽탕, 쿠르티유, 바뇰레는 모두 파리의 지명이다.

정신이 혼미해져 집으로 돌아왔다. 눈앞의 거리가 빙글빙글 춤을 추고, 어느새 밤이 내렸다가 다시 날이 밝아오는 것을 보면서도 머릿속은 온통 술을 마시고 그 자리에서 잠드는 생각으로 가득 차 있었다. 한잠 자고 일어나면 모든 게 끝나 있을 터였다. 쿠포가 사라진 지 이틀째 되던 날, 제르베즈는 그의 행방을 수소문하려고 콜롱브 영감의 주점으로 향했다. 주인은 쿠포가 그곳에 다섯 번 나타났다가 사라졌다는 것 외에는 아무것도 알려주지 못했다. 제르베즈는 여전히 장의자 아래 놓여 있는 그의 연장가방을 가져가는 것으로 만족해야 했다.

그날 저녁 랑티에는 수심에 찬 세탁부 여인에게 기분 전환을 위해 카페콩세르*에 가지 않겠냐는 제안을 했다. 제르베즈는 처음에는 거절했다. 웃고 즐길 기분이 아니었던 것이다. 그렇지 않았다면 거절할 이유가 없었을 것이다. 깍듯하게 매너를 갖춰 제안하는 그에게서 어떤 저의가 있다고는 느껴지지 않았기 때문이다. 그는 진정으로 제르베즈의 불행에 마음을 쓰면서, 아버지 같은 다정함으로 그녀를 대하는 듯 보였다. 쿠포는 지금까지 이틀 밤을 연속해서 외박을 한 적은 단 한 번도 없었다. 불안감에 사로잡힌 제르베즈는 다리미를 손에 들고 십 분마다 한 번씩 문간으로 나와, 그가 오지나 않는지 도로 양쪽 끝을 번갈아 바라보았다. 다리가 따끔거려와서 그 자리에 가만히 있을 수가 없었다. 물론 그의 다리 하나가 부러지거나 그가 마차 아래 깔렸다고 해도 아무 상관 없었다. 만약 그렇게 된다면 오히려 속이 시원하다고 생각하면서, 그런 부류의 한심한 인간에게 일말의 연민이라

---

* 식사를 하면서 노래와 다양한 쇼를 즐길 수 있는 곳.

도 느끼는 것을 스스로에게 허락지 않을 터였다. 그럼에도 불구하고 그가 언제 집으로 돌아올지를 계속 생각하는 것은 몹시 성가신 일이 아닐 수 없었다. 그리하여 거리에 가스등이 하나둘씩 켜질 무렵 랑티에가 또다시 카페콩세르 얘기를 꺼내자 제르베즈는 그러마고 승낙을 했다. 따지고 보면 남편이란 사람은 사흘 전부터 어디서 무슨 짓을 하는지도 모르는 판에 오랜만에 기분 전환을 할 기회를 스스로 차버린다는 것은 몹시 어리석다는 생각이 들었던 것이다. 그가 돌아오지 않으니 그녀 역시 나가도 되는 게 아닌가. 설령 세탁소에 불이 난다고 해도 어쩔 수 없었다. 아니, 뒤죽박죽 엉망으로 쌓여 있는 모든 것에 직접 불이라도 싸지르고 싶은 심정이었다. 제르베즈는 이제 이 지긋지긋한 삶에 넌더리가 나기 시작했다.

그들은 일찍 저녁을 먹었다. 제르베즈는 여덟시에 모자 제조업자와 함께 집을 나서면서 쿠포의 엄마와 나나에게 즉시 잠자리에 들라고 당부했다. 그리고 가게 문을 닫고 뒷문으로 나가 보슈 부인에게 열쇠를 맡기면서 웬수 같은 남편이 돌아오면 즉시 잠자리에 눕혀달라고 부탁했다. 잘 차려입은 모자 제조업자는 건물 입구에서 휘파람을 흥얼거리며 그녀를 기다렸다. 제르베즈는 실크 드레스를 입었다. 그들은 서로 몸을 바짝 붙인 채 말없이 보도를 따라갔다. 길가에 늘어선 상점들에서 나오는 빛이 나지막하게 속삭이며 미소 짓는 두 남녀를 은은하게 비춰주었다.

로슈슈아르 로에 위치한 카페콩세르는 기존의 조그만 카페의 뜰에 나무로 가건물을 지어 넓힌 것이었다. 문을 둥글게 둘러싼 구형의 유리등들이 입구를 환하게 밝히고 있었다. 배수로 가까이에는 나무판자에 붙여놓은 기다란 포스터들을 세워놓아 행인들의 눈길을 끌었다.

"여기요. 오늘 밤엔 아망다라는 여가수의 데뷔 공연이 있을 예정이오. 제법 들어줄 만할 거요."

랑티에는 자신과 마찬가지로 포스터를 들여다보고 있는 비비라그리야드를 알아보았다. 비비는 전날 주먹으로 얻어맞은 듯 눈언저리가 시커멓게 멍이 들어 있었다.

"이런! 쿠포 그 친구는?" 모자 제조업자는 주변을 둘러보면서 물었다. "여태 같이 있지 않았나?"

"오! 그 친군 못 본 지 한참 됐네, 어제 이후로. 바케 어멈 집에서 나오면서 주먹다짐이 좀 있었거든. 난 손장난 같은 걸 별로 좋아하질 않는데 말이지…… 그게 말이야, 거기 웨이터랑 시비가 붙었어. 그놈이 우리한테 술값을 두 번 요구했거든…… 난 그 길로 도망쳐서 잠을 좀 자러 갔지."

그는 열여덟 시간을 내리 잤음에도 불구하고 계속해서 늘어지게 하품을 해댔다. 하지만 술이 완전히 깬 얼굴로 멍한 표정을 짓고 있었다. 낡은 웃옷에 솜털이 잔뜩 묻은 걸로 봐서 옷을 그대로 입은 채 잠들었던 듯했다.

"그런데 우리 집 양반이 어디 있는지 정말 모르세요?" 세탁부 여인이 물었다.

"네, 정말 전혀 모릅니다…… 우리가 바케 어멈 집을 나선 게 새벽 다섯시경이었어요. 그게 전붑니다!…… 어쩌면 길 아래쪽으로 내려 갔을지도 몰라요. 그래요, 마차꾼하고 같이 나비로 들어가는 걸 본 것 같기도 하고…… 오! 정말 바보짓을 한 거죠! 우린 정말 아무짝에도 쓸모없는 인간들이에요!"

랑티에와 제르베즈는 카페콩세르에서 매우 유쾌한 시간을 보냈다. 열한시에 문을 닫자, 그들은 서두르지 않고 한가롭게 산책을 하면서 집으로 돌아왔다. 다소 쌀쌀한 밤이었고, 사람들은 무리를 지어 사라져갔다. 나무 그늘에서는 남정네들이 젊은 여자들한테 바짝 붙어서 치근덕거리는 통에 여자들이 킥킥 웃음을 터뜨렸다. 랑티에는 아망다가 부른 노래 하나를 웅얼거렸다. "누군가 내 코를 간질여요." 살짝 취기가 오른 제르베즈는 분위기에 도취돼 후렴구를 따라 불렀다. 몸에서 후끈 열이 나는 것 같았다. 게다가 그녀가 마신 술 두 잔과 파이프 담배 연기, 빼곡 들어찬 사람들한테서 풍겨 나오는 냄새로 인해 속이 뒤틀렸다. 하지만 무엇보다 그녀에게 강렬한 인상을 남긴 것은 가수 아망다였다. 그녀는 결코 사람들 앞에 그렇게 벗은 채로 나서지 못할 터였다. 하지만 솔직하게 인정해야만 했다. 아망다는 누구나 부러워할 만한 기막힌 피부를 지녔다. 관능적인 호기심이 발동한 제르베즈는 랑티에의 얘기에 귀를 쫑긋 세웠다. 그는 그녀를 아주 잘 안다는 듯 그녀에 관한 얘기를 시시콜콜 늘어놓았다.

"다들 잠들었나봐요." 제르베즈가 말했다. 관리인은 제르베즈가 종을 세 번이나 울리고 나서야 문고리를 잡아당겼다.

문이 열리고 안으로 들어가자 아파트 입구는 캄캄한 어둠에 잠겨 있었다. 제르베즈가 관리실의 유리창을 두드려 열쇠를 요구하자 잠이 덜 깬 보슈 부인이 그녀에게 무언가를 떠들어댔다. 처음에는 무슨 말인지 하나도 이해할 수가 없었다. 그러다가 마침내 경관인 푸아송이 인사불성이 된 쿠포를 데리고 왔으며, 열쇠는 자물쇠에 꽂혀 있을 거라는 말을 알아들을 수 있었다.

"오, 맙소사!" 안으로 들어가자 랑티에가 신음을 뱉어냈다. "대체 여기다 무슨 짓을 해놓은 거지? 정말 역겨워서 참을 수가 없군."

과연 지독한 냄새가 풍겼다. 성냥을 찾던 제르베즈는 축축한 바닥 위를 걸어가야만 했다. 마침내 촛불을 밝히자 그들 앞에는 기막힌 광경이 펼쳐졌다. 쿠포가 토해놓은 것들이 방을 가득 메우고 있었다. 침대와 카펫에 덕지덕지 달라붙은 건 물론 서랍장에까지 튀어 있었다. 그 와중에 푸아송이 침대에 던져놓은 쿠포는 아래로 굴러떨어져 자신이 뱉어놓은 오물 속에서 드르렁드르렁 코를 골고 있었다. 돼지처럼 오물 속을 뒹군 터라 얼굴은 엉망이었고, 커다랗게 벌린 입으로 숨을 내쉴 때마다 지독한 악취가 풍겨 나왔다. 벌써부터 희끗해지기 시작한 머리카락은 얼굴 주위의 토사물을 비로 쓸듯 훑고 있었다.

"오! 이 더러운 인간 같으니라고! 정말 웬수가 따로 없다니까!" 분노한 제르베즈는 격앙된 목소리로 외쳤다. "어떻게 이렇게 더러운 짓거리를…… 아니, 길거리의 개도 이러지는 않을 거야. 길에서 죽은 개도 이보단 깨끗할 거라고."

두 사람은 어디에 발을 디뎌야 할지 몰라 감히 움직일 엄두를 내지 못했다. 함석공이 이렇게까지 취해서 돌아온 것도, 방을 이렇게 끔찍한 난장판으로 만들어놓은 것도 처음 있는 일이었다. 눈앞에 보이는 형언하기 힘든 광경은 그녀가 아직까지 간직하고 있던 남편에 대한 일말의 애정마저 한순간에 앗아가버리고 말았다. 예전에 그가 조금 혹은 많이 취해서 돌아올 때면 제르베즈는 역겨워하기보다는 너그러운 태도를 보이려고 노력했다. 하지만 이번에는 인내심의 한계에 다

다랐고, 강한 혐오감만 생겼다. 이제는 그의 털끝 하나도 건드리고 싶지 않았다. 저 더러운 남자의 살갗이 몸에 닿는다는 생각만으로도 온몸에 소름이 돋는 것 같았다. 마치 역병에 걸려 죽은 사람의 시신 옆에 눕는 것과 다를 바 없다는 생각이 들었다.

"하지만 잠은 자야 하잖아요." 제르베즈는 나지막한 목소리로 중얼거렸다. "길거리에서 잘 수는 없는 노릇 아니겠어요…… 아! 이 사람 몸 위로 지나가야겠어요."

주정뱅이의 몸을 성큼 넘어간 제르베즈는 오물에 미끄러지지 않기 위해 서랍장 모퉁이를 잡고 섰다. 쿠포는 침대를 완전히 가로막고 있었다. 랑티에는 그녀가 오늘 밤 편히 잠들 수 없을 거라는 생각에 입가에 은밀한 미소를 띠었다. 그는 제르베즈의 손을 잡고 나지막하고 뜨거운 목소리로 말했다.

"제르베즈…… 그러지 말고, 제르베즈……"

그가 무엇을 원하는지 알아차린 제르베즈는 몹시 당황하면서 그에게서 손을 거두었다. 그러면서 자신도 모르게 예전처럼 그의 이름을 불렀다.

"아니, 당신이야말로 이러지 마요…… 제발 부탁이에요, 오귀스트, 당신 방으로 돌아가요…… 난 어떻게든 방법을 찾아볼 테니까. 침대 아래쪽에서 올라가면 된다고요……"

"제르베즈, 이런, 제발 바보같이 좀 굴지 마. 이렇게 지독한 냄새가 나는 데서 어떻게 잠을 자겠다는 거야…… 그러지 말고 이리 와. 대체 뭐가 두려워? 저치가 무슨 소리를 들을 수 있겠냐고, 젠장!"

제르베즈는 세차게 도리질을 하면서 힘겹게 버텼다. 그녀는 혼란스러운 가운데서도 이 방에 남아 있을 거라는 걸 보여주려는 듯 격렬한 몸짓으로 옷을 벗었다. 실크 드레스를 의자 위로 던진 제르베즈는 목과 팔의 새하얀 맨살을 드러낸 채 슈미즈와 페티코트 차림으로 그의 앞에 섰다. 그녀의 침대는 바로 이곳에 있지 않은가? 그녀는 자신의 침대에서 자기를 원했다. 그러면서 두 번씩이나 깨끗한 구석을 찾아 옮겨 가려고 했다. 하지만 랑티에는 포기하지 않고 제르베즈의 허리를 감싸 안은 채 그녀를 달아오르게 하려고 무슨 말인가를 속삭였다. 아! 제르베즈는 꼼짝없이 갇힌 신세가 되고 만 것이다. 앞으로는 자신의 이불 속으로 당당하게 들어가 잠자는 것을 방해하는 천하의 웬수 같은 남편이 인사불성으로 뻗어 있고, 뒤로는 그녀를 다시 차지하려고 그녀의 불행을 이용할 생각만 하는 비열한 인간이 기다리고 있었다! 모자 제조업자가 목소리를 높이자 제르베즈는 입을 다물라고 사정해야 했다. 그리고 나나와 쿠포의 엄마가 자고 있는 조그만 방을 향해 귀를 곤두세우고 소리를 들어보았다. 거친 숨소리가 나는 걸로 보아 아이와 노인은 잠든 게 분명했다.

"오귀스트, 날 그냥 놔둬요 제발. 이러다 식구들이 깨기라도 하면 어쩌려고 그래요." 제르베즈는 두 손을 모으고 간청했다. "제발 분별 있게 행동해요. 다른 날 다른 곳에서요…… 여기선 안 돼요, 내 딸 앞에서는 안 된다고요……"

랑티에는 아무런 대꾸도 하지 않고 미소를 띤 채 그녀를 바라보았다. 그리고 서서히 그녀의 귀에 키스했다. 예전에 그녀를 자극하면서 이성을 마비시키곤 했을 때처럼. 그러자 제르베즈는 온몸에서 힘이 쭉 빠져나가는 것 같았다. 귀에서 윙윙 소리가 들리더니 몸 전체가 거

세게 떨려왔다. 그럼에도 불구하고 그녀는 또다시 침대를 향해 한 발을 내디뎠다. 그리고 이내 다시 뒤로 물러서야만 했다. 도저히 어찌할 수가 없었다. 역겨움이 점점 더 커지면서 역한 냄새를 견디기가 힘들었다. 그녀 자신조차 시트에 토하고 말 것 같았다. 곤드레가 된 쿠포는 푹신한 침대 위에 누운 것처럼 팔다리를 축 늘어뜨리고 입을 비딱하게 벌린 채 편안히 잠들어 있었다. 온 동네 사람들이 모두 들어와 그의 마누라에게 키스한다고 해도 털끝 하나 까딱하지 않을 듯했다.

"어쩔 수 없군." 제르베즈는 더듬거리며 말했다. "이건 저 사람 잘못이야, 결코 내가 원한 게 아니라고…… 오! 맙소사! 어떻게 이런 일이! 나를 내 침대에서 내쫓다니, 내 침대에서조차 잠을 잘 수가 없다니…… 아니, 이건 내 잘못이 아니야, 저 남자 잘못이라고."

제르베즈는 몸을 떨면서 점차 통제력을 잃어갔다. 랑티에가 그녀를 자기 방으로 밀어 넣는 동안, 작은방에 난 사각의 유리창 뒤로 나나의 얼굴이 보였다. 막 잠에서 깨어난 아이는 조용히 몸을 일으켜 슈미즈 바람으로 밖을 내다보았다. 그리고 잠이 가득한 해말간 얼굴로 토사물 속에서 잠든 아비를 바라보았다. 아이는 얼굴을 유리창에 바짝 붙인 채 꼼짝하지 않고, 속옷 바람인 어미가 맞은편 다른 남자의 방으로 사라지는 모습을 지켜보며 서 있었다. 아이의 표정은 매우 진지했고, 사악한 기가 가득한 커다란 눈은 관능적인 호기심으로 반짝거렸다.

9

그해 겨울 쿠포의 엄마는 천식 발작으로 하마터면 세상을 뜰 뻔했다. 매년 12월이면 두세 주씩은 천식 때문에 자리보전하는 게 연례행사처럼 되풀이됐다. 그녀는 열다섯 살이 아니었다. 성 앙투안 축일이 되면 이제 일흔세 살이 되었다. 투실투실하고 건장해 보이지만 실은 몹시 병약하고 걸핏하면 죽는소리를 해댔다. 의사는 그녀에게 "안녕, 잔느통, 촛불이 꺼졌네!"라고 외치는 잠깐 사이에 기침하다가 죽을 수도 있다고 경고했다.

침대에 누워 있을 때면 쿠포 엄마는 성격이 몹시 고약해지곤 했다. 사실 그녀가 나나와 함께 자는 조그만 방은 전혀 유쾌한 분위기가 아니었다. 아이와 그녀의 침대 사이에는 의자 두 개를 간신히 놓을 공간밖에 없었다. 빛바랜 낡은 회색 벽지는 너덜너덜해져 있었다. 천장 가까이 있는 둥근 창문에서는 지하의 포도주 저장고에서 흘러나오는 듯한 희부연 빛이 새어 들어왔다. 그 안에 있으면 엄청 빨리 늙는 것 같았다. 특히 숨을 제대로 쉬지 못하는 사람의 경우에는 더욱더 그러했다. 밤에 잠을 이룰 수 없을 때는 잠든 나나의 숨소리를 듣는 것만이 그녀의 유일한 낙이었다. 하지만 낮에는 상대해줄 사람이 없었기 때문에 노인은 내내 구시렁대면서 눈물을 쏟아내곤 했다. 몇 시간이고 침대에 누운 채 몸을 이리저리 뒤척이면서 똑같은 말을 반복했다.

"오, 맙소사! 이렇게 불행할 데가!…… 세상에 나처럼 박복한 늙은이가 또 있을까!…… 이게 감옥이 아니고 뭐람. 그래, 저것들이 날 가둬놓고 죽이려는 거야!"

그러다가 비르지니나 보슈 부인이 찾아와 상태가 좀 어떤지 묻기라도 할라치면 노인은 대답 대신 즉각 길고 긴 불평을 늘어놓기 일쑤였다.

"아! 이 집에서 내가 얼마나 힘들게 연명하는지 아무도 모를 거요! 그래요, 차라리 남의 집에서 이렇게 고통스럽게 지낸다면 이런 말을 하지도 않을 거야!…… 내 얘기 좀 들어보겠소. 내가 차 한 잔을 마시고 싶다고 했더니만 글쎄! 물주전자에다 한가득 갖다주는 거예요. 그게 나보고 작작 마시라는 얘기가 아니고 뭐냐고…… 꼭 나나 고년 같다니깐. 내가 키운 손녀가 말이지, 아침이면 맨발로 뛰쳐나가서는 하루 종일 코빼기도 안 비친다니까. 나한테서 고약한 냄새가 나기라도 하는 것처럼. 그러면서 고것이 밤에는 아주 늘어지게 잘 잔다고. 자다가 일어나서 내가 아프지나 않은지 물어보는 일은 절대로 없어요 글쎄…… 다들 내가 귀찮은 거야, 내가 어서 죽기를 기다리는 거라고.

오! 어차피 곧 그렇게 될 테니까 걱정들 말라고 해요. 난 이제 아들도 없는 거나 마찬가지야. 저 망할 세탁부 계집이 나한테서 빼앗아버렸다고. 법이라는 게 없으면 아마도 날 두들겨 패서 죽여버리고 말 거라니까 분명."

사실 제르베즈는 때로 그녀를 매몰차게 대했다. 세탁소 운영은 잘되지 않았고, 모두들 신경이 날카로워 걸핏하면 서로에게 꺼져버리라는 폭언을 서슴지 않았다. 어느 날 아침 쿠포는 전날 마신 술이 덜 깬 상태에서 이렇게 소리쳤다. "저 노인은 맨날 죽을 거라면서 왜 안 죽느냐고!" 그 말은 쿠포 엄마의 가슴에 비수로 꽂혔다. 모두들 그녀 때문에 돈이 많이 든다고 하면서, 그녀가 없다면 엄청 절약할 수 있을 거라는 말을 아무렇지도 않게 내뱉곤 했다. 사실은 쿠포의 엄마 역시 처신을 제대로 했다고 볼 순 없었다. 큰딸인 르라 부인 앞에서는 아들과 며느리가 자신을 굶겨 죽일 작정이라며 신세 한탄을 해댔다. 그리하여 큰딸에게서 20수를 받아내면 그걸로 주전부리를 사 먹었다. 또한 로리외 부부 앞에서도 지독한 험담을 늘어놓으면서 그들이 주는 10프랑이 어디에 쓰이는지를 낱낱이 고자질했다. 세탁부 여인은 그 돈으로 새 보닛을 사고, 케이크를 사서 구석에서 몰래 먹거나, 차마 입 밖으로 소리 내어 말할 수 없는 더러운 짓거리들을 하기도 했다. 몇 번은 쿠포의 엄마 탓에 온 가족이 치고받고 싸울 뻔한 적도 있었다. 그녀는 이쪽과 저쪽을 번갈아가며 편들었다. 그러다가 결국엔 모든 게 엉망이 돼버렸다.

쿠포의 엄마가 가장 위험한 고비를 맞았던 그해 겨울 어느 날 오후, 로리외 부인과 르라 부인은 동시에 병문안을 왔다. 말하기조차 힘들어했던 쿠포의 엄마는 침대 앞에 있는 딸들에게 눈짓으로 가까이 오도록 했다. 그리고 숨을 헐떡거리면서 조그맣게 말을 뱉어냈다.

"정말 남세스러워서!······ 내가 간밤에 그것들 소리를 똑똑히 들었다고. 그래, 그래, 방방하고 그 모자 제조업자 말이야······ 그것들이 그 짓을 하고 있었다니까! 한심한 쿠포 녀석 같으니라고. 오, 어떻게 이런 일이 있을 수 있담!"

그녀는 숨이 멎을 것처럼 힘겹게 기침을 해대면서 간밤에 자기 아들이 술이 떡이 되어서 들어온 얘기를 들려주었다. 그때까지 잠을 이루지 못하고 있던 쿠포의 엄마는 모든 소리를 아주 잘 들을 수 있었다. 맨발의 방방이 종종걸음으로 재빠르게 움직이는 소리, 그녀를 부르는 모자 제조업자의 휘파람 소리, 살그머니 열리는 사잇문 소리와 그 밖의 모든 소리를. 그리고 그것은 다음 날 새벽까지 이어졌음이 분명했다. 쿠포의 엄마는 정확한 시간까지는 알지 못했다. 깨어 있으려고 애썼지만 잠이 들어버렸던 것이다.

"제일 기막힌 게 뭔 줄 알아. 그것들 소리를 나나가 들었을지도 모른다는 거야." 노인은 얘기를 계속했다. "그러지 않아도 아이가 밤새도록 뒤척였다니까. 평소에는 업어 가도 모를 정도로 깊이 잠드는 아인데. 자면서 요동을 치고 계속 몸을 뒤집더라고. 이불 속에 뜨거운 숯불이라도 넣어놓은 것처럼 말이지."

그녀의 말에 두 여자는 별로 놀라지도 않는 듯 보였다.

"틀림없다니까!" 로리외 부인이 목소리를 낮추어 말했다. "첫날부터 그런 게 분명해······ 하지만 뭐 쿠포가 괜찮다는데 우리가 이러쿵저러쿵할 필욘 없지. 어쨌거나 우리 가족한테 득이 될 건 없지만."

"내가 만약 그 자리에 있었더라면 그년한테 잔뜩 겁을 줬을 거야."
르라 부인은 입을 씰룩거리면서 말했다. "무슨 말이든 했을 거라고,
이렇게 말이지. '네년이 무슨 짓을 하는지 내가 다 보고 있어!', 아니
면 '경관들이 네년을 잡으러 왔다!'…… 어떤 의사의 하인이 얘기해
준 건데, 의사가 그랬다더라고. 어떤 순간에 그런 식으로 여자를 죽게
할 수도 있다고 말이야. 만약 그 자리에서 죽는다면 참으로 볼만하지
않겠어? 꼴좋게 되는 거지. 그게 바로 자업자득이 아니겠냐고."

매일 밤 제르베즈가 랑티에를 몰래 만난다는 사실은 그 즉시 온 동
네에 알려졌다. 로리외 부인은 이웃 여인네들 앞에서 요란스럽게 분
노를 표출했다. 그러면서 마누라한테 철저히 속으며 사는 멍청한 동
생에 대한 측은함을 드러냈다. 로리외 부인 자신이 아직 그런 지저분
한 집에 드나드는 것은, 오직 그런 혐오스러운 곳에서 마지못해 살아
가는 불쌍한 어머니 때문이었다. 온 동네 사람들이 제르베즈를 향해
비난을 퍼부어댔다. 그녀가 먼저 모자 제조업자를 유혹한 게 분명했
다. 그녀의 눈빛을 보면 알 수 있었다. 그랬다, 추악한 소문에도 불구
하고 음흉하기 짝이 없는 랑티에는 여전히 동네 사람들의 애정을 한
몸에 받고 있었다. 그는 예전과 변함없이 아주 반듯한 신사의 매너로
모두를 대했다. 또한 신문을 읽으면서 동네를 거닐거나, 여자들한테
상냥하고 정중하게 대하면서 늘 드롭스나 꽃 같은 것을 건넸다. 그렇
고말고! 그는 본능에 충실했을 뿐이다. 어쨌거나 그는 남자가 아닌가.
품속으로 달려드는 여자를 마다할 남자가 이 세상에 어디 있겠는가.
하지만 여자인 그녀로서는 변명의 여지가 없었다. 구트도르 가 전체
의 명예를 더럽힌 것이다. 로리외 부부는 대부와 대모의 자격으로 나

나를 자기네 집으로 불러들여 자세한 내막을 알고자 했다. 그들이 나나에게 넌지시 질문을 하면 영악한 계집아이는 길고 부드러운 눈꺼풀 아래에 반짝이는 불꽃을 꺼버린 채 어수룩한 표정을 지어 보였다.

이처럼 공공의 분노가 판을 치는 가운데서도 제르베즈는 반쯤은 잠에 취한 듯 나른하고 평온한 나날을 보냈다. 처음 한동안은 그녀 자신도 죄의식을 느끼면서 스스로를 더럽다고 생각했다. 스스로에 대해 역겨움마저 느꼈다. 그리하여 랑티에의 방에서 나올 때마다 손을 씻었고, 몸에 남아 있는 더러움을 닦아내려고 수건을 물에 적셔 어깨가 벗겨질 정도로 박박 문질러댔다. 그런 그녀를 보고 쿠포가 농담이라도 할라치면, 제르베즈는 마구 화를 내고는 몸을 오들오들 떨면서 가게 구석으로 달려가 다시 옷을 챙겨 입었다. 남편이 그녀를 안고 난 직후에는 모자 제조업자가 몸을 만지는 것을 허락지 않았다. 그녀는 남자를 바꾸듯 자신의 피부도 바꿀 수 있기를 바랐다. 하지만 시간이 감에 따라 제르베즈는 그 모든 것에 서서히 적응해갔다. 매번 몸을 씻는 건 몹시 피곤한 일이었다. 게으른 천성이 점차 그녀를 잠식하면서, 행복해지고 싶다는 욕망이 그녀로 하여금 혼란 속에서도 가능한 모든 행복을 이끌어내도록 했다. 제르베즈는 자신과 모두에게 너그러운 모습을 보였다. 오직 그 누구도 골치 아픈 일을 겪지 않도록 신경을 썼다. 모두에게 좋은 게 좋은 게 아니겠는가? 남편과 연인이 다 같이 만족하고, 집안이 평소처럼 돌아간다면 그걸로 된 게 아닌가. 모두가 기름이 도는 얼굴로 삶에 만족하며 물 흐르듯 살아가고, 아침부터 저녁까지 웃고 떠들 수 있다면 그 이상 무엇을 더 바라겠는가. 어쨌거나 그녀가 그렇게까지 잘못하고 있는 건 아닌 듯했다. 모두가 만족하게

끔 모든 게 잘 해결된 것을 보면 알 수 있었다. 대개는 잘못을 했을 때 벌을 받는 법이다. 그렇게 그녀의 방종한 생활은 점차 습관이 되어갔다. 이제 이런 생활은 먹고 마시는 것과 마찬가지로 규칙적인 생활의 일부가 된 것이다. 쿠포가 술에 취해 돌아올 때마다 그녀는 랑티에의 방으로 건너갔다. 일주일 중 적어도 월요일, 화요일 그리고 수요일에는 대부분 그와 밤을 함께 보냈다. 심지어 함석공이 코를 너무 심하게 골 때는 자다가 일어나 이웃 남자의 베개에서 다시 편안히 잠을 청했다. 모자 제조업자에게 딱히 더 애틋한 마음을 느껴서 그런 것은 아니었다. 아니, 단지 그가 더 깨끗하기 때문이었다. 그녀는 그의 방에서 더 편안하게 쉴 수 있었다. 그곳에서는 마치 목욕을 하는 느낌이 들었다. 제르베즈는 새하얀 시트 위에서 몸을 웅크린 채 자기를 좋아하는 암고양이를 닮아 있었다.

쿠포의 엄마는 감히 그 일에 대해 대놓고 얘기할 생각을 하지 못했다. 그러다가 서로 다투던 중에 세탁부 여인이 그녀를 흔들어놓자 노인은 급기야 그 일에 관해 에둘러 말하고 말았다. 아주 한심한 남자들과 아주 음탕한 여자들을 잘 알고 있다면서, 예전에 조끼 재단사로 일할 때의 입담을 발휘해 적나라한 말을 거침없이 뱉어냈다. 제르베즈는 처음으로 아무 말 없이 노인을 뚫어지게 바라보았다. 그러더니 그녀 역시 직접적인 언급을 피하면서, 일반적 이유를 들어가며 변명을 늘어놓았다. 여자가 술주정뱅이에다 오물 속에서 살아가는 더러운 남자를 남편으로 두었을 경우, 다른 데서 깨끗함을 찾는 건 당연히 용서받을 수 있는 일이다. 그녀는 한술 더 떠서, 랑티에는 쿠포만큼이나 남편과 같은 사람임을 빗대어 얘기했다. 아니, 어쩌면 그가 진정한 남편이나 마찬가지였다. 그녀는 그를 열네 살 때부터 알지 않았는가? 게다가 그와 두 아이를 낳은 몸이지 않은가? 이런 경우에는 모든 게 용서될 수 있다. 그 누구도 감히 그녀에게 돌을 던질 수는 없을 것이었다. 제르베즈는 자연의 법칙을 들먹이며 스스로를 합리화했다. 그러면서 자신을 함부로 자극하지 말라고 충고했다. 그랬다가는 즉각 받은 대로 되돌려주고 말 터였다. 따지고 보면 구트도르 가 동네 전체가 그다지 깨끗하다고 할 수는 없지 않은가! 옆집의 비구르 부인은 아침부터 저녁까지 숯 더미 속에서 뒹굴었다. 식료품점 안주인인 르옹그르 부인은 제르베즈라면 거들떠보지도 않을, 침이나 질질 흘리는 한심한 시동생과 관계를 했다. 맞은편의 점잖은 척하는 시계 수리공은 차마 입에 담지 못할 짓거리를 저지른 죄로 하마터면 중죄 재판소에 불려갈 뻔했다. 그는 거리에서 굴러먹던 친딸과 그 짓거리를 한 것으로 소문이 자자했다. 그녀는 과장된 몸짓으로 동네 전체를 가리키면서 저들 모두의 수치스러운 비행을 열거하자면 한 시간 가지고도 모자랄 거라고 덧붙였다. 그곳에서는 아비와 어미 그리고 자식이 마구 뒤섞여 배설물 속에서 짐승처럼 잠을 자는 일이 비일비재했다. 오! 그녀는 얼마든지 얘기할 수 있었다. 사방이 똥물로 가득 차 주위의 집들에까지 독소를 뿜어내고 있다는 사실을! 그랬다, 그랬던 것이다. 지독한 가난 때문에 서로가 한데 뒤엉켜 살아가는 이 파리 한구석에서는 남자와 여자 모두에게서 지독한 악취가 풍겨 나왔다! 그러한 남녀를 맷돌에 간다면 아마도 생드니 들판에 있는 체리나무들에 비료로 주고도 남을 터였다.

"분명히 말하지만, 누워서 침 뱉기 같은 짓은 하지 않는 게 좋을 거예요." 제르베즈는 더 이상 참지 못하고 소리쳤다. "각자 자기 자리가 있는 것 아닌가요? 서로를 건드리지 말고, 각자 자기 방식대로 살아가면 되는 거라고요…… 난 만사가 좋은 게 좋은 사람이에요. 하지만 시궁창에서 노는 사람들이 날 거기로 끌어들이는 건 절대 못 참아요."

그리고 어느 날 쿠포의 엄마가 좀 더 구체적으로 애길 꺼내자 제르베즈는 이를 악물면서 야멸치게 쏘아붙였다.

"지금 아파서 좀 누워 있다고 이때다 싶은가봐요…… 아뇨, 어머닌 지금 아주 잘못 생각하시는 거예요. 지금까지 내가 어머니한테 어떻게 대했는지 생각해보시라고요. 내가 한 번이라도 어머니 사생활에 관한 애길 꺼낸 적이 있던가요? 오! 나도 다 알아요. 참 근사한 인생을 사셨더군요. 그이 아버님이 살아 계신 동안에도 두세 명의 남자가 있었죠…… 아뇨, 애써 기침을 해댈 필욘 없어요, 내 애긴 끝났으니까. 그러니까 이젠 내 일에 상관 말라고요, 아시겠어요!"

노인은 그 자리에서 숨이 멎을 뻔했다. 다음 날 제르베즈가 자리를 비운 사이에 구제가 어머니의 세탁물을 찾으러 오자, 쿠포의 엄마는 그를 자기 침대 머리맡에 한참 동안 붙들어두었다. 노인은 대장장이가 제르베즈를 각별하게 생각한다는 사실을 익히 알고 있었다. 그리고 얼마 전부터 일어난 추잡한 일들에 대한 의혹으로 우울해하고 불행해하는 그를 지켜보던 터였다. 그녀는 하소연도 하고, 전날 밤 제르베즈와의 다툼에 대한 앙갚음도 할 겸 그에게 있는 그대로의 사실을 하나도 남김없이 얘기해주었다. 마치 세탁부 여인이 처신을 잘못해 누구보다 그에게 큰 잘못을 저지른 것처럼 눈물까지 흘려가면서 그를 동정했다. 노인의 방에서 나온 구제는 슬픔으로 가슴이 미어져 벽에 기대서야만 했다. 세탁부 여인이 돌아오자 쿠포의 엄마는 구제 부인 집에서 당장 오라고 했다고 소리쳤다. 맡긴 세탁물을 다렸건 다리지 않았건 상관없었다. 쿠포 엄마의 들뜬 목소리에 제르베즈는 즉각 그녀가 무슨 험담을 했음을 눈치챘다. 그리고 자신을 기다리는 고통스럽고 마음 아픈 광경을 눈앞에 떠올렸다.

얼굴이 백지장처럼 새하얘진 제르베즈는 벌써부터 후들거리는 다리로 간신히 세탁물을 바구니에 주워 담고 길을 나섰다. 그녀는 수년 전부터 구제 모자에게 돈을 한 푼도 갚지 못했다. 빚은 언제나 425프랑에서 맴돌곤 했다. 그녀는 매번 돈이 궁하다는 핑계로 세탁비를 받아 갔다. 그러면서 그런 자신을 무척 부끄럽게 여겼다. 자신을 향한 대장장이의 연정을 이용하는 것처럼 보일 수 있었기 때문이다. 이젠 예전보다 거리낌이 없어진 쿠포는 구제가 구석에서 몰래 껴안기라도 했느냐면서, 그걸로 빚을 갚았다고 치면 되지 않느냐며 이죽거렸다. 그러면 제르베즈는 랑티에와의 관계에도 불구하고 불같이 화를 내면서, 남편한테 그걸 정말 원하는지를 물어보곤 했다. 그녀는 자기 앞에서 구제에 관해 나쁘게 얘기하는 것을 용납할 수가 없었다. 구제를 향한 연정은 그녀에겐 영예로운 한 부분처럼 남아 있었다. 따라서 그녀는 그 선한 모자에게 세탁물을 돌려주러 갈 때마다 계단을 올라가는 순간부터 가슴이 메었다.

"아! 마침내 왔군요!" 구제 부인은 문을 열면서 퉁명스럽게 말했다. "내가 죽기 전엔 다시 못 볼 줄 알았는데."

당황한 제르베즈는 감히 변명할 생각조차 하지 못하고 안으로 들어갔다. 그녀는 더 이상 예전처럼 정확하지도 않았고, 결코 제시간에 나타나지도 않았으며, 약속을 일주일씩이나 어기는 일도 다반사였다. 그러면서 점차 진창 속으로 빠져들었다.

"난 벌써 일주일 전부터 당신을 기다렸어요." 레이스 수선공은 얘기를 계속했다. "당신은 나한테 거짓말을 했죠. 수습생 계집아이를 보내서는 온갖 변명을 다 늘어놓게 했어요. 지금 세탁물을 작업하고 있으니 저녁엔 꼭 갖다줄 거라는 둥, 실수로 옷을 양동이 속으로 떨어뜨려버렸다는 둥. 그사이 난 아무것도 못하고 내내 기다리다가 하루를 망치고 말았어요. 이건 말도 안 돼요…… 어디 한번 봅시다, 이 바구니엔 대체 뭘 가져왔는지! 적어도 다 들어 있긴 한지! 무려 한 달 동안이나 되돌려주지 않은 시트 한 쌍을 가져오긴 했어요? 지난번에도 늦어져서 가지고 오지 못했던 셔츠는?"

"네, 네." 제르베즈는 기어 들어가는 목소리로 대답했다. "셔츠는 여기 있어요, 여기요."

하지만 구제 부인은 즉각 항의했다. 이 셔츠는 그녀의 것이 아니었다. 그녀는 이걸 받을 수가 없었다. 이젠 옷까지 바꿔서 가져오다니, 정말 해도 해도 너무하지 않은가! 지난주만 해도 벌써 자신이 표시해놓은 것이 아닌 남의 손수건 두 장을 돌려받았다. 누구의 것인지도 모르는 세탁물은 몹시 찜찜한 기분이 들게 했다. 더구나 구제 부인은 자신의 물건에 엄청난 애착을 가졌다.

"그런데 내 시트는?" 그녀는 다시 따져 물었다. "그것도 잃어버렸죠, 그렇죠?…… 이런! 부인, 어떻게든 해보란 말이에요. 난 무슨 일이 있어도 내일 아침에는 내 시트를 되돌려 받아야겠으니까, 반드시!"

그리고 한동안 침묵이 흘렀다. 무엇보다 제르베즈를 당혹스럽게 한 것은, 그녀 뒤로 구제의 방문이 살짝 열려 있다는 것이었다. 그녀는 대장장이가 그곳에 있음을 알 수 있었다. 당연히 감수해야 할 비난에 아무런 대답도 못 하는 것을 그가 모두 듣고 있었다니, 그보다 더한 수치가 어디 있단 말인가! 제르베즈는 고개를 숙인 채 매우 고분고분한 태도로 침대 위에 재빨리 세탁물을 올려놓았다. 구제 부인이 그것들을 하나씩 살펴보기 시작하자 상황은 더욱더 나빠졌다. 그녀는 그것들을 하나씩 집어 내던지면서 세탁부 여인에게 독설을 퍼붓기 시작했다.

"아! 이젠 정말 예전의 솜씨는 찾아볼 수가 없군요. 더 이상 당신을 칭찬할 수 없게 되었다고요…… 그래요, 이제 당신이 가져온 세탁물들은 더럽기 짝이 없어요…… 자, 이걸 봐요, 이 셔츠 앞자락이 타버린 게 안 보여요? 주름에 다리미 자국이 남았잖아요. 게다가 단추는 모두 떨어져 나갔고요. 대체 일을 어떻게 하길래 단추가 하나도 남아 있지 않은지 정말 이해할 수가 없군요…… 오! 이런 맙소사, 이 캐미솔 값은 정말 한 푼도 쳐줄 수 없어요. 이거 보여요? 얼룩이 그냥 있잖아요, 아니 오히려 더 퍼뜨려놓았네. 차라리 잘됐어요! 이제 어차피 세탁을 해도 더 깨끗해지지 않을 바에는……"

구제 부인은 세탁물을 세던 것을 중단하고 소리쳤다.

"아니! 지금 이게 다 가지고 온 거예요?…… 양말 두 켤레, 냅킨 여섯 개, 식탁보 하나랑 행주를 모두 빠뜨렸잖아요…… 이봐요, 지금 나랑 장난하자는 거요? 다림질을 했건 안 했건 모두 가져오라고 분명히 얘기했을 텐데! 분명히 말하지만, 지금부터 한 시간 후에 당신 수습생이 나머지를 몽땅 가지고 오지 않으면 나도 더 이상 그냥 있진 않을 거요, 쿠포 부인!"

그 순간, 방에서 구제가 기침하는 소리가 들렸다. 제르베즈는 살짝 몸을 떨었다. 그가 모두 듣고 있는데 자신을 이렇게 다루다니, 오, 맙소사! 그녀는 무안하고 불편한 마음으로 방 한가운데서 더러운 세탁물을 기다리며 서 있었다. 하지만 가져온 세탁물을 세는 것을 그만둔 구제 부인은 다시 창가의 자기 자리로 가서 레이스 숄을 수선하기 시작했다.

"세탁물은요?" 세탁부 여인은 머뭇거리며 물었다.

"아니, 됐어요. 이번 주엔 줄 게 아무것도 없어요."

그러자 제르베즈의 얼굴에서 핏기가 가셨다. 또다시 고객 한 명이 줄어든 것이다. 제르베즈는 당혹스러움을 감추지 못하고 의자 위에 털썩 주저앉았다. 다리가 후들거렸기 때문이다. 하지만 변명할 생각조차 하지 못한 채 간신히 이렇게 물었을 뿐이다.

"구제 씨가 아픈가요?"

그랬다, 그는 몸져누워 있었다. 대장간으로 향하는 대신 집으로 돌아와 침대에 누워 휴식을 취하고 있었던 것이다. 구제 부인은 진중한 목소리로 얘기했다. 여느 때처럼 검은 옷을 차려입고, 창백한 얼굴에는 수녀들이 쓰는 머리쓰개를 두른 채였다. 볼트 공장에서는 대장장이들의 수당을 9프랑에서 6프랑으로 또다시 깎았다. 그 모든 일을 대체하는 기계 때문이었다. 그녀는 이제 모든 걸 절약해야만 했다. 빨랫감 또한 예전처럼 직접 세탁할 작정이었다. 물론 쿠포 부부가 아들에게서 빌려간 돈을 갚는다면 그보다 더 좋은 일은 없을 터였다. 하지만 그들이 돈을 갚지 못한다고 해도 그녀는 먼저 집행관을 보낼 생각은 없었다. 구제 부인이 빚에 관해 얘기하는 동안, 고개를 푹 숙인 제르베즈는 레이스의 코를 하나씩 다시 만들어나가는 바늘의 날렵한 움직임을 눈으로 좇는 듯 보였다.

"하지만 조금만 절제한다면 빚을 갚아나갈 수 있을 거요. 내가 보기에 댁들은 엄청 잘 먹고, 호사를 부리면서 아주 잘살고 있는 것 같으니까…… 그런 돈을 아껴서 우리한테 한 달에 10프랑씩이라도 갚는다면……"

그 순간 구제가 큰 소리로 구제 부인을 부르는 바람에 그녀는 얘기를 중단해야만 했다.

"어머니! 어머니!"

그리고 곧 다시 돌아와 자리에 앉은 레이스 수선공은 화제를 바꾸었다. 아마도 대장장이가 제르베즈에게 돈 얘기를 하지 말아달라고 애원한 듯했다. 하지만 오 분도 채 지나지 않아 그녀는 자신도 모르게 또다시 빚 얘기를 꺼냈다. 오! 그녀는 이미 이렇게 될 줄 알았다. 함석공이 가게를 모두 말아먹고, 마누라마저 망가뜨리고 말리라는 것을 예상한 터였다. 아들이 자기 말을 들었더라면 그들 부부에게 500프랑을 빌려주는 일 따위는 결코 없었을 것이다. 그랬다면 아들도 지금쯤은 결혼했을 것이고, 평생 불행하게 지낼 생각에 슬픔에 겨운 나날을 보내는 일 같은 건 없었을 것이다. 감정이 한껏 격앙된 구제 부인은 몹시 매몰찬 태도로, 제르베즈가 쿠포와 함께 작당해서 순진한 자신의 아들을 이용했다면서 대놓고 비난했다. 그랬다, 세상에는 수년 동안 가식적인 태도로 사람을 가지고 놀다가, 결국엔 그 비행을 만천하에 드러내고 마는 위선에 가득 찬 여자들이 존재했다.

"어머니! 어머니!" 이번에는 좀 더 격해진 구제의 목소리가 다시 들려왔다.

자리에서 일어났다가 다시 돌아온 구제 부인은 다시 레이스를 집어 들면서 말했다.

"들어가보구려. 아들이 댁을 좀 보자고 하니까."

제르베즈는 떨리는 마음을 간신히 억누르면서 문을 열어둔 채 안으로 들어갔다. 자신이 곧 연출하게 될 광경을 떠올리자 가슴이 마구 뛰었다. 그건 구제 부인 앞에서 그들의 사랑을 고백하는 것과 마찬가지였기 때문이다. 열다섯 살 소년의 방처럼 조그만 철제 침대와 그림들로 둘러싸인 작고 아늑한 방은 예전과 달라진 게 없어 보였다. 구제는 쿠포의 엄마가 들려준 얘기에 커다란 충격을 받은 듯 거대한 몸을 축 늘어뜨린 채 침대에 길게 누워 있었다. 벌겋게 충혈된 눈에서 흘러내린 눈물이 아름다운 황금빛 수염을 촉촉히 적셨다. 처음 화가 치밀어오른 순간에 극도의 분노를 억누르지 못하고 주먹으로 세게 내려친 때문인지, 베개 가운데가 움푹 팬 채 베갯잇이 찢어져 벌어진 틈 사이로 깃털이 삐져나와 있었다.

"저기요, 우리 어머니 말씀은 귀담아듣지 마세요." 그는 세탁부 여인에게 들릴락 말락 한 소리로 말했다. "당신은 나한테 갚을 빚이 없어요. 우리 다시는 그런 말은 하지 말도록 하죠."

그러면서 그는 몸을 일으켜 제르베즈를 똑바로 쳐다보았다. 커다란 그의 눈에 이내 눈물이 그렁그렁 맺혔다.

"많이 아픈가요, 구제 씨? 대체 어디가 아픈 거예요, 제발 얘기 좀 해주세요!"

"아니, 괜찮아요. 어제 일을 너무 많이 해서 좀 피곤한 것뿐입니다. 조금 자고 나면 괜찮을 거예요."

그리고 그는 슬픔에 가슴이 터져나갈 것 같아 참지 못하고 소리쳤다.

"아! 어떻게 그럴 수가! 어떻게 그런 일이! 그러면 안 되잖아요, 절대로! 그러지 않겠다고 나한테 맹세했잖아요. 그런데 결국 이렇게 돼버렸어요, 결국 이렇게!…… 오! 맙소사! 왜 날 이렇게 아프게 해요, 부탁인데 이젠 나 혼자 좀 있게 해줘요."

그러면서 구제는 가만히 애원하듯 한 손으로 그녀에게 나가달라는 손짓을 했다. 제르베즈는 그에게 가까이 다가갈 엄두도 내지 못한 채 그의 요구대로 방을 나왔다. 바보같이, 그를 위로할 수 있는 어떤 말도 생각해낼 수 없었다. 그녀는 옆방에서 자신이 가지고 온 빨래 바구니를 집어 들었다. 하지만 여전히 그곳에 머무르면서 무슨 말인가를 하고자 했다. 구제 부인은 고개도 들지 않은 채 레이스 수선을 계속했다. 그러다가 마침내 먼저 입을 열었다.

"이제 그만 좀 가주면 좋겠군요! 내 나머지 세탁물을 보내는 거 잊지 마세요. 따지는 건 나중에 하도록 하죠."

"네, 그럴게요, 안녕히 계세요." 제르베즈는 더듬더듬 인사를 했다.

그리고 잘 정돈된 깨끗한 방 안을 마지막으로 흘끗 둘러보고는 가만히 문을 닫았다. 마치 그곳에 순수했던 자신의 일부를 남겨두고 나오는 것 같은 느낌이 들었다. 그녀는 자신이 어디로 가는지도 알지 못한 채 길을 가는 소들처럼 아무 생각 없이 멍한 표정으로 집으로 돌아갔다. 한참 만에 처음으로 침대를 벗어난 쿠포의 엄마는 난롯가 의자에 앉아 있었다. 하지만 세탁부 여인은 그녀에게 아무것도 따져 묻지 않았다. 지독한 피로감이 엄습하면서, 전신을 두들겨 맞은 것처럼 온몸의 뼈가 욱신거리며 아파왔다. 사는 게 너무 가혹하다는 생각이 들었다. 하지만 당장 죽을 수 없다고 해서 스스로 심장을 도려낼 수는 없지 않은가.

이제 제르베즈는 그 무엇에도 아무런 관심을 보이지 않았다. 그러면서 모호한 손짓으로 모두를 쫓아버렸다. 매번 새로운 걱정거리가 생길 때마다, 하루에 세 끼씩 꼬박꼬박 챙겨 먹는 유일한 즐거움 속으로 더 깊이 빠져들었다. 어느 날 갑자기 세탁소가 무너져 내린다고 해도 아무 상관 없었다. 그 밑에서 깔려 죽지만 않는다면 그녀는 셔츠 하나 걸치지 않고도 아무런 미련 없이 그곳을 떠날 수 있었다. 그리고 실제로 그녀의 세탁소는 무너져 내렸다. 한꺼번에는 아니었지만 아침저녁으로 서서히 조금씩 내려앉고 있었다. 단골 고객들은 하나둘씩 불평을 늘어놓으면서 세탁물을 다른 곳으로 가져갔다. 마디니에 씨와 르망주 양 그리고 보슈 부부마저 일을 더 깔끔하게 하는 포코니에 부인의 세탁소로 되돌아갔다. 모두들 양말 한 짝을 되돌려 받는 데 3주를 기다리고, 전주 일요일에 묻힌 기름얼룩이 그대로 남아 있는 셔츠를 다시 입는 데 지칠 대로 지친 때문이었다. 하지만 여전히 기가 꺾이지 않은 제르베즈는 그들에게 마구 독설을 퍼부어대면서 잘 가라고 소리쳤다. 오히려 그들의 더러운 옷을 더 이상 만지지 않게 돼 차라리 잘됐다며 스스로를 위로했다. 그래, 좋다고! 온 동네가 그녀에게 등을 돌린다고 해도 상관없었다. 그녀로서는 온갖 쓰레기가 알아서 떨어져

나가는 셈이었다. 덩달아 일도 줄어들었다. 이제 제르베즈는 돈을 제때 지불하지 않는 고객과 창녀, 그리고 지독한 악취 때문에 뇌브 가의 어떤 세탁부도 만질 엄두를 내지 못하는 고드롱 부인의 세탁물만을 맡았다. 게다가 상황이 날로 악화되어 마지막까지 남아 있던 세탁부 퓌투아 부인마저 내보내야만 했다. 이제 제르베즈는 갈수록 멍청해지는 사팔뜨기 수습생 오귀스틴과 단둘이 남게 되었다. 한데도 일감이 충분치 않아 오후 내내 스툴에 엉덩이를 붙이고 앉은 채 시간을 죽이는 날이 허다했다. 마침내 결정적 몰락이 도래했다. 파멸의 냄새가 멀리까지 짙게 풍겨 나갔다.

당연하게도 나태와 빈곤함이 자리 잡은 곳에는 불결함이 따라왔다. 과거에 제르베즈의 자존심이었던 하늘을 연상시키는 근사한 파란색 가게는 이젠 어디에서도 그 흔적을 찾아보기 힘들었다. 이미 오래전부터 사람의 손길이 닿지 않은 창틀과 판유리는 거리를 달리는 마차에서 튄 오물로 온통 뒤덮였다. 진열창 선반에 매달아놓은 놋쇠봉에는 병원에서 죽은 여자 고객들이 미처 찾아가지 못한 회색빛 누더기 옷 세 벌이 널려 있을 뿐이었다. 안으로 들어가면 더 초라하기 짝이 없는 광경이 펼쳐졌다. 천장에서 말리는 축축한 세탁물들의 습기 탓에 벽에서 떨어져 나간 퐁파두르 스타일의 사라사 벽지는 먼지가 잔뜩 내려앉은 거미줄처럼 너덜거렸다. 수없이 반복된 부지깽이질로 인해 구멍이 뚫리고 부서진 난로는 고물상에 쌓인 낡은 무쇠 조각처럼 보였다. 온갖 종류의 음식이 차려져 있었던 작업대에는 커피와 포도주, 잼의 얼룩을 비롯해 월요일마다 열린 질펀한 파티의 흔적이 덕지덕지 들러붙어 있었다. 그와 더불어 시큼한 풀 냄새와 곰팡내, 기름

탄내, 그리고 땟국이 뒤엉켜 악취가 풍겨 나왔다. 하지만 제르베즈는 그 속에서 전혀 불편함을 느끼지 못했다. 가게가 더러워지는 것조차 알지 못했다. 점차 그 속에 자신을 내맡기면서, 찢어진 벽지와 기름때가 찌든 창틀에 익숙해져갔다. 또한 술기가 뜯어진 치마를 입었고, 더 이상 귀를 씻지도 않았다. 더러움조차 기분 좋게 웅크려 쉴 수 있는 아늑한 둥지처럼 느껴졌다. 이제 제르베즈는 모든 게 엉망이 될 때까지 내버려두었다. 먼지가 구멍을 틀어막고 벨벳처럼 사방에 깔리기를 기다리면서 점차 나른한 나태함 속으로 빠져들었다. 주위의 모든 것이 점차 무겁게 가라앉는 느낌은 몸과 마음을 몽롱하게 만드는 관능적 쾌락마저 안겨주었다. 제르베즈에겐 무엇보다 자신의 평안함이 먼저였다. 그 나머지는 아무래도 상관없었다. 점차 늘어나는 빚도 더 이상 그녀를 부대끼게 하지 못했다. 제르베즈는 이제 정직함마저 잃어버렸다. 빚을 갚든 못 갚든 더 이상 아무런 상관이 없었다. 제르베즈는 차라리 눈감는 쪽을 택했다. 한 가게에서 더 이상 외상 거래를 하지 않겠다고 선언하면 옆 가게에서 다시 시작하면 되었다. 그렇게 해서 점차 온 동네에서 신용을 잃어갔고, 한 집 건너 한 집마다 갚지 못한 빚이 쌓여갔다. 구트도르 가만 해도 석탄 가게나 식료품점, 과일 가게 앞을 지나쳐 갈 엄두를 내지 못했다. 그리하여 세탁장에 갈 때는 십여 분이나 더 걸어 푸아소니에 가로 돌아가야만 했다. 상인들은 그녀에게 욕설을 퍼부어댔다. 어느 날 저녁에는, 랑티에 방에 들여놓은 가구를 판 상인이 이웃들을 불러 모아 소란을 피웠다. 그러면서 빚을 갚지 않으면 그녀의 치마를 들쳐 올려 몸으로 때우게 하겠다고 엄포를 놓았다. 물론 그런 광경을 떠올리는 것만으로도 몸이 떨리는 건 사실이었다. 하지만 두들겨 맞은 개처럼 몸을 한 번 털어내고 나면 그걸로 끝이었다. 그리고 그날 저녁이면 언제 그랬느냐는 듯 즐겁게 식사를 할 수 있었다. 게다가 그들은 그녀를 짜증나게 하는 성가신 작자들일 뿐이었다! 돈이 없는데 만들어내기라도 하란 말인가! 더구나 상인들은 그동안 도둑이나 다름없이 충분히 해먹어놓고 그 정도 기다리는 게 무슨 대수란 말인가! 제르베즈는 언젠가 필연적으로 닥칠 일을 생각하지 않으려고 애쓰면서 자신의 보금자리에서 다시 잠을 청하곤 했다. 그래 좋아! 언젠가 망할 테면 망하라지! 하지만 그때까지는 그 누구라도 자신을 괴롭히는 것을 용납할 수 없었다.

그사이 쿠포의 엄마는 다시 원기를 회복했다. 제르베즈는 1년은 더 간신히 세탁소를 꾸려나갈 수 있었다. 여름에는 당연히 다른 때보다 좀 더 일거리가 많았다. 주로 외곽 도로의 창녀들이 맡기는 하얀색 페티코트와 퍼케일 천으로 된 드레스가 대부분이었다. 그들은 매주 진창 속으로 조금씩 더 깊이 빠져들면서 서서히 나락으로 굴러떨어졌다. 하지만 아직은 휑한 식탁 앞에서 배를 문지르는 날과 송아지고기를 배가 터지도록 먹는 날이 뒤섞인, 부침 있는 나날이 이어졌다. 이제 거리에서는 앞치마 아래에 무언가를 감춘 채 산책을 가장해 폴롱소 가의 전당포로 향하는 쿠포 엄마의 모습을 자주 볼 수 있었다. 노인은 등을 구부린 채, 마치 미사에 참석하러 가는 독신자(篤信者)처럼 경직되고 탐욕스러운 얼굴로 걸어갔다. 사실 쿠포의 엄마는 이 일을 내심 마음에 들어 했다. 여기저기서 돈을 긁어모으고 방물장수와 흥정을 벌이는 일은 수다스러운 노인네의 구미에 꼭 맞았다. 폴롱소 가의 점원 중에서는 그녀를 모르는 사람이 없을 정도였다. 모두들 그녀를 '4프랑' 할머니라고 불렀다. 2수짜리 버터 덩어리만 한 물건에 3프랑을 쳐줄 때마다 4프랑을 요구했기 때문이다. 제르베즈는 필요하다면 집이라도 맡겼을 것이다. 전당포에 톡톡히 맛을 들인 나머지 돈을 쳐주기만 한다면 머리카락까지 망설임 없이 내밀었을 터였다. 그것은 너무나도 뿌리치기 힘든 유혹이었다. 4파운드의 빵이 필요한 마당에 돈을 구하러 어떻게 그곳으로 달려가지 않을 수 있겠는가. 그리하여 침대보와 식탁보, 옷, 연장과 가구까지 온갖 세간이 그곳으로 흘러 들어갔다. 처음에는 세탁소 운영이 잘될 때 물건을 도로 찾아왔다가 그다음 주에 다시 맡기기를 반복했다. 그러다가 점차 맡긴 물건에 개의치 않으면서 전당표를 다른 사람에게 팔아버렸다. 꼭 한 번 가슴이 아팠던 적은, 재산을 압류하러 온 집행관에게 20프랑을 주려고 괘종시계를 전당포에 보내야 했을 때였다. 그때까지 그녀는 괘종시계를 건드리느니 차라리 굶어 죽고 말 거라고 거듭 맹세를 해왔다. 그러다가 쿠포의 엄마가 조그만 모자 상자에 시계를 넣어 가져가버리자, 제르베즈는 의자에 맥없이 주저앉아 두 팔을 축 늘어뜨린 채 전 재산을 빼앗긴 것처럼 눈물을 글썽였다. 하지만 쿠포의 엄마가 25프랑을 받아 가지고 돌아오자, 기대하지 않았던 5프랑의 횡재가 그녀의 마음을 즉각 달래주었다. 제르베즈는 즉시 노인을 보내 한 잔에 4수짜리 술을 사 오게 했다. 100수짜리 동전이 생긴 것을 자축하는 게 그 유일한 목적이었다. 이젠 두 여자가 서로 죽이 맞을 때는 종종 작업대 구석에 선 채 술을 한 잔씩 마시곤 했다. 브랜디와 카시스를 반반씩 섞은 혼합주였다. 쿠포의 엄마는 술이 가득 찬 잔을 앞치마 주머니에 넣은 채 한 방울도 흘리지 않고 가지고 오는 기막힌 재주가 있었다. 동네 사람들에게 굳이 알릴 필요는 없지 않은가? 사실 이웃들은 이미 모든 걸 알고 있었다. 과일 가게 여주인, 내장 가게 여주인, 식료품점 총각들은 모여서 수군거렸다. "저런! 할머니가 또 전당포에 가시는구먼." 또는 이렇게 외쳤다. "저런! 저 노인 주머니에 들어 있는 게 술이 아닌가." 그리고 당연히 그들은 제르베즈를 향해 더욱더 거센 비난의 말을 쏟아냈다. 저 여자는 모든 걸 먹어치우고 있어. 저러다가 조만간에 세탁소를 거덜 내고 말 게 분명해. 그래, 맞아, 저렇게 몇 번만 더 먹어치우다가는 아무것도 남지 않을 거야.

이처럼 몰락의 그림자가 짙게 드리운 가운데서도 쿠포는 윤택한 나날을 이어갔다. 심지어 이 빌어먹을 주정뱅이는 아주 건강해 보이기까지 했다. 싸구려 포도주와 독주는 그와 아주 궁합이 잘 맞는 듯 그를 살찌웠다. 식욕이 왕성한 그는 알코올은 사람을 죽인다고 경고하는 말라깽이 로리외의 말을 무시했다. 그러면서 지방이 쌓인 탓에 팽팽해져 마치 북가죽처럼 보이는 뱃가죽을 두드려 보였다. 그리고 인기를 끌었던 떠돌이 이빨뽑기꾼이 해보인 것처럼 배를 두드려 요란한 소리를 내면서 트림으로 술꾼들의 저녁 기도 노래를 지어 불렀다. 그러자 그처럼 배가 나오지 않은 것에 자존심이 상한 로리외는 그것은 누런 기름이 쌓인 것이며, 아주 나쁜 기름이라고 반박했다. 그렇다고 해도 아무 상관 없었다. 쿠포는 건강을 위해 술독에 빠져 지내는 날이 점점 더 많아졌다. 헝클어진 희끗한 머리는 마치 불타오르는 브랜디처럼 빛났다. 원숭이처럼 턱이 튀어나온 얼굴은 술에 절을 대로 절어 푸르스름한 포도주 빛깔을 띠었다. 그러면서도 그는 어린아이 같은 태평스러움을 여전히 간직하고 있었다. 아내가 걱정스러운 얘기라도 할라치면 당장 입을 닥치지 못하겠느냐면서 으박을 지르곤 했다. 언제부터 남자가 그런 하찮은 것까지 신경을 쓰면서 살게 되었단 말인가? 집에 빵이 떨어진다고 해도 그와는 상관없는 일이었다. 그는 아침저녁으로 자신의 배만 채울 수 있다면, 음식이 어디서 나왔는지는 궁금해하는 법이 결코 없었다. 몇 주 동안 일을 하지 않고 지낼 때는 요구하는 게 더욱더 많아졌다. 게다가 쿠포는 여전히 랑티에의 어깨를 두드리며 그를 다정하게 대했다. 물론 그는 자기 마누라의 비행을 전혀 몰랐다. 적어도 몇몇 이웃, 보슈 부부와 푸아송 부부는 그가 아무것도 눈치채지 못한 게 분명하다고 장담했다. 만약 사실을 알게 된다면 어떤 일이 일어날지 상상만 해도 끔찍했다. 하지만 그의 누나인 르라 부인은 고개를 가로저으면서, 자신은 그런 걸 오히려 즐기는 남편들을 알고 있다고 얘기했다. 제르베즈 역시 어느 날 밤 모자 제조업자의 방에서 돌아오는 길에 누군가 엉덩이를 손바닥으로 때리는 것을 느끼고는 차갑게 얼어붙은 적이 있었다. 그리고 아마도 침대 모서리에 부딪힌 것뿐이라고 생각하면서 스스로를 안심시켰다. 그게 아니라면 너무도 끔찍한 일이었기 때문이다. 남편이 그런 일로 그녀에게 장난을 친다는 것은 상상조차 할 수 없었다.

랑티에 역시 사는 데 아무런 지장을 받지 않았다. 외모에 무척 신경을 쓰는 그는 수시로 허리띠를 가지고 허리둘레를 쟀는데, 버클을 조였다가 다시 풀면서 엄청난 스트레스를 받았다. 지금의 자기 모습에 지극히 만족하는 그는 여자들한테 잘 보이고 싶었기 때문에 지금보다 더 살이 찌는 것도 마르는 것도 원치 않았다. 그런 이유로 음식에 더욱더 까다롭게 굴면서, 신체 치수에 변화를 주지 않게끔 모든 요리의 메뉴를 직접 챙겼다. 집에 돈이 한 푼도 없을 때조차 그는 달걀과 커틀릿, 그리고 영양가 있고 위에 부담을 주지 않는 음식을 반드시 먹어야만 했다. 거기다가 한술 더 떠서, 집안의 안주인을 남편과 공유하게 된 후로는 주인 행세를 하기 시작했다. 집 안에 20수짜리 동전이 보일 때마다 재빨리 가로챔은 물론, 제르베즈에게 불평불만을 늘어놓거나 소리를 지르면서 함석공보다 더 남편처럼 굴었다. 말하자면 그들은 남편이 둘 있는 집에서 사는 셈이었다. 남편보다 더 영악한 정부는 모든 걸 자신에게 유리하게 만들었고, 좋은 것은 제일 먼저 차지했다. 여자와 식탁, 그 밖의 모든 것 전부를. 한마디로 그는 쿠포 부부의 등골을 빼먹고 있었다! 이젠 남의 시선에도 아랑곳없이 대놓고 제 잇속을 차리기에 이르렀다. 그는 식구 중에서 나나를 가장 좋아했다. 나나처럼 예쁜 계집아이들이라면 사족을 못 썼다. 그러면서 정작 자신의 아들인 에티엔은 점점 더 등한시했다. 남자들은 각자 알아서 살아야 한다는 게 그 이유였다. 그는 사람들이 쿠포를 찾을 때마다 슬리퍼에 셔츠 바람으로 가게 뒷방에서 나타나 성가셔하는 남편 같은 표정을 짓곤 했다. 그러면서 자신이 쿠포나 마찬가지라는 말을 덧붙였다.

제르베즈로 말하자면, 그녀는 두 남자 사이에서 날마다 희희낙락하며 지내지 못했다. 그녀 역시 그사이 몸이 지나치게 많이 불어나긴 했지만 다행히도 건강에는 별문제가 없어 보였다! 하지만 두 남자를 부양하면서 보살피고 만족시키는 일이 버겁게 느껴질 때가 한두 번이 아니었다. 아! 맙소사! 남편 하나만으로도 지긋지긋해죽겠는데 무슨 놈의 팔자가 이 모양이란 말인가! 더 기가 막힌 것은, 그 웬수 같은 두 남자가 서로 아주 짝짜꿍이 잘 맞는다는 사실이었다. 그들은 결코 다투는 법이 없었다. 저녁을 먹고 난 후에는 식탁 위에 팔꿈치를 괴고 앉은 채 서로의 얼굴을 마주 보면서 키득거렸다. 낮에는 하루 종일 서로 붙어 다니면서 마치 재밋거리를 찾아 헤매는 두 마리 고양이처럼 굴었다. 어쩌다 기분이 좋지 않은 상태로 돌아오는 날이면 제르베즈에게 화풀이를 해대곤 했다. 이게 모두 저 빌어먹을 계집 때문이라고! 그러면서 그녀를 동네북인 양 닦달했다. 두 남자는 함께 악을 쓰면서 더 좋은 친구가 되어갔다. 제르베즈는 그런 그들에게 감히 대꾸할 엄두조차 내지 못했다. 처음에는 한 남자가 소리치면 다른 남자가 다정한 말 한마디로 무마해주기를 바라면서 애원하는 눈빛을 보냈다. 하지만 그 방법은 전혀 먹혀들지 않았다. 이제 제르베즈는 그들이 자신을 괴롭히는 것을 즐긴다는 사실을 깨닫고 커다란 어깨를 구부린 채 슬그머니 그 자리를 뜨곤 했다. 그녀는 이제 몸집이 커다란 공처럼 비대해져 있었다. 입이 아주 험한 쿠포는 그녀에게 도저히 입에 담을 수 없는 말을 퍼부어댔다. 랑티에는 그 반대로 욕설을 신중하게 고르면서 남들이 잘 쓰지 않는 말로 그녀에게 더 큰 상처를 주곤 했다. 다행스럽게도 사람은 모든 것에 적응하게 마련이다. 두 남자의 욕설과 부당한 행동은 마치 기름막처럼 그녀의 섬세한 피부 위로 차곡차곡 쌓여갔다. 심지어 제르베즈는 차라리 그들이 골이 나 있는 것을 더 좋아하게 되었다. 두 남자가 다정하게 굴 때는 더 힘들었기 때문이다. 그들은 하루 종일 그녀를 쫓아다니면서, 보닛 하나도 마음 놓고 다림질하게 내버려두지 않았다. 그녀에게 수시로 먹을 것을 만들어달라고 하면서, 소금을 넣어라, 넣지 마라, 이래라저래라 그녀를 달달 볶아댔다. 제르베즈는 그들을 어르고 다독거리면서 한 사람씩 차례로 솜이

불을 덮어 재워줘야 했다. 그렇게 일주일을 지내다보면 머리가 펑펑 돌면서 팔다리가 욱신거렸고, 초점 없는 눈에 마치 넋 나간 여자 같은 몰골이 되고 말았다. 이런 일들은 여자의 진을 빼놓는 것이었다.

그랬다, 쿠포와 랑티에는 말 그대로 제르베즈의 진을 빼놓았다. 마치 초를 태우듯 그녀를 남김없이 불태우고 있었다. 물론 함석공은 교육을 전혀 받지 못했다. 하지만 모자 제조업자는 그 반대로 아는 게 지나치게 많은 게 문제였다. 적어도 불결한 속내를 감추기 위해 새하얀 셔츠를 입고 다니는 사람들처럼 유식함을 자랑했다. 어느 날 밤, 제르베즈는 우물가에 서 있는 꿈을 꾸었다. 쿠포는 그녀를 주먹으로 쳐서 우물 안으로 밀어 떨어뜨린 반면, 랑티에는 그녀가 빨리 뛰어내리도록 허리를 간질였다. 그랬다! 그 꿈은 그녀의 삶과 똑 닮아 있었다. 아! 그녀는 아주 된통 걸린 셈이었다. 앞으로 쪽박을 차게 된다고 해도 놀랄 게 없었다. 그러니까 동네 사람들이 그녀를 두고 손가락질하는 것은 옳지 못한 일이었다. 제르베즈의 불행은 그녀 탓이 아니었다. 때로 그녀 자신의 인생에 대해 깊이 생각할 때면 전율이 느껴지기도 했다. 그러면 그녀는 이보다 더 불행했을지도 모른다고 생각하면서 스스로를 위로했다. 예를 들면 두 팔을 잃는 것보다는 두 남자를 부양하는 게 더 낫지 않은가 하고 생각했다. 제르베즈는 이제 자신의 처지를 자연스럽게 받아들이기로 했다. 인생을 살다보면 부닥치는 수많은 상황 중 하나일 뿐이라고 생각하면서, 그 속에서 소박한 행복을 찾고자 애썼다. 그녀가 더 이상 쿠포나 랑티에를 미워하지 않는다는 사실이, 그렇게 사는 게 지극히 자연스럽고 마음 편하다는 것을 입증해주었다. 제르베즈는 언젠가 게테 극장에서 정부를 가진 남편을 혐

오해 그에게 독약을 먹인 몹쓸 여자 얘기를 다룬 연극을 본 적이 있었다. 제르베즈는 그 여자가 한 짓에 분개하면서 자신은 절대 그런 나쁜 마음을 품은 적이 없다고 생각했다. 그보다는 세 사람이 함께 어울려서 서로 잘 지내는 게 훨씬 더 현명하지 않은가? 그럼, 그렇고말고. 그런 어리석은 짓은 절대 해서는 안 된다. 그건 이미 복잡하기 그지없는 삶을 더 혼란스럽게 할 뿐이다. 결론적으로 말해, 만약 함석공과 모자 제조업자가 제르베즈에게 악다구니를 덜 부리면서 그녀를 덜 가혹하게 다루었더라면 그녀는 지금 이대로도 아주 만족하면서 아주 평온하게 살아갈 수 있었을 터였다.

하지만 불행하게도 가을이 다가올 무렵 상황은 더욱더 악화되어갔다. 랑티에는 자신이 살이 빠졌다고 주장하면서 날이 갈수록 더 자주 불만을 토로했다. 매사에 걸핏하면 역정을 냈고, 감자 포테*나 라타투유**를 먹기만 하면 복통이 일어난다면서 투덜거렸다. 이젠 사소한 것들에 대한 실랑이가 큰 다툼으로 발전하면서 집안에 돈이 없는 것을 들먹이게 되는 일이 다반사였다. 그렇게 한바탕 전쟁을 치르고서야 간신히 화해를 하고 각자 잠을 자러 갈 수 있었다. 짐승들도 먹을 식량이 없으면 서로 물고 뜯는 건 당연하지 않은가? 파국이 다가오는 것을 이미 감지한 랑티에는 집안에 돈이 씨가 말랐다는 사실에 노골적인 불만을 드러냈다. 자신의 모자를 챙겨서 잠자리와 먹을 것을 찾아 다른 곳으로 옮겨 가야 할 날이 다가왔음을 알기 때문이었다. 그는 이곳에서 아주 편안하게 잘 지냈다. 자신만의 소소한 습관들을 유지

---

* 돼지고기와 야채를 함께 끓인 스튜.
** 프로방스식의 야채 스튜.

해나가면서 모두에게 사랑을 받았다. 이곳이 그에게는 그 무엇과도 바꿀 수 없는 달콤한 꿀이 흐르는 낙원이었던 셈이다. 이런 젠장! 실컷 먹어치우고 난 후 접시에 아직 음식이 남아 있기를 바랄 수는 없는 법이다. 그는 지금 자신의 배에 화를 내고 있는 셈이었다. 그가 그들 집안을 말아먹은 것이나 다름없었기 때문이다. 하지만 그는 그렇게 생각하지 않았다. 2년 만에 파산한 것을 다른 이들의 탓으로 돌리면서 깊은 앙심을 품었다. 사실 쿠포 부부 역시 이렇게 될 줄 예상하진 못했을 것이다. 그런 생각이 들자 그는 제르베즈가 살림을 제대로 꾸려나가지 못한 것을 탓하며 원망의 말을 쏟아냈다. 오, 빌어먹을! 이제 앞으로 신세가 어떻게 될지! 공장을 세우고 6천 프랑의 거금을 벌 수 있는 기막힌 사업 계약을 체결하려는 순간 동료들에게 배신을 당하다니. 그 돈만 있었더라면 온 가족이 화려하게 살 수도 있었을 터였다.

12월 어느 날, 그들은 저녁을 걸러야만 했다. 집에 돈이 한 푼도 없었던 것이다. 랑티에는 수심이 가득한 얼굴로 일찍부터 집을 나서서 거리를 돌아다녔다. 얼굴의 주름을 다시 펴줄 기분 좋은 음식 냄새가 풍겨 나오는 곳을 찾기 위해서였다. 그는 외출하기 전에는 종일 난롯가에 앉아 무언가를 곰곰이 생각하는 듯 보였다. 그러더니 느닷없이 푸아송 부부에게 지나치게 친밀감을 보이기 시작했다. 더 이상 푸아송을 바댕그라는 별명으로 부르지도 않았고, 어쩌면 황제가 좋은 사람인지도 모른다며 한발 물러나서 얘기하기도 했다. 그는 무엇보다 비르지니를 높이 평가하는 듯 보였다. 그가 보기에 그녀는 사업을 잘 꾸려나갈 수 있는 충분한 능력을 갖춘 여자였다. 그가 그들에게 빌붙으려고 아부하는 것이 불 보듯 눈에 빤히 보였다. 심지어 그들 집에

눌러앉으려는 것처럼 보이기도 했다. 하지만 랑티에는 그보다 훨씬 더 복잡하게 돌아가는 이중 구조로 된 머리를 지닌 인물이었다. 자신의 가게를 운영하고 싶어 하는 비르지니의 바람을 이미 잘 아는 그는 그녀 앞에서 얼쩡대면서 그 계획을 추진하라고 적극 부추겼다. 그렇다, 그녀는 사업을 위해 타고난 여자였다. 키 크고, 싹싹하고, 성격도 적극적이니 부족한 게 없지 않은가. 오! 그녀라면 원하는 만큼 얼마든지 돈을 벌 수 있을 터였다! 게다가 이미 백모한테 물려받은 사업 자금이 한참 전부터 마련돼 있었으므로, 계절마다 네 벌씩 옷을 짓는 일 따위는 그만두고 사업에 뛰어들 이유가 충분했다. 랑티에는 사업을 벌여 보란 듯이 돈을 긁어모으는 사람들을 예로 들며 목소리를 높였다. 길모퉁이의 과일 가게 여주인과 외곽 도로의 자기상 여주인이 그들이었다. 게다가 뭐든 잘 팔리는 시기라서 카운터를 쓸어서 생긴 쓰레기까지 팔 수 있을 정도였다. 하지만 비르지니는 여전히 망설였다. 그녀는 세 들 가게 터를 찾고 있었지만 동네를 떠나고 싶지는 않았다. 그러자 랑티에는 그녀를 구석으로 데리고 가서 십여 분간 나지막하게 무슨 얘긴가를 속삭였다. 그가 무언가를 강력하게 밀어붙이는 듯하자, 비르지니는 더 이상 망설이지 않고 그에게 자신을 대신해서 행동할 권리를 허락하는 듯 보였다. 그들은 서로에게 윙크를 해 보이고 재빨리 말을 주고받으면서 비밀을 나누었다. 악수하는 손길에서조차 은밀한 술책의 기미가 느껴졌다. 그 순간부터 모자 제조업자는 맨빵을 먹으면서 은근슬쩍 쿠포 부부의 눈치를 살폈다. 아니면 또다시 말이 많아지면서 끊임없는 푸념으로 그들의 심기를 어지럽혔다. 제르베즈는 하루 종일 그가 그녀를 위한답시고 늘어놓는 가난 타령을 감수해야만 했다. 맹세컨대 이건 절대로 랑티에 자신을 위해 하는 얘기가 아니었다! 그는 기꺼이 친구들과 함께 굶어 죽을 수도 있었다. 다만 상황을 제대로 파악할 필요는 있었다. 그들은 동네 빵집, 석탄 가게, 식료품점을 비롯한 여러 곳에 적어도 500프랑의 빚을 졌다. 게다가 두 분기 치 집세가 밀려 있는 상태였다. 그 돈만 해도 250프랑에 달했다. 집주인인 마레스코 씨는 새해가 되기 전까지 밀린 집세를 갚지 못하면 그들을 내보내겠다고 통고한 바 있었다. 게다가 이미 물건이란 물건은 몽땅 전당포로 가져가버려 이제 집 안에 남은 것이라고는 3프랑어치의 가치도 안 되는 잡동사니뿐이었다. 그 정도로 집 안은 말끔하게 비워진 상태였다. 아직 벽에 박힌 못들이 남아 있긴 했다. 모두 합쳐봐야 2파운드 정도로, 기껏해야 3수밖에 받을 수 없었다. 사태의 심각성을 조목조목 설명하는 랑티에의 말에 머리가 빙빙 돌고, 갚아야 할 빚의 액수에 망연자실한 제르베즈는 분풀이를 하듯 테이블을 주먹으로 내리치거나 아이처럼 울음을 터뜨렸다. 그러다가 어느 날 저녁 마침내 폭발하고 말았다.

"난 내일 여길 떠날 거예요!…… 이렇게 불안에 떨면서 사느니 차라리 열쇠를 문 아래에 넣어두고 길에서 자는 게 더 낫겠어요."

"내 생각엔 아무래도 마땅한 사람을 찾아서 가게를 넘기는 게 좋을 것 같은데…… 두 사람이 그럴 결심만 선다면……"

제르베즈는 격렬한 몸짓으로 즉시 그의 말을 중단시켰다.

"당장, 당장이라도 좋아요!…… 그럴 수만 있다면 10년 묵은 체증이 싹 가실 것 같다고요!"

그러자 모자 제조업자는 매우 실질적인 제안을 내놓았다. 가게를 넘기면서 새로운 임차인에게 밀린 두 분기 치 집세를 떠넘기자는 것이었다. 그러면서 조심스럽게 푸아송 부부 얘기를 꺼냈다. 비르지니가 가게를 알아보고 있다는 사실이 떠올랐던 것이다. 어쩌면 제르베즈의 세탁소가 안성맞춤일지도 몰랐다. 지금 생각해보니 이 세탁소와 비슷한 가게를 구하려 한다는 얘기를 들은 것 같았다. 제르베즈는 비르지니의 이름을 듣자마자 갑자기 냉정을 되찾은 듯 보였다. 그건 더 두고 보면서 다시 생각해봐야 했다. 부아가 치밀어 당장이라도 가게를 내팽개칠 것처럼 얘기했지만, 다시 곰곰 생각해보니 그게 그리 간단한 문제가 아니었던 것이다.

그 후 며칠간 랑티에는 수시로 그 얘기를 꺼냈지만 아무런 소용이 없었다. 제르베즈는 이보다 더 어려울 때도 어떻게든 헤쳐 나갔다는 말로 대답을 대신했다. 가게가 없어진다면 지금까지의 노력이 모두 헛일로 돌아가고 말 것이 아닌가! 그렇게 되면 빵 한 조각조차 나올 구석이 없어지고 마는 것이었다. 아니, 절대로 그럴 수는 없었다. 그녀는 다시 세탁부를 고용해 얼마든지 새로운 고객을 끌어들일 수 있을 것이다. 제르베즈의 주장은 모자 제조업자가 내세우는 타당한 이유들에 설득당하지 않기 위한 것이었다. 그는 제르베즈가 빚더미에 짓눌린 채 완전히 나락으로 떨어져서 다시는 재기할 수 없을 것이라는 말로 자신의 계획을 밀어붙이고자 했다. 하지만 눈치 없게도 또다시 비르지니의 이름을 들먹이는 바람에 제르베즈의 성질을 한층 더 돋우기만 했다. 아니, 절대로, 결코 그럴 순 없었다! 그녀는 진즉부터 비르지니의 진심을 의심하고 있었다. 비르지니가 세탁소를 차지하려는 것은 자신을 모욕하기 위해서였다. 차라리 길에서 만난 생판 모르는 여자라면 모를까, 수년 전부터 자신이 망하기만을 기다렸을 음흉한 꺽다리 계집에게 가게를 넘기는 일은 절대로 있을 수 없었다. 오! 이제야 비로소 알 것 같았다! 왜 걸핏하면 그 망할 계집의 고양이 같은 눈에 샛노란 빛이 번득였는지를! 그래서 그랬던 것이다, 비르지니는 그 옛날 세탁장에서 자신에게 볼기짝을 얻어맞은 데 앙심을 품고 있었던 게 틀림없다. 그래서 앙갚음할 기회를 노리고 있었던 것이다. 경고하건대 또다시 그런 꼴을 당하지 않으려면 그 볼기짝을 깊이 감추고 잘 간수하는 게 좋을 것이다. 이제 머지않아 또다시 한바탕하게 될지도 모르니까. 그날을 위해 자신이 칼을 갈고 있을지 누가 알겠는가. 속사포처럼 독설을 뱉어내는 제르베즈 앞에서 랑티에 또한 처음에는 비난을 퍼부었다. 제르베즈를 고집불통에 욕쟁이, 거드름 부인이라고 욕하며, 쿠포에게도 마누라가 남편 친구를 존중하게끔 단속도 못 하는 한심한 작자라며 욕설을 퍼부어댔다. 그러다가 분노가 모든 걸 망칠 수도 있음을 깨닫고는, 앞으로 다시는 다른 사람들 일에 끼어들지 않겠노라고 선언했다. 과연 그 후부터 그는 더 이상 임대차 계약의 양도에 관해 언급하지 않으면서 세탁부 여인의 마음을 돌릴 기회만을 엿보았다.

해가 바뀌어 1월이 되자 춥고 음습한 궂은 나날이 이어졌다. 12월 내내 기침과 쌕쌕거리기를 반복하던 쿠포의 엄마는 주현절 이후에는 침대에 누운 채 꼼짝을 하지 못했다. 그것은 마치 연금처럼 겨울마다 어김없이 그녀를 찾아왔다. 그런데 이번 겨울에는 주위의 모든 이들이 그녀가 관에 실려서야 방을 나갈 수 있을 것이라고 수군거렸다. 쿠포의 엄마는 여전히 퉁퉁했고 얼굴에 기름이 흐르긴 했지만, 사실 한 눈은 이미 죽어 있었고 얼굴의 반쪽은 뒤틀려 있었다. 그러면서 죽음의 냄새를 짙게 풍기는 거친 숨결을 끊임없이 뱉어냈다. 물론 자식들이 그녀를 죽음으로 내몰지는 않을 것이다. 하지만 너무 오랫동안 연명해온 터라 마음속으로는 다들 그녀의 죽음을 기다리고 있을 게 분명했다. 그렇게 되면 모두들 무거운 짐에서 벗어난 듯 마음이 홀가분해질 터였다. 그녀 역시 그 편이 더 나을 것이다. 어차피 살 만큼 살지 않았는가? 그녀로서는 한세상 잘 살았으니 아쉬울 건 없었다. 꼭 한 번 왕진을 왔던 의사는 다시 오지 않았다. 가족들은 그녀를 완전히 포기하지는 않았음을 보여주려는 듯 탕약을 가져다주기도 했다. 그들은 매시간 방에 들어가 그녀가 아직 살아 있는지를 확인했다. 쿠포의 엄마는 숨이 막혀와 더 이상 아무 말도 하지 못했다. 하지만 아직 또렷하게 살아 있는 한쪽 눈으로 자신을 찾아오는 사람들을 똑바로 응시했다. 그 눈 속에는 많은 것이 들어 있었다. 좋았던 시절에 대한 그리움, 자신을 하루빨리 치워버리고 싶어 하는 가족을 지켜보는 슬픔, 밤마다 슈미즈 바람으로 유리문을 통해 밖을 엿보는 사악한 나나에 대한 분노가 모두 담겨 있었다.

그러던 어느 월요일 저녁, 쿠포는 술이 거나하게 취해서 돌아왔다. 그는 어머니가 위독해진 후로 계속해서 울적한 나날을 보냈다. 그가 곯아떨어졌을 때도 제르베즈는 다시 한 번 노인을 들여다보았다. 그러면서 밤에 몇 시간씩 쿠포의 엄마 곁에서 머무르곤 했다. 나나 역시 항상 노인 옆에서 자면서, 할머니가 죽는 소리가 들리면 즉시 모두에게 알리겠다며 당찬 모습을 보였다. 그날 밤은 아이도 잠들었고 노인도 평온히 잠든 듯했다. 마음을 놓은 제르베즈는 잠시라도 쉬라는 랑티에의 말대로 그의 방으로 건너갔다. 그들은 옷장 뒤쪽으로 바닥에 초 하나만을 켜놓았다. 새벽 세시경, 제르베즈는 느닷없는 두려움에 사로잡혀 몸을 떨면서 침대에서 뛰어내렸다. 몸 위로 지나가는 차가운 숨결을 느낀 때문이었다. 그녀는 촛불이 꺼져버려 캄캄한 어둠 속에서 허둥거리며 떨리는 손으로 페티코트의 끈을 다시 고쳐 맸다. 그리고 작은 방에서 이리저리 가구들에 부딪힌 다음에야 간신히 조그만 등잔을 밝혔다. 암흑에 짓눌린 정적 속에서 함석공의 코 고는 소리만이 묵직하게 울려 퍼졌다. 등을 대고 반듯하게 누워 잠든 나나의 부어오른 입술 사이로 가냘픈 숨소리가 새어 나왔다. 등잔불에 커다란 그림자들이 춤을 추는 가운데 불을 아래로 비추자 백지장처럼 새하얀 쿠포 엄마의 얼굴이 보였다. 노인은 머리를 옆으로 축 늘어뜨리고 눈은 커다랗게 뜬 채 죽어 있었다.

차갑게 얼어붙은 세탁부 여인은 외마디 소리조차 지르지 못하고 누가 들을세라 조심스럽게 랑티에의 방으로 되돌아왔다. 그는 다시 잠들어 있었다. 제르베즈는 몸을 숙이며 조그맣게 중얼거렸다.

"이봐요, 다 끝났어요. 노인네가 죽었다고요."

잠에 취한 랑티에는 비몽사몽간에 투덜거렸다.

"귀찮게 좀 하지 말고 얼른 잠이나 자…… 노인네가 죽었으면 이제 우리가 뭘 어쩌겠어."

그리고 한쪽 팔을 짚고 일어나면서 물었다.

"지금 몇 시지?"

"세시예요."

"세시밖에 안 됐다고! 그러니까 얼른 자란 말이야. 그러다 감기라도 걸리면 어쩌려고 저러는지 원…… 날이 밝은 다음에 생각해도 늦지 않아."

하지만 제르베즈는 그의 말을 듣지 않고 옷을 모두 챙겨 입었다. 그러나 그는 벽 쪽으로 돌아누워 다시 이불 속으로 파고들면서 여자들은 모두가 못 말리는 고집쟁이라고 구시렁거렸다. 집에 시신이 있다고 서둘러 동네방네 떠들고 다닐 필요가 뭐가 있단 말인가? 한밤중에 그런 얘기를 한다는 건 전혀 즐거운 일이 아니었다. 랑티에는 그런 음산한 생각으로 잠을 망친 데 짜증이 났다. 그사이 제르베즈는 머리핀을 포함한 모든 소지품을 자신의 방으로 옮겨놓은 다음, 모자 제조업자와 함께 있는 것을 들킬 것을 염려하지 않고 마음껏 흐느끼기 시작했다. 사실 그녀는 쿠포의 엄마에게 깊은 애정을 느끼고 있었다. 처음엔 세상을 떠나는 시각을 영 잘못 선택한 듯한 노인을 바라보며 난처함 같은 것과 죽음에 대한 두려움만 느꼈지만, 이젠 크나큰 슬픔이 북받쳐 올랐다. 그리하여 그녀는 캄캄한 정적 속에서 홀로 큰 소리로 흐느꼈다. 그 옆에서 함석공은 아무것도 듣지 못한 채 여전히 코를 골았다. 제르베즈는 남편의 이름을 부르면서 그를 흔들어 깨우다가는 이내 생각을 바꾸었다. 그가 깨어나면 골치가 더 아플 것 같았다. 다시 시신 곁으로 돌아가자 그사이 잠을 깬 나나가 침대에 앉아 눈을 비비고 있었다. 어느새 상황을 파악한 나나는 영악한 계집아이의 호기심 가득한 눈빛으로 턱을 길게 빼고 할머니를 유심히 살펴보았다. 그러면서 아무 말 없이 몸을 살짝 떨었다. 이틀 전부터 은밀히 기다리던 죽음과 마주한 나나의 얼굴에 마치 금기시된 흉측한 것을 발견한 듯 놀라움과 만족감이 동시에 스쳐 지나갔다. 생의 마지막 순간에 삶에 대한 애착으로 초췌해진 새하얀 얼굴 앞에서 어린 암고양이의 눈동자가 점점 더 휘둥그레졌다. 유리문 뒤에 꼭 붙어선 나나는 아이들에게 금지된 영역을 몰래 엿볼 때처럼 등줄기가 얼얼해짐을 느꼈다.

"얼른 일어나렴." 제르베즈는 아이에게 나지막이 속삭였다. "거기 그렇게 있으면 안 돼."

나나는 마지못해 침대에서 내려오면서 고개를 돌려 시신을 계속 응시했다. 제르베즈는 날이 밝을 때까지 딸을 어디에 머무르게 해야 할지 몰라 몹시 난감했다. 아이의 옷을 입히려고 할 때 바지와 슬리퍼 차림의 랑티에가 방으로 들어왔다. 그는 자신의 행동이 부끄러워 더 이상 잠을 이룰 수가 없었다. 그러자 모든 게 해결됐다.

"나나를 내 침대에서 자게 해." 그가 조그맣게 말했다. "자리가 넉넉할 테니."

나나는 새해 첫날 초콜릿 사탕을 선물로 받았을 때처럼 멍한 표정을 지으며 커다랗고 해맑은 눈으로 엄마와 랑티에를 번갈아 쳐다보았다. 물론 똑같은 말을 두 번 할 필요는 없었다. 슈미즈 바람의 아이는 즉시 조그만 맨발로 바닥을 스치듯 종종걸음을 쳐 모자 제조업자의 방으로 향했다. 그리고 아직 온기가 남아 있는 시트 속으로 뱀처럼 미끄러져 들어가 기분 좋게 몸을 죽 폈다. 아이가 가냘픈 몸에 덮은 이불은 튀어나온 자리가 거의 없이 판판했다. 제르베즈가 방을 들여다볼 때마다 나나는 꼼짝 않고 누운 채 무표정한 얼굴을 발그레 붉히면서 반짝이는 눈빛으로 무언가를 곰곰 생각하는 듯 보였다.

그사이 랑티에는 제르베즈가 쿠포의 엄마에게 옷을 입히는 것을 도왔다. 그건 쉬운 일이 아니었다. 시신의 무게가 엄청났기 때문이다.

그들은 노인이 이토록 살이 찌고 피부가 새하얀 데 새삼 놀라움을 금치 못했다. 두 사람은 그녀에게 양말을 신기고, 하얀색 페티코트와 캐미솔을 입힌 다음 보닛을 씌워주었다. 그녀가 가진 가장 좋은 옷들이었다. 그러는 동안 쿠포는 여전히 두 가지 음계로 코를 골았다. 성 금요일 의식 때 연주하는 교회음악처럼 묵직한 저음과 거친 고음이 번갈아 들려왔다. 망자의 옷을 모두 입히고 침대 위에 반듯이 눕힌 다음, 랑티에는 메스꺼움을 가라앉히기 위해 포도주를 한 잔 따라 마셨다. 제르베즈는 서랍장에서 플라상에서 가져온 조그만 구리 십자가를 찾았다. 그러다가 쿠포의 엄마가 십자가를 가져가 팔았던 사실이 기억났다. 그들은 의자 위에서 꾸벅꾸벅 졸면서 나머지 술을 모두 비워냈다. 그러는 동안 그들은 쿠포 엄마의 죽음이 자신들의 탓인 양 몹시 난감해하는 표정으로 아무 말도 하지 않고 서로의 시선을 피했다.

일곱시경이 되자 마침내 쿠포가 잠에서 깨어났다. 그제야 어머니의 죽음을 알게 된 그는 처음에는 그들이 장난을 치는 거라고 생각하면서 눈물도 흘리지 않고 말을 더듬거렸다. 그러다가 갑자기 바닥으로 고꾸라지면서 망자의 옆에 무릎을 꿇고 앉았다. 그리고 어머니에게 입을 맞추고는 굵은 눈물을 뚝뚝 흘리면서 엉엉 울기 시작했다. 뺨을 닦은 시트가 흠뻑 젖을 정도였다. 제르베즈도 또다시 흐느끼기 시작했다. 남편이 슬퍼하는 모습을 보자 마음이 짠해지면서 그에게 다시금 연민이 느껴졌다. 그래, 남편은 자신이 생각했던 것보다 훨씬 더 심성이 착한 사람이었던 것이다. 쿠포의 절망감은 극심한 두통을 동반했다. 그는 두 손으로 머리를 세게 움켜쥐었다. 열 시간이나 잤음에도 불구하고 전날 밤의 숙취 탓에 여전히 취기가 남아 있었고 입안이

끈적거렸다. 그는 두 주먹을 꼭 쥔 채 흐느꼈다. 오, 신이시여! 그가 그토록 사랑했던 어머니가 다시 못 올 먼 길을 떠나다니! 아! 머리가 깨질 것처럼 아파왔다. 이러다가 죽어버릴지도 모른다! 마치 머리에 뜨거운 숯불로 된 가발을 쓰고 있는 것 같았다! 심장을 도려내는 것처럼 가슴에도 극심한 통증이 느껴졌다! 이럴 수는 없다, 어떻게 한 남자에게 이렇게 가혹한 운명이 닥칠 수 있단 말인가!

"자, 힘을 내라고 친구." 랑티에는 그를 일으키며 말했다. "이럴 때일수록 정신을 차려야 한다고."

랑티에는 그에게 포도주를 한 잔 따라주었다. 하지만 쿠포는 거부했다.

"이게 어찌된 일이지? 내 입에서 놋쇠 냄새가 나다니…… 이 사람은 분명 우리 엄마가 맞는데, 엄마를 보는데 왜 입에서 놋쇠 냄새가 나느냐고…… 엄마, 오 맙소사! 엄마, 엄마……"

그러면서 그는 다시 어린아이처럼 울기 시작했다. 그런 와중에 타는 듯한 가슴을 진정시키려고 포도주를 한 잔 마셨다. 랑티에는 가족들에게 알린 다음 시청으로 가서 사망신고를 해야 한다는 핑계를 대면서 즉시 그 자리를 떠났다. 바깥바람을 쐬고 싶었기 때문이다. 그는 서두르지 않고 담배를 피우면서 아침나절의 차가운 공기로 머리를 식혔다. 르라 부인의 집에서 나오면서는 바티뇰의 유제품 판매점에 들어가 따끈한 커피를 한 잔 마셨다. 그리고 그곳에서 한 시간가량 머무르면서 곰곰 생각에 잠겼다.

그사이 아홉시부터 가족들이 가게로 모여들기 시작했다. 세탁소 덧문은 여전히 내린 채였다. 로리외는 눈물을 흘리지 않았다. 게다가 급하게 처리해야 할 주문이 있어서 잠시 상황에 맞는 표정을 지으며 어정쩡하게 서 있다가는 이내 자기 작업장으로 되돌아갔다. 로리외 부인과 르라 부인은 쿠포 부부와 포옹한 다음 찔끔찔끔 나오는 눈물을 손수건으로 찍어냈다. 망자의 주위를 재빨리 둘러본 로리외 부인은 갑자기 언성을 높이며 시신 옆에 등잔을 켜놓는 것은 예법에 어긋난다고 주장했다. 등잔 대신 촛불을 밝혀놓아야 했다. 그들은 즉시 나나에게 커다란 양초 한 상자를 사 오게 했다. 그러면 그렇지! 방방 집에서 죽으면 이렇게 우스꽝스러운 대접을 받게 된다니까! 망자를 두고 어떻게 처신해야 하는지도 모르다니, 이렇게 한심스러운 경우가 또 어디 있단 말인가! 그럼 지금까지 장례도 한 번 치러보지 않았다는 건가? 르라 부인은 공동아파트에 사는 이웃에게 십자가를 빌려와야 했다. 그녀가 가지고 온 것은 검은색 나무 십자가로, 판지에 그려진 그리스도가 못 박혀 있었다. 크기가 지나치게 큰 탓에 쿠포 엄마의 가슴 전체를 덮으면서 짓누르는 듯 보였다. 그러고 나서 성수를 찾았지만 없어서 이번에도 나나가 교회로 달려가 한 병을 얻어 가지고 왔다. 순식간에 조그만 방은 전혀 다른 모습으로 변신했다. 조그만 테이블 위, 성수가 가득 담긴 잔에는 회양목 가지 하나가 꽂혀 있었고, 그 옆으로는 초가 타오르는 풍경이 연출되었다. 이제 누가 오더라도 적어도 예는 갖출 수 있게 되었다. 그들은 조문객을 위해 세탁소에 의자들을 둥 그렇게 배치했다.

랑티에는 열한시가 다 되어서야 돌아왔다. 장의사에서 이것저것 필요한 것을 알아보고 오는 길이었다.

"관은 12프랑이랍니다. 미사를 원하면 10프랑이 더 추가되고요. 그리고 장의마차 비용은 장식에 따라 달라지는데……"

"오! 그런 게 다 무슨 소용이죠?" 로리외 부인은 깜짝 놀라 고개를 들면서 마뜩잖다는 표정으로 중얼거렸다. "그런다고 어머니가 살아 돌아오실 것도 아니잖아요, 안 그래요?…… 다들 형편껏 하면 되는 거지."

"물론입니다, 저도 그렇게 생각합니다." 모자 제조업자는 맞장구를 쳤다. "전 단지 참고 삼아 금액을 말씀드린 것뿐입니다. 원하는 걸 애기해주세요. 점심을 먹고 바로 가서 주문할 테니까요."

그들은 덧문 틈새로 들어와 방을 밝히는 희미한 빛 속에서 조곤조곤 애기를 나누었다. 작은방의 문은 활짝 열어둔 채였다. 그 열린 문으로 무거운 죽음의 침묵이 전해져왔다. 안뜰에서는 아이들의 웃음소리가 공중으로 울려 퍼졌다. 한 무리의 계집아이들이 창백한 겨울 햇살 아래서 빙빙 돌면서 춤을 추었다. 그때 느닷없이 나나의 목소리가 들려왔다. 그사이 보슈 부부 집에 가 있으라고 했는데 어느새 빠져나왔던 것이다. 나나가 날카로운 목소리로 좌중을 압도하면서 노래를 부르자 아이들이 발뒤꿈치로 포석을 두드리며 박자를 맞추었다. 나나가 부르는 노랫말은 요란한 새소리와 함께 하늘로 날아올랐다.

우리 집 나귀가, 우리 집 나귀가,
발에 탈이 났다네.
주인마님은 나귀에게
근사한 양말을 만들어주었다네,
연보랏빛 신발도 신겨주었다네, 라, 라

연보랏빛 신발도 신겨주었다네!

제르베즈는 말할 차례를 기다렸다가 자기 생각을 얘기했다.

"물론 우린 부자가 아니죠. 그렇더라도 우리가 지켜야 할 도리는 다해야 한다고 생각해요…… 어머님이 우리한테 아무것도 남기지 못했다고 해서 그분을 거리의 개처럼 구덩이 속으로 그냥 던져 넣어도 되는 건 아니잖아요…… 아뇨, 절대로 그럴 순 없어요. 미사도 드려야 하고 제법 괜찮은 장의마차도 꼭 있어야 해요."

"그럼 그 돈은 다 누가 댈 건데?" 로리외 부인이 날 선 어조로 쏘아붙였다. "우리는 절대 못 해, 지난주에 손실을 봐서. 그쪽도 물론 안 될 거고, 빈털터리 신센 거 다 아는데…… 오! 그렇게 사람들 앞에서 있는 척하고 싶어서 안달이더니 참 꼴좋게 됐지 뭐야!"

쿠포에게 의견을 묻자 그는 아무래도 상관없다는 몸짓으로 웅얼거리기만 했다. 그러고는 이내 의자 위에서 잠들어버렸다. 르라 부인은 자기 몫을 내겠다고 했다. 그녀는 제르베즈와 뜻을 같이했다. 자식으로서 기본 도리는 갖춰야 하는 법이다. 그러면서 두 사람은 종이쪽지에 계산을 해나갔다. 모두 합쳐 90프랑 정도가 필요했다. 두 여자는 한참 궁리한 끝에 좁다란 드리개가 달린 장의마차를 빌리기로 합의했다.

"모두 세 집이니까 각자 30프랑씩 내면 되겠네요." 세탁부 여인이 결론을 지었다. "그런다고 망하진 않을 테니까요."

하지만 로리외 부인은 불같이 화를 내며 언성을 높였다.

"분명히 말하는데, 난 절대 못 해, 그래, 절대 못 낸다고!…… 내가 30프랑이 아까워서 이러는 게 아니라고. 돈이 있다면 10만 프랑이라도 기꺼이 내놓을 거야, 그 돈으로 어머니를 다시 살릴 수만 있다면…… 하지만 난 잘난 체하는 것들은 딱 질색이거든. 그쪽은 가게도 있고 온 동네 사람들 앞에서 과시하는 걸 좋아하니까 상관없겠지만. 그런데 왜 우리가 거기 장단을 맞춰야 하느냐고, 우리가 말이지. 우린 허세 같은 걸 부리는 사람들이 아니거든…… 그러니까 뜻 맞는 사람들끼리 잘해보면 되겠네. 그렇게 좋으면 장의마차에 깃털이라도 꽂든가."

"당신한테는 아무것도 바라지 않아요." 제르베즈는 차분히 대꾸했다. "난 내 몸뚱어리를 팔아서라도 나 자신에게 부끄럽지 않게 살고 싶은 것뿐이에요. 난 지금까지 당신네들 도움 없이 어머니를 모셨어요. 그러니 이젠 당신네들 도움 없이 어머니를 묻을 거예요…… 내가 예전에 분명히 말했을 텐데요. 난 길에서 헤매는 고양이들도 거두었어요. 그러니 당신 어머니를 시궁창에 내버리지는 않을 거라고요."

그러자 로리외 부인은 눈물을 터뜨렸고, 랑티에는 자리를 뜨려는 그녀를 만류해야 했다. 그러면서 옥신각신 언쟁이 벌어지자 르라 부인이 커다랗게 쉿 소리를 내며 그들을 조용히 시켰다. 그리고 작은방으로 살그머니 다가가서는 걱정스럽고 불안해 보이는 눈빛으로 안쪽을 흘끗 들여다보았다. 옆방에서 하는 말을 듣고 망자가 다시 깨어나기라도 할까봐 두려워하는 듯 보였다. 바로 그 순간 안뜰에서 아이들이 다시 빙빙 돌면서 춤을 추기 시작했다. 나나의 가늘고 날카로운 목소리가 또렷이 들려왔다.

우리 집 나귀가, 우리 집 나귀가,

배에 탈이 났다네.

주인마님은 나귀에게

근사한 복대를 만들어주었다네,

연보랏빛 신발도 신겨주었다네, 라, 라

연보랏빛 신발도 신겨주었다네!

"맙소사! 저 꼬맹이들 정말 성가셔죽겠네, 저게 대체 무슨 노래 람!" 제르베즈는 충격과 분노 그리고 슬픔으로 인해 곧 한바탕 눈물 을 쏟아낼 것 같은 얼굴로 랑티에를 향해 외쳤다. "저것들 좀 제발 조 용히 시켜요. 그리고 볼기짝을 쳐서라도 나나를 다시 관리인에게 데 려다주라고요!"

르라 부인과 로리외 부인은 다시 오겠다고 하면서 점심을 먹으러 갔다. 쿠포 부부는 아무런 식욕도 느끼지 못했지만 식탁에 앉아 차가 운 돼지고기를 먹기 시작했다. 그러나 감히 포크 소리조차 내지 못했 다. 그들은 자신들의 어깨를 짓누르고 집 안을 가득 채우는 가엾은 쿠 포 엄마의 존재로 인해 당혹스러움을 느끼면서 망연자실해 있었다. 그녀의 죽음으로 그들의 삶은 뒤죽박죽이 돼버렸다. 처음에는 물건들 을 찾지 못해 우왕좌왕했다. 그리고 술을 억병으로 마신 다음 날처럼 온몸이 욱신거려왔다. 랑티에는 르라 부인이 준 30프랑과 제르베즈가 미친 여자처럼 머리를 휘날리면서 구제에게 빌려온 60프랑을 가지고 즉시 장의사로 달려갔다. 오후가 되자 호기심에 몸이 달아오른 동네 여인네들이 찾아와 탄식을 하고 눈물 젖은 눈을 굴리면서 조의를 표 했다. 작은방으로 들어간 그들은 성호를 긋고 성수에 담가놓은 회양

112

목 가지를 흔들면서 망자의 얼굴을 뚫어지게 바라보았다. 그리고 가게에 앉아 친애했던 노부인을 회상하면서 몇 시간 동안이나 지칠 줄 모르고 똑같은 얘기를 늘어놓았다. 르망주 양은 망자가 오른쪽 눈을 뜨고 있는 걸 보았다고 했다. 고드롱 부인은 쿠포 엄마가 나이에 비해 혈색이 좋았다는 얘기를 하고 또 했다. 포코니에 부인은 노부인이 세상을 뜨기 사흘 전에 커피를 마시는 걸 보았다며 놀라워했다. 죽는 건 정말로 한순간인 듯했다. 모두들 미리미리 죽을 채비를 해야만 하는 것이다. 저녁이 되자 쿠포 가족은 벌써부터 지치기 시작했다. 집 안에 시신을 이토록 오래 두는 건 가족에게는 크나큰 고통이 아닐 수 없다. 나라에서는 그 문제에 관해 법을 다시 만들어야만 할 것이다. 저녁 내내, 밤새 그리고 다음 날 아침나절까지 이렇게 있어야만 한단 말인가! 오, 맙소사! 이게 대체 끝나기는 할지 까마득했다. 더 이상 눈물이 나오지 않을 때는 슬픔이 짜증으로 변하면서 처신을 잘못하게 되는 법이다. 비좁은 방 안쪽에 말없이 뻣뻣하게 누워 있는 쿠포 엄마의 존재는 점점 더 집 안을 가득 채우면서 모두의 가슴을 짓눌렀다. 그럼에도 불구하고 가족들은 다시 예전의 일상으로 돌아가면서 차츰 존중심을 잃어갔다.

"우리하고 뭐라도 좀 드세요." 제르베즈는 다시 나타난 르라 부인과 로리외 부인에게 말했다. "마음이 너무 무거우니 계속 함께 있어주시면 좋겠어요."

그들은 작업대 위에 상을 차렸다. 저마다 접시를 보면서 이곳에서 먹었던 만찬을 떠올렸다. 그사이 랑티에가 돌아왔고, 로리외도 내려와 있었다. 빵집 주인이 미리 주문해둔 투르트를 막 갖고 온 터였다.

제르베즈는 음식을 만들 기분이 아니었다. 모두들 자리에 앉으려는 순간 보슈가 들어와 마레스코 씨가 조문을 하고 싶어 한다는 말을 전했다. 곧이어 프록코트에 커다란 훈장을 단 집주인이 매우 엄숙한 표정으로 들어왔다. 그리고 말없이 모두에게 인사하고는 곧바로 작은방으로 가서 무릎을 꿇고 앉았다. 그는 사제를 연상시키는 경건한 몸짓으로 기도한 다음, 회양목 가지로 시신에 성수를 뿌리면서 허공에 십자가를 그렸다. 식탁에서 일어나 문간에 선 채 그를 지켜보던 가족들은 모두 깊은 감명을 받았다. 조문 절차를 모두 마친 마레스코 씨는 가게로 돌아와 쿠포 부부에게 말했다.

"밀린 두 분기 치 집세를 받으러 왔소. 지금 줄 수 있겠소?"

"아뇨, 마레스코 씨. 지금은 안 될 것 같아요." 제르베즈는 로리외 부부 앞에서 그 얘기가 나오자 몹시 당황하며 우물거렸다. "보시다시피 이렇게 슬픈 일을 겪다보니……"

"그러시겠죠. 하지만 누구나 자신만의 괴로움이 있는 거니까요." 집주인은 노동자로 살았던 과거의 흔적이 남아 있는 커다란 손가락들을 넓게 펴 보이며 말했다. "유감스럽지만 더는 기다릴 수 없소…… 모레 아침까지 밀린 집세를 내지 않으면 당신들을 내보낼 수밖에 없소."

제르베즈는 눈물이 그렁그렁한 눈으로 말없이 애원하듯 두 손을 한데 모았다. 하지만 집주인은 뼈가 불거져 나온 커다란 머리를 세차게 가로저으면서 그래봤자 아무런 소용이 없음을 분명히 했다. 게다가 망자에 대한 예의가 모든 논의를 금지했다. 그는 뒷걸음질로 조용히 자리에서 물러났다.

"심기를 어지럽혔다면 대단히 미안하게 됐습니다. 모레 아침입니다, 잊지 말기를."

그는 다시 작은방 앞을 지나면서 활짝 열린 문 앞에서 경건하게 무릎을 꿇고 망자에게 마지막으로 경의를 표했다.

그들은 처음에는 아무 말 없이 서둘러 식사를 했다. 음식을 즐기는 것처럼 보이고 싶지 않아서였다. 하지만 디저트를 앞에 두자 편안해지고 싶은 욕구 탓에 동작이 느려졌다. 가끔씩 제르베즈나 두 자매 중 하나가 자리에서 일어나 냅킨을 손에 든 채 작은방으로 가서 안을 흘끗 들여다보았다. 다녀온 사람이 다시 자리에 앉아 음식을 마저 씹으면 모두들 잠시 그녀에게 시선을 집중했다. 옆방에 별일이 없는지 확인하기 위해서였다. 그리고 여인네들이 자리를 뜨는 일이 점점 줄어들면서 쿠포의 엄마는 조금씩 잊혀갔다. 그들은 밤을 새우려고 커피를 아주 진하게 내려 계속 마셔댔다. 저녁 여덟시경이 되자 푸아송 부부가 찾아왔다. 함께 술이나 한잔하자면서 부부를 초대했던 것이다. 계속해서 제르베즈의 얼굴을 살피던 랑티에는 아침부터 내내 기다려온 기회를 포착한 듯 보였다. 그는 상을 당한 집에 와서 돈을 요구하는 집주인의 비열함을 느닷없이 강한 어조로 비난했다.

"더러운 위선자 같으니라고, 감히 미사를 드리는 흉내를 내다니!…… 나 같으면 그 인간의 면상에 이 대단한 가게를 옜다 가져라 하고 내던져버렸을 겁니다."

극도로 신경이 예민해지고, 손가락 하나 까딱할 힘도 없을 정도로 기진맥진한 제르베즈는 체념한 듯 힘없이 중얼거렸다.

"물론 사람들이 와서 법을 집행하는 일은 없게 할 거예요, 절대로…… 아! 난 너무나 지쳤어요, 지쳤다고요."

방방이 이제 가게를 잃게 된다는 사실에 기분이 좋아진 로리외 부부는 그녀의 말에 적극 맞장구를 쳤다. 자신들로서는 가게를 운영하는 데 얼마나 많은 돈이 드는지 상상도 하기 힘들었다. 차라리 남의 밑에서 일하면, 하루에 3프랑밖에 못 벌어도 적어도 가게 유지비는 들지 않을 테니 지금처럼 엄청난 손실을 볼 위험은 없지 않겠는가. 그들은 쿠포를 부추겨 이런 논리를 반복하게 했다. 하지만 그는 술에 잔뜩 취해 끊임없이 넋두리를 하면서 접시에 코를 박고 혼자 훌쩍이기만 할 뿐이었다. 세탁부 여인의 마음이 조금씩 흔들리는 것을 느낀 랑티에는 푸아송 부부를 쳐다보면서 눈을 깜빡였다. 그러자 꺽다리 비르지니가 나서서는 제르베즈에게 사근사근한 목소리로 말을 건넸다.

"있잖아요, 서로 얘기를 잘해보면 어떨까 싶어요. 내가 임대차 계약을 인계받아서 집주인하고의 문제를 해결해주면 안 될까요…… 그럼 그쪽도 더 이상 힘들어하지 않아도 되고 말이죠."

"아뇨, 그러시지 않아도 돼요." 제르베즈는 갑자기 소스라치게 놀란 듯 몸을 떨면서 대꾸했다. "내가 원하기만 하면 아직 집세를 빌릴 데쯤은 있어요. 어떻게든 다시 일을 해서 이 어려움을 헤쳐 나가야죠. 다행히 두 팔이 아직 이렇게 멀쩡하잖아요?"

"이 얘긴 나중에 다시 하도록 하죠." 모자 제조업자가 서둘러 말했다. "오늘 밤엔 아무래도 시기가 안 좋은 것 같군요…… 나중에, 어쩌면 내일이라도 기회 봐서 다시 얘기하는 게 좋겠어요."

그때 작은방을 살펴보러 간 르라 부인이 조그맣게 비명을 질렀다. 심지가 모두 타버려 불이 꺼진 초를 보고 겁을 집어먹었던 것이다. 그러자 모두가 달려들어 서둘러 새로 촛불을 밝혔다. 그리고 고개를 저으면서, 망자 옆에 놓인 불이 꺼지는 것은 좋은 징조가 아니라고 거듭 얘기했다.

이제 길고 긴 밤샘이 그들을 기다렸다. 쿠포는 잠자기 위해서가 아니라 생각할 게 있어서 잠시 누운 것뿐이었다. 그리고 오 분 후에 코고는 소리가 들려왔다. 나나에게 보슈 부부의 집으로 가라고 하자 아이는 울음을 터뜨렸다. 나나는 좋은 친구인 랑티에의 커다란 침대에서 따뜻하게 잠들 수 있다는 생각에 아침부터 들떠 있었던 것이다. 푸아송 부부는 자정까지 그곳에 머물렀다. 커피는 여자들의 신경을 지나치게 자극했기 때문에 그들은 샐러드 그릇에 포도주를 부어 향신료와 설탕을 넣어 데워 마셨다. 이제 그들의 대화는 감상적으로 흘러갔다. 비르지니는 시골 얘기를 했다. 그녀는 들꽃들로 둘러싸여 숲 가에 묻히기를 바랐다. 르라 부인은 이미 옷장 안에 수의용 천을 마련해놓고는 라벤더향을 늘 뿌려두었다. 죽어서 땅에 묻힐 때 코끝에서 좋은 향기를 맡고 싶어서였다. 이번에는 경관인 푸아송이 대화의 색깔을 급격하게 바꿔 자신이 겪은 일화를 들려주었다. 어느 날 아침 그는 돼지고기 전문점에서 도둑질을 한 키가 크고 아름다운 젊은 여자를 붙잡았다. 경찰서에서 여자의 옷을 벗기자 몸 앞뒤로 소시지 열 개가 주렁주렁 매달려 있었다. 그 얘기를 들은 로리외 부인이 역겹다는 표정으로 자신은 그런 소시지는 절대 먹지 못할 거라고 하자, 모두들 말없이 미소를 지어 보였다. 밤샘은 예법에 어긋나지 않으면서 활기를 띠어갔다.

데운 포도주를 다 마셔갈 무렵 작은방에서 숨죽인 시냇물 소리 같은 기이한 소리가 새어 나왔다. 모두들 고개를 들고 서로를 쳐다보았다.

"아무것도 아닙니다." 랑티에가 목소리를 낮추어 차분히 말했다. "시신에서 물이 빠져나오는 겁니다."

모두들 그의 말에 안심한 듯 고개를 끄덕였다. 그러면서 식탁 위에 잔을 내려놓았다.

마침내 푸아송 부부는 집으로 돌아갔다. 랑티에 역시 그들과 함께 그곳을 나섰다. 그는 친구 집으로 가서 자고 자신의 침대는 부인네들에게 양보할 생각이었다. 여자들이 번갈아가며 한 시간씩이라도 쉬게 해주려는 배려에서였다. 로리외는 결혼하고 이런 적은 처음이라고 투덜대면서 잠을 청하러 혼자 위로 올라갔다. 잠든 쿠포와 함께 남은 제르베즈와 두 자매는 난롯가에 자리를 잡고 앉았다. 난로 위에는 마시다 남은 커피가 놓여 있었다. 세 여자는 두 손을 앞치마 아래로 집어넣고 난로에 코가 닿을 정도로 몸을 잔뜩 웅크린 채, 동네 전체를 감싼 무거운 정적 속에서 숨죽여 소곤거렸다. 로리외 부인은 검정 드레스가 없다고 투덜거렸다. 하지만 가능하면 사지 않으려 했다. 요즘 형편이 아주 말이 아니었기 때문이다. 그녀는 제르베즈에게 혹시 쿠포의 엄마가 검정 치마를 남겨놓지 않았는지 물었다. 노부인이 생일날 선물로 받은 것이었다. 제르베즈는 치마를 찾으러 갔다. 허리를 조금만 줄이면 충분히 입을 수 있을 터였다. 로리외 부인은 한술 더 떠서 낡은 옷가지와 침대, 옷장, 의자 두 개를 언급했다. 그리고 가져갈 게 없는지 사방을 둘러보았다. 그러다가 하마터면 또다시 다툼이 일어날 뻔했다. 이번에도 르라 부인이 중재를 하고 나섰다. 그녀는 사리 판단이 좀 더 정확한 편이었다. 쿠포 부부는 어머니를 부양했으므로 그녀가 남긴 소박한 유품을 차지할 권리가 충분히 있었다. 이제 세 여자는 또다시 난롯불 주위에서 꼬박꼬박 졸면서 단조로운 수다를 이어나갔다. 밤이 엄청나게 길게 느껴졌다. 그녀들은 때때로 몸을 떨거나, 커피를 마시면서 시간을 죽이다가는 작은방 쪽으로 고개를 돌려 촛불이 꺼지지 않았는지 살피기도 했다. 불을 꺼뜨릴까봐 잘라내지 못한 심지가 새까맣게 타버려 뭉치는 바람에 더 커 보이는 불꽃이 붉은빛으로 처연히 타올랐다. 새벽이 되자 세 여자는 난로의 뜨거운 열기에도 불구하고 오들오들 몸을 떨었다. 지나치게 얘기를 많이 한 탓에 피로가 쌓인 데다 불안감마저 더해져 가슴이 답답했고, 입이 바짝 마르면서 눈이 벌겋게 충혈되었다. 르라 부인은 랑티에의 침대로 뛰어들자마자 즉시 곯아떨어져서는 남자처럼 코를 골았다. 나머지 두 여자는 난로 앞에서 머리가 무릎에 닿을 정도로 몸을 웅크린 채 잠이 들었다. 날이 밝자 모두들 몸을 떨면서 잠에서 깨어났다. 쿠포 엄마의 초가 또다시 막 꺼져버린 후였다. 그리고 다시 어둠 속에서 졸졸거리는 소리가 음산하게 들려오자, 로리외 부인은 스스로를 안심시키려는 듯 새로 촛불을 밝히면서 큰 소리로 되뇌었다.

"물이 빠져나오는 거야."

장례식은 열시 반으로 예정되었다. 전날 밤을 꼬박 지새우고서 맞이하는 상쾌한 아침이라니! 제르베즈는 돈이 한 푼도 없긴 했지만 누군가 세 시간 일찍 쿠포의 엄마를 거두러 와준다면 100프랑이라도 기꺼이 내놓았을 터였다. 그렇다, 아무리 사랑하는 사람이라도 일단 죽으면 짐스럽게 느껴지는 게 사실이다. 심지어 더 많이 사랑할수록 더 빨리 치워버리고 싶어지는 법이다.

장례식 날 아침은 다행스럽게도 정신없이 지나갔다. 이것저것 준비할 게 많았기 때문이다. 그들은 우선 아침식사부터 했다. 그러고 나자 아파트 7층에 사는 장의사 일꾼 바주즈 영감이 겨가 든 자루와 관을 들고 나타났다. 그 별스러운 노인은 말짱한 정신으로 지내는 적이 거의 없었다. 그날도 아침 여덟시인데도 불구하고 전날 밤 마신 술이 덜 깨서 여전히 해롱댔다.

"이 집이 맞지, 엥?"

그가 관을 내려놓자 새 관에서 삐걱거리는 소리가 들려왔다.

관 옆에 겨가 든 자루를 던져놓은 그는 자기 앞에 서 있는 제르베즈를 보자 눈을 크게 뜨면서 활짝 벌린 입을 다물지 못했다.

"아, 이런, 미안하게 됐소. 내가 잘못 알았나보오." 당황한 바주즈 영감은 말을 더듬거렸다. "사람들이 다들 여기라고 하는 바람에 그만."

그가 자루를 다시 집어 들고 되돌아가려 하자 세탁부 여인은 황급히 소리쳤다.

"그냥 놔두세요, 여기가 맞아요."

"아! 맙소사! 진작 제대로 얘기를 했어야지!" 노인은 손으로 허벅지를 두드리면서 외쳤다. "이제야 알겠군, 그러니까 그 노친네가 죽은 거였군……"

제르베즈의 얼굴이 백지장처럼 새하얗게 변했다. 바주즈 영감은 그녀를 위한 관을 가져왔던 것이다. 그는 제르베즈의 기분을 풀어주려는 듯 계속해서 애써 변명을 늘어놓았다.

"그게 말이오, 어제 사람들이 아래층에서 누가 죽었다고 그러더라고. 그래서 난 말이지, 그게 그러니까…… 이런 일을 하다보면 이런 일쯤은 예사로 일어난다오…… 어쨌거나 부인한테 축하를 해줘야겠구려, 안 그렇소? 되도록이면 늦게 갈수록 좋은 거니까. 비록 사는 게 결코 만만하진 않지만 말이지. 오, 물론! 절대로 만만하지 않지!"

바주즈 영감이 얘기하는 동안 제르베즈는 자신도 모르게 뒤로 물러섰다. 그가 무지막지한 더러운 손으로 자신을 붙잡아 관 속으로 밀어 넣을까봐 두려웠기 때문이다. 바주즈 영감은 이미 제르베즈의 결혼식 날 저녁에, 그가 데려가준다면 오히려 고마워할 여인네들을 아주 많이 알고 있다고 얘기한 적이 있었다. 하지만 천만의 말씀이었다! 그녀는 아직 그 정도까진 아니었다. 제르베즈는 등골이 오싹해지면서 소름이 끼쳤다. 비록 진창 같은 삶이지만 이렇게 일찍 떠나고 싶지는 않았다. 그렇다, 눈 깜짝할 새에 죽음을 맞이하는 것보다는 차라리 수년 동안 굶주림에 시달리는 게 훨씬 더 나았다.

"술에 단단히 취했나봐." 제르베즈는 두려움과 역겨움이 뒤섞인 표정으로 중얼거렸다. "적어도 이런 주정뱅이를 보내진 말았어야지. 돈이 얼만데."

그러자 바주즈 영감은 빈정거리는 투로 오만하게 대꾸했다.

"이런, 젊은 부인, 언젠가는 당신 차례가 오지 않겠소. 난 언제나 준비가 돼 있단 말이지, 아시겠소! 그러니까 나한테 신호만 보내면 되는 거요. 나로 말하자면 여인네들을 위로해주는 사람이거든…… 그리고 이 바주즈 영감에게 함부로 침을 뱉지 않는 게 좋을 거요. 난 당신보다 훨씬 더 고상한 부인네들도 품에 안아본 몸이라고. 그 여자들은 모두 불평 한마디 없이 나한테 몸을 내맡겼지. 어둠 속에서 계속 잠을 잘 수 있어 아주 만족하면서 말이지."

"닥치지 못하겠소, 바주즈 영감." 옥신각신하는 소리를 듣고 달려

온 로리외가 매섭게 쏘아붙였다. "이런 자리에서 그런 말을 함부로 지껄이다니. 우리가 항의라도 하면 당신은 당장 쫓겨나고 말 거요…… 그러니까 여기서 당장 꺼져요. 당신처럼 원칙을 존중할 줄 모르는 사람은 필요 없으니까."

그러자 장의사 일꾼은 그곳을 떠났다. 그리고 길을 가면서 한참 동안 더듬더듬 혼잣말을 했다.

"원칙이라, 무슨 원칙을 말하는 건지!…… 원칙이란 건 없어…… 원칙이란 건 없다고…… 오직 정직하게 일하기만 하면 된다고!"

마침내 열시가 되었다. 장의마차는 아직 나타나지 않았다. 가게에는 마디니에 씨, 메보트, 고드롱 부인, 르망주 양 같은 친구와 이웃이 이미 도착해 모여 있었다. 닫혀 있는 덧문의 틈과 열린 문을 통해 남녀가 번갈아 수시로 고개를 내밀면서 굼벵이 장의마차가 도착했는지 살폈다. 안쪽 방에 모인 가족들은 서로 악수를 나누었다. 열에 들뜬 기다림 속에 잠시 침묵이 흐르는 가운데 이따금씩 재빠르게 속닥거리는 소리가 들려왔다. 그러다가 손수건을 깜빡 잊어버린 로리외 부인과 기도서를 빌리러 가는 르라 부인의 치맛자락이 갑작스럽게 움직이는 소리에 정적이 깨지기도 했다. 참석자들은 각자 작은방으로 들어서면서 방 한가운데의 침대 앞에 놓인 관을 흘끗거렸다. 그리고 자신도 모르게 한쪽 눈으로 그 크기를 가늠해보면서, 뚱뚱한 쿠포의 엄마가 관에 절대 들어갈 수 없을 거라고 생각했다. 하지만 입 밖으로 소리내어 말하지는 않은 채 그런 생각을 담은 눈빛으로 서로를 바라보았다. 그때 갑자기 거리로 난 문 쪽에서 시끌벅적한 소리가 들려왔다. 작은방으로 온 마디니에 씨는 두 팔을 내밀면서 엄숙하고 절제된 목소리로 소식을 알렸다.

"그들이 왔습니다!"

장의마차가 도착한 것은 아니었다. 먼저 일렬로 늘어선 장의사 일꾼 네 명이 잰걸음으로 안으로 들어섰다. 불쾌한 얼굴에, 무거운 짐을 나르느라 손마디가 굳은 그들은 관에 마찰돼 허옇게 닳은 새까맣고 더러운 작업복을 입고 있었다. 바주즈 영감은 술에 잔뜩 취했음에도 불구하고 흐트러지지 않은 걸음걸이로 맨 앞에서 걸어왔다. 일단 일을 시작한 그는 이내 냉정함을 되찾았다. 그들은 한 마디도 하지 않고 고개를 살짝 숙인 채 눈짓으로 쿠포의 엄마가 얼마나 무거울지를 먼저 가늠해보았다. 그리고 조금도 지체하지 않고 눈 깜짝할 사이에 불쌍한 노부인을 꽁꽁 묶었다. 그중 가장 어린 사팔뜨기 청년은 자루에 든 겨를 관 속에 부은 다음, 마치 빵을 반죽하듯 손으로 넓게 펴서 다졌다. 그러자 익살스럽게 생긴 마르고 키가 큰 사내가 그 위에 천을 넓게 폈다. 그런 다음 "하나, 둘, 자, 다 같이!" 호령과 함께 네 남자가 한꺼번에 시신을 들어 올렸다. 두 사람은 다리를, 두 사람은 머리를 잡았다. 크레이프라도 그렇게 빨리 던져 넣진 못할 터였다. 목을 길게 빼고 지켜보던 사람들에게는 쿠포의 엄마가 스스로 관 속으로 뛰어든 것처럼 보일 정도였다. 그녀는 그 속에 자기 집처럼 편안히 자리를 잡았다. 오! 아주 꼭, 너무도 꼭 맞아서 갓 짠 관 틀에 부딪히는 소리가 들려왔다. 사방이 꼭 맞아서 액자 속에 넣은 그림처럼 보일 정도였다. 어쨌거나 쿠포의 엄마가 그 안에 들어갔다는 사실은 모두를 놀라게 했다. 물론 전날 밤부터 몸무게가 줄어들긴 했지만. 이제 장의사 일꾼들은 몸을 일으킨 채 기다렸다. 그중 사팔뜨기 청년은 관 뚜껑을 들고 서서 가족들에게 마지막 작별인사를 하라고 권했다. 바주즈 영감은 입에 못을 물고는 망치를 들고 서 있었다. 그러자 쿠포와 그의 두 누이, 제르베즈와 이웃들은 무릎을 꿇고 주저앉아 눈물을 펑펑 쏟으며 마지막 길을 떠나는 노부인을 입맞춤으로 배웅했다. 뜨거운 눈물방울이 얼음장처럼 차갑게 굳어버린 얼굴 위로 떨어져 흘러내렸다. 흐느낌 소리는 오랫동안 허공을 맴돌았다. 이윽고 관 뚜껑이 닫히자 바주즈 영감은 능숙한 포장 솜씨를 발휘해 모서리마다 두 번씩 망치를 내려쳐 못을 박았다. 가구를 수선하는 것 같은 소란스러운 소리에 묻혀 더 이상 울음소리가 들리지 않았다. 이제 모두 끝났다. 마침내 그들은 길을 나섰다.

"이런 일에 저토록 돈을 펑펑 쓸 생각을 하다니!" 문 앞에 와 있는 장의마차를 본 로리외 부인이 남편을 돌아보며 빈정거렸다.

장의마차는 온 동네의 화젯거리가 되었다. 내장 가게 여주인은 식료품점 청년들을 불러냈고, 작달막한 시계 수리공도 길가에 나와 섰다. 이웃들은 창문으로 몸을 숙여 바깥을 내다보았다. 모두들 새하얀 무명으로 된 술이 달린 드리개 장식을 놓고 수군거렸다. 저것 좀 봐! 쿠포 부부는 저 돈으로 빚부터 갚아야 하는 것 아닌가! 하지만 로리외 부부가 얘기한 것처럼, 잘난 체하는 사람들은 언제 어느 때건 과시를 하고 싶어 하는 법이다.

"정말 부끄러운 줄 알아야지!" 그와 동시에 제르베즈는 사슬 제조공과 그 부인에 대해 불평을 늘어놓았다. "어쩌면 자기 엄마 장례식에 바이올렛 한 다발도 안 가져오는지, 저런 지독한 자린고비들은 정말 처음 봤다니까!"

과연 로리외 부부는 장례식에 빈손으로 나타났다. 르라 부인은 인조 화관을 바쳤다. 관 위에는 쿠포 부부가 마련한 에델바이스 화관과 꽃다발이 함께 놓였다. 이제 장의사 일꾼들은 예의 굉장한 어깻짓으로 시신을 들어 올려 어깨에 메야 했다. 장례 행렬은 느리게 진행되었다. 프록코트를 입은 쿠포와 로리외가 손에 모자를 든 채 행렬의 맨 앞에 섰다. 아침 일찍부터 마신 백포도주 두 잔에 힘입어 여전히 슬픔에 빠져 있을 수 있었던 쿠포는 후들거리는 다리와 지끈거리는 머리 때문에 로리외의 팔에 의지해 걸어가야만 했다. 그 뒤를 온통 검은색으로 차려입은 엄숙한 표정의 마디니에 씨와 헐렁한 작업복 위에 짤막한 외투를 걸친 메보트, 눈에 확 띄는 노란색 바지를 입은 보슈, 랑티에, 고드롱, 비비라그리야드, 푸아송을 포함한 남자들이 따라갔다. 그다음으로 여자들이 뒤따랐다. 로리외 부인이 수선한 노부인의 치마를 질질 끌며 앞장을 섰고, 애도를 급조하느라 가장자리가 라일락 무늬로 장식된 카라코를 숄로 감춘 르라 부인, 그리고 비르지니, 고드롱 부인, 포코니에 부인, 르망주 양과 다른 여인네들이 그 뒤를 줄지어 따라갔다. 행인들이 성호를 긋거나 모자를 벗어 조의를 표하는 가운데 서서히 구트도르 가를 내려가던 장의마차가 덜컹거리기 시작하자, 장의사 일꾼들이 급히 행렬의 앞으로 갔다. 그리고 두 사람은 앞쪽에서, 나머지 둘은 각각 오른쪽과 왼쪽에서 걸어갔다. 가게 문을 닫아야 하는 제르베즈는 마지막까지 남아 있었다. 그런 다음 나나를 보슈 부인에게 맡기고 허겁지겁 달려가 행렬에 합류했다. 관리인 여인과 함께 아파트 입구에 서 있던 나나는 할머니가 근사한 마차를 타고 길 끝으로 사라지는 것을 호기심 가득한 눈빛으로 지켜보았다.

세탁부 여인이 숨을 헐떡거리며 행렬의 끝에 다다른 순간, 구제도 다른 쪽 길에서 막 도착해 남자들과 합류했다. 그리고 이내 뒤를 돌아보며 그녀에게 아주 다정한 고갯짓으로 인사를 건넸다. 그러자 제르베즈는 갑자기 자신이 몹시 불행하다고 느껴져 또다시 눈물을 흘렸다. 그녀는 이제 단지 쿠포의 엄마 때문에 우는 것이 아니었다. 그보다 훨씬 끔찍한, 입 밖으로 표현할 수 없으면서 그녀를 숨 막히게 하는 그 무엇 때문이었다. 제르베즈는 행렬이 이어지는 내내 손수건으로 눈가를 누르고 있었다. 불그레한 두 뺨이 말라 있는 로리외 부인은 호들갑을 떤다고 비난하는 표정으로 그녀를 비딱하게 바라보았다.

교회에서는 장례 의식이 서둘러 마무리되었다. 반면에 미사는 다소 시간이 걸렸다. 사제가 매우 연로한 때문이었다. 메보트와 비비라그리야드는 연보금 때문에 밖에 나가 있고 싶어 했다. 사제들을 내내 주의 깊게 살피던 마디니에 씨는 랑티에에게 자신이 관찰한 바를 들려주었다. 사제들은 자신들이 무슨 얘기를 하는지도 잘 모르면서 라틴어를 남발하는 게 분명했다. 게다가 그들은 세례식이나 결혼식을 진행하듯 아무런 감정도 없이 장례식을 주관했다. 마디니에 씨는 과도한 장례 절차를 못마땅하게 여겼다. 수많은 촛불과 구슬픈 목소리, 가족들 앞에서의 지나친 허례허식. 사실이 그렇지 않은가, 이건 집과 교회에서 두 번씩 장례를 치르면서 가족을 두 번 잃는 것과도 같았다. 그러자 모든 남자들이 그의 말에 적극적으로 공감을 표했다. 미사가 끝난 후에도 여전히 중언부언하는 기도문을 들어야 하며, 또다시 시신 앞을 차례로 지나면서 성수를 뿌려야 하는 건 참으로 고역이 아닐수 없었다. 다행스럽게도 묘지는 멀리 떨어져 있지 않았다. 샤펠 교회

뒤쪽으로 마르카데 가를 향해 난, 조그만 정원 같은 분위기의 묘지였다. 일행은 각자 자신의 애기를 늘어놓는 어수선한 분위기 속에서 발을 동동 구르면서 그곳에 도착했다. 땅이 단단히 얼어붙어서 소리가 잘 울렸기 때문에 발을 계속 구르면 재미있을 것 같았다. 관 바로 옆에 파놓은 구덩이는 석고 채석장처럼 허옇고 단단하게 얼어붙어 있었다. 자갈 더미 옆에 둘러선 일행은 이런 추위에 구덩이를 바라보면서 기다려야 한다는 게 전혀 즐겁지가 않았다. 마침내 중백의를 걸친 사제가 조그만 집에서 나와 덜덜 떨면서 마지막 의식을 집행했다. 그가 「애도가」의 각 구절을 읊을 때마다 허연 입김이 서리는 게 보였다. 그는 마지막 성호를 긋자마자 다시 반복하고 싶은 생각이 조금도 없는 듯 서둘러 그곳을 떠났다. 이제 묘혈을 파는 인부가 삽을 집어 들었다. 하지만 땅이 꽁꽁 얼어붙은 탓에 커다란 흙덩어리만을 겨우 떼어 낼 수 있었다. 그가 관 위로 흙을 뿌려 넣자 땅속 깊은 곳에서 굉장한 음악 소리가 들려왔다. 마치 포탄이 연속해서 발사되는 소리 같았다. 관의 나무가 쪼개질 것만 같았다. 아무리 무심한 사람이라고 할지라도 그 음악 소리에 마음이 흔들리지 않을 수 없었다. 다시 눈물이 솟구쳤다. 밖으로 나와서도 여전히 포탄 소리가 들리는 듯했다. 메보트는 손가락을 호호 불면서 큰 소리로 외쳤다. "아! 젠장! 정말 안됐군! 그 불쌍한 노친네가 얼마나 추울까!"

"숙녀들, 그리고 친구들." 함석공은 아직 떠나지 않고 가족과 함께 남은 몇몇 친구들에게 말했다. "여러분께 뭐라도 좀 대접하고 싶은데, 괜찮으시면……"

그러면서 그는 마르카데 가에 있는 술집인 아 라 데상트 뒤 심티에르*

로 먼저 들어섰다. 잠시 보도에서 머뭇거리던 제르베즈는 자신에게 또다시 고갯짓으로 인사를 하고 멀어져가는 구제를 소리쳐 불렀다. 그도 같이 한잔하고 가면 좋지 않겠는가? 하지만 그는 속히 작업장으로 돌아가야만 했다. 그들은 아무 말 없이 잠시 서로를 마주 보았다.

"60프랑을 빌려서 미안해요." 마침내 세탁부 여인이 나직하게 말했다. "내가 제정신이 아니다보니 그만, 당신이 떠올라서요……"

"오! 그런 말 하지 마요, 나한테 미안해할 것 없어요." 대장장이가 그녀의 말을 가로막았다. "당신한테 불행이 닥친다면 난 언제라도 힘이 돼주고 싶으니까요…… 하지만 어머니한테는 아무 말도 하지 마요. 어머닌 나랑 생각이 다르니까요. 어머니를 화나게 하고 싶지는 않거든요."

제르베즈는 계속 그를 응시했다. 그의 아름다운 황금빛 수염과 그토록 선하고 그토록 슬퍼 보이는 그를 보면서, 함께 어디론가 떠나서 행복하게 살자고 했던 예전의 제안을 수락하고 싶어졌다. 그리고 문득 또 다른 나쁜 생각이 떠올랐다. 어떻게 해서라도 그에게 밀린 두 분기 치 집세를 빌리려는 생각이었다. 제르베즈는 몸을 떨고는 다시 상냥한 목소리로 물었다.

"우린 아직 좋은 친구죠, 그렇죠?"

그는 고개를 끄덕이면서 대답했다.

"그럼요, 물론이죠, 우린 언제나 좋은 친구죠…… 다만, 분명히 말하지만, 이젠 모든 게 끝났습니다."

---

* '묘지에서 내려오는 길에' 라는 뜻.

그는 그러고는 당황한 제르베즈를 홀로 남겨둔 채 뒤돌아서서 성큼 성큼 가버렸다. 제르베즈의 귓전에 그의 마지막 말이 마치 조종(弔鐘) 소리처럼 계속해서 세차게 울려 퍼졌다. 그녀는 술집으로 들어서면서 가슴속 깊은 곳에서 둔탁하게 울리는 말을 들을 수 있었다. '모든 게 끝났어, 그래! 모든 게 끝난 거야. 모든 게 끝난 거라면 난 이제 할 수 있는 게 아무것도 없어!' 제르베즈는 자리에 앉아 앞에 놓인 빵과 치즈를 삼킨 다음, 포도주가 가득 든 술잔을 단번에 비워냈다.

건물 1층에 위치해 있으면서 천장이 낮고 내부가 기다란 그 술집에는 커다란 테이블 두 개가 놓여 있었다. 테이블 위에는 포도주 병과 네 등분한 1파운드짜리 빵, 그리고 세 개의 접시 위에 담긴 큼지막한 삼각형 브리 치즈가 나란히 놓여 있었다. 일행은 냅킨과 접시도 없이 간단하게 요기를 했다. 조금 떨어진 곳에서 요란한 소리를 내며 타오르는 난로 옆에서는 장의사 일꾼 넷이 막 점심식사를 마친 참이었다.

"맙소사! 이렇게 순서대로 가는군요." 마디니에 씨가 먼저 입을 열었다. "늙은이들은 젊은 사람들에게 자리를 비켜주고…… 어쨌거나 집으로 돌아가면 엄청 텅 빈 것 같겠군요."

"어차피 동생은 거길 떠날 건데요 뭐." 로리외 부인이 재빨리 끼어들었다. "망했거든요, 그 세탁소는."

그들은 쿠포에게 집중적으로 물밑 작업을 해온 터였다. 모두들 입을 모아 그에게 임대차 계약을 넘기라고 종용했다. 얼마 전부터 랑티에와 비르지니 두 사람과 가까이 지내는 르라 부인도 그들이 서로에게 호감을 가지고 있는 게 분명하다는 생각에 자극받아 일부러 잔뜩 겁먹은 표정으로 제르베즈 앞에서 파산과 감옥을 들먹였다. 그러자 함석공은 느닷없이 불같이 화를 냈다. 이미 술을 지나치게 많이 마신 탓에 감상적인 기분이 분노로 변해버렸던 것이다.

"내 말 잘 들어, 내 말 똑똑히 들으란 말이야!" 그는 제르베즈의 얼굴에 자신의 얼굴을 바짝 들이밀면서 소리쳤다. "당신은 언제나 제멋대로였지. 하지만 이번에는 내가 하고 싶은 대로 할 거야, 분명히 말해두지만!"

"아주 좋아!" 랑티에가 옆에서 거들었다. "하지만 좋게 말해서는 도무지 알아먹어야 말이지! 말귀를 알아듣게 하려면 망치로 머리를 두들기든지 해야 할 거라고."

두 남자는 잠시 동안 제르베즈를 집중적으로 공격했다. 그러는 동안에도 다들 열심히 입을 놀려 브리 치즈가 순식간에 사라졌고, 포도주가 샘물처럼 흘러내렸다. 그사이 제르베즈는 거듭되는 공격에 마음이 약해졌다. 하지만 여전히 아무런 대꾸도 하지 않은 채 허겁지겁 먹는 데만 열중하면서 며칠 굶은 사람처럼 입안을 음식으로 가득 채웠다. 그러다가 모두들 지쳐 제르베즈를 채근하는 것을 그만두려고 하자 그녀는 서서히 고개를 들고는 선언하듯 내뱉었다.

"그만하면 충분하거든요, 엥? 난 그 빌어먹을 가게 따윈 어떻게 되건 상관없어요! 그딴 거 필요 없다고요…… 알겠어요? 그러니까 다 가져가버리란 말예요! 어차피 이제 다 끝났으니까!"

그러자 그들은 치즈와 빵을 다시 주문한 다음 진지하게 논의를 하기 시작했다. 푸아송 부부는 임대차 계약을 넘겨받으면서, 연체된 두 분기 치 집세를 책임지기로 약속했다. 게다가 보슈는 으스대며 집주인을 대신해 합의 사항을 받아들였다. 심지어 그 자리에서 쿠포 가족에게 새로 옮길 거처를 주선해주기까지 했다. 로리외 부부가 사는 7층의 빈방이었다. 랑티에로 말하자면, 푸아송 부부만 괜찮다면 그는 얼마든지 자신의 방을 그대로 써도 무방할 것이다. 경관은 자신들은 전혀 불편하게 생각하지 않는다면서 그러도록 허락했다. 서로 다른 정치적 성향에도 불구하고 친구들끼리는 언제나 통하는 법이다. 이제마침내 뜻하는 바를 이룬 랑티에는 임대차 계약의 양도 따위에는 신경을 쓰지 않았다. 그리고 빵에 브리 치즈를 얹어 커다란 타르틴*을만들어서는 몸을 뒤로 젖힌 채 경건한 태도로 베어 물었다. 은밀한 쾌감으로 몸이 벌겋게 달아오른 그는 눈을 가늘게 뜨고는 제르베즈와비르지니를 차례로 훔쳐보았다.

"이봐요! 바주즈 영감!" 쿠포가 소리쳤다. "이리 와서 같이 한잔합시다. 우린 뻐기는 거 그런 거 몰라요. 피차 똑같은 막노동꾼들 아니오."

술집을 막 나서려던 장의사 일꾼 네 사람은 다시 돌아와 일행과 건배했다. 불평하려는 건 아니지만, 조금 전 일을 치른 부인이 무게가좀 나가는 건 사실이었다. 따라서 술을 한잔할 필요가 있긴 했다. 바주즈 영감은 무례한 말을 내뱉지는 않았지만 세탁부 여인을 계속 뚫어지게 쳐다보았다. 불편함을 느낀 제르베즈는 자리에서 일어나 이미거나하게 취한 남자들을 놔둔 채 그곳을 나왔다. 그사이 곤드레가 된쿠포는 또다시 훌쩍거리면서 슬퍼서 그런 거라고 둘러댔다.

저녁에 집으로 돌아온 제르베즈는 한동안 의자 위에 멍하니 앉아있었다. 텅 빈 방들은 적막했고 한없이 넓어 보였다. 한편으로는 큰

---

* 버터나 잼, 크림치즈 등을 바른 빵 조각.

짐을 던 게 사실이었다. 하지만 마르카데 가의 조그만 정원 묘지 구덩이에 남겨두고 온 건 쿠포 엄마뿐만이 아니었다. 너무나 많은 것이 그리웠다. 그녀는 자신의 삶의 한 부분과 세탁소, 가게 주인으로서의 자부심, 그리고 그 밖의 감정을 그날, 그곳에 묻고 온 것이다. 그랬다, 벽들은 텅 비어 있었고, 그녀의 마음 역시 그랬다. 그것은 완전한 파산이자 나락으로의 추락이었다. 몹시 지친 제르베즈는 할 수만 있다면 나중에 다시 자신을 추스르리라 마음먹었다.

열시가 되자 잠자리에 들기 위해 옷을 벗던 나나는 울음을 터뜨리면서 발을 동동 굴렀다. 쿠포 엄마의 침대에서 자고 싶어서 떼를 쓰는 중이었다. 제르베즈는 아이를 겁주고자 했다. 하지만 지나치게 조숙한 계집아이에게 죽음은 단지 강렬한 호기심을 불러일으킬 뿐이었다. 제르베즈는 하는 수 없이 아이에게 쿠포 엄마의 침대에서 자는 것을 허락했다. 나나는 커다란 침대를 좋아했다. 몸을 쭉 펴고 마음껏 구를 수 있었기 때문이다. 그날 밤 아이는 깃털을 채운 매트리스가 간질이는 것 같은 느낌 속에서 아주 따뜻하고 편안하게 잠들 수 있었다.

10

쿠포 가족의 새로운 거처는 B동 7층에 위치해 있었다. 그곳에 가기 위해서는 르망주 양의 집 앞을 지나 왼쪽에 난 복도로 꺾어 들어가야 했다. 그런 다음 다시 한 번을 더 돌아가야 했다. 첫번째로 보이는 문은 비자르 가족의 집이었다. 그 집의 거의 맞은편으로는, 지붕으로 통하는 작은 계단 밑에 환기도 되지 않는 조그만 골방이 있었다. 한 뼘도 채 되지 않을 것 같은 그곳이 브뤼 영감이 몸을 누이는 은신처였다. 거기서 문 두 개를 더 지나면 바주즈 영감의 집이 나왔다. 그 바로 옆에, 커다란 방 하나와 뜰에 면해 있는 작은 방으로 이루어진 쿠포 가족의 새 보금자리가 있었다. 그곳에서 두 집을 지나 안쪽으로 더 들어가면 복도 맨 끝에 로리외 부부의 집이 나왔다.

큰 방 하나와 아주 작은 방 하나, 그게 전부였다. 이제 쿠포 가족은 그곳에 새로이 둥지를 틀었다. 큰 방이라고 해봤자 손바닥만 한 크기였다. 그런 곳에서 먹고 잠자는 것을 포함한 모든 걸 해결해야 했다. 작은 방에는 나나의 침대만 간신히 들어갔다. 심지어 옷도 부모가 자는 큰 방에서 벗어야 했다. 밤에는 숨이 막힐까봐 문을 열어두어야 할 정도였다. 공간이 너무 부족한 탓에 제르베즈는 가게를 떠나면서 가구들을 푸아송 부부에게 넘겨주고 와야만 했다. 침대와 식탁, 의자 네 개만으로도 방이 꽉 찼다. 그럼에도 불구하고 제르베즈는 애지중지하던 서랍장만은 가슴이 메어 도저히 떼어놓고 올 수 없었다. 그리하여 바닥을 더 비좁게 만드는 얄밉게 큰 놈 덕분에 창문의 반을 막고 지내야 했다. 두 개의 덧문 중 하나를 열 수 없어서 햇빛과 더불어 경쾌함이 그만큼 줄어들었다. 아파트 안뜰을 보고 싶을 때는, 비대해진 몸집 때문에 팔꿈치를 낄 공간이 부족해 고개를 비틀어 비딱하게 내려다보아야만 했다.

세탁부 여인은 처음 며칠 동안은 의자에 앉아 하염없이 눈물을 흘렸다. 언제나 너른 공간에서 자유롭게 활개 치다가 자기 집에서 더 이상 마음대로 움직일 수가 없다는 사실이 너무나 가혹하게 느껴진 때문이었다. 숨이 막힐 것만 같았다. 그리하여 벽과 서랍장 사이에 몸을 찌그러뜨린 채, 뒤틀린 목에서 통증이 느껴질 때까지 꼼짝 않고 몇 시간이고 창가에 머물러 있는 일이 잦았다. 오직 그곳에서만 숨을 제대로 쉴 수 있었기 때문이다. 하지만 안뜰을 바라보는 것은 우울함만 더해주었다. 제르베즈는 맞은편 양지 쪽에서 예전에 자신을 꿈꾸게 했던 강낭콩 화분이 있는 6층 창문을 알아보았다. 해마다 봄이면 가느다란 강낭콩 줄기가 지지대를 타고 올라가는 광경을 꿈꾸었다. 그와 반대로 그녀의 방은 언제나 그늘 속에 잠겨 있어 목서 화분도 일주일이면 시들어버리곤 했다. 아! 이건 정말 아니었다. 삶이 어떻게 이렇게 가혹할 수가 있단 말인가. 이건 그녀가 꿈꾸었던 삶과는 전혀 달랐다. 안락한 노년을 그려보기는커녕 진창 속에서 구르는 것과 다를 바 없는 나날을 이어가고 있었던 것이다. 어느 날 제르베즈는 바깥을 굽어보다가 이상한 느낌이 들었다. 아파트 입구의 관리실 옆에서 고개를 치켜들고 처음으로 건물을 구경하던 자신의 모습을 본 것 같은 착각이 들었던 것이다. 13년의 세월을 거슬러 돌이켜보자 가슴을 바늘로 후벼 파는 듯한 통증이 느껴졌다. 아파트 안뜰의 풍경은 그때와 별로 다르지 않았다. 황량해 보이는 건물 앞면이 좀 더 검게 변했고 얼룩이 더 많이 생겨나 있었을 뿐이다. 녹이 나 삭아버린 빗물받이 홈통에서는 악취가 올라왔고, 십자형으로 교차된 빨랫줄에는 낡은 옷가지와 똥오줌으로 범벅된 갓난아이의 기저귀가 널려 있었다. 아래쪽으로는 움푹 팬 포석이 열쇠업자의 석탄재와 소목장의 대팻밥으로 더러워져 있는 게 보였다. 급수장 아래쪽의 습기 찬 한구석에는 염색업자의 작업장에서 흘러나온 물이 고인 물웅덩이가 아름다운 푸른빛을 띠고 있는 것도 눈에 들어왔다. 그 옛날처럼 곱고 섬세한 푸른빛이었다. 하지만 지금의 그녀는 엄청나게 변했고 빛이 바래 있었다. 무엇보다 제르베즈는 저 아래쪽에서 행복하고 당당한 모습으로 하늘을 올려다보며 근사한 가정을 꿈꾸었던 그때의 그녀가 아니었다. 이젠 지붕 밑의 더럽기 짝이 없는, 곤궁한 이들의 은신처에서, 햇빛 한 자락도 들어오지 않는 음침한 곳에서 살아가고 있었다. 그 모든 것이 그녀의 눈물을 설명해주었다. 제르베즈는 이제 자신의 운명에 아무런 기대를 하지 않았다.

하지만 제르베즈는 조금씩 적응이 되어갔고, 새로운 거처에서의 삶을 그다지 나쁘지 않게 시작할 수 있었다. 겨울이 거의 끝나갈 무렵에는 비르지니에게 가구를 넘겨주고 받은 얼마간의 돈으로 큰 어려움 없이 자리를 잡을 수 있었다. 그리고 날이 좋아지자 운 좋게도 쿠포가 일자리를 얻어 파리에서 멀리 떨어진 에탕프로 떠나게 되었다. 그는 그곳에서 시골의 맑은 공기 덕분에 술도 마시지 않고 석 달가량 일을 했다. 사람들은 독주와 포도주 냄새로 오염된 파리의 공기에서 벗어나는 게 술꾼의 갈증을 얼마나 해소해주는지를 알지 못한다. 함석공은 생기 넘치는 얼굴로 400프랑을 가지고 돌아왔다. 그 돈으로 그들은 푸아송 부부가 책임지겠다고 약속한 두 분기 치 밀린 집세를 지불했고, 가장 끈질기게 독촉한 몇몇 동네 상인에게 진 빚을 갚았다. 이제 제르베즈는 그동안 멀리 돌아서 다니던 두세 군데 길을 다시 고개를 들고 다닐 수 있게 되었다. 또한 그녀는 일당을 받고 다림질을 하는 세탁부로 다시 일하기 시작했다. 비위를 잘 맞춰주기만 하면 마냥 사람 좋은 포코니에 부인이 그녀를 다시 고용하고 싶어 했던 것이다. 게다가 예전에 세탁소 주인이었던 이에 대한 예우 차원에서 일급 세탁부의 하루 수당에 해당하는 3프랑씩을 지급하기로 했다. 그렇게 해서 그들 부부는 또다시 그럭저럭 살아갈 수 있을 듯 보였다. 심지어 열심히 일하면서 조금씩 돈을 모으다보면 빚을 다 갚고 다시 웬만큼 살 만해지지 않을까 하는 기대도 가지게 되었다. 하지만 그것은 제르베즈가 남편이 벌어온 큰돈 때문에 잠시 흥분해서 한 생각일 뿐이었다. 그러다가 다시 차분해지면, 삶을 흘러가는 대로 받아들일 준비가 되어 좋은 시절은 오래가지 않을 거라고 중얼거리곤 했다.

쿠포 부부가 무엇보다 견디기 힘들었던 것은, 푸아송 부부가 자신들의 가게에 자리 잡는 것을 지켜보는 것이었다. 그들은 본래 질투심이 그다지 강한 사람들이 아니었다. 하지만 이웃들은 그들 부부의 아픈 곳을 건드리면서, 일부러 그 앞에서 새 주인들이 날로 번창하는 것을 칭송했다. 특히 보슈 부부와 로리외 부부는 마치 자기 일인 양 입에 침이 마르도록 자랑을 해댔다. 그들의 말을 듣고 있노라면 그보다 더 멋진 가게는 이 세상에 없을 듯했다. 그러면서 그들은 가게가 너무 더러워 푸아송 부부가 30프랑이나 들여 청소를 해야 했다는 얘기도 덧붙였다. 비르지니는 잠시 망설인 끝에 사탕, 초콜릿, 커피, 차 등을 파는 고급 식료품점을 열기로 했다. 그와 같은 격조 높은 기호 식품들이 돈을 긁어모으기엔 안성맞춤이라면서 랑티에가 부추긴 때문이었다. 가게 내부의 색은 세련된 검정 바탕에 금빛 줄무늬를 넣어 품격을 높였다. 거기에 소목장 세 사람이 일주일 동안 매달려 칸막이 선반과 진열창, 과자점에서처럼 커다란 병들을 진열해두는 선반을 곁들인 카운터를 제작했다. 그로 인해 푸아송의 유산이 상당히 축이 났을 터였다. 어쨌거나 비르지니의 새로운 가게는 날로 번성했고, 관리인 부부와 짝짜꿍이 맞은 로리외 부부는 제르베즈의 얼굴빛이 변하는 것에 쾌감을 느끼면서 칸막이 선반, 진열창, 커다란 병 애기를 하나도 빼놓지 않고 들려주었다. 아무리 질투할 줄 모르는 사람이라고 해도 다른 사람이 자신의 신발을 신고 자신을 짓밟으면 피가 거꾸로 솟는 법이다.

더불어 남자 문제도 있었다. 모두들 랑티에가 제르베즈를 떠났다고 입방아를 찧으면서 아주 잘된 일이라며 맞장구를 쳤다. 그로 인해 동네에 도덕이 바로 섰기 때문이다. 그리고 그 공은 모두 여전히 여인네들의 총애를 한 몸에 받는 교활한 랑티에에게로 돌아갔다. 사람들은 세세한 상황 설명까지 곁들였다. 그는 계속 매달리는 세탁부 여인을 떼어내려고 뺨까지 때렸다. 물론 그 누구도 있는 그대로의 진실을 얘기하진 않았다. 그것을 아는 사람들은 사실이 너무 싱거워 충분한 가십거리가 되지 못한다고 생각했기 때문이다. 굳이 따지자면 랑티에가 제르베즈를 떠났다는 말이 맞긴 했다. 더 이상 제르베즈에게 밤낮으로 추근거리지는 않았기 때문이다. 하지만 그는 원하면 언제라도 7층으로 올라가 그녀를 만나곤 했다. 르망주 양은 수상쩍은 시각에 쿠포 부부의 집에서 나오는 그를 만난 적이 있다고 얘기했다. 어쨌거나 그런 식의 소문이 중구난방으로 퍼져 나갔지만, 그렇게 입방아를 찧어대는 사람 중에 그 누구도 대단한 즐거움을 느끼지는 못하는 듯 보였다. 단지 습관적으로 농담 삼아 떠들어댔을 뿐이다. 그런데 상황을 좀더 복잡하게 만드는 것은, 이젠 온 동네가 랑티에와 비르지니를 한데 엮지 못해 몸살을 앓는다는 사실이었다. 그 문제와 관련해서도 그들은 지나치게 앞서갔다. 틀림없이 모자 제조업자가 꺽다리 갈색 머리 여자를 유혹했을 거야. 사실 그렇게 될 줄 다들 이미 알고 있었잖아. 이제 그 여자가 그 집에서 제르베즈가 하던 모든 걸 대신하고 있으니까. 그러면서 그들의 관계를 빗댄 우스갯소리가 등장하기도 했다. 어느 날 밤 랑티에가 늘 하던 대로 옆방에서 다른 남자와 자고 있는 제르베즈를 데리고 왔는데, 아침에 일어나보니 옆에 누워 있는 건 비르지니가 아닌가. 어두워서 그녀를 알아보지 못했던 것이다. 그들은 그

런 얘기를 하면서 박장대소했지만, 사실 랑티에는 그렇게까지 대담하
게 행동하지는 못했다. 기껏해야 비르지니의 엉덩이를 꼬집는 데 그
쳤다. 로리의 부부는 제르베즈의 질투심을 유발하기 위해 그녀 앞에
서 랑티에와 푸아송 부인의 사랑에 관해 연민 어린 어조로 얘기했다.
보슈 부부 역시 지금까지 그렇게 아름다운 한 쌍은 보지 못했다는 식
의 얘기로 그녀를 자극하고자 했다. 이 모든 얘기 속에서 참으로 우스
꽝스러운 것은, 구트도르 가의 모든 이가 세 남녀의 새로운 동거에 관
해서는 전혀 부정적 시선을 보내지 않는다는 사실이었다. 그랬다, 제
르베즈에게는 가혹한 도덕의 잣대를 들이댔던 그들은 비르지니에게
는 너그럽기 이를 데 없었다. 어쩌면 비르지니를 향한 그들의 호의적
인 관대함은 그녀의 남편이 경관이라는 사실에서 비롯되었는지도 몰
랐다.

다행스럽게도 제르베즈는 질투심과는 무관한 듯 보였다. 랑티에의
바람기는 그녀를 전혀 흔들어놓지 못했다. 이미 오래전부터 그들의
관계에서 그녀의 마음 따위는 중요하지 않았다. 제르베즈는 굳이 알
려고 하지 않았지만 모자 제조업자와 관련된 지저분한 얘기를 여기저
기서 들어온 터였다. 그가 온갖 종류의 여자와 닥치는 대로 놀아나는
것을 익히 알고 있었던 것이다. 하지만 그녀는 그런 사실에 전혀 개의
치 않는 듯 그에게 여전히 상냥하게 대했다. 그에게 분노하며 관계를
끝낼 힘조차 없었기 때문이다. 그럼에도 불구하고 제르베즈는 정부의
새로운 사랑을 그렇게 쉽게 받아들이지는 못했다. 그 상대가 비르지
니라면 문제는 또 달랐다. 두 사람은 단지 제르베즈를 괴롭히기 위해
그런 짓을 했던 것이다. 그리고 랑티에의 사랑 행각 따위에는 관심이

없는 듯 보이는 제르베즈도 남의 이목에는 신경을 썼다. 그리하여 로리외 부인이나 다른 고약한 누군가가 제르베즈 앞에서 푸아송이 오쟁이 진 남자가 되었다고 수군대면, 그녀는 얼굴이 새하얗게 변했다. 그러면서 가슴이 찢어지고 배 속이 불타는 것처럼 화끈거렸지만, 얼굴이 일그러지는 모습을 보이지 않으려고 입술을 꼭 깨물었다. 적들을 기쁘게 해주고 싶지는 않았기 때문이다. 하지만 제르베즈와 랑티에가 한바탕한 것은 틀림없었다. 어느 날 오후 르망주 양은 뺨을 때리는 소리를 분명히 들은 것 같았다. 게다가 그들이 다툰 것은 확실했다. 랑티에가 보름 동안이나 제르베즈와 얘기를 하지 않은 것만 봐도 알 수 있었다. 그러다가 그가 먼저 다시 말을 걸어오면서 아무 일도 없었던 것처럼 다시 예전으로 돌아가는 듯 보였다. 삶이 지금보다 더 복잡해지는 것을 원치 않았던 제르베즈는 비르지니와의 드잡이를 피하기 위해 모든 것을 체념하고 감수하기로 마음먹었다. 아! 그녀는 이제 스무살이 아니었다. 게다가 남자 때문에 다른 여자의 볼기짝을 내리쳐 자신의 처지를 위태롭게 할 정도로 남자에 환장한 것도 아니었다. 다만 제르베즈는 잊어버리지 않으려고 이번 일을 다른 것들과 함께 가슴속에 꼭꼭 담아두었다.

쿠포는 우스갯소리에 열을 올렸다. 자신의 집에서 벌어지는 애정 행각에는 눈을 감았던 너그러운 남편인 그가 푸아송이 오쟁이 진 남편이 되었다는 사실에는 엄청나게 재밌어하면서 배꼽을 잡고 웃어댔다. 그의 집에서는 그러든 말든 상관없었지만, 다른 부부에게 그런 일이 일어나자 더없이 우스꽝스럽게 보였던 것이다. 그는 몰래 외간 남자와 정을 통하는 이웃집 부인네들에게 지대한 관심을 보이곤 했다.

아, 한심한 푸아송 같으니라고! 그에게는 검이 있으니까 그걸로 자신을 비웃는 사람들에게 겁이라도 줄 수 있지 않은가! 그러면서 함석공은 이번에는 제르베즈에게 화살을 돌려 비아냥거렸다. 오, 정말 안됐지 뭐야! 애인한테 보기 좋게 차였으니 말이지! 이렇게 운이 없는 여자가 또 어디 있을라고. 처음엔 대장장이하고 잘 안 되더니, 이번엔 모자 제조업자마저 떠나갔잖아. 그러니까 애초에 좀 더 진중한 사내들을 상대했어야지. 어째서 믿을 만한 석공 같은 남자에게 눈길을 주지 않았는지? 회반죽을 아주 잘 이기는 노련한 사내 말이지. 그는 물론 이 모든 걸 농담처럼 떠벌렸다. 하지만 제르베즈는 남편의 애기를 듣고 얼굴이 새파랗게 질렸다. 그가 조그만 회색빛 눈으로 그녀를 빤히 쳐다보면서 애기했기 때문이다. 마치 드릴로 구멍을 뚫듯 자신의 말을 그녀의 가슴속에 박아 넣으려는 것 같았다. 쿠포가 더러운 짓거리를 운운할 때면, 제르베즈는 그가 농담을 하는 건지 혹은 진지하게 애기하는 건지를 구분하기 힘들었다. 1년 내내 술에 취해 있는 남자가 제정신일 리는 만무했다. 게다가 20대에는 걸핏하면 질투하는 모습을 보이다가도, 서른 살쯤 되면 술의 힘으로 부부간의 정조 문제에 매우 유연한 태도를 보이는 남편들도 있었다.

쿠포가 구트도르 가에서 허세를 부리는 꼴은 참으로 가관이었다! 그는 서슴없이 푸아송을 오쟁이 진 남편이라고 불러댔다. 동네에서 남의 말 하기 좋아하는 이들조차 그를 보며 할 말을 잃었다! 이제 그는 오쟁이 진 남편이 아니었다. 오! 그도 알 만큼은 알고 있었다. 과거에는 아무것도 모르는 척했다면, 그건 분명 그가 구설수에 오르는 것을 좋아하지 않았기 때문일 것이다. 자기 집에서 일어나는 일은 자기가 가장 잘 아는 법이다. 각자 가려운 데를 알아서 긁으면 되는 것이다. 그는 전혀 가렵지가 않았다. 그런데 다른 사람들을 기쁘게 해주려고 일부러 긁을 수는 없지 않은가. 그런데 경관은 어떠한가, 사람들이 하는 얘기를 듣긴 한 것인가? 게다가 이번엔 진짜였다. 두 남녀가 함께 있는 걸 본 사람들도 있었다. 이번에야말로 허무맹랑한 소문이 아닌 것이다. 그러면서 함석공은 분노했다. 어떻게 나라의 공무를 집행하는 사람이 자기 집에서 그런 스캔들이 생기도록 내버려둔단 말인가. 아마도 경관은 다른 사람들이 먹다 남긴 것을 좋아하는 모양이었다. 쿠포는 그들의 지붕 밑 거처에서 아내와 함께 적적함을 느낄 때면 아래로 내려가 랑티에를 억지로 데리고 올라왔다. 친구가 없는 집은 적막하기 그지없었다. 심지어 랑티에와 제르베즈 사이에 냉랭한 기운이 감돌면 쿠포는 그들을 화해시키기까지 했다. 젠장! 다른 사람들이 뭐라고 떠들어대건 알게 뭐람. 각자 자기 좋을 대로 즐기면서 살면 되는 거 아닌가? 그러면서 그는 히죽거렸다. 술꾼의 흔들리는 눈빛 속에 관대한 발상이 번득였다. 그는 더 즐거운 삶을 위해 모자 제조업자와 모든 걸 나누어 가지려 했다. 무엇보다 그런 날 저녁이면, 제르베즈는 그가 농담을 하는 건지 아닌지를 알 수 없었다.

그런 와중에 랑티에는 짐짓 무게를 잡았다. 집안의 어른처럼 행세하며 위엄 있게 행동했다. 쿠포 부부와 푸아송 부부 사이에 다툼이 일어날 뻔했던 것을 세 번이나 막기도 했다. 두 집안이 서로 화목하게 잘 지내는 것은 그의 기쁨이기도 했다. 그가 부드러우면서도 단호한 눈빛으로 제르베즈와 비르지니를 지켜보는 덕분에 두 여자는 여전히 서로 좋은 친구인 척했다. 그는 지배자와 같은 침착함으로 금발 머리 여인과 갈색 머리 여인 모두를 손아귀에 넣고 주무르면서 간교한 술책으로 스스로를 살찌웠다. 이 교활하기 짝이 없는 사내는 쿠포 부부를 채 소화하기도 전에 벌써 푸아송 부부를 먹어치우고 있었던 것이다. 오! 그런 것쯤은 그에겐 전혀 어려운 일이 아니었다! 가게 하나를 통째로 집어삼킨 그는 이제 또 하나를 먹어치우려 했다. 어쨌거나 그와 같은 부류의 인간만이 운이 좋은 법이다.

그해 6월, 나나는 첫영성체를 했다. 이제 곧 열세 살이 되는 그녀는 아스파라거스 줄기처럼 키가 쭉 자라 있었고 무척 당돌했다. 지난해에는 행실이 올바르지 못하다는 이유로 교리문답에서 쫓겨나기도 했다. 이번에 신부가 나나를 받아준 것은, 그녀가 영영 떠나 거리에서 또 한 명의 이교도가 방황하게 될까봐 염려스러웠기 때문이다. 나나는 영성체할 때 입을 새하얀 드레스를 떠올리며 날아갈 듯이 기뻐했다. 로리외 부부는 대부와 대모로서 드레스를 선물하기로 하고 그 사실을 아파트 전체에 알리고 다녔다. 르라 부인은 베일과 보닛을, 비르지니는 지갑을, 랑티에는 기도서를 선물하겠다고 약속했다. 그리하여 쿠포 부부는 별 걱정 없이 의식을 치를 수 있게 되었다. 게다가, 아마도 모자 제조업자가 귀띔을 한 듯, 푸아송 부부는 바로 그날 그동안 미뤄왔던 집들이를 하고자 했다. 그들은 쿠포 부부와 보슈 부부를 초대했다. 관리인 부부의 딸도 첫영성체를 하기로 돼 있었다. 그날 저녁에 모두 함께 푸아송 부부의 집에 모여 양 다리 고기를 비롯한 음식을 먹을 예정이었다.

바로 그 전날, 나나가 황홀하다는 눈빛으로 서랍장 위에 늘어놓은 선물을 바라보고 있을 때 고주망태가 된 쿠포가 돌아왔다. 파리의 오염된 공기가 또다시 그를 좀먹기 시작했던 것이다. 그는 주정뱅이의 논리로, 그 상황에서 해서는 안 되는 역겨운 말로 두 모녀를 괴롭히기 시작했다. 나나 역시 끊임없이 접하는 지저분한 대화의 영향으로 입이 더러워질 대로 더러워진 터였다. 부부가 다툴 때면 나나 또한 엄마에게 이년 저년이라는 말을 서슴지 않고 내뱉었다.

"당장 먹을 걸 달란 말이야!" 함석공은 소리를 질렀다. "난 배가 고프다고, 이 망할 계집들!…… 누더기 같은 걸 보면서 헤벌쭉 웃는 저 한심한 몰골들을 좀 보게나! 나한테 당장 수프를 주지 않으면 그 위에 똥을 퍼질러 싸버리고 말겠어!"

"술만 취하면 정말 성가시기 짝이 없다니까." 한껏 짜증이 난 제르베즈가 혼잣말을 중얼거렸다.

그리고 남편을 돌아보며 말했다.

"지금 데우고 있으니까 그만 좀 귀찮게 하라고요."

나나는 아무 말 없이 얌전을 떨었다. 그날은 그렇게 해야 한다고 생각했던 것이다. 나나는 시선을 아래로 향한 채, 아비의 역겨운 말을 못 알아듣는 척하면서 서랍장 위에 놓인 선물들을 계속 바라보았다. 하지만 함석공은 폭음한 날은 끈질기게 사람을 괴롭히는 습성이 있었다. 그는 나나의 목에 대고 지껄였다.

"내가 하얀색 드레스를 너한테 주지! 어때, 좋지? 그럼 넌 요전 일요일처럼 옷 속에 종이를 말아 넣어서 젖가슴을 만들겠지?…… 아무렴, 아니, 내 말 아직 다 안 끝났어! 그럼 넌 엉덩이를 이렇게 흔들겠지. 네년은 좋은 옷을 입으면 몸을 가만히 두질 못하니까 말이야. 그래서 머리도 요렇게 흔들 거고…… 당장 저리 꺼지지 못해, 이 더러운 계집 같으니라고! 거기서 당장 손을 치우란 말이야, 이것들을 모두 서랍 속에 처넣어버리게. 안 그럼 이것들로 네 얼굴을 닦아버리고 말 테니까!"

나나는 고개를 숙인 채 여전히 아무런 대꾸도 하지 않았다. 그러면서 망사로 된 조그만 보닛을 집어 들고 어미에게 얼마짜리인지를 물었다. 쿠포가 딸에게서 보닛을 빼앗으려고 손을 뻗자 제르베즈는 그를 밀치면서 소리쳤다.

"아이를 그냥 좀 내버려둬요! 아무것도 안 하고 얌전히 있는 아이한테 대체 왜 이래요?"

그러자 함석공은 험한 말을 마구 뱉어냈다.

"아! 이 망할 년들이! 어미하고 딸년이 아주 쌍으로 노는군. 영성체를 한다는 핑계로 남정네들한테 흘끔거리면서 추파를 던지면 참으로 볼만하겠군. 어디 아니라고 해보시지, 이 더러운 계집 같으니라고!…… 내가 네년한테 포대 자루를 입힐 거야. 그럼 몸이 꽤나 가렵지 않을까 싶은데. 그래, 드레스 대신 포대 자루를 입는 거야. 그럼 너랑 그 망할 신부 놈들 모두 네 모습에 정나미가 뚝 떨어질걸. 그것들이 너한테 나쁜 짓을 가르치도록 내버려둘 순 없잖아?…… 오, 절대로 그럴 순 없지! 그러니까 모두 내 말을 들어, 네년들 모두!"

나나는 이번에는 노기가 등등한 얼굴로 그를 돌아보았다. 그사이 제르베즈는 팔을 뻗어 쿠포가 찢어버리겠다고 한 나나의 물건들을 지키고자 했다. 아이는 아비를 뚫어지게 응시했다. 그리고 고해신부가 가르쳐준 순종의 미덕은 까맣게 잊은 채 조용히 내뱉듯 말했다.

"돼지 같은 놈!"

함석공은 수프를 먹자마자 코를 골며 나가떨어졌다. 그리고 다음 날 언제 그랬냐는 듯 천진스럽기까지 한 얼굴로 잠에서 깨어났다. 아직 전날의 숙취가 아주 약간 남아 있긴 했지만, 딱 기분 좋아 보일 정도였다. 그는 나나의 새하얀 드레스에 감탄 어린 눈빛을 보내면서 딸이 단장하는 모습을 지켜보았다. 그러면서 별것 아닌 치장이 딸아이를 진짜 숙녀처럼 돋보이게 한다는 생각을 했다. 어쨌거나 그가 말했듯이, 그런 날에 아버지는 당연히 제 딸이 자랑스러운 법이다. 게다가 무척 짧은 드레스를 입고 신부처럼 수줍게 미소 짓는 나나가 얼마나 매력적인지 온 동네 사람들에게 보여주고 싶을 정도였다. 이제 아래로 내려와 관리실의 문간에서 자신처럼 차려입은 폴린을 보자 나나는 그 자리에 멈춰 선 채 반짝거리는 눈으로 그녀를 훑어보았다. 그리고 폴린이 마치 포대 자루를 두른 듯 자신보다 맵시가 덜 나는 것을 확인하고는 아주 기분 좋은 미소를 지어 보였다. 두 가족은 함께 교회로 출발했다. 나나와 폴린은 한 손에는 기도서를 들고 다른 한 손으로는 바람 탓에 부풀어 오르는 베일을 꼭 붙잡았다. 두 계집아이는 사람들이 가게에서 나와 자신들을 지켜보는 것에 기분이 한껏 고무돼 있었다. 그러면서 지나는 길에 사람들한테 칭찬을 들으려고 애써 음전하고 경건한 표정을 지어 보였다. 보슈 부인과 로리외 부인은 방방에 대한 험담을 주고받느라 뒤처졌다. 낭비벽이 심한 세탁부 여인은 친척들이 모든 걸 사주지 않았다면 딸의 영성체도 치르지 못했을 것이다. 친척들은 심지어 성찬대(聖餐臺)에 대한 존중심 때문에 슈미즈까지 모두 새것으로 사주었던 것이다. 로리외 부인은 특히 자신이 선물로 사준 하얀색 드레스에 신경을 곤두세운 채, 나나가 가게들 옆으로 바짝 지나면서 치마로 먼지를 쓸고 갈 때마다 그녀를 흘겨보며 "칠칠치 못한 계집애"라고 욕을 했다.

교회에서 쿠포는 내내 눈물을 보였다. 바보 같은 줄은 알았지만 참을 수가 없었다. 사제들이 두 팔을 크게 벌리고 있고, 천사를 닮은 어린 소녀들이 두 손을 모은 채 행렬하는 광경은 그에게 깊은 감명을 안겨주었다. 그는 파이프오르간 소리에 배 속이 부글부글 끓었고, 그윽한 향냄새에 자극을 받아 마치 코앞에 꽃다발이라도 있는 것처럼 코를 킁킁거렸다. 심지어 갑자기 충격이라도 받은 듯 가슴이 먹먹해졌다. 특히 아이들이 영성체를 하는 동안 울려 퍼진 성가에 담긴 그윽한 어떤 것이 목을 타고 흘러내리면서 등줄기를 따라 전율을 느꼈다. 그의 주위에 있는, 마음이 여린 사람들 몇몇도 손수건으로 눈물을 찍어냈다. 진정 아름다운 날이었다. 그의 인생에서 가장 아름다운 날이라고 해도 과언이 아니었다. 하지만 의식을 치르는 내내 무심하게 있던 로리외가 그런 그를 보고 비아냥거리자 함석공은 태도를 바꿔 발끈 화를 냈다. 로리외와 술을 마시러 간 쿠포는 검은 옷을 입은 남자들이 악마의 풀을 태워 사람들의 마음을 약해지게 만들었다며 비난했다. 그러면서 자신의 마음 또한 약해져서 눈물이 흘러내린 것을 굳이 감추려고 하지 않았다. 그건 단지 그의 마음이 돌이 아님을 입증해줄 뿐이었다. 그리고 그는 한 잔을 더 주문했다.

그날 저녁 푸아송 부부의 집들이는 매우 유쾌하게 진행되었다. 식사하는 내내 어떤 불미스러운 일도 없이 화기애애한 분위기가 지속되었다. 상황은 점점 더 나빠졌지만, 이처럼 서로 싫어하는 사람들끼리도 잘 지내는 순간과 저녁 시간들이 있었다. 랑티에는 왼쪽에는 제르베즈를, 오른쪽에는 비르지니를 앉혀놓고는 두 여자 모두에게 상냥히 대했다. 마치 수탉이 닭장에 평화가 지속되기를 바라며 애정을 남발하는 것처럼 보였다. 그의 맞은편에 앉아 있던 푸아송은 경관으로서 예의 차분하고 엄격하며 꿈꾸는 듯한 태도를 유지했다. 길에서 오랫동안 순찰을 도는 습관에서 비롯된, 모호한 눈빛으로 아무 생각도 하지 않는 것 같은 표정을 짓고 있었다. 하지만 축제의 여왕은 나나와 폴린 두 소녀였다. 어른들은 아이들에게 드레스를 계속 입고 있어도 된다고 허락해주었다. 두 계집아이는 새하얀 드레스를 버릴까봐 걱정이 돼 뻣뻣하게 앉아 있었다. 그러면서 음식을 먹을 때마다, 고개를 들고 제대로 삼키라는 어른들의 핀잔을 들어야만 했다. 지루해하던 나나는 결국 코르사주에 마시던 포도주를 쏟고 말았다. 그로 인해 한바탕 소란이 일었고, 그들은 나나의 옷을 벗겨 물잔에 담긴 물로 즉시 얼룩을 닦아냈다.

그런 다음 그들은 디저트를 먹으면서 아이들의 미래에 관해 진지하게 얘기했다. 보슈 부인은 이미 마음을 정했다. 폴린은 금이나 은에 투각을 하는 작업장에 가서 일을 배우게 될 것이었다. 잘만 하면 하루에 5, 6프랑을 벌 수 있는 일이었다. 제르베즈는 어떻게 할지 뚜렷이 생각해본 적이 없었다. 나나는 아직 특별한 성향을 보이지 않았다. 오! 물론 뛰어다니면서 노는 것 하나는 둘째가라면 서러웠다. 하지만 그 밖에는 뭐 하나 제대로 할 줄 아는 게 없었다.

"나라면 조화 만드는 일을 배우게 하겠어. 아주 깨끗하고 좋은 일이거든." 르라 부인이 의견을 내놓았다.

"조화 직공들은 모두 창녀라던데." 로리외가 혼잣말을 중얼거렸다.

"그래서요, 나도 그렇다는 얘긴가요 지금?" 그의 말에 발끈한 키다리 과부는 입을 씰룩거리면서 쏘아붙였다. "당신이 신사인 척하는 건 잘 알아요. 하지만 나도 누가 휘파람을 분다고 날름 두 발을 치켜들고 꼬리치는 암캐가 아니란 말이에요!"

그러자 모두들 그녀의 입을 다물게 했다.

"르라 부인, 오! 르라 부인 진정해요 제발!"

그러면서 눈짓으로 첫영성체를 한 두 소녀를 가리켰다. 아이들은 웃음을 참느라 포도주 잔 속에 코를 박고 있었다. 분위기상 지금까지 남자들조차 품위 있는 말만 가려서 하고 있던 차였다. 하지만 르라 부인은 자신에 대한 훈계를 용납하지 않았다. 방금 그녀가 한 말은 교양 있는 사람들의 모임에서 들은 것이었다. 게다가 그녀는 스스로 적절한 언어를 선택할 줄 안다는 자부심을 느끼고 있던 터였다. 사람들은 그녀가 이야기를 하는 방식에 찬사를 늘어놓곤 했다. 그건 아이들 앞에서도 마찬가지였다. 그녀는 절대 예법에 어긋나는 법이 없었다.

"조화 직공들 중에도 정숙한 여자가 있다고요, 분명히 알아둬요!" 르라 부인이 소리쳤다. "다른 여자들이랑 똑같다고요. 아무 데나 자신을 내돌리지 않아요, 절대로. 오히려 참을 만큼 참으면서 까다롭게 고르죠. 그리고 어쩌다가 잘못을 저지를 때는…… 그래요, 이게 다 꽃을 만지기 때문이라고요. 나 역시 그 덕분에 지금까지 나를 지킬 수 있었던 거고요……"

"맙소사! 난 꽃을 싫어하지 않아요." 제르베즈가 끼어들었다. "다만, 나나가 좋아해야 하니까요, 그뿐이에요. 자기가 싫다는 걸 억지로 하라고 할 순 없잖아요…… 나나야, 그렇게 바보같이 있지만 말고 뭐라고 말 좀 해보렴. 조화를 만드는 일이 마음에 들 것 같니?"

나나는 접시에 코를 박은 채 젖은 손가락으로 케이크 부스러기를 집어 먹더니 손가락을 빨았다. 그리고 조금도 서두르지 않고 예의 사악한 미소를 지어 보이면서 느릿느릿 말했다.

"그럼요, 엄마, 마음에 들어요."

그러자 즉각 얘기가 착착 진행되었다. 쿠포는 르라 부인이 다음 날 즉시 케르 가에 있는 그녀의 작업장에 아이를 데려가주기를 원했다. 사람들은 이번에는 인생의 의무에 대해 진지하게 논하기 시작했다. 보슈는 이제 나나와 폴린이 영성체를 했으므로 진정한 여자가 되었다고 얘기했다. 푸아송은 이제부터는 요리와 양말을 깁는 일도 할 줄 알아야 하며, 집안을 꾸려갈 줄 알아야 한다고 덧붙였다. 심지어 결혼 얘기와 언젠가 낳을 아이들 얘기도 했다. 고개를 숙인 두 소녀는 어른들이 얘기하는 동안 서로를 슬쩍슬쩍 건드리면서 키득거렸다. 새하얀 드레스 차림에 얼굴이 수줍음으로 발그레해진 소녀들은 이제 진정한 여자가 되었다는 사실에 가슴이 벅찼다. 랑티에가 두 소녀에게 벌써 좋아하는 남자가 생긴 건 아닌지 농담처럼 물어보았을 때 그녀들은 흥분을 감출 수 없었다. 어른들은 나나한테서 제르베즈가 일하는 세탁소 여주인의 아들인 빅토르 포코니에를 좋아한다는 고백을 강제로 받아냈다.

"나나가 우리 대녀이긴 하지만 말이죠." 로리외 부인은 그곳을 나서면서 보슈 부부 앞에서 장담하듯 말했다. "저것들이 아이를 조화 직공으로 만들 작정이라면 앞으로 우린 절대 아이 일에 상관하지 않을 거예요. 이건 거리의 창녀를 하나 더 만드는 셈이라고요…… 내가 장담하건대 나나는 반년도 못 채우고 달아나고 말 거예요. 두고들 보시라고요."

쿠포 부부는 잠을 자러 올라가면서 모든 게 다 잘됐다는 생각이 들었고, 푸아송 부부는 생각처럼 나쁜 사람들이 아니라는 확신을 가질 수 있었다. 제르베즈는 가게가 잘 정돈돼 있다는 생각까지 들었다. 지금쯤 푸아송 부부가 편안하게 쉬고 있을 자신의 옛집에서 저녁 시간을 보내면 질투심에 괴로울 것이라고 예상했던 것이다. 하지만 단 한 순간도 노엽지 않았다는 사실에 스스로도 놀랐다. 나나는 옷을 벗으면서 지난달에 결혼한 3층의 여자도 자기처럼 모슬린으로 된 드레스를 입었었는지를 엄마에게 물었다.

그날은 그들 가족이 마지막으로 함께 보낸 아름다운 순간이었다. 그 후 2년이 지나는 동안 그들은 점점 더 나락으로 빠져들었다. 겨울에는 특별히 더 힘겨운 시간을 보내야만 했다. 날씨가 좋을 때는 빵을 먹을 수 있었지만, 굳은비와 추위가 찾아오면 배고픔도 함께 찾아왔다. 작은 시베리아 벌판 같은 집에서 텅 빈 찬장 앞을 서성이면서 저녁을 거르는 일이 다반사였다. 지독하기 짝이 없는 12월이란 놈은 문틈으로 슬그머니 들어와서는 온갖 화를 불러일으켰다. 작업장에는 일감이 떨어졌고, 꽁꽁 얼어붙은 몸으로 인한 나태와 축축한 날씨가 야기한 암울한 빈곤이 한꺼번에 그들을 찾아왔다. 첫해 겨울에는 그래도 가끔씩은 불을 지필 수 있었다. 그들은 난로 주위에 모여 앉아 몸을 웅크린 채 먹는 것보다 따뜻한 게 더 좋다고 말하곤 했다. 두번째로 맞이하는 겨울에는 불을 한 번도 때지 않아 녹이 그대로 남아 있는 난로가 무쇠의 잔해와 같은 음산한 모습으로 방 안에 냉기를 뿜어냈다. 하지만 무엇보다 무시무시하게 그들을 옥죄는 것은 꼬박꼬박 집세를 내야 한다는 사실이었다. 아! 이렇게 잔인할 데가! 1월에 집세를 내는 날이 되자, 집에 콩 한 톨 없는 마당에 관리인은 고지서를 내밀었다! 집 안에는 더욱더 냉기가 감돌아 마치 삭풍이 불어오는 듯했다. 그다음 토요일에는, 두툼한 외투를 걸치고 커다란 손을 모직 장갑으로 감싼 마레스코 씨가 직접 찾아왔다. 그의 입에서는 끊임없이 내쫓겠다는 말이 흘러나왔다. 그러는 동안 밖에는 눈이 펑펑 내렸다. 마치 그들을 위해 길에다 새하얀 시트를 깐 침대를 마련해주려는 듯했다. 집세를 낼 수만 있다면 살이라도 떼어서 팔았을 것이다. 찬장과 난로가 텅 빈 것도 모두가 집세 때문이었다. 게다가 아파트 전체에 탄식 소리가 넘쳐흘렀다. 불행을 알리는 장송곡이 건물의 층마다 계단과 복도를 따라 커다랗게 울려 퍼졌다. 누군가 죽었다고 할지라도 그렇게까지 끔찍한 곡소리가 나지는 않았을 것이다. 진정한 마지막 심판의 날, 모든 것의 종말, 불가능한 삶, 막다른 골목에 다다른 빈곤한 삶의 모습이었다. 4층의 한 여자는 벨옴 가의 모퉁이에서 일주일을 서성이며 호객 행위를 했다. 6층에 사는 석공은 주인집에서 도둑질을 했다.

물론 쿠포 가족은 그들 자신을 탓할 수밖에 없었다. 아무리 사는 게 팍팍하다고 해도 근검절약하면서 잘 꾸려나가면 언제나 헤쳐 나갈 방법은 있는 법이다. 꼬깃꼬깃 접어 더러운 종이쪽지에 싼 돈으로 집세를 꼬박꼬박 지불하는 로리외 부부만 보아도 알 수 있었다. 하지만 그들로 말하자면 자린고비처럼 지독하게 살면서 입에서 단내가 날 정도로 일에 매달리는 것으로 유명했다. 나나는 아직 조화 기술을 배우느라 돈을 한 푼도 벌지 못했다. 그런데도 치장하는 데 적지 않은 돈을 썼다. 포코니에 부인의 세탁소에서 일하는 제르베즈는 점차 신임을 잃어갔다. 그녀는 이제 예전의 감각을 잃고 세탁물을 망쳐놓기 일쑤였다. 그리하여 주인은 그녀의 수당을 미숙련 세탁부의 수당인 40수로 깎아버렸다. 게다가 자존심이 매우 강하고 과민한 제르베즈는 걸핏하면 자신이 예전에 잘나가는 세탁소 주인이었다는 사실을 들먹이며 아무나에게 언성을 높였다. 며칠씩 세탁소에 모습을 보이지 않는 것은 물론, 툭하면 발끈해서 일을 하다 말고 뛰쳐나가버리는 일도 예사였다. 한번은 포코니에 부인이 자기가 부리던 세탁부 퓌투아 부인을 고용해 나란히 일하게 했다는 이유로 보름 동안이나 나타나지 않은 적도 있었다. 그렇게 변덕을 부리고 나면 포코니에 부인은 동정심에서 제르베즈를 다시 불러들였고, 그 사실은 그녀의 자존심을 더 긁어놓았다. 그러다보니 일주일 치 급여가 미미하기 짝이 없는 것은 당연했다. 제르베즈 스스로 씁쓸하게 얘기한 것처럼, 이러다가는 급여를 받는 토요일에 그녀가 오히려 주인에게 돈을 지불해야 할지도 몰랐다.

쿠포로 말하자면 일을 하기는 하는 것 같았다. 하지만 그는 나라에 무료 봉사를 하고 있는 게 틀림없었다. 제르베즈는 쿠포가 에탕프에서 돌아온 후로는 그가 주는 돈 냄새를 맡아본 기억조차 나지 않았다. 급여일에도 더 이상 그의 손을 보지 않았다. 그는 옷 주머니가 텅 빈 채로, 종종 손수건마저 잃어버리고는 두 팔을 건들거리면서 집으로 돌아왔다. 맙소사! 손수건까지 잃어버리다니. 어쩌면 심보가 나쁜 동료가 슬쩍했는지도 몰랐다. 그는 처음에는 돈을 계산해보는 척하면서 거짓말을 곧잘 지어냈다. 추렴에 10프랑을 냈다느니, 바지 주머니에 구멍이 뚫려서 20프랑을 잃어버렸다느니 하면서 주머니를 뒤집어 보이기도 했다. 있지도 않은 빚을 갚는 데 50프랑을 쓰기도 했다. 그런 다음부터는 아예 노골적이 되어갔다. 아주 간단하게 말해 돈이 증발해버린 것이다! 주머니가 아닌 그의 배 속으로 말이다. 마누라에게 돈을 가져다주는 방법치고는 참으로 기발한 방법이 아닐 수 없었다. 세탁부 여인은 보슈 부인의 충고에 따라 작업장 입구에서 남편을 기다리기도 했다. 막 받은 따끈따끈한 돈을 낚아채기 위해서였다. 하지만 그 방법도 별 효과를 거두지 못했다. 동료들이 쿠포에게 미리 귀띔해준 바람에 돈이 신발 속 아니면 더 찾기 어려운 데로 자취를 감추었기 때문이다. 관리인 여인은 그 분야에는 일가견이 있었다. 그녀의 남편 보슈도 10프랑짜리 동전을 슬쩍하는 데 도가 텄기 때문이다. 보슈는 그 돈으로 그가 눈독을 들이는 여편네들에게 토끼고기 요리를 사줄 작정이었다. 보슈 부인은 남편의 옷 구석구석을 샅샅이 뒤진 끝에, 가죽과 천 부분을 이어서 꿰맨 모자의 챙 속에서 사라진 동전을 찾아내곤 했다. 아! 하지만 함석공은 옷 속에 황금을 넣어 꿰매는 정도가 아니었다. 그는 아예 몸속에 보관했다. 그렇다고 가위를 들고 그의 배를 갈라볼 수는 없지 않은가!

그렇다, 그들이 나날이 점점 더 깊은 나락으로 빠져든다면 그건 오직 그들 부부의 탓이었다. 하지만 그런 얘기는 서로가 절대 입 밖으로 꺼내지 않는 법이다. 특히 진창 속에서 허우적거릴 때는 더욱더 그렇다. 그들은 불운을 탓했고, 신이 그들에게 무슨 유감이 있는 거라고 주장했다. 그럴 때면 그들 집에서는 한바탕 소란이 일곤 했다. 그들은 하루 종일 서로 옥신각신했다. 하지만 아직 서로에게 손찌검을 하지는 않았다. 단지 심하게 다투다 자신도 모르게 따귀를 몇 차례 날리는 정도였다. 무엇보다 슬픈 것은, 애정이며 여타의 감정이 카나리아처럼 새장 밖으로 날아가버렸다는 사실이었다. 그들만의 작은 세계에 남아 있던 부모와 자식 간의 따사로운 정마저 자취를 감추면서 각자 자신만의 구석에서 웅크린 채 오들오들 떨어야 했다. 바짝 날이 선 쿠포와 제르베즈, 나나 세 사람은 사소한 말 한마디에도 증오가 가득한 눈빛으로 서로를 삼켜버릴 듯 악다구니를 했다. 무언가가 부러져버린 것 같았다. 행복한 사람들의 심장을 다 같이 뛰게 만드는 기계 장치 같은 가족의 근본적인 원동력이 망가져버렸던 것이다. 아! 이제 제르베즈는 예전에 쿠포가 보도에서 12 내지 15미터 떨어진 높은 지붕 가장자리에서 일할 때처럼 가슴이 두근거리지도 않았다. 물론 그녀가 그를 직접 아래로 떠밀어버리는 일은 없을 것이다. 하지만 예전처럼 그가 알아서 떨어져준다면, 오, 맙소사! 그건 이 지구상에서 아무짝에도 쓸모없는 존재 하나를 치워버리는 일이 될 터였다. 어쩌다 주먹다짐이라도 일어나는 날에는 그가 들것에 실려 오는 꼴을 보고 싶다고 소리쳤다! 제르베즈는 그런 날이 오리라는 기대 속에서 살았다. 들것에 실려오는 건 다름 아닌 그녀의 행복일 테니까. 저 술주정뱅이가 대체 무슨 쓸모가 있단 말인가? 그녀를 눈물 흘리게 하고 그녀의 모든 걸 삼켜버리면서 최악의 상황으로 몰아붙이는 것이 그가 할 줄 아는 전부였다. 그렇게 무용지물인 남자들은 가능한 한 빨리 구덩이 속에 처넣어버려야 한다. 그러면 그 위에서 신나게 해방을 축하하는 폴카를 출 텐데. 어미가 "죽여버려!"라고 외치면 딸은 "머리를 박살내버려!"라고 맞장구를 치면서. 나나는 신문에서 사고사에 관한 여러 기사를 읽으며 딸로서 패륜에 가까운 상상을 했다. 그녀의 아비는 운이 엄청나게 좋아서 승합마차에 치여도 술조차 깨지 않았다. 대체 저 꼴도 보기 싫은 인간은 언제쯤 뒈질까?

빈곤에 시달리며 살면서도 제르베즈는 주위에 배고픔으로 허덕이는 이들이 많다는 사실에 더욱더 고통 받았다. 건물에서 이 구역은 지독하게 곤궁한 이들의 은신처였다. 마치 서너 집이 빵을 매일 먹지는 말자고 담합이라도 한 듯했다. 문을 아무리 활짝 열어놓아도 음식 냄새가 조금이라도 새어 나오는 곳은 찾아보기 힘들었다. 기다란 복도에는 죽음 같은 침묵만이 무겁게 깔려 있었고, 벽들은 텅 비어버린 배처럼 공허하게 울렸다. 때로 여기저기서 소란이 일면서, 여인네들이 흐느끼는 소리와 굶주린 아이들이 애처롭게 칭얼거리는 소리가 울려 퍼졌다. 가족들은 배고픔을 잊기 위해 서로를 잡아먹었다. 굶주린 이들이 하나같이 입을 커다랗게 벌리고 있는 통에 목구멍에 경련이 이는 것은 다반사였다. 먹을 게 없어 각다귀조차 살아남기 힘든 이곳에서 공기를 호흡하는 것만으로도 가슴이 움푹 파여 들어갔다. 하지만 무엇보다 제르베즈의 연민을 자아내는 것은 작은 계단 밑의 초라한 골방에서 지내는 브뤼 영감이었다. 그는 그 속에서 마치 조그만 마르모트처럼 은신했다. 추위를 조금이라도 덜 느끼려고 공처럼 몸을 웅크린 채였다. 그렇게 짚단 위에서 며칠 동안 미동조차 하지 않고 머물러 있었다. 배가 고파서 밖으로 나가는 일은 더 이상 없었다. 아무도 그를 불러주지 않는데 애써 밖으로 나가 식욕을 부추길 필요가 없었다. 그가 사나흘 동안 모습을 드러내지 않으면 이웃들은 문을 열고 그가 죽은 건 아닌지 확인하곤 했다. 아니, 그는 여전히 살아 있었다. 많이는 아니고 약간, 한쪽 눈만 살아 있는 듯했다. 죽음마저 그를 잊어버린 듯했다! 제르베즈는 빵이 조금이라도 생기면 그에게 부스러기를 던져주었다. 그녀는 남편 때문에 성격이 고약해지고 세상의 모든 남자를 증오하게 되었지만 동물들은 여전히 진심으로 애처롭게 여겼다. 연장을 들 힘조차 없어 굶어 죽도록 방치된 가엾은 브뤼 영감은 그녀에겐 한 마리 개나 다를 바 없었다. 그는 쓸모없는 짐승과도 같아서 각 뜨기 전문 백정조차 그의 거죽이나 기름을 사려고 하지 않을 것이다. 복도 반대쪽에 그가 있다는 것을 아는 것만으로도 제르베즈는 가슴에 돌덩이를 얹어놓은 것 같았다. 신과 인간에게 버림받은 채 오직 자신의 몸으로만 연명하느라 어린아이처럼 왜소해진 노인은 벽난로 위에서 딱딱하게 말라가는 오렌지처럼 마르고 쪼그라들어 있었다.

세탁부 여인은 장의사 일꾼인 바주즈 영감과 이웃한 데서도 많은 고통을 받았다. 그들의 방은 아주 얄팍한 벽으로 나뉘어 있을 뿐이었다. 그가 입에 손가락을 넣기만 해도 그 소리가 들릴 정도였다. 저녁에 그가 돌아오면 제르베즈는 자신도 모르게 그의 일거수일투족을 좇았다. 그가 서랍장 위에 검정 가죽 모자를 내던질 때면 흙을 한 삽 퍼올릴 때 나는 둔탁한 소리가 울렸다. 벽에 걸린 검정 외투가 벽을 스칠 때면 밤의 새가 날갯짓을 하는 소리가 들려왔다. 방 한가운데에 내팽개쳐진 검정 옷은 방 전체에 초상의 기운을 가득 뿜어냈다. 제르베즈는 그가 바닥을 쿵쿵 울리면서 오가는 것을 비롯해 그의 작은 움직임 하나에도 신경을 곤두세웠다. 그러다가 그가 가구에 부딪히거나 그릇이 달그락거리는 소리가 나면 소스라치게 놀라곤 했다. 제르베즈에게 이 지독한 술고래 영감은 집착과 호기심 그리고 은밀한 두려움의 대상이 되어갔다. 걸쭉한 농담을 즐기는 그는 늘 술에 절어 모든게 뒤죽박죽인 상태로 살아갔다. 걸핏하면 기침을 하거나 침을 뱉었고, 〈고디숑 어멈〉이라는 노래를 즐겨 불렀고, 지저분한 말을 서슴지 않고 내뱉었으며, 사방 벽에 부딪히고 나서야 겨우 침대에 누웠다. 그러면 제르베즈는 겁에 질려 새하얗게 변한 얼굴로 그가 무슨 짓을 하는지 궁금해하며 신경을 바짝 곤두세웠다. 그리고 끔찍한 상상을 하다가는 그가 시신을 집으로 가져와 침대 밑에 감춰놓았을지도 모른다는 생각을 하기에 이르렀다. 오, 맙소사! 제르베즈는 예전에 신문에서 집에 어린아이들의 관을 모아놓는 어느 장의사 일꾼의 일화를 읽은 적이 있다. 여러 번 움직이는 번거로움을 피해 관을 한꺼번에 묘지로 옮기기 위해서였다. 확실한 것은, 바주즈 영감이 집에 돌아올 때면 벽 너머로 죽음의 냄새가 짙게 풍겨온다는 것이었다. 두더지들의 왕국인 페르라셰즈 묘지와 마주한 채 살고 있는 느낌이 들었다. 그가 일이 아주 즐겁다는 듯 혼자 악마 같은 웃음을 터뜨릴 때면 제르베즈는 온몸에 소름이 돋는 듯했다. 심지어 자신만의 마녀 집회를 끝낸 그가 침대에 드러누워 기이한 방식으로 코를 골 때면 숨이 멎을 것만 같았다. 그렇게 몇 시간이고 벽 너머로 귀를 기울이고 있노라면 마치 바로 옆에서 장례 행렬이 지나가는 느낌이 들었다.

그랬다, 그중에서도 최악은, 두려운 가운데서도 그를 더 잘 알고 싶어 벽에 귀를 바짝 갖다 댈 정도로 그에게 이끌린다는 사실이었다. 바주즈는 세탁부 여인에게 잘생긴 남자를 향한 조신한 여인의 그것과 똑같은 반응을 불러일으켰다. 정숙한 여자는 멋진 남자를 한 번만이라도 만져보고 싶어 하지만 감히 그럴 엄두를 내지는 못한다. 그녀가 받은 가정교육이 그것을 금하기 때문이다. 제르베즈 역시 그랬다! 두려움만 아니었다면 죽음이란 놈이 대체 어떻게 생겼는지 만져보고 싶었다. 그녀는 때로 우스꽝스럽게도, 바주즈 영감의 움직임 속에서 어떤 비밀을 캐낼 수 있지 않을까 하는 기대로 호흡마저 멈춘 채 귀를 기울였다. 그리하여 쿠포는 옆방의 장의사 일꾼에게 홀딱 반한 것 아니냐고 비아냥거리기도 했다. 그러면 제르베즈는 발끈 화를 내면서, 바주즈 영감과 붙어 사는 게 너무도 역겨워서 이사를 가야겠다고 둘러댔다. 하지만 노인이 묘지 냄새를 풍기며 돌아올 때면 자신도 모르게 또다시 상상의 날개를 펼치면서, 결혼서약서를 찢어버리는 꿈을 꾸는 신부처럼 흥분과 두려움에 사로잡힌 표정을 짓곤 했다. 노인은 이미 그녀에게 수의로 감싸서 어딘가로 데려가주겠다는 제안을 두 번씩이나 하지 않았던가? 깊은 휴식이 주는 쾌락이 너무나도 강렬해 단번에 세상의 온갖 고통을 잊을 수 있는 잠 속에 빠진 채로? 어쩌면 정말 좋을 것도 같았다. 깊은 휴식을 맛보고 싶다는 유혹이 점점 더 강렬하게 제르베즈를 사로잡았다. 보름이나 한 달만이라도 시험 삼아 체험해보고 싶었다. 아! 꼭 한 달만이라도, 특히 겨울에, 그것도 집세를 내야 할 때나 걱정 근심이 극에 달해 딱 죽고 싶다는 생각이 들 때 그럴 수만 있다면! 하지만 그건 말도 안 되는 얘기였다. 딱 한 시간만 자고 싶은데도 일단 자기 시작하면 계속, 언제까지나 잠들어 있어야만 할 테니까. 대지가 요구하는 영원하고 가차 없는 우정을 떠올리자 온몸에 얼음장처럼 차가운 전율이 느껴지면서 죽음에 대한 갈망이 모두 사라져버렸다.

하지만 1월의 어느 날 저녁, 제르베즈는 두 주먹으로 벽을 두드렸다. 돈 한 푼 없이 모두에게 시달리면서 일주일을 보내고 나자 극도의 절망감이 몰려왔다. 그날 저녁엔 몸마저 아팠다. 열과 함께 오한이 나면서 눈앞에서 불길이 넘실대는 듯했다. 그녀는 창문으로 뛰어내리고픈 충동을 억누른 채 벽을 두드리면서 노인의 이름을 부르기 시작했다.

"바주즈 영감님! 바주즈 영감님!"

장의사 일꾼은 신발을 벗으면서 노래를 흥얼거리고 있었다. "아름다운 세 처녀가 있었다네." 일이 많은 하루였던 듯했다. 그는 평소보다 훨씬 더 많이 취한 것 같았다.

"바주즈 영감님! 바주즈 영감님!" 제르베즈는 목소리를 높여 소리쳤다.

노인은 그녀의 외침을 듣지 못하는 걸까? 제르베즈는 즉시 그에게 자신을 내맡길 수 있었다. 그가 자신을 낚아채서는, 가난한 여자든 부유한 여자든 그가 달래주었던 숱한 여인네들을 데려간 곳으로 인도할 수 있도록. 세탁부 여인은 장의사 일꾼이 부르는 노래가 마음에 들지 않았다. "아름다운 세 처녀가 있었다네." 그 노래에서는, 부르면 언제라도 달려올 여인네들이 많은 남자의 경멸적인 시선이 느껴진 때문이었다.

"이게 무슨 소리지? 무슨 소리야?" 바주즈가 더듬거렸다. "누가 아픈가?…… 곧 가리다, 부인!"

하지만 그의 거친 목소리를 듣자, 제르베즈는 마치 악몽에서 깨어나듯 정신이 번쩍 들었다. 대체 무슨 짓을 한 걸까? 물론 벽을 두드린 건 사실이었다. 겁을 잔뜩 집어먹은 제르베즈는 누군가가 몽둥이로 허리를 때리기라도 한 것처럼 소스라치며 엉덩이를 바짝 조였다. 그러면서 장의사 일꾼의 커다란 손이 벽을 뚫고 나와 머리채를 잡아끌 것 같은 두려움에 뒷걸음질을 쳤다. 아니, 이건 아니었다. 그녀가 원한 건 이런 게 아니었다. 그녀는 아직 준비가 되지 않았다. 벽에서 소리가 난 건, 그저 돌아서다가 무심코 팔꿈치로 벽을 건드렸기 때문일 것이다. 뻣뻣하게 굳은 몸과 창백한 얼굴로 노인의 품에 안겨 이리저리 끌려다니는 상상을 하자 무릎부터 어깨까지 전율이 느껴졌다.

"이런! 거기 아무도 없는 거요?" 정적이 흐르자 바주즈가 다시 물었다. "조금만 기다려요, 우린 숙녀들이 부르면 언제라도 달려가니까."

"아니에요, 아무 일도 아니에요." 마침내 세탁부 여인이 목멘 소리로 말했다. "오실 필요 없어요, 고마워요."

노인이 투덜거리면서 잠들 때까지 제르베즈는 여전히 불안한 얼굴로 귀를 기울였다. 그가 혹시라도 또다시 두드리는 소리가 들린다고 착각할까봐 움직이는 것조차 조심스러웠다. 그러면서 앞으로는 조심해야겠다고 거듭 다짐했다. 다 죽어가는 한이 있더라도 옆집 노인의 도움은 결코 청하지 않으리라. 세탁부 여인은 스스로를 다잡으려고 마음속으로 몇 번이고 그 말을 되뇌었다. 두려움에도 불구하고 어떤 순간에는 여전히 그에게 이끌리는 자신을 발견했기 때문이다.

가난에 찌든 좁디좁은 은신처에서도, 자신과 다른 이들에 대한 근심 속에서도, 제르베즈는 비자르 가족에게서 진정한 용기의 표본을 발견할 수 있었다. 2수어치 버터 크기만 한 여덟 살짜리 어린 소녀 랄리는 어른 못지않은 청결함으로 살림을 꾸려나갔다. 그것은 어린 소녀에게는 가혹하기 그지없는 일이었다. 그녀는 세 살밖에 안 된 남동생 쥘과 다섯 살짜리 여동생 앙리에트를 돌보아야만 했다. 하루 종일 홀로 두 아이를 보살피면서 청소와 부엌일까지 도맡았다. 비자르 영감이 부인의 배를 발로 걷어차서 죽인 후부터 랄리는 모두의 어린 엄마 역할을 해나갔다. 아이는 묵묵히 스스로 죽은 어미의 빈자리를 채워나갔다. 짐승 같은 아비는 닮은 꼴을 완성시키려는 듯, 과거에 어미를 때려죽였던 것처럼 이젠 딸을 때려죽이려 했다. 그는 술에 잔뜩 취해 돌아올 때마다 두들겨 팰 여자들이 필요했던 것이다. 그는 랄리가 아직 무척이나 어리다는 사실도 알아차리지 못했다. 나이 든 여자도 그보다 더 심하게 맞아보지는 못했을 터였다. 그가 뺨을 때릴 때면 무지막지한 손이 아이의 얼굴 전체를 덮었다. 그러면 아직 더없이 연약한 소녀의 살에 짐승의 다섯 손가락 자국이 이틀 동안이나 지워지지 않은 채 남아 있었다. 비자르는 터무니없는 이유를 대며 어린 딸에게 부당한 구타를 가했다. 애처로울 정도로 깡마른, 두려움에 떠는 어린 고양이를 향해 발톱을 세우고 덤벼드는 성난 늑대와도 같았다. 그러면 아이는 체념의 빛이 역력한 사랑스러운 눈으로 불평 한마디 없이 그 모든 것을 받아들였다. 그랬다, 랄리는 결코 반항하는 법이 없었다. 단지 얼굴을 보호하기 위해 고개를 약간 숙이는 게 고작이었다. 그러면서 이웃들을 방해하지 않으려고 울음소리마저 안으로 꾹꾹 삭여냈다. 그러다가 아비가 발길질로 아이를 이리저리 몰고 가는 데 싫증을 낼 쯤에야 잠시 자신을 추슬렀다. 그런 다음 다시 자신의 일과를 시작했다. 자신의 아이들을 씻긴 다음 수프를 만들고, 가구 위에 티끌 하나 남지 않을 때까지 쓸고 닦았다. 얻어맞는 것 또한 그녀의 일상에

속했다.

제르베즈는 이웃집 소녀와 각별한 정을 쌓아갔다. 랄리를 자신과 동등한, 인생을 아는 원숙한 여인네처럼 대했다. 파리하고 진지한 랄리의 얼굴에서는 성숙한 여인네의 표정이 보였다. 아이가 하는 말을 듣고 있노라면 서른 살쯤 된 여인네와 상대하는 느낌이 들 정도였다. 아이는 장보기와 바느질, 집안일 등을 척척 해냈다. 게다가 동생들 얘기를 할 때면 벌써 두세 번 아이를 낳아본 여자 같았다. 이웃들은 여덟 살짜리 소녀의 입에서 흘러나오는 얘기를 들으면서 입가에 미소를 띠었다. 그리고 목이 메어 안으로 울음을 삼켰다가 다른 곳으로 가서 울었다. 제르베즈는 랄리를 가능한 한 자주 불러서 먹을 것과 낡은 옷가지를 비롯해 줄 수 있는 건 뭐든지 챙겨주었다. 어느 날 랄리에게 나나가 입던 카라코를 입히려던 제르베즈는 아연실색하여 아무 말도 하지 못했다. 어린 랄리의 등은 온통 시퍼런 멍 자국으로 뒤덮여 있었고, 팔꿈치는 살갗이 벗겨져 피가 흐르고 있었다. 순결한 몸은 학대를 받아 곳곳이 찢겨 나가 뼈가 허옇게 드러날 정도였다. 오, 맙소사, 이럴 수가! 바주즈 영감이 랄리를 위한 관을 준비할 때가 된 듯했다. 이런 식이라면 랄리는 오래 버티지 못할 게 분명했다. 그런데도 아이는 세탁부 여인에게 아무 말도 하지 말아달라고 간청했다. 아이는 자신 때문에 사람들이 아비를 추궁하는 것을 원치 않았다. 술에 취하지만 않으면 그렇게까지 나쁘지는 않다면서 아비를 두둔하기까지 했다. 그는 제정신이 아니어서 자신이 무슨 짓을 하는지 모르는 것뿐이었다. 오! 랄리는 이미 아비를 용서했다. 미치광이들은 무슨 짓을 하든 용서해줘야 하기 때문이다.

그 후부터 제르베즈는 비자르 영감이 계단을 올라오는 소리가 들리기만 하면 신경을 곤두세우고 있다가 그가 랄리를 구타하는 것을 막고자 했다. 하지만 그러기는커녕 그한테 따귀를 얻어맞는 경우가 대부분이었다. 낮에 비자르 영감의 집에 들어갔다가 철제 침대 틀에 묶여 있는 랄리를 발견할 때도 있었다. 열쇠업자 비자르가 일하러 가기 전에 아이의 다리와 배를 굵은 밧줄로 꽁꽁 묶어놓았던 것이다. 그가 왜 그런 짓을 하는지 아는 사람은 아무도 없었다. 아마도 술 때문에 이성을 잃고 충동적으로 저지른 짓이리라. 집에 없을 때조차 아이를 학대하려는 생각으로. 랄리는 말뚝처럼 뻣뻣해진 몸으로, 다리에 경련이 일어날 정도로 하루 종일 침대 기둥에 묶인 채로 지냈다. 심지어 비자르가 돌아오지 않는 날에는 그렇게 밤을 지새우기도 했다. 분개한 제르베즈가 아이를 풀어주려고 하면, 아이는 밧줄 하나라도 건드리지 말아달라고 애원했다. 매듭이 조금이라도 흐트러지면 아비가 길길이 날뛰었기 때문이다. 사실 아이에게는 그게 그렇게 나쁘지만은 않았다. 한편으로는 그렇게 해서 조금이라도 쉴 수 있었기 때문이다. 아이는 아기 천사의 다리처럼 조그맣고 연약한 다리가 퉁퉁 부어올라 감각이 없으면서도 미소를 지으며 그렇게 말했다. 다만 랄리가 유감으로 생각하는 것은, 그렇게 침대에 묶여 있으면 잔뜩 밀려 있는 집안일을 전혀 할 수 없다는 사실이었다. 랄리의 아비는 다른 방법을 생각해내는 게 더 나을 뻔했다. 랄리는 그러면서도 자신의 아이들을 돌보았다. 앙리에트와 쥘에게 지시를 내렸고, 가까이 오라고 해서 코를 풀어주기도 했다. 또한 두 손은 자유롭게 쓸 수 있었으므로, 풀려날 때까지 시간 낭비를 하지 않으려고 뜨개질을 했다. 그러다가 비자르가 밧줄을 풀어주면 또 다른 고통이 랄리를 기다리고 있었다. 다리의 피가 통하지 않아 똑바로 서 있을 수 없었던 랄리는 십오 분여를 바닥으로 기어 다녀야만 했다.

열쇠업자는 또 다른 사악한 놀이를 생각해냈다. 난로에 동전 몇 개를 뜨겁게 달궈서는 벽난로 위에 올려놓았다. 그리고 랄리를 불러 빵 2파운드어치를 사 오라고 시켰다. 아이는 아무 생각 없이 동전을 집어 들었다가 비명을 지르면서 떨어뜨리고는 불에 덴 작은 손을 흔들었다. 그러자 비자르는 미친 듯이 화를 냈다. 자신이 대체 무슨 죄를 지었길래 이렇게 행실이 나쁜 계집을 딸년으로 두었단 말인가! 이젠 돈까지 함부로 내팽개치다니! 그는 랄리에게 당장 돈을 줍지 않으면 엉덩이 껍질을 벗겨버리겠다고 으름장을 놓았다. 머뭇거리던 아이는 첫번째 경고로 따귀를 한 차례 세게 맞아야 했다. 그러자 눈앞에서 서른여섯 개의 촛불이 어른거리는 것 같았다. 눈가에 굵은 눈물방울이 맺힌 어린 소녀는 아무 말 없이 동전을 주워 손바닥 위로 튀어 오르게 해 열을 식히면서 밖으로 나갔다.

그 지독한 주정뱅이가 머릿속에 얼마나 잔혹한 상상들을 하고 있는지는 그 누구도 감히 짐작조차 못 할 터였다. 어느 날 오후 집안일을 모두 마친 랄리는 자신의 아이들과 놀고 있었다. 열린 창문으로 들어온 바람이 복도로 빨려 들어가면서 문을 살짝 흔들었다.

"아르디 씨가 오셨나봐." 랄리가 말했다. "어서 오세요, 아르디 씨. 부디 안으로 들어와주세요."

랄리는 문 앞에서 몸을 숙여 바람에게 인사했다. 그녀의 뒤에 서 있던 앙리에트와 쥘도 따라서 몸을 숙였다. 아이들은 이 새로운 놀이가 재미있어 마치 누가 간질이기라도 한 것처럼 까르륵 웃어댔다. 그토록 즐거워하는 아이들의 모습에 랄리 자신도 기분이 좋아지면서 얼굴이 발그레하게 상기되었다. 이런 순간은 랄리에겐 아주아주 드물게 찾아왔다.

"안녕하세요, 아르디 씨. 그동안 어떻게 지내셨어요, 아르디 씨?"

그때 거친 손이 문을 밀면서 비자르가 안으로 들어왔다. 그러자 순식간에 장면이 바뀌었다. 앙리에트와 쥘은 엉덩방아를 찧으며 넘어지면서 벽에 몸을 부딪혔다. 열쇠업자의 손에는 짐수레꾼이 사용하는 커다란 새 채찍이 들려 있었다. 기다란 흰색 나무 손잡이가 달린 가죽 채찍 끝에는 가느다란 가죽 끈이 달려 있었다. 그는 채찍을 침대 모서리에 내려놓았다. 하지만 그를 향해 벌써 엉덩이를 내민 아이에게 평소와는 달리 바로 발길질을 가하지 않았다. 그저 시커먼 이를 드러내며 이죽거렸다. 취기가 오를 대로 오른 그는 흥미로운 상상으로 한껏 달아올라 떠들어댔다.

"뭐야? 이젠 노는계집 흉내까지 내는 건가, 이 더러운 년 같으니라고! 아래층에서부터 네년이 춤추는 소리가 들려오더군…… 이리 가까이 와! 더 가까이, 젠장! 얼굴을 내밀란 말이야. 네년 엉덩이 냄새는 맡고 싶지 않으니까. 대체 왜 그렇게 벌벌 떠는 거지? 내가 건드리기라도 했나?…… 그러고 서 있지 말고 이리 와서 내 신발이나 벗기란 말이야."

여느 때처럼 구타를 당하지 않자 더 겁을 집어먹은 랄리는 새하얗게 질린 얼굴로 아비의 신발을 벗겼다. 침대 가장자리에 앉아 있던 비자르는 옷을 입은 채로 누워서는 눈을 크게 뜨고 방을 오가는 아이의 일거수일투족을 좇았다. 아비의 집요한 시선에 공포를 느낀 랄리는 머리가 빙빙 돌고 다리가 후들거려 찻잔을 깨고야 말았다. 그러자 비자르는 그대로 침대에 누운 채로 채찍을 집어 들고는 딸을 향해 흔들어 보였다.

"어이, 이걸 좀 봐, 이 멍청한 년. 이건 네년을 위한 선물이야. 그래, 네년 때문에 50수나 들었다고…… 이 장난감만 있으면 네년을 사방으로 쫓아다닐 필요가 없지. 그러니까 아무리 구석에 꼭꼭 숨어도 소용없다고. 어때, 한번 보고 싶지 않아?…… 아! 이젠 그릇까지 박살 내버린다 이거지!…… 자, 이랴! 어디 또 춤을 춰보라고, 아까처럼 아르디 씨한테 절을 해보란 말이야!"

그는 몸을 일으킬 생각조차 하지 않았다. 베개에 깊숙이 머리를 박은 채 침대에 누워 뒹굴면서 거칠게 말을 모는 마차꾼처럼 기다란 채찍을 요란하게 휘둘렀다. 그리고 랄리의 몸 한가운데로 채찍을 내려쳐서는 마치 팽이를 감듯이 딸의 몸을 감았다가 풀었다. 그 자리에 쓰러졌던 아이는 기어서 도망치고자 했다. 하지만 비자르는 또다시 랄리를 채찍으로 휘감아 다시 일으켜 세웠다.

"이랴! 이랴!" 그가 소리쳤다. "당나귀들의 경주 같지 않아, 안 그래?…… 겨울날 아침엔 편리하기 짝이 없을 거란 말이지. 자다가 일어날 필요도 없고 감기도 안 걸리고 멀리서 멍청한 것들을 붙잡을 수 있으니까. 손가락에 동상 걸릴 일도 없고 말이야…… 저쪽에 있어도, 잡았다! 이쪽에 있어도, 잡았다! 또 요쪽에 있어도, 잡았다! 오! 침대 밑으로 기어 들어가면 그땐 손잡이로 네년을 두들길 거야…… 이랴! 이랴! 신나게 달려라! 신나게 달리라고!"

그의 입가에서는 허연 거품이 흘러나왔고, 시커먼 눈구멍에서는 당장이라도 누런색 눈동자가 튀어나올 듯 보였다. 기겁한 랄리는 비명을 지르면서 사방으로 뛰어다니다가 바닥으로 몸을 웅크리거나 벽에 몸을 바짝 붙였다. 하지만 굵은 채찍 끝에 달린 가느다란 가죽 끈은 랄리가 가는 곳마다 쫓아다녔다. 그리고 폭죽이 터지는 소리를 내며 여린 살에 벌건 자국을 길게 남겨놓았다. 훈련받은 동물이 펄쩍거리면서 묘기를 부리는 광경을 연상케 했다. 저 불쌍한 어린 고양이는 왈츠를 기막히게 잘 췄다! 줄넘기를 하면서 더 빨리 뛰기 위해 애쓰는 어린아이처럼 발뒤꿈치를 들고 고무공처럼 튀어 오르느라 숨조차 쉬기 힘들어했다. 랄리는 몸을 피할 곳을 찾는 데도 지쳐 눈도 뜨지 못하고 몸 위로 쏟아지는 매를 순순히 받아들였다. 승리에 도취된 늑대 같은 아비는 딸을 화냥년이라고 욕하면서, 이만큼 맞았으면 충분한지, 이번에는 자기한테서 벗어날 생각을 버려야 한다는 것을 충분히 깨달았는지를 물었다.

제르베즈는 소녀의 비명을 듣고 불쑥 안으로 들어갔다. 그리고 눈앞에 펼쳐진 광경에 엄청난 분노를 느끼면서 치를 떨었다.

"오! 이 비열한 인간!" 그녀는 소리를 질렀다. "아이를 그냥 놔두지 못해, 짐승만도 못한 놈 같으니라고! 당장 경찰에 신고하고 말 거야, 분명히 말해두지만!"

그러자 비자르는 휴식을 방해받은 짐승처럼 신음하면서 더듬더듬 말했다.

"이런, 이게 누구야, 절름발이 부인 아니신가! 댁네 일이나 신경 쓰시지. 내가 저년을 제대로 작살내는 걸 보고 싶지 않다면…… 보시다시피 이건 단지 저 계집한테 주는 경고일 뿐이라고. 내가 어떤 사람인지 똑똑히 알려주려고 말이지."

그러면서 그는 랄리의 얼굴에 정면으로 마지막 채찍질을 가했다. 그러자 아이의 윗입술이 찢어지면서 피가 흘러내렸다. 제르베즈는 의자를 집어 들어 열쇠업자를 내려치려 했다. 그러자 랄리는 그녀를 향해 두 손을 모아 애원하면서 아무 일도 아니라고, 이제 다 끝났다고 얘기했다. 그리고 앞치마 자락으로 흘러내리는 피를 닦은 다음, 마치 자신들이 채찍으로 맞은 것처럼 큰 소리로 울어대는 아이들을 조용히 시켰다.

제르베즈는 랄리를 생각하면 더 이상 자신의 처지를 불평할 수가 없었다. 그녀 자신도 그 여덟 살짜리 어린 소녀의 용기를 배우고 싶었다. 아이는 공동아파트 여인네들의 고통을 다 합쳐도 견주지 못할 엄청난 고통을 홀로 겪고 있었던 것이다. 세탁부 여인은 랄리가 석 달 동안 오로지 맨빵으로만 연명해왔음을 알게 되었다. 빵 부스러기조차 마음껏 먹지 못해 깡마르고 쇠약해진 소녀는 벽에 의지해서야 겨우 발을 떼어놓을 수 있었다. 제르베즈는 랄리에게 남은 고기를 몰래 가져다줄 때마다 말없이 굵은 눈물을 뚝뚝 흘렸고, 잘게 자른 음식을 힘겹게 삼키는 아이의 모습에 가슴이 찢어지는 것 같았다. 쪼그라든 아이의 목구멍은 음식을 제대로 넘길 수 없었다. 그럼에도 불구하고 여전히 다정하고 헌신적인 랄리는 나이를 훌쩍 넘어서는 의연함으로, 순진무구하고 가냘픈 어린아이에게는 지나치게 무거운 어린 엄마로서의 의무를 자신을 희생하면서까지 묵묵히 수행해나갔다. 그리하여 제르베즈는 고통과 용서의 화신과 같은 이 귀한 존재에게서 고통을 침묵하게 하는 법을 배우고자 노력했다. 이제 랄리에게 남은 것이라고는 침묵하는 눈빛, 체념의 빛이 가득한 커다란 검은 눈동자뿐이었다. 그 눈동자 속에서는 끝없는 고통과 비참한 삶의 모습만을 발견할 수 있었다. 이제 랄리는 말문을 닫아버린 채 커다랗게 뜬 검은 눈만 껌뻑거렸다.

그 무렵 쿠포 부부에게도 콜롱브 영감의 독주가 검은 마수를 뻗치기 시작했다. 세탁부 여인은 자신의 남편 역시 비자르처럼 채찍을 들고 자신에게 악마의 춤을 추게 할 시간이 시시각각 다가오는 것을 예감했다. 제르베즈를 위협하는 불행은 자연스럽게 그녀를 어린 소녀의 불행에 더욱더 민감하게 반응하게 만들었다. 과연 쿠포는 상태가 아주 좋지 않았다. 싸구려 독주로 인해 얼굴이 불콰하던 시기는 이미 지나가버렸다. 그는 이제 예전처럼 배를 두드리면서 그 망할 화주가 자신을 살찌웠다고 허세를 부릴 수 없었다. 초기 몇 년간 그의 몸속을 가득 채웠던 누런 빛깔의 고약한 지방은 녹아 없어져버리고 비쩍 마른 몰골로 변해 있었던 것이다. 피부색은 늪에서 썩어가는 시체처럼 시퍼런 납빛을 띠었다. 식욕 역시 사라진 지 오래였다. 그는 점차 빵조차 먹으려 하지 않았고, 음식에 침을 뱉기도 했다. 맛있게 익힌 라타투유를 가져다주어도 위는 음식을 받아들이려 하지 않았고, 물러진 이는 씹기를 거부했다. 몸을 지탱하려면 하루에 적어도 반 리터의 독주가 필요했다. 그것이 그에게 할당된 하루 치의 음식이자 음료이며, 그가 소화할 수 있는 유일한 먹을거리였다. 그는 아침마다 침대에서 내려오기가 무섭게 몸을 웅크린 채 십오 분여 동안 온몸의 뼈가 흔들릴 정도로 기침을 해댔다. 그러면서 두 손으로 머리를 붙잡고 토악질을 했다. 그러면 알로에 즙처럼 씁쓸한 신물이 밖으로 나오면서 목구멍을 깨끗이 훑어냈다. 그것은 하루도 거르는 일이 없는 그의 일상이 되어 미리 요강을 대령해놓아야 할 정도였다. 그는 속을 달래주는 해장술을 마신 후에야 간신히 다시 몸을 추스를 수 있었다. 아침에 마시는 술 한 잔이야말로 배 속을 지져주는 특효약이었다. 오후가 되면 다시 힘이 솟는 듯했다. 처음에는 피부와 팔다리가 가렵고 따끔거렸다. 그는 낄낄 웃으며 누군가 장난을 친 거라고, 마누라가 시트에 가렵게 만드는 가루를 뿌린 게 분명하다고 얘기했다. 그런데 다리가 점점 묵직해지면서 가려움이 끔찍한 경련으로 변해 마치 바이스로 살을 조이는 듯한 고통이 느껴졌다. 그건 조금 전과 달리 전혀 유쾌한 일이 아니었다. 이제 웃음을 그친 그는 길을 가다 갑자기 멈춰 섰다. 머리가 빙빙 돌고, 귀에서 윙윙 소리가 들려오면서 눈앞에 불꽃이 튀고 시야가 흐려졌다. 주위가 온통 노란색으로 변하면서 집들이 춤을 추는 듯했다. 그는 그대로 길바닥에 엎어질 것 같아 두려움을 느끼며 몇 초 동안 비틀거렸다. 한번은 밖에서 뜨거운 햇볕을 쬐는데 몸이 떨리면서 얼음장처럼 차가운 물이 어깨에서 엉덩이로 흐르는 것 같았다. 그를 가장 짜증나게 하는 것은 두 손이 떨리는 것이었다. 특히 오른손은 무슨 나쁜 짓을 한 게 분명했다. 지독한 악몽이라도 꾸는 듯 보였다. 맙소사! 그러니까 자신이 더 이상 남자가 아니란 말인가, 노파처럼 손을 떨다니! 그는 분노하면서 팔을 쭉 뻗어 술잔을 움켜쥐었다. 그러면서 대리석 손으로 쥔 것처럼 조금도 흔들림 없이 술잔을 들고 있을 수 있다고 호언장담했다. 하지만 그의 노력에도 불구하고 술잔은 춤을 추듯 작고 빠르게 규칙적으로 흔들리면서 오른쪽 왼쪽으로 튀어 올랐다. 그러자 그는 화를 내면서 단번에 술잔을 비우고는, 열두 잔쯤 더 마시면 손가락 하나 까딱하지 않고 술통이라도 들 수 있다고 큰소리를 쳤다. 제르베즈는 손을 떨지 않으려면 더 이상 술을 마시면 안 된다고 충고했다. 하지만 쿠포는 아내의 말을 무시하고는 한참을 더 마시더니 똑같은 동작을 반복했다. 그리고 지나가는 승합마차가 술잔을 흔들리게 한다며 마구 역정을 냈다.

3월 어느 날, 쿠포는 뼛속까지 비에 흠뻑 젖은 채 집으로 돌아왔다. 그는 몽루즈에서 메보트와 함께 뱀장어 수프를 배가 터지도록 먹고 돌아오는 길이었다. 푸르노 시문에서 푸아소니에르 시문까지 상당히 먼 길을 걸어오는 동안 소나기가 집중적으로 퍼부었던 것이다. 쿠포는 밤새 자지러질 듯이 기침을 해댔다. 얼굴이 벌겋게 달아오른 채 엄청난 고열에 시달리며, 망가진 풀무처럼 가쁜 숨을 몰아쉬었다. 다음 날 아침, 보슈 부부와 친분이 있는 의사는 그를 진찰하면서 숨 쉬는 모습을 살펴보고는 고개를 가로저었다. 그리고 제르베즈를 따로 불러 남편을 당장 병원으로 데리고 가라고 권했다. 쿠포의 병명은 폐렴이었다.

물론 제르베즈는 그 사실에 전혀 언짢은 기색을 보이지 않았다. 예전 같았으면 남편을 돌팔이 의사들한테 맡기느니 차라리 자신이 갈가리 찢겨 죽임을 당하는 게 더 낫다고 생각했을 것이다. 남편이 나시옹가에서 사고를 당했을 때만 해도 그를 돌보느라 모아두었던 돈까지 모두 탕진했을 정도였다. 하지만 자신의 남자가 방탕한 모습을 보이기 시작하면 그런 아름다운 감정은 그리 오래 지속되지 않는 법이다. 제르베즈 역시 그랬다. 그녀는 이제 그런 성가신 일을 겪고 싶지 않았다. 사람들이 남편을 데리고 가서는 다시 되돌려주지 않아도 아무 상관 없었다. 아니, 오히려 고맙다고 할 판이었다. 하지만 들것을 든 사내들이 와서 쿠포를 마치 가구처럼 옮겨 싣자 얼굴이 창백해진 제르베즈는 입술을 깨물었다. 입으로는 여전히 투덜거리며 차라리 잘됐다고 말하면서도, 한편으로는 마음이 텅 빈 것 같아 수중에 10프랑만 있어도 이대로 그를 보내지 않을 거라는 생각이 들었다. 라리부아지에르 병원까지 따라간 제르베즈는 간호사들이 그를 커다란 병실의 끝쪽에 눕히는 모습을 지켜보았다. 그가 지나가자, 시체 같은 얼굴로 줄지어 누워 있던 환자들이 하나둘씩 몸을 일으켜 새로 들어온 동료를 눈으로 좇았다. 그곳은 죽음의 그림자가 넘실대는 곳이었다. 환자들이 발산하는 뜨거운 열기와 냄새에 숨이 막힐 것 같았고, 사방에서 들려오는 폐병 환자들의 신음에 폐를 토해내고 싶어졌다. 새하얀 침대가 무덤처럼 줄지어 늘어선 병실은 작은 페르라셰즈 묘지를 연상케 했다. 침대에 축 처져 있는 쿠포를 보면서 한 마디 말도 할 수 없었던 제르베즈는 그대로 그곳을 나왔다. 불행하게도 그녀의 주머니 속에는 그를 위로해줄 수 있는 게 아무것도 없었다. 병원 밖으로 나온 제르베즈는 다시 뒤로 돌아 건물을 흘끗 보았다. 그리고 쿠포가 그곳의 지붕 위, 빗물받이 홈통 가장자리에서 함석판을 내려놓고 햇볕을 받으며 노래를 흥얼거리던 시절을 떠올렸다. 당시 그는 술도 마시지 않았고 피부는 소녀 같았다. 그 시절 제르베즈는 봉쾨르 여관의 창가에서 그를 찾느라 여기저기를 둘러보다가는 하늘 한가운데서 그를 발견하곤 했다. 그러면 두 사람은 서로에게 손수건을 흔들면서 신호로 미소를 보냈다. 그랬다, 쿠포는 그녀를 위해 일한다고 굳게 믿으며 지붕 꼭대기에서 일을 했다. 그러나 이제 그는 몸이 달아오른 경쾌한 참새 같은 모습으로 지붕 위에 서 있지 않았다. 그 아래, 병원에 새로운 둥지를 틀었다. 추레해진 몰골로 그곳에 죽으러 왔던 것이다. 맙소사, 달콤한 사랑을 속삭이던 시절은 얼마나 멀리 달아나버린 것일까!

이틀 후 제르베즈가 남편의 상태를 확인하기 위해 다시 병원을 찾았을 때 그의 침대는 텅 비어 있었다. 한 수녀가 그녀에게 남편을 생탄 정신병원으로 이송했음을 알려주었다. 전날 밤 쿠포는 갑자기 횡설수설하기 시작했다. 완전히 실성한 사람처럼 벽에 머리를 찧고, 다른 환자들이 잠을 잘 수 없을 정도로 크게 소리를 질러댔다. 알코올중독 증세로 추정되었다. 폐렴으로 몸이 급격히 쇠약해진 틈을 타 몸속에 잠복해 있던 알코올이 그의 신경을 망가뜨렸던 것이다. 세탁부 여인은 망연자실하여 집으로 돌아왔다. 남편이 드디어 미쳐버리고 만 것이다! 이대로 그를 내팽개친다면 삶은 한결 수월해질 것이었다. 나나는 아비를 정신병원에 그대로 놔두라고 소리쳤다. 그러지 않으면 그가 언젠가는 자신들을 모두 결딴내버리고 말 것이었다.

제르베즈는 일요일에야 생탄에 가볼 수 있었다. 마치 여행을 가는 것처럼 한참 동안을 가야 했다. 다행히도 로슈슈아르 로에서 글라시에르로 가는 승합마차가 정신병원 근처를 지나갔다. 그녀는 상테 가에서 내려, 빈손으로 갈 수 없어 오렌지 두 개를 샀다. 생탄 정신병원은 칙칙한 회색빛 안마당과 끝없이 이어지는 복도로 이루어진 거대한 건물이었다. 병원에서 풍겨 나오는 역한 약 냄새는 유쾌함과는 거리가 멀었다. 하지만 그곳의 조그만 방으로 들어간 제르베즈는 유쾌해 보이기까지 한 쿠포를 발견하고는 깜짝 놀랐다. 그는 변기 위에 앉아

볼일을 보던 참이었다. 나무 상자로 만든 아주 깨끗한 변기에서는 아무런 냄새도 나지 않았다. 엉덩이를 훤히 드러낸 쿠포를 발견한 제르베즈는 깜짝 놀랐고, 두 사람은 함께 웃음을 터뜨렸다. 사실 놀라는 게 당연하지 않은가? 그는 전혀 병자 같아 보이지 않았던 것이다. 그러기는커녕 마치 교황처럼 변기 위에 편안하게 자리를 잡고 앉아 예전처럼 입담을 과시하기까지 했다. 오! 그는 이제 상태가 한결 나아져 평소의 모습으로 되돌아와 있었다.

"폐렴 증세는요?" 세탁부 여인이 물었다.

"달아나버렸어! 그 사람들이 손으로 끄집어내주었거든. 아직 기침이 좀 나오긴 하지만, 이젠 대략 목구멍 청소는 끝난 것 같아."

그는 변기에서 일어나 침대로 향하면서 또다시 농을 던졌다.

"당신 코는 튼튼하니까 냄새 같은 건 겁나지 않겠지, 안 그래?"

그들은 더 크게 웃음을 터뜨렸다. 진정으로 기뻤기 때문이다. 가장 미묘한 것에 대해 농담을 주고받는 것은, 미사여구를 사용하지 않으면서도 자신들의 행복감을 서로에게 전달하는 그들만의 방식이었다. 아픈 사람들을 가까이서 겪어본 사람만이, 다시 정상으로 돌아온 그들의 모습을 보는 게 얼마나 기쁜 일인지를 진정으로 이해할 수 있는 법이다.

쿠포가 다시 침대에 눕자 제르베즈는 가져온 오렌지 두 개를 건넸다. 그러자 그는 진심으로 감동한 듯 보였다. 더 이상 술집 카운터를 전전하지 못하고 탕약을 마시기 시작한 후로 함석공은 다시 예전의 다정함을 되찾은 듯 보였다. 평소처럼 멀쩡하게 얘기하는 남편을 보고 놀란 제르베즈는 그가 잠시 제정신이 아니었다는 사실을 조심스럽게 언급했다.

"아! 맞아, 그랬지." 쿠포는 스스로를 두고 빈정거리듯 말했다. "내가 좀 횡설수설한 게 사실이지!…… 그게 말이지, 눈앞에 쥐들이 막 보이는 거야 글쎄. 그래서 몰래 기어가서는 그것들 꼬리에 소금을 뿌리려고 했지. 그런데 당신이 날 소리쳐 부르더라고. 이상한 사내들이 당신을 해치려고 했거든. 게다가 대낮에 유령이 보이질 않나, 온통 말도 안 되는 것들이 자꾸만 눈앞에 나타나는데…… 오! 물론 난 모두다 기억하고 있어, 내 머린 아직 죽지 않았거든…… 이젠 다 끝났어. 잘 때 이상한 꿈을 좀 꾸고, 가끔 악몽도 꾸긴 하지만. 악몽 같은 건 누구나 다 꾸잖아."

제르베즈는 밤늦게까지 그의 곁에 머물러 있었다. 여섯시로 예정된 회진 시간에 나타난 의사는 쿠포에게 두 손을 펴보도록 했다. 손가락 끝이 조금씩 움직이는 걸 제외하고는 손은 거의 떨리지 않았다. 하지만 밤이 다가오자 쿠포는 조금씩 불안해하기 시작했다. 두 번이나 일어나 앉아 바닥을 뚫어지게 바라보면서 어두운 구석들을 유심히 살폈다. 그러다가 느닷없이 팔을 뻗어서는 벽에 붙은 벌레를 손으로 쳐서 죽이는 시늉을 했다.

"왜 그래요?" 놀란 제르베즈가 물었다.

"쥐, 쥐가 나타났어." 쿠포가 중얼거렸다.

그리고 잠시 침묵을 지키다가 잠에 빠져들면서, 단속적으로 말을 내뱉으며 팔다리를 허우적거렸다.

"맙소사! 놈들이 내 몸에 구멍을 내려고 해!…… 아! 이 더러운 놈들 같으니라고!…… 조심해! 당신, 치마를 꼭 붙잡고 있어야 해! 뒤에 있는 놈들을 조심하라고!…… 아, 젠장, 놈들이 당신을 쓰러뜨렸어, 뒤로 넘어진 당신을 보고 웃고 있다고!…… 나쁜 놈들! 비열한 놈들! 이 불한당 같은 놈들!"

쿠포는 허공을 향해 주먹을 마구 내두르다가는 가슴 위로 시트를 끌어당겨 둘둘 말았다. 환영 속에 등장한 털북숭이 남자들의 공격으로부터 자신을 보호하려는 것 같았다. 그러자 경비원이 달려왔고, 그 광경에 경악한 제르베즈는 뒤로 물러섰다. 하지만 며칠 후 그녀가 다시 왔을 때 쿠포는 또다시 정신이 온전히 돌아와 있었다. 더 이상 악몽도 꾸지 않았다. 그는 팔다리조차 꼼짝하지 않고 아이처럼 새근새근 열 시간을 내리 잤다. 그러자 의사는 제르베즈에게 그를 데리고 가도 좋다고 허락했다. 다만 퇴원하는 쿠포에게 의례적인 충고를 하면서 새겨들으라고 했다. 만약 다시 술을 마신다면 망상이 되풀이되면서 죽게 될지도 몰랐다. 물론 그건 전적으로 그에게 달려 있었다. 의사는 쿠포가 술에 취해 있지 않을 때는 얼마나 쾌활하고 다정한지 익히 지켜본 터였다. 그렇게 하면 되는 것이다! 집에서도 생탄에 있을 때처럼 살면 되는 것이다. 여전히 병실에 갇혀 있다고 생각하고, 술집 같은 건 아예 이 세상에 존재하지 않는다고 생각하면 되는 것이다.

"그분 말이 맞아요, 의사 선생님 말이에요." 구트도르 가로 향하는 승합마차 안에서 제르베즈가 말했다.

"어쩌면 그럴지도." 쿠포도 맞장구를 쳤다.

그리고 잠시 생각하더니 이내 다시 말을 바꾸었다.

"하지만 말이지, 가끔 한 잔씩 가볍게 마시는 건 괜찮아. 그런다고 사람이 죽는 건 아니잖아. 그건 소화에도 좋다고."

그리고 바로 그날 저녁 쿠포는 소화를 위해 독주 한 잔을 가볍게 마셨다. 그래도 그 후 일주일은 비교적 얌전히 지냈다. 본래 겁이 무척 많은 그는 비세트르 정신병원에서 생을 마감하고픈 생각이 전혀 없었다. 하지만 결국 충동을 이겨내지 못하고 첫번째 잔을 입에 댄 후 두번째, 세번째 그리고 네번째 잔으로 다시 행진을 이어갔다. 그렇게 2주가 지나자 다시 하루에 반 리터들이 독주를 한 병씩 마시기 시작했다. 절망한 제르베즈는 남편을 두들겨 패주고 싶었다. 정신병원에서 다시 말짱해진 그를 보면서 새로 인간다운 삶을 시작할 수 있으리라 기대했던 자신이 얼마나 어리석었던가! 행복을 꿈꾸었던 순간이 또다시 허망하게 날아가버린 것이다. 그리고 그런 순간은 이제 결코 다시 오지 않으리라는 사실을 잘 알고 있었다! 오! 이젠 아무것도, 심지어 임박한 죽음에 대한 두려움조차 그를 막을 수가 없으므로 그녀 역시 이제부터는 아무런 거리낌 없이 살리라 굳게 마음먹었다. 집 안이 엉망이 돼도 눈 하나 까딱하지 않을 것임은 물론, 그녀 자신도 흥청망청 즐기면서 살겠다고 선언했다. 그러자 다시 지옥 같은 삶이 시작되었다. 그 어디에서도 좀 더 나은 순간을 향한 기대 같은 것을 가져볼 수 없는, 진창 속으로 점점 더 깊이 빠져 들어가는 삶이었다. 나나는 아비에게 뺨을 맞을 때마다 치를 떨면서, 왜 저 쓸모없는 인간을 정신병원에서 죽게 놔두지 않았느냐고 악을 써댔다. 그리고 얼른 돈을 벌어 아비에게 술을 더 많이 먹여, 아비를 더 빨리 죽게 만들리라 다짐했다. 제르베즈는 어느 날 쿠포가 결혼을 잘못했다면서 후회하는 것을 보고는 발끈해서 대들었다. 아! 자기는 다른 남자들이 먹다가 버린 여자를 떠안은 것이나 다름없었다. 저 여자가 순진한 처녀 같은 얼굴로 유혹하는 바람에 그만 깜빡 넘어가고 만 것이다! 오, 맙소사! 뻔뻔스럽기 짝이 없지 않은가! 어떻게 그런 터무니없는 거짓말을 지어낼 수가 있는지! 제르베즈는 그를 원한 적이 없었다, 하늘을 우러러 맹세컨대! 쿠포가 제르베즈의 발밑에 무릎을 꿇고 애원했을 때 그녀는 오히려 그에게 잘 생각해보라고 충고했다. 만약 그녀에게 똑같은 일을 반복하라고 한다면 물론 절대로 하지 않을 것이다! 그럴 바엔 차라리 한쪽 팔을 자르는 게 더 나을 터였다. 그녀가 그를 만나기 전에 다른 남자를 알았던 것은 사실이다. 하지만 자신과 가족의 명예를 더럽히는 게으름뱅이 남자보다는 처녀가 아니면서 근면하게 일하는 여자가 훨씬 더 낫지 않은가 말이다. 그날 쿠포 부부는 처음으로 서로 치고받으며 싸웠다. 어찌나 격렬했던지 낡은 우산과 빗자루가 부러져버렸을 정도였다.

그리고 제르베즈는 자신의 맹세를 지켰다. 상황은 갈수록 나빠졌다. 세탁소 일을 거르는 날이 점점 더 잦아졌고, 일감을 앞에 놓고도 축 처져 있거나 하루 종일 잡담을 하기 일쑤였다. 손에서 무언가를 놓쳐도 그것을 줍기 위해 몸을 숙이는 건 그녀의 몫이 아니었다. 제르베즈는 뼛속까지 나태함으로 물들어갔다. 자신을 혹사하는 일 따위는 결코 하려들지 않았다. 뭐든지 되는대로 설렁설렁 해치웠으며, 쓰레기에 발이 걸려 넘어질 지경이 되기 전까지는 방에 비질을 하는 일도 결코 없었다. 이제 로리외 부부는 제르베즈의 집 앞을 지나면서 코를 막는 시늉을 했다. 더럽기 짝이 없는 계집 같으니라고! 그들은 복도 맨 끝 구석에서 은밀히 숨어 살았다. 주위에서 들려오는 애처로운 신음에 귀를 막은 채 이웃에게 동전 한 푼이라도 빌려주는 일이 없도록 문을 꼭꼭 닫아걸고 지냈다. 아! 마음이 참으로 선한, 기막히게 친절한 이웃이 아닌가! 오, 안에서 나는 소리는 고양이 소리였다! 누구라도 그들의 방문을 두드려 성냥불이나 소금 한 자밤 또는 물 한 병을 빌리려고 하면, 십중팔구는 얘기를 꺼내기가 무섭게 코앞에서 문이 쾅 하고 닫혔다. 게다가 독설을 퍼붓는 것이라면 둘째가라면 서러울 정도였다. 하지만 이웃을 도와주는 일은 언제나 나 몰라라 했다. 자신들은 남의 일에는 상관하지 않는다고 당당히 선언하면서도, 남을 비방하는 일이라면 아침부터 밤중까지 지치는 법이 없었다. 빗장을 걸어 잠그고 담요를 매달아 문틈과 열쇠구멍을 막아놓고는, 그들이 작업하는 금줄에서 한시도 눈을 떼지 않은 채 실컷 험담을 즐겼다. 무엇보다 방방의 몰락에 그들은 어루만지는 손길에 좋아서 어쩔 줄 모르는 고양이처럼 하루 종일 가르랑거리는 소리를 냈다. 저 여자를 보라고요 친구들! 무일푼에 초라하기 짝이 없는 저 꼬락서니를! 그들은 장을 보러 가는 제르베즈를 몰래 엿보다가 그녀가 앞치마 아래에 조그만 빵 한 조각을 감춰 오는 것을 보면서 킥킥거리며 즐거워했다. 심지어 제르베즈의 집에 먹을 게 하나도 없는 날들을 일일이 세고 있었다. 또한 그녀의 집에 내려앉은 먼지의 두께와 설거지를 하지 않은 더러운 접시의 개수, 날이 갈수록 빈곤과 나태의 나락으로 깊이 빠져드는 제르베즈의 일거수일투족까지 낱낱이 꿰고 있었다. 게다가 저 여자의 옷차림은 또 어떠한가! 넝마주이조차 주워 가려고 하지 않을 더럽기 짝이 없는 누더기를 옷이라고 걸치고 다니지 않나. 오, 정말 기막히지 않은가! 파란색으로 칠한 근사한 세탁소에서 엉덩이를 씰룩거리면서 잘난 체하던 저 금발 계집이 이젠 쫄딱 망해 이런 꼴로 살아

가다니! 주야장천 부어라 마셔라 하면서 먹을 것을 탐하고 흥청대다 보면 결국 저 꼴이 되고 만다는 사실을 저 여자가 똑똑히 보여주지 않는가 말이다. 그들이 자신에 대한 험담을 입에 달고 산다는 것을 잘 아는 제르베즈는 신발을 벗고 그들의 방문 앞에 귀를 바짝 갖다 댔다. 하지만 문 앞에 쳐놓은 담요 때문에 소리가 잘 들리지 않았다. 다만 어느 날 그들이 자신을 '소 젖통'이라고 부르는 소리를 들었을 뿐이다. 영양부족으로 몸이 축나는데도 불구하고 여전히 큰 편인 가슴을 빗대어 비아냥거리는 듯했다. 하지만 제르베즈는 그들이 뭐라고 떠들어대건 상관하지 않았다. 그러면서 구설수에 오르지 않으려고 그들 부부와 계속 알은척을 하고 지냈다. 그 비열한 인간들에게서 기대할 것은 모욕과 무시뿐이었지만, 대꾸할 힘조차 없던 그녀는 한 쌍의 바보 같은 그들을 그대로 내버려두고 돌아서곤 했다. 젠장맞을, 알게 뭐람! 제르베즈는 기분이 내키는 대로 하루하루를 보냈다. 가만히 웅크린 채 손가락을 빙빙 돌리거나, 조금이라도 신나는 일이 있으면 밖으로 나가기도 했다. 그것이 하루 일과의 전부였다.

어느 토요일, 쿠포는 제르베즈를 서커스에 데려가기로 약속했다. 여자들이 말을 타고 달리거나 종이로 만든 고리를 통과하는 모습을 구경하는 것이라면 적어도 몸을 움직일 가치는 있었다. 쿠포가 막 보름 치 임금을 받은 터라 큰맘 먹고 40수 정도는 쓸 수 있었다. 게다가 나나도 급한 주문 건으로 주인집에서 밤늦게까지 일을 해야 했으므로 그 틈을 이용해 부부가 밖에서 외식을 하기로 했다. 그런데 일곱시에도 쿠포는 돌아오지 않았다. 여덟시가 될 때까지도 여전히 나타나지 않았다. 제르베즈는 화가 머리끝까지 났다. 망할 주정뱅이 남편은 동네 술집 어딘가에서 동료들하고 급료를 축내고 있는 게 분명했다. 그녀는 아침부터 보닛을 세탁하고, 외출에 어울리는 차림새를 갖추기 위해 낡은 옷에 난 구멍들을 꿰매느라 낑낑거렸던 것이다. 마침내 아홉시가 다 돼가자 배에서 꼬르륵 소리가 나면서 더 이상 화를 참을 수 없었던 제르베즈는 아래로 내려가서 근처에서 쿠포를 직접 찾아보기로 마음먹었다.

"바깥양반을 찾는 거요?" 일그러진 제르베즈의 얼굴을 본 보슈 부인이 물었다. "지금 콜롱브 영감 주점에 있다오. 우리 남편이 거기서 막 댁 남편과 체리주를 한잔하고 왔거든."

제르베즈는 고맙다는 인사를 하고는 그길로 밖으로 달려 나갔다. 가는 동안 남편을 발견하는 즉시 얼굴을 할퀴어버리겠다고 마음속으로 몇 번이고 다짐했다. 가느다란 빗줄기가 떨어지자 발걸음이 더욱 무거워졌다. 막상 콜롱브 영감의 주점 앞에 이른 제르베즈는 남편한테 따지고 들다가 자신도 다칠지 모른다는 생각에 갑자기 차분해지면서 신중한 태도를 취했다. 술집은 번쩍거리며 불타오르고 있었다. 가스등이 실내를 밝혀주었고, 플라스크와 저장용 병들이 형형색색으로 벽들을 장식한 가운데 새하얀 거울들이 태양처럼 빛났다. 제르베즈는 밖에서 목을 길게 빼고 눈을 유리창에 바짝 갖다 댄 채 진열대의 병들 사이로 홀 안쪽에 있는 쿠포를 살폈다. 그는 동료들과 함께 조그만 함석 테이블에 앉아 있었다. 파이프 담배 연기 탓에 모든 게 흐릿하고 뿌옇게 보였다. 그들이 떠드는 소리가 들리지 않는 상태에서, 턱을 앞으로 내민 채 눈이 튀어나올 것 같은 얼굴로 팔을 건들거리면서 얘기하는 모습들이 우스꽝스럽게 느껴졌다. 아니, 고작 이렇게 숨 막히는 곳에 틀어박혀 있으려고 아내와 가정을 내팽개쳤단 말인가! 빗물이 제르베즈의 목을 따라 방울방울 흘러내렸다. 그녀는 차마 안으로 들어갈 용기를 내지 못한 채 몸을 일으켜 외곽 도로로 향했다. 좀 더 차분히 생각해보기 위해서였다. 방해받는 것을 싫어하는 쿠포는 자신을 찾아온 그녀를 웃음거리로 만들 게 분명했다. 사실 그곳은 그녀처럼 정숙한 여인네가 드나들 만한 곳이 아니었다. 하지만 비에 젖은 나무 아래 서 있는 동안 몸이 조금씩 떨려오자, 이러다가 무슨 고약한 병에라도 걸릴지 모른다는 생각이 들었다. 그러면서도 여전히 머뭇거리던 제르베즈는 두 번이나 술집으로 되돌아가 또다시 유리창 앞에 눈을 갖다 댔다. 그러면서 저 망할 술꾼들은 따뜻한 곳에서 흥겹게 소리를 지르면서 술을 마시고 있다는 사실에 짜증이 치밀었다. 그사이 주점에서 새어 나온 빛이 도로에 생겨난 물웅덩이에 반사돼 반짝거렸다. 물웅덩이 위로 빗물이 떨어지자 조그만 거품들이 보글보글 솟아올랐다. 그때 동판이 삐걱거리는 소리와 함께 문이 열렸다가 다시 닫히자 제르베즈는 웅덩이를 점벙거리며 재빨리 그곳에서 도망쳤다. 마침내 그런 자신이 바보 같다는 생각이 든 그녀는 문을 밀고 들어가 쿠포가 앉아 있는 테이블로 곧장 걸어갔다. 어쨌거나 그는 남편이 아닌가? 남편을 만나러 온 게 뭐가 잘못이란 말인가. 그녀에게는 당연히 그럴 권리가 있었다. 그가 저녁에 서커스에 데리고 간다고 약속했으니까. 어쩔 수 없지! 그녀는 길바닥에서 물에 젖은 비누처럼 녹아버릴 생각이 전혀 없었다.

"이런! 이게 누구야, 대단한 우리 마누라 아니신가!" 함석공은 쿡쿡 웃다가 숨이 막힐 뻔했다. "아니! 이런, 당신 꼴이 이게 뭐람!……

엥? 안 그래, 우리 마누라 꼴이 웃기지 않느냐고!"

그러자 모두들 따라 웃었다. 메보트, 비비라그리야드, 일명 부아상수아프라 불리는 베크살레 모두가. 그랬다, 그녀의 모습이 그들에겐 우스꽝스러워 보였다. 그러나 왜 그런지는 얘기하지 않았다. 잠시 멍한 얼굴로 서 있던 제르베즈는 쿠포가 기분이 좋아 보이자 용기를 내서 얘기를 꺼냈다.

"우리 거기 가기로 한 거 잊었어요? 지금 가야 해요. 아직 늦지 않았으니까 충분히 구경할 수 있어요."

"난 일어날 수가 없어, 엉덩이가 의자에 완전히 붙어버렸거든. 오! 정말이라니까." 쿠포는 여전히 웃으면서 농담을 해댔다. "어디 잡아당겨보라고, 내 말이 사실인지 아닌지. 두 팔로 힘껏 잡아당겨보라니까. 맙소사! 힘을 더 줘야지, 그렇지, 잡아당겨!…… 내 말이 맞지, 저 빌어먹을 콜롱브 영감탱이가 나사로 날 의자에 박아버렸다고."

제르베즈는 마지못해 쿠포가 생각해낸 놀이에 응했다. 그러다가 힘에 부쳐 남편의 팔을 놓자 쿠포의 동료들 모두 재밌는 놀이라면서 박장대소를 했다. 그리고 너도나도 서로에게 달려들어 소리를 지르면서 좋아죽겠다는 듯 서로의 어깨를 비벼댔다. 마치 털을 빗겨줄 때의 당나귀들 같았다. 함석공은 입이 찢어질 듯 웃어젖히느라 목구멍 속까지 훤히 다 들여다보일 지경이었다.

"이런 바보 같은 마누라쟁이야!" 마침내 그가 말했다. "잠깐 좀 앉아보라니까. 밖에서 물을 튀기는 것보다 여기가 훨씬 낫잖아…… 그래! 맞아, 나 집에 못 갔어, 그럴 일이 있었거든. 당신도 그렇게 뽀로통한 얼굴을 하고 있어봤자 좋을 거 하나 없다고…… 어이, 자네들은 저만치 좀 가 있어."

"부인이 내 무릎 위에 앉기를 원하시면 언제라도 환영입니다." 메보트가 정중히 말했다.

제르베즈는 남자들의 시선을 끌지 않기 위해 의자를 집어 테이블에서 조금 떨어진 곳에 자리를 잡고 앉았다. 그리고 남자들이 마시는 술을 바라보았다. 싸구려 독주가 술잔 속에서 금빛으로 빛났다. 테이블 위도 술로 흥건히 젖어 있었다. 베크살레는 고여 있는 술에 손가락을 적셔 테이블 위에 커다랗게 여자 이름을 썼다. 윌랄리. 제르베즈가 보기에 비비라그리야드는 몹시 초췌했고 비쩍 말라 있었다. 메보트의 코에는 커다란 홍반이 생겨나 있었다. 마치 부르고뉴의 푸른색 달리아처럼 보기 드문 모습이었다. 네 남자는 하나같이 무척 더럽고 지저분했다. 요강을 닦는 솔처럼 누렇고 뻣뻣한 수염, 누더기 같은 헐렁한 작업복, 손톱 끝에 때가 끼어 있는 시커먼 손. 하지만 그들과 함께 있는 게 그리 부끄럽지는 않았다. 저녁 여섯시부터 술을 마셔대긴 했지만 그들은 아직은 기분 좋을 정도로만 적당히 취해 있었다. 카운터 앞에 서 있던 두 남자는 너무나 취한 나머지 술을 마신답시고 술을 턱 아래로 쏟아부어 셔츠를 적시고 있었다. 뚱뚱한 콜롱브 영감은 주점에 위엄을 부여하는 거대한 팔을 뻗어, 평온한 얼굴로 차례차례 술잔을 채워주었다. 주점의 후덥지근한 열기가 느껴지는 가운데 가스등의 눈부신 빛 속에서 먼지구름처럼 떠다니는 파이프 담배 연기가 서서히 술꾼들을 에워쌌다. 그 구름 속을 뚫고 여기저기서 웅성거리는 소리가 터져 나왔다. 귀를 멍하게 만드는 어수선한 소음, 갈라진 목소리, 잔 부딪치는 소리, 욕설 그리고 주먹으로 테이블을 쾅 내려치는 소리가 마구 뒤섞여 들려왔다. 제르베즈는 다소 비딱한 시선으로 그 모든 광경을 지켜보았다. 그곳은 여인네에게 적합한 곳은 아니었다. 그런 곳에 드나드는 것이 익숙하지 않은 사람에게는 더욱더 그러했다. 눈이 따갑고 숨이 막혀오면서 주점 전체에서 뿜어져 나오는 알코올 냄새 탓에 머리가 지끈거렸다. 불현듯 등 뒤에서 불안감을 한층 고조시키는 불편한 느낌이 전해져왔다. 얼른 뒤를 돌아보자 증류기가 보였다. 좁다란 뜰의 유리 지붕 아래, 땅속에 있는 악마의 부엌으로부터 깊은 울림이 전해지는 가운데 술 만드는 기계가 돌아가고 있었다. 저녁이 되자 구리로 된 관들은 더욱더 음울한 분위기를 풍겼다. 오직 커다란 별 모양의 붉은색 조명만이 증류기의 둥그런 표면을 환하게 밝혀주었다. 안쪽 벽에 비친 기계의 그림자는 꼬리가 여럿 달린 무시무시한 형상을 하고 있었다. 기이하게 생긴 괴물들이 세상을 모두 삼켜버릴 듯이 아가리를 크게 벌리고 있었다.

"이봐, 잔소리쟁이 마누라, 그렇게 오만상 찌푸리지 말라고!" 쿠포가 소리쳤다. "흥을 깨는 생각일랑 다 떨쳐버리란 말이야!…… 당신은 뭘 마실래?"

"물론 아무것도 마실 생각 없어요. 저녁도 안 먹었는걸요, 난."

"잘됐군! 그러니 더 마셔야 한다고. 속이 든든해지거든, 브랜디 같은 걸 한 잔 마시면."

하지만 제르베즈가 여전히 인상을 펴지 않자 메보트가 또다시 추근거리기 시작했다.

"부인은 아무래도 달콤한 것을 좋아하겠지." 그가 중얼거렸다.

"난 술을 마시지 않는 남자를 좋아한다고요." 제르베즈는 짜증스러운 얼굴로 쏘아붙였다. "그래요, 난 번 돈을 집으로 갖다주고, 약속을 지킬 줄 아는 남자를 좋아해요."

"오라! 그래서 그렇게 얼굴을 잔뜩 찡그리고 있었군." 함석공은 계속 히죽거리면서 말했다. "그러니까 당신 몫을 달라는 거잖아. 그런데 이 멍청한 여자야, 왜 아무것도 마시지 않지?…… 마시라고, 이건 특별 보너스라니까."

이마에 굵은 주름이 깊게 팬 제르베즈는 진지한 표정으로 그를 뚫어지게 바라보았다. 그리고 느릿느릿 대꾸했다.

"그러죠! 생각해보니까 당신 말이 맞아요. 아주 좋은 생각이에요. 그럼 당신 급여를 우리 둘이 같이 마셔버리는 게 될 테니까."

그러자 비비라그리야드는 자리에서 일어나 아니스 술 한 잔을 가지러 갔다. 제르베즈는 의자를 끌어당겨 테이블 가까이 자리를 잡고 앉았다. 아니스 술을 홀짝거리는 동안 문득 오래된 기억 하나가 떠올랐다. 예전에 쿠포가 구애할 때, 문 가까이 앉아 그와 함께 브랜디에 절인 자두를 먹었던 일이었다. 그때 제르베즈는 자두만 먹고 시럽은 남겨놓았다. 그런데 다시 술을 입에 대고 있었다. 오! 그녀는 자기 자신을 아주 잘 알았다. 의지라고는 눈곱만큼도 없다는 것을. 누군가 그녀의 엉덩이를 손끝으로 살짝 건드리기만 해도 술독 속으로 풍덩 빠져들고 말 터였다. 심지어 아니스 술이 아주 맛있게 느껴졌다. 조금 지나치게 단 것 같기도 하고, 다소 역겨운 느낌이 없지는 않았지만. 제르베즈는 베크살레의 얘기를 들으면서 술잔을 쪽쪽 빨아댔다. 베크살레는 길에서 생선을 파는 뚱뚱한 윌랄리라는 여자와의 관계에 대해 떠벌리고 있었다. 아주 꾀가 많은 그녀는 행상 손수레를 끌고 다니면서 그가 어느 술집에 있든지 기막히게 찾아내곤 했다. 동료들이 아무리 베크살레에게 미리 귀띔을 해주고 그를 숨겨주어도 아무 소용 없었다. 심지어 지난밤에는 그가 일을 거른 데 대한 벌로 그의 얼굴에 가자미를 냅다 던지기까지 했다. 오, 맙소사, 이거야말로 지금까지 들었던 얘기 중 가장 흥미로운 얘기가 아닌가. 비비라그리야드와 메보트는 배꼽이 빠져라 웃어대면서 손으로 제르베즈의 어깨를 툭툭 쳤다. 그러자 그녀도 마치 누가 간질이기라도 한 것처럼 그들과 함께 웃음을 터뜨렸다. 그러면서 그들은 제르베즈에게 뚱뚱한 윌랄리처럼 다리미를 가져와서 쿠포를 주점의 함석 테이블 위에 눕혀놓고 양쪽 귀를 다림질하라고 부추겼다.

"아주 고맙군그래!" 쿠포는 자기 아내가 비워낸 아니스 술잔을 뒤집어 보이면서 소리쳤다. "아주 깨끗이 비워냈는걸! 이거 보라고 친구들, 순식간에 다 마셔버렸다니까."

"한 잔 더 하시겠소?" 베크살레가 물었다.

아니, 그녀는 이미 충분히 마셨다. 하지만 조금은 망설여졌다. 아니스 술이 속을 부글부글 끓게 했기 때문이다. 제르베즈는 좀 더 독한 술로 속을 달래고 싶었다. 그러면서 뒤에 있는 술 만드는 기계를 흘끗 돌아보았다. 솥처럼 생긴 저 망할 놈의 기계가, 주물 가게 뚱보 여주인의 배처럼 둥그런 저것이 그녀의 양어깨에 전율을 일으키면서 마시고 싶다는 욕구와 두려움을 동시에 불어넣었다. 그랬다, 몸집이 거대한 창녀나 마녀의 금속으로 만든 내장 같은 것이 뜨거운 불을 한 방울씩 토해내는 것처럼 보였다. 진정한 독의 근원인 저런 기계는 진작 깊숙한 땅속으로 파묻어버렸어야 하는 게 아닌가. 저토록 뻔뻔하고 가증스러운 것이 또 어디 있단 말인가! 하지만 제르베즈는 그 속에 코를 파묻고 킁킁거리며 냄새를 맡고 싶어 했다. 그 추하기 짝이 없는 것을 맛보다 타버린 혀가 오렌지 껍질처럼 벗겨지는 한이 있더라도.

"지금 마시는 게 뭐죠?" 제르베즈는 남정네들의 잔 속에 담긴 금빛 액체에 매혹된 눈빛으로 물었다.

"이건 말이지, 콜롱브 영감이 만드는 마법의 묘약이지……" 쿠포가 대답했다. "바보같이 굴지 말고, 어때? 당신도 한번 마셔보라고."

그들이 가져다준 독주를 한 모금 마신 제르베즈는 얼굴을 찡그렸다. 그러자 함석공은 허벅지를 두드리면서 소리쳤다.

"그렇지! 목구멍을 긁는 것 같지!…… 단숨에 삼켜버리라고. 한번 마실 때마다 의사한테 갖다 바칠 6프랑씩을 절약하는 셈이 되니까."

두번째 잔을 마시자 제르베즈는 그녀를 괴롭히던 배고픔을 더 이상 느끼지 못했다. 이제 그녀는 쿠포와 화해했고, 그가 약속을 지키지 않은 것을 원망하지 않았다. 서커스 구경은 다음에 가면 될 터였다. 사실 사람들이 말 위에서 묘기를 부리는 게 그다지 흥미로울 것도 없었다. 게다가 콜롱브 영감의 주점에서는 비 맞을 일도 없지 않은가. 급료가 독한 술 속으로 녹아 없어진다고는 해도, 적어도 자신의 몸속으로 들어가는 게 아닌가. 그것도 아름다운 금처럼 빛나는 투명한 액체 상태로. 아! 그녀는 세상 사람들이 뭐라 하건 개의치 않았다. 사는 게 언제 그녀에게 이만큼의 즐거움이라도 선사해준 적이 있던가. 한편으로는 자신들의 돈을 탕진하는 데 한몫할 수 있다는 사실이 위안이 되기도 했다. 더군다나 이곳에서는 기분이 이렇게 좋은데 계속 머물지 않을 이유가 없지 않은가? 이제 편안하게 자리를 잡고 앉은 제르베즈는 대포가 터진다고 해도 움직일 생각이 전혀 없었다. 후덥지근한 열기 속에서 몸이 따뜻해지면서 코르사주가 등에 달라붙었고, 팔다리를 마비시키는 아늑한 느낌이 온몸을 휘감았다. 제르베즈는 팔꿈치를 테이블 위에 올려놓고 시선은 허공을 향한 채 혼자 키득거렸다. 그러면서 무척이나 재미있다는 표정으로 이웃 테이블의 두 술꾼이 연출하는 광경을 지켜보았다. 몸집이 육중한 남자와 난쟁이처럼 왜소한 남자가 취기를 이기지 못해 서로 부둥켜안았다. 제르베즈는 주점에서 마음껏 웃을 수 있었다. 기름진 돼지 방광처럼 둥그렇게 살이 오른 번들거리는 콜롱브 영감의 얼굴과 짤막한 물부리를 빠는 술꾼들, 거울과 술병들을 밝혀주는 가스등의 환한 불빛 모두가 그녀를 즐겁게 해주었다. 술 냄새도 더 이상 거슬리지 않았다. 그러기는커녕 코가 간질간질하면서 향긋하기까지 했다. 눈꺼풀도 살짝 무거워졌다. 얕은 숨을 내쉬었지만 숨이 가쁘지는 않았다. 그렇게 서서히 잠 속으로 빠져드는 동안 온몸을 감싸는 나른한 쾌락을 맛볼 수 있었다. 세번째 잔을 비우고 나자, 두 손으로 턱을 괸 그녀의 눈에는 쿠포와 그의 동료들밖엔 보이지 않았다. 제르베즈는 이제 그들에게 얼굴을 바싹 들이대었다. 술꾼들의 역한 입 냄새를 동반한 숨결이 뺨을 덮혀주었다. 제르베즈는 털의 개수를 세기라도 하는 것처럼 그들의 지저분한 수염을 유심히 바라보았다. 남자들은 잔뜩 취해 있었다. 메보트는 파이프를 입에 문채, 잠든 소처럼 굳은 얼굴로 말없이 침을 흘리고 있었다. 비비라그리야드는 나발을 불듯이 병을 거꾸로 뒤집어 입에 대고 브랜디 1리터를 단숨에 비워낸 일화를 얘기하는 중이었다. 그사이 베크살레는 카운터에 있는 회전판을 가져와서는 쿠포와 술 내기 게임을 벌였다.

"200점이잖아!…… 아주 돈을 긁어모으는구먼. 할 때마다 점수가 굉장하잖아."

바늘이 삐걱거리면서 회전판이 돌아가기 시작하자 유리 덮개 아래 중앙에 붉은색으로 큼지막하게 그려진 행운의 여신이 둥근 점처럼 보였다. 꼭 포도주 얼룩 같았다.

"말도 안 돼, 350점이라니!…… 무슨 수작을 부린 게 분명해, 이 사기꾼 같으니라고! 이런 빌어먹을! 자네하곤 더 이상 못 놀겠군!"

제르베즈는 그들이 하는 회전판 게임을 매우 흥미로운 듯이 지켜보았다. 이제 취기가 오를 대로 오른 그녀는 메보트에게 스스럼없이 '애야'라는 호칭을 사용했다. 그녀 뒤로는 술 만드는 기계가 마치 땅속을 흐르는 개울물처럼 졸졸 소리를 내면서 여전히 작동하고 있었다. 제르베즈는 기계를 멈추어서 끝장낼 수 없다는 사실에 절망감을 느꼈다. 스스로에게 분노가 치밀어 오르면서, 거대한 짐승과 같은 증류기를 덮쳐서는 마구 발길질을 가해 배를 터뜨려 죽이고 싶다는 생각이 들었다. 그런데 갑자기 눈앞이 흐릿해지더니 마치 기계가 꿈틀거리는 것 같았다. 구리로 된 거대한 짐승이 발로 그녀를 옴짝달싹 못하게 옥죄었다. 이제 독주는 제르베즈의 몸속을 통과해 흘러갔다.

그사이 유성처럼 길게 이어지는 가스등 불빛 아래서 주점 전체가 춤을 추었다. 제르베즈는 몹시 취했다. 베크살레가 콜롱브 영감을 사기꾼이라고 부르면서 격렬하게 말다툼을 벌이는 소리가 들려왔다. 주인이 도둑놈 심보로 술값을 부풀려서 받으려고 했기 때문이다. 여기가 봉디*는 아니지 않은가. 그러다가 실랑이가 벌어지면서 누군가를 떠미는 소리와 고함치는 소리, 테이블이 나동그라지는 소리가 뒤섞여 들려왔다. 콜롱브 영감이 인정사정없이 쿠포 일행 모두를 순식간에 밖으로 내쫓았던 것이다. 그들은 문 앞에서 그에게 고래고래 소리를 지르면서 사기꾼이라고 욕을 해댔다. 밖에는 여전히 비가 내렸고, 얼음장처럼 차가운 바람마저 불고 있었다. 제르베즈는 쿠포를 잃어버렸다가 다시 찾고 또다시 잃어버리기를 반복했다. 그녀는 가게들을 손으로 더듬으면서 방향을 가늠해 겨우 집으로 돌아갈 수 있었다. 갑자기 찾아온 어둠에 그녀는 몹시 당황했다. 푸아소니에 가 모퉁이에 이르러서는 배수로 가장자리에 앉아 잠시 숨을 돌렸다. 그러자 세탁장에 온 것 같은 착각이 들었다. 흐르는 물소리에 머리가 빙빙 돌면서 지끈거렸다. 마침내 아파트 앞에 이르자 제르베즈는 관리실 앞을 재빨리 지나갔다. 테이블 앞에 함께 모여 앉아 있던 로리외 부부와 푸아송 부부가 엉망이 된 그녀를 보고 인상을 찌푸리는 것을 똑똑히 알아볼 수 있었다.

제르베즈는 여섯 개 층을 어떻게 올라갔는지 기억조차 하지 못했다. 위층에 도착해 복도로 접어들자 그녀의 발소리를 들은 어린 랄리가 얼른 달려 나왔다. 아이는 애정이 넘치는 몸짓으로 두 팔을 활짝 벌리며 웃어 보였다.

"제르베즈 아주머니, 아빠 아직 안 돌아오셨어요. 이리 오셔서 우리 아이들이 자는 걸 좀 보세요…… 천사 같아요!"

하지만 아이는 얼이 빠진 세탁부 여인의 얼굴을 보고 소스라치게 놀라면서 뒷걸음질을 쳤다. 어린 소녀는 예의 독주가 뿜어내는 냄새와

---

* 파리 북동쪽 교외에 위치한 마을로 당시 분뇨 처리장이 있던 곳.

초점이 흐려진 눈빛, 경련으로 일그러진 입을 익히 보아온 터였다. 랄리가 문간에 서서 어둡고 심각한 눈으로 그녀를 좇는 동안 제르베즈는 아무런 대꾸 없이 비틀거리면서 아이의 옆을 지나쳐 갔다.

11

그 사이 나나는 매력적인 처녀로 자라났다. 어느덧 열다섯 살이 된 그녀는 쭉 뻗은 큰 키에 해말간 피부와 풍만한 몸매를 자랑했다. 포동포동하게 살집이 오른 몸은 통통한 바늘방석을 연상케 했다. 그렇다, 열다섯 살은 다 자라긴 했지만 아직 코르셋을 입을 나이는 아니었다. 나나는 어린 창녀처럼 아름답고 뽀얀 우윳빛 살결에 복숭아처럼 부드러운 피부, 개성 있게 생긴 코, 장밋빛 입술, 남자들이 파이프에 불을 붙여보고 싶을 정도로 빛나는 눈을 지니고 있었다. 얼굴의 주근깨마저도 잘 익은 귀리 빛깔의 풍성한 금발이 관자놀이 위로 금가루를 뿌려놓은 것처럼 보였다. 마치 햇빛으로 만든 화관을 쓴 것 같았다. 아! 정말 매력적인 계집이지 뭐야! 로리외 부부가 감탄하듯, 나나는 아직 코흘리개 어린아이면서도 굴곡진 몸매를 갖춘 성숙한 여인의 냄새를 물씬 풍겼다.

그리고 이제는 코르사주에 종이 뭉치를 쑤셔 넣지 않아도 되었다. 새하얗고 부드러운 젖가슴이 봉긋 솟아올라 있었던 것이다. 그녀는 그 사실에 전혀 당황하지 않았다. 오히려 두 팔에 가득 찰 정도로 커다란, 유모의 그것 같은 젖가슴을 갖고 싶어 했다. 젊음이란 본래 그처럼 욕심 많고 분별이 없는 법이다. 나나를 더욱더 매력적으로 보이게 하는 것은, 새하얀 이 사이로 혀끝을 살짝 내미는 고약한 습관이었다. 아마도 거울을 들여다보면서, 그런 모습이 자신을 돋보이게 한다고 생각했을 것이다. 그래서 나나는 자신을 매력적으로 보이게 하려고 하루 종일 혀를 내밀고 지냈다.

"그놈의 혓바닥 좀 안으로 집어넣지 못하겠니!" 제르베즈가 소리쳤다.

그래도 말을 듣지 않아 종종 아비까지 나서서 주먹으로 테이블을 내리치면서 욕설을 퍼부었다.

"그 망할 놈의 혀를 당장 집어넣으란 말이야!"

허영기가 심한 나나는 외모에 엄청나게 신경을 썼다. 발은 제대로 씻지 않으면서 지나치게 꼭 끼는 편상화를 신고 다닌 탓에 마치 성 크레팽*의 감옥에라도 갇힌 것처럼 고통스러워했다. 사람들이 자색이 된 그녀의 얼굴을 보고 왜 그러느냐고 걱정스레 물어올 때면 사실대로 말할 수가 없어 배가 아프다고 둘러대곤 했다. 집에 먹을 것이 떨어지면 마음껏 모양을 내기가 어려웠다. 그러면 나나는 머리를 굴려

____
* 구두장이들의 수호성인.

서는, 땟물이 흐르는 낡은 옷에다 작업장에서 가져온 리본들로 다양한 매듭 장식을 달아 치장을 했다. 여름은 그녀의 치명적 매력을 한껏 발산할 수 있는 계절이었다. 나나는 일요일마다 6프랑을 주고 산 퍼케일 드레스를 입고 구트도르 가를 온통 금빛 아름다움으로 가득 채웠다. 그랬다. 주변에서는 그녀를 모르는 사람이 없었다. 외곽 도로에서 성벽까지, 클리냥쿠르 가에서 샤펠 로에 이르기까지 모두가 나나를 '영계'라고 불렀다. 실제로 영계처럼 살결이 보드랍고 뽀얬기 때문이다.

나나에게 무엇보다 완벽하게 어울리는 드레스는 아무런 장식이 없이 아주 단순한, 분홍색 물방울 무늬가 박힌 새하얀 드레스였다. 다소 짧은 치마는 그녀의 쭉 뻗은 다리를 훤히 드러내 보여주었다. 할랑한 소매는 팔꿈치 바로 윗부분까지만 늘어져 있었다. 나나는 아비에게 따귀를 맞을까봐 컴컴한 계단 구석에 몰래 숨어서 핀으로 목둘레를 하트 모양으로 벌렸다. 그리하면 백옥 같은 목과 가슴골의 금빛 그늘이 더 도드라져 보였기 때문이다. 그 외에 다른 치장은 하지 않았다. 단지 풍성한 금발을 분홍색 리본으로 묶었을 뿐이다. 리본의 양 끝은 새하얀 목덜미 위로 경쾌하게 날아올랐다. 그렇게 차려입은 나나에게서는 상큼한 꽃향기가 풍겼다. 싱그러운 젊음의 향기, 어린 계집아이와 여인의 순수함이 동시에 느껴지는 향기였다.

그 당시 나나에게 일요일은 많은 사람들을, 무엇보다 지나가면서 그녀를 곁눈질하는 수많은 남자들을 만날 수 있는 특별한 날이었다. 좁아터진 집에서 갑갑해서 어쩔 줄 모르던 나나는 일주일 내내 그날만을 손꼽아 기다렸다. 성장을 한 채 교외로 향하는 사람들 틈에서 따사로운 햇볕을 쬐며 산책을 할 생각만으로도 몸이 근질거렸다. 그리하여 나나는 일요일마다 외출 준비를 하느라 아침 일찍부터 슈미즈 바람으로 서랍장 위에 걸린 조그만 거울 앞에서 몇 시간을 머물렀다. 그러면 건물의 모든 사람들이 창문으로 그녀를 볼 수 있는 터라, 어미는 대체 언제까지 그런 차림으로 있을 거냐고 핀잔을 주었다. 하지만 나나는 태연하게 설탕물로 이마에 애교머리를 올려붙이고는 맨다리를 훤히 드러낸 채, 부츠의 단추를 다시 달거나 드레스를 꿰매면서 시간을 보냈다. 슈미즈는 어깨 위로 흘러내리고 머리는 엉망으로 헝클어져 있었다. 아! 정말 죽이지 않는가, 저 모습을 보라고! 나나의 아비 쿠포는 딸을 비아냥거렸다. 마치 절망한 막달라 마리아 같지 않은가! 쇼에 나가면 2수는 너끈히 받을 만큼 성적인 매력이 철철 넘쳐흘렀다. 그는 나나에게 소리쳤다. "그 몸뚱어리 좀 가리지 못해, 네년 때문에 빵이 목에 걸릴 것 같다고!" 피부가 뽀얗고 여린 나나는 풍성한 금발 덕에 더욱더 매혹적으로 보였다. 아비의 빈정거림에 잔뜩 골이 난 그녀는 얼굴이 벌겋게 달아올랐다. 하지만 감히 말대꾸할 생각을 하지 못하고 성난 몸짓으로 단번에 이로 실을 끊어냈다. 아름다운 처녀의 벌거벗은 몸이 부르르 떨렸다.

나나는 점심을 먹자마자 잽싸게 집을 나서서 건물 안뜰로 내려갔다. 따사로운 일요일의 평온함 속에서 아파트 전체가 잠든 듯 보였다. 아래층의 작업장들은 모두 닫혀 있었다. 집집마다 십자형 창문들을 활짝 열어놓아 집들이 기지개를 켜는 듯 보였다. 식욕을 돋우러 성채 부근으로 산책을 나간 식구들을 기다리며 일찌감치 차려놓은 저녁 식탁이 보였다. 4층의 한 여인네는 오후 내내 침대를 움직이고 가구를 거칠게 밀면서 방 청소를 하며 부드럽고 구슬픈 목소리로 똑같은 노래를 반복해서 흥얼거렸다. 작업장들이 모두 휴식을 취해 텅 빈 뜰에는 나나와 폴린, 그리고 키가 큰 몇몇 여자아이가 배드민턴을 치는 소리가 울려 퍼졌다. 그곳에서 함께 자라난 대여섯 명의 소녀는 건물의 여왕이 되어 남정네들의 추파를 함께 나누어 가졌다. 어쩌다가 낯선 남정네가 뜰을 가로질러 가기라도 하면, 플루트 소리를 닮은 웃음소리가 낭랑하게 울려 퍼지면서, 풀 먹인 치맛자락이 스쳐가는 바람처럼 사각거렸다. 그녀들의 머리 위로는 산보객들이 일으키는 먼지로 뿌옇게 된 나른한 휴일의 공기가 묵직한 열기를 뿜어냈다.

배드민턴 시합은 집을 빠져나오기 위한 핑계일 뿐이었다. 느닷없이 건물 전체가 다시 깊은 정적 속으로 빠져들었다. 그녀들은 몰래 거리로 나서서 외곽 도로를 향해 발길을 옮겼다. 밝은색 드레스 차림에 머리를 리본으로 묶은 여섯 명의 소녀는 서로 팔짱을 낀 채 보도를 온통 점령하면서 걸어갔다. 그러면서 주변의 그 어느 것도 놓치지 않으려는 듯, 새침하게 내리깐 반짝이는 눈으로 사방을 흘끗거렸다. 웃음을 터뜨리면서 목을 뒤로 젖힐 때면 통통한 턱 밑이 드러나 보였다. 재잘거리며 웃고 떠들다가 꼽추가 지나가거나, 거리의 경계표지 옆에서 개를 기다리는 노파와 부딪히는 경우에는 줄이 나뉘면서 몇몇이 뒤에 처지기도 했다. 그러면 앞서 가던 아이들이 그들을 거칠게 잡아끌었다. 아이들은 어설픈 몸짓으로 엉덩이를 흔들거나 서로에게 몸을 바짝 붙이기도 하면서 걸어갔다. 그러면서 사람들의 시선을 끌어 코르사주를 꽉 졸라매 부풀어 오른 가슴을 자랑하고자 했다. 거리는 그녀들의 것이었다. 아이들은 그곳에서 자라났고, 가게 옆에서 치마를 건어 올리고 오줌을 눈 적도 있었다. 이젠 드레스 자락을 허벅지까지 걷어 올리고 가터를 여몄다. 소녀들은 대로에 길게 늘어선 앙상한 나무들과 핏기 없는 낯빛으로 느릿느릿 걸어가는 사람들 사이를 뚫고 로슈슈아르 시문에서 생드니 시문까지 선머슴처럼 정신없이 내달렸다. 행인들을 밀치고, 모여 있는 사람들 사이를 지그재그로 헤치고 지나가다가 뒤를 돌아보며 까르르 웃음을 터뜨렸다. 소녀들 뒤로 경쾌하게 날아오르는 드레스 자락은 당돌한 젊음을 느끼게 해주었다. 이제 막 목욕을 마치고 목덜미가 촉촉하게 젖어 돌아오는 처녀들처럼 순수하고 탐스러운 여섯 명의 소녀는 야외의 강렬한 태양 아래, 거리의 불량 소년들처럼 거칠고 상스럽게 자신들을 과시했다.

햇빛을 받아 불타오르는 듯한 분홍색 드레스를 입은 나나는 무리의 한가운데서 폴린과 팔짱을 낀 채 걸어갔다. 흰색 바탕에 노랑 꽃무늬가 박힌 폴린의 드레스 또한 불타오르는 듯 보였다. 무리 중에서 키가 가장 크고 성숙하며 대담한 두 소녀는 아이들을 이끌면서 자신들에게 향하는 사람들의 시선과 칭찬에 우쭐해했다. 양쪽으로 나뉘어 줄을 선 나머지 아이들은 조금이라도 더 눈길을 끌기 위해 가슴을 한껏 내밀었다. 사실 나나와 폴린은 남자들의 눈길을 끌기 위해 미리 아주 복잡한 전략을 세워놓은 터였다. 그녀들이 숨이 차도록 달리는 것은, 하얀색 스타킹을 드러내 보이면서 머리에 묶은 리본을 펄럭이게 하기 위해서였다. 그러다가 멈춰 서는 것은, 목을 뒤로 젖힌 채 헐떡거리는 척하면서 주위를 둘러보기 위함이었다. 물론 부근 어딘가에는 그녀들이 아는 동네 청년이 하나쯤 반드시 있었다. 그때부터 그녀들은 느릿느릿 걸어가면서 시선을 아래로 내리깔고 주위를 살폈다. 그러면서 무언가를 속닥거리다가 웃음을 터뜨리곤 했다. 그녀들은 무엇보다 거리의 어수선함 가운데서 부닥뜨릴 달콤한 만남을 위해 달렸다. 때로 재킷과 둥근 모자로 잔뜩 멋을 낸 키가 큰 청년들이 배수로 가에서 그녀들의 걸음을 잠시 멈추게 하고는 허리를 꼬집으려 하면서 우스갯소리를 해댔다. 낡은 회색 작업복을 입은 스무 살가량의 노동자 청년들은 팔짱을 낀 채 그녀들과 여유롭게 한담을 나누면서 가끔씩 그녀들의 코에 파이프 담배 연기를 살짝 불어 넣었다. 하지만 그런 건 사실 별 의미 없는 행동이었다. 그들은 그녀들과 동네에서 함께 자라난 사이였다. 두 소녀는 청년들 중에서 이미 자신만의 남자를 선택한 터였다. 폴린은 자기에게 사과를 사주는, 고드롱 부인의 아들인 소목장 청년하고만 어울렸다. 나나는 대로 끝에서도 빅토르 포코니에를 금세 알아볼 수 있었다. 그녀는 세탁소 여주인의 아들인 그와 이미 어두컴컴한 구석에서 키스를 한 사이였다. 하지만 그 이상으로는 발전하지 않았다. 그녀들은 아무것도 모르는 것처럼 어리석은 짓을 저지르기엔 지나치게 영악한 계집애들이었다. 다만 외설스러운 얘기라면 조금도 머뭇거리지 않았다.

그러다가 해가 떨어질 무렵이면 그녀들은 거리의 광대들이 부리는 묘기를 구경하는 데 열광했다. 어디선가 나타난 마술사와 차력사가 대로 바닥에 낡아빠진 카펫을 펼쳐놓으면, 구경거리를 찾아다니는 사람들이 하나둘씩 모여들어 둥그렇게 원을 그렸다. 그 원 한가운데서 몸에 꼭 끼는 빛바랜 셔츠를 입은 곡예사가 근육을 실룩이면서 묘기를 부렸다. 나나와 폴린은 빽빽하게 모여든 사람들 틈에서 몇 시간이고 서서 구경을 했다. 상큼한 드레스는 꾀죄죄한 외투와 작업복들 사이에서 구겨지고 더러워진 지 오래였다. 훤히 드러난 팔과 목과 머리는 술과 땀 냄새가 뒤섞인 악취를 풍기는 남정네들의 뜨거운 숨결 속에서 후끈 달아올랐다. 그 속에서 더욱더 발그레해진 두 소녀는 역겨워하지도 않은 채 아주 편안한 모습으로 유쾌하게 웃었다. 거칠고 적나라한 말과 주정뱅이들의 횡설수설이 난무했다. 하지만 두 소녀는 전혀 놀라는 기색을 보이지 않았다. 그것은 그녀들의 언어였기 때문이다. 두 소녀는 자신들도 잘 안다는 듯, 새틴처럼 매끄럽고 섬세하며 해맑간 피부에 당돌함이 드러나는 차분한 얼굴로 그들을 돌아보며 미소를 지었다.

그녀들이 성가셔하는 유일한 것은 아버지들과 맞닥뜨리는 것이었다. 특히 그들이 술에 취했을 때는 더더욱 그랬다. 두 소녀는 수시로 주위를 살피면서 서로에게 귀띔을 해주었다.

"이런, 나나." 폴린이 갑자기 소리쳤다. "저기 네 아빠가 나타났어!"

"아, 젠장! 또 취했잖아!" 나나가 인상을 찌푸리며 말했다. "난 갈게! 또 잔소리를 해댈 게 뻔하니까…… 저것 좀 봐! 앞으로 고꾸라졌어! 제기랄, 제발 얼굴이나 깨져버렸으면!"

한번은 미처 도망갈 틈도 없이 쿠포가 곧장 나나가 있는 곳으로 다가오자 그녀는 몸을 웅크리면서 속삭였다.

"얘들아, 나 좀 숨겨줘!…… 아빠가 날 찾고 있어. 여기서 어슬렁거리다가 들키는 날엔 엉덩이를 걷어찰 거라고 했거든."

그러다가 쿠포가 그녀들을 보지 못하고 그대로 지나쳐 가자 아이들은 다시 몸을 일으켜 그를 눈으로 좇으면서 웃음을 터뜨렸다. 그는 나나를 찾아내고 말 거야! 아니, 찾아내지 못할 거야! 그것은 마치 숨바

꼭질처럼 아이들을 즐겁게 해주었다. 하지만 어느 날엔가는 보슈가 나타나 폴린의 두 귀를 잡고 끌고 가버렸다. 쿠포가 나나의 엉덩이에 발길질을 해대면서 집으로 데리고 간 적도 있었다.

해가 지기 시작하자 나나와 그 무리는 마지막으로 주변을 한 바퀴 돌아본 후 희끄무레한 석양볕을 받으며 지친 사람들을 지나쳐 집으로 돌아갔다. 공기 중의 먼지가 무겁게 내려앉은 하늘을 뿌옇게 뒤덮었다. 그 무렵의 구트도르 가는 어느 시골 마을의 분위기를 자아냈다. 문간에 선 아낙네들의 웃음소리가 마차들의 왕래가 멈춘 거리의 후덥지근한 정적을 간간이 흔들어놓았다. 건물 안뜰로 돌아온 아이들은 그곳을 떠난 적이 없는 것처럼 믿게 하려고 다시 라켓을 집어 들었다. 그리고 각자 집으로 돌아가서는 그럴싸한 거짓말을 둘러대곤 했다. 하지만 부모들은 수프에 소금이 덜 들어갔다는 둥 충분히 끓여지지 않았다는 둥 하며 옥신각신하느라 미처 그녀들을 혼낼 틈이 없어 그런 핑계를 써먹을 일은 거의 없었다.

이제 엄연한 직공이 된 나나는 수습생으로 일을 배우던 케르 가의 티트르빌 작업장에서 하루에 40수를 받고 일했다. 쿠포 부부는 나나를 다른 곳으로 보내고 싶어 하지 않았다. 그곳에서는 10년 전부터 십장으로 일하는 르라 부인의 감시하에 나나를 둘 수 있었기 때문이다. 아침마다 나나는 제르베즈가 뻐꾸기시계에서 시간을 확인하는 동안, 어깨를 조이는 낡은 검정 미니 드레스를 입고 혼자 얌전히 집을 나섰다. 나나가 도착하는 시간을 기억해두었다가 제르베즈에게 보고하는 게 르라 부인의 임무였다. 나나는 구트도르 가에서 작업장이 있는 케르 가까지 이십 분이면 족히 갈 수 있었다. 그 또래 여자아이들은 사숨처럼 빨리 달릴 수 있었기 때문이다. 제시간에 도착할 때도 있었다. 하지만 얼굴이 벌게진 채 숨을 헐떡거리는 걸로 봐서 도중에 빈둥거리다가 시문에서부터 십 분 만에 달려 내려온 게 분명했다. 하지만 대개 칠팔 분가량 늦게 도착했다. 그럴 때면 나나는 애원하는 눈빛으로 저녁때까지 고모에게 매우 곰살궂게 굴면서, 부모에게 이르지 못하도록 고모의 마음을 움직이고자 했다. 젊음이 그러하다는 걸 이해하는 르라 부인은 쿠포 부부에게 사실대로 고자질하지는 않았다. 하지만 그 대가로 나나는 고모의 끝없는 잔소리를 감수해야만 했다. 그녀를 보살펴야 하는 자기 책임이 얼마나 막중한지, 젊은 여자가 파리의 거리를 나다니는 게 얼마나 위험한지 하는 따위의 얘기였다. 아! 맙소사! 르라 부인한테도 아직 추근거리며 따라다니는 남자들이 있지 않은가! 그녀는 예의 음란한 생각으로 눈빛을 반짝이며 조카를 다정스레 바라보았다. 그러면서 가엾은 어린 고양이의 순결을 지켜주려는 척하면서 그녀를 은근히 요리할 수 있다는 생각에 흥분을 감추지 못했다.

"내 말 잘 들어, 넌 나한테 뭐든지 얘기해줘야 해." 르라 부인은 나나에게 거듭 얘기했다. "내가 널 얼마나 생각하는지 잘 알지. 네게 만약 무슨 일이라도 생기면 난 센 강으로 뛰어들고 말 거라고…… 그러니까, 알겠지, 내 예쁜 고양이. 혹시라도 남자들이 너한테 말을 걸면서 수작을 부리면 내게 모두 얘기해주어야만 한다, 모두, 하나도 빼먹지 말고…… 어때? 너한테 추근댄 사람이 아직 한 명도 없는 거야? 이 고모한테 맹세할 수 있어?"

그러면 나나는 입가를 묘하게 일그러뜨리면서 웃음을 터뜨렸다. 아니, 절대 그런 일은 없었다. 남자들이 그녀에게 말을 건 적은 단 한 번도 없었다. 그녀는 매우 빨리 걷기 때문에 그럴 틈이 없다. 게다가 남자들이 그녀에게 무슨 할 말이 있단 말인가. 그녀는 그들에게 아무런 볼일이 없다, 물론! 나나는 천진한 표정으로 자신이 늦은 이유를 해명했다. 자신은 길에서 파는 그림들을 구경하고, 폴린이 들려주는 얘기를 듣느라 시간을 지체했을 뿐이다. 못 믿겠다면 몰래 따라와봐도 상관없다. 자신은 왼쪽 보도를 떠난 일조차 없었다. 다른 여자아이들을 앞지르기까지 하면서 마차처럼 질주해 자신의 길을 갔을 뿐이다. 사실인즉슨, 르라 부인은 어느 날 나나가 프티카로 가에서 다른 조화 직공 세 명과 창가에서 면도를 하는 한 남자를 쳐다보며 웃는 것을 발견한 적이 있었다. 하지만 그 얘기에 나나는 발끈 화를 내면서, 자신은 그때 길모퉁이 빵집에 1수짜리 빵을 사러 들어가려던 참이었다고 변명했다.

"오! 걱정들 하지 마, 내가 잘 살피고 있으니까." 키다리 과부는 쿠포 부부에게 큰소리를 쳤다. "내가 우리 나나를 내 몸처럼 잘 돌볼 테니까. 만약 누가 아이의 손끝 하나라도 건드리려고 하면 내가 몸을 던져서라도 막을 테니까 말이지."

티트르빌 작업장은 중이층에 위치한 커다란 방이었다. 그 가운데를 온통 차지하고 있는 가대 위에는 커다란 작업대가 설치돼 있었다. 아무런 장식이 없이 휑한 사방 벽은 칙칙한 회색빛 벽지가 찢어진 틈으로 석고가 드러나 보였다. 벽을 따라 길게 달아놓은 선반 위에는 낡은 상자와 꾸러미, 두꺼운 먼지 아래 방치된 조화 모델들이 뒤죽박죽으로 쌓여 있었다. 천장은 가스등 때문에 그을어 있었다. 활짝 열려 있는 두 개의 창문을 통해 여직공들은 작업대를 떠나지 않고도 맞은편 보도에서 사람들이 오가는 모습을 지켜볼 수 있었다.

르라 부인은 모범을 보이기 위해 가장 먼저 작업장에 도착했다. 이어 십오 분가량 문이 계속 흔들리면서, 머리가 엉망이 된 조화 직공들이 땀에 젖은 모습으로 몰려들었다. 7월의 어느 날 아침이었다. 나나는 맨 마지막으로 나타났다. 그녀로서는 종종 있는 일이었다.

"아, 내 전용 마차가 있다면 얼마나 좋을까!"

나나는 지겹도록 수선을 해서 모자 대신 쓰고 다니는 검은색 머리쓰개를 벗기도 전에 창가로 다가가 몸을 숙여 거리 양쪽을 살폈다.

"뭘 그렇게 보는 거지?" 르라 부인이 수상쩍다는 듯 물었다. "네 아버지가 널 따라오기라도 한 거야?"

"아뇨, 물론 아니에요." 나나는 태연히 대답했다. "뭘 보려던 건 아니고요…… 그냥 너무 더워서요. 정말이지 이런 날씨에 뛰어오다보면 어디가 탈이 나고 말 것 같다니까요."

숨이 막힐 듯 푹푹 찌는 아침이었다. 직공들은 블라인드를 내리고 그 사이로 거리의 움직임을 엿보았다. 그리고 마침내 작업대 양옆으로 일렬로 늘어앉아 작업을 시작했다. 르라 부인만이 작업대 맨 끝 자리를 차지할 수 있었다. 조화 직공은 모두 여덟 명이었다. 그녀들 앞에는 풀통과 집게, 필요한 도구들과 형판으로 무늬를 박을 천 뭉치가 가지런히 놓여 있었다. 작업대 위에는 철사와 실패, 솜뭉치, 초록색과 밤색 종이, 실크와 새틴 또는 벨벳을 잘라 만든 꽃잎과 나뭇잎 들이 여기저기 흩어져 있었다. 작업대 한가운데에는 주둥이가 좁다란 커다란 물병에 조그만 꽃가지 하나가 꽂혀 있었다. 전날부터 한 여직공의 가슴에서 시들어가던 2수짜리 꽃이었다.

"아! 다들 그거 모르지." 귀염성 있게 생긴 갈색 머리 여직공이 천 뭉치 위로 몸을 숙인 채 형판으로 장미 꽃잎을 찍어내면서 말했다. "있잖아, 그 불쌍한 카롤린 말이지, 저녁마다 찾아와서 기다리던 그 남자 때문에 아주 죽을 맛인가보더라고."

그러자 초록색 종이로 가느다란 띠를 만들던 나나가 소리쳤다.

"맙소사! 매일같이 그 여자 몰래 바람을 피우는 남자 말이지!"

나나의 말에 여직공들 모두가 속으로 킥킥거렸다. 그러자 엄격한 태도를 보여야 하는 르라 부인이 코를 씰룩거리면서 나지막하게 말했다.

"그런 말이 입에서 술술 참 잘도 나오는구나! 네 아버지한테 그대로 전해줄까, 그럼 참으로 좋아하겠군."

나나는 터져 나오려는 웃음을 억지로 참느라 양쪽 볼이 부풀어 올랐다. 맙소사, 아버지한테 이른다고! 아비야말로 허구한 날 상스러운 말을 입에 달고 사는 것을! 그때 레오니가 느닷없이 조그만 소리로 재빨리 속삭였다.

"이봐! 모두 조심들 해! 주인마님이 행차하셨어!"

말이 떨어지기가 무섭게 마르고 키가 큰 티트르빌 부인이 안으로 들어섰다. 그녀는 대개 아래층의 가게에서 머물렀다. 여직공들은 주인을 몹시 어려워했다. 그녀는 결코 농담 같은 걸 하는 법이 없었다. 티트르빌 부인은 말없이 천천히 작업대 주위를 돌아보았다. 모두들 새하얀 목덜미를 드러낸 채 몸을 숙이고 말없이 바지런히 손을 놀렸다. 주인은 한 여직공에게 형편없다고 핀잔을 주면서 데이지 꽃을 다시 만들라고 요구했다. 그리고 올 때처럼 뻣뻣한 자세로 그곳을 떠났다.

"휴! 맙소사!" 다들 조그만 소리로 투덜거리는데 나나가 큰 소리를 냈다.

"이봐, 아가씨들, 다들 왜들 이래!" 르라 부인은 권위를 세우려고 애써 딱딱한 목소리로 말했다. "자꾸 이러면 조치를 취할 수밖에……"

하지만 여직공들은 그녀의 말을 듣지 않았다. 그녀를 두려워하지 않았기 때문이다. 르라 부인은 눈에 장난기가 가득한 젊은 여직공들에게 지극한 관심을 보이면서 그녀들을 지나치게 관대하게 대했다. 직공들을 따로 불러서는 연인에 관한 얘기를 털어놓게 하기도 했다. 작업대 한쪽 구석이 비어 있을 때는 카드로 점을 봐주기까지 했다. 고질적으로 쑥덕공론을 즐기는 르라 부인은 가죽 같은 피부와 경관 같은 체격을 지녔음에도 불구하고 연애 이야기만 나오면 흥분을 감추지 못하고 몸을 부르르 떨었다. 그녀가 유독 싫어하는 단 한 가지는 상스러운 말이었다. 그런 말만 사용하지 않는다면 그녀 앞에서는 무슨 얘기라도 할 수 있었다.

나나가 작업장에서 아주 많은 걸 배우고 있는 건 사실이었다! 오, 물론 그녀가 그 방면에서 타고났음을 부인할 수는 없었다. 하지만 벌써부터 가난에 지치고 삶의 신산함에 찌든 여직공 무리와 어울리는 것이 그녀를 결정적으로 변화시킨 것 또한 사실이었다. 그곳에서는 모두가 다닥다닥 붙어 지내면서 함께 나쁜 물이 들어갔다. 바구니 안에 썩은 사과가 섞여 있으면 나머지 사과가 모두 썩어버리는 것과 같은 이치였다. 물론 사람들 앞에서는 처신을 바르게 하려고 애쓰면서,

지나치게 되바라져 보이거나 저속한 표현을 쓰는 것을 가능하면 피했다. 한마디로 교양 있고 정숙한 숙녀처럼 행동하려고 노력했다. 다만 서로 귓속말로 은밀하게 외설스러운 얘기를 주고받을 뿐이었다. 여자 둘이 모이기만 하면 즉시 서로에게 음란한 얘기를 들려주면서 자지러지게 웃어댔다. 그러다가 저녁에 퇴근할 때면 붐비는 사람들 틈바구니에서 달뜬 마음으로 걸음을 지체하면서, 머리카락이 쭈뼛 설 정도로 흥미로운 이야기를 하거나 속내를 털어놓기도 했다. 작업장에는 나나처럼 아직 처녀인 계집아이에게 좋지 않은 영향을 끼치는 퇴폐적인 분위기가 가득했다. 난봉기가 충만한 여직공들은 제대로 묶지도 않은 흐트러진 머리와, 입은 그대로 잠을 잔 것처럼 마구 구겨진 드레스 자락에 싸구려 댄스홀과 불경한 밤의 냄새를 담아 고스란히 작업장으로 옮겨왔다. 그리하여 첫날밤을 치른 다음 날 아침의 나른함이 느껴지는 몸짓에, 르라 부인이 사랑의 멍이라고 지칭하는 다크서클이 진 눈자위로 엉덩이를 흔들어대면서 쉰 목소리로 화려하고 섬세한 조화들이 나열된 작업대 위로 타락의 숨결을 불어넣었다. 나나는 옆에 이미 순결을 잃은 여자가 앉아 있음을 느끼면 코를 킁킁거리면서 그 냄새에 도취되었다. 나나는 임신했다고 소문이 난 껑다리 리자 옆에 오래 앉아 있었다. 그러면서 자기 이웃의 배가 점점 부풀어 올라 펑 터져버리기를 기다리는 듯 반짝거리는 눈빛으로 그녀의 배를 흘끗거렸다. 그곳에서 사실 새로운 것을 기대하기란 힘들었다. 영악한 계집 나나는 이미 알 만큼은 다 알았다. 구트도르 가에서 모든 걸 배운 터였다. 다만 작업장에서는 그런 일들이 실제로 일어나는지를 지켜볼 뿐이었다. 그러면서 이제 나나는 자신도 그렇게 해보고 싶다는 욕망이 생기면서 점차 대담해졌다.

"정말 푹푹 찌네." 나나는 블라인드를 더 내리려는 듯 창가로 다가갔다.

그리고 몸을 숙여서는 또다시 오른쪽 왼쪽을 살폈다. 바로 그 순간 맞은편 보도에 서 있는 한 남자를 주시하던 레오니가 소리쳤다.

"저 늙은이는 대체 왜 저러고 서 있담? 벌써 십오 분 전부터 여길 몰래 살피고 있잖아."

"할 일 없는 늙은 놈팡이겠지." 르라 부인이 쏘아붙였다. "나나, 얼른 네 자리로 가서 앉지 못하겠니! 창가에 그러고 서 있지 말라고 했을 텐데."

나나가 바이올렛 줄기를 마는 작업을 다시 시작하자, 작업장의 모든 여자들이 그녀를 대신해 예의 남자를 관찰했다. 그는 깔끔하게 차려입은 쉰 살가량의 신사로 외투를 걸치고 있었다. 그의 희멀건 얼굴은 잘 다듬어진 턱수염으로 인해 매우 진지하고 기품이 있어 보였다. 그는 한 시간가량을 약초 가게 앞에서 서성이면서 작업장 창문을 계속 응시했다. 조화 직공들의 킥킥거리는 웃음소리는 거리의 소음 속에 파묻혀버렸다. 여자들은 고개를 숙이고 분주하게 일하는 중에도 수시로 바깥을 흘끗거리며 남자를 시야에서 놓치지 않았다.

"저것 봐!" 레오니가 갑자기 소리쳤다. "외알박이 안경도 가지고 있어. 오! 정말 근사한 신사 같아…… 저 남잔 오귀스틴을 기다리는 게 분명해."

하지만 키가 크고 못생긴 금발 처녀 오귀스틴은 자기는 늙은 남자를 좋아하지 않는다고 쌀쌀맞게 쏘아붙였다. 그러자 르라 부인은 의미심장한 냉소를 띤 채 고개를 저으면서 나직이 말했다.

"그건 네가 잘못 생각하는 거야. 나이 든 남자들이 여자를 더 위할 줄 아는 법이거든."

그때 레오니 옆에 있던 조그맣고 통통한 여직공이 레오니의 귀에 대고 무슨 말인가를 속삭였다. 그러자 레오니는 의자에 앉은 채 갑자기 몸을 뒤로 젖히면서 미친 듯이 깔깔거렸다. 그러다가 예의 남자를 흘끗 한번 보고는 더욱더 크게 웃어젖히더니 더듬더듬 말했다.

"맞아, 오! 바로 그거야!…… 아! 소피 너 정말, 이 음탕한 계집 같으니라고!"

"뭐라고 했는데? 응, 걔가 뭐라고 그랬냐니까?" 호기심에 몸이 달아오른 여직공들 모두가 저마다 한마디씩 하며 물었다.

레오니는 아무 말 없이 눈물을 훔쳤다. 그리고 조금 진정이 되자 다시 형판으로 무늬를 박으면서 대답했다.

"말할 수 없어."

여직공들이 계속 졸라대자 레오니는 다시 킥킥거리면서 고개를 저었다. 그녀의 왼쪽에 앉아 있던 오귀스틴도 얘기해주라고 채근했다. 레오니는 마침내 결심한 듯 오귀스틴의 귀에 입을 바짝 갖다 댔다. 그러자 이번에는 오귀스틴이 몸을 뒤로 젖히면서 배꼽을 잡고 웃더니 옆에 있던 여직공의 귀에 소피가 한 말을 다시 들려주었다. 그리하여 탄성과 숨죽인 웃음소리 가운데 모두의 귀에서 귀로 이야기가 퍼져 나갔다. 이제 소피가 한 음란한 얘기를 알게 된 여직공들은 서로의 얼굴을 흘끗거렸다. 그리고 조금은 부끄럽고 당혹스러운 얼굴로 다 함께 웃음을 터뜨렸다. 단 한 사람, 르라 부인만이 아직 모르고 있었다.

르라 부인은 노골적으로 불쾌감을 드러냈다.

"여러분이 지금 얼마나 예의에 어긋나는 짓을 하는지 모르는가본데. 사람을 앞에 두고 그렇게 자기들끼리 속닥거리는 게 아니에요…… 분명 음란한 얘기를 늘어놓았겠지만, 안 그런가요? 오, 정말 다들 부끄러운 줄 알아야지!"

르라 부인은 호기심에 온몸이 근질거리는데도 불구하고 자신에게도 소피의 음란한 얘기를 들려달라는 말을 차마 하지 못했다. 다만 한동안 고개를 숙이고 위엄을 갖추는 척하면서, 여직공들이 하는 얘기를 은근슬쩍 엿들으며 은밀히 즐거워했다. 작업장에서 누군가 한마디라도 할라치면 여직공들은 즉시 그 말에 수상쩍은 의미를 갖다 붙였다. "내 집게에 금이 갔어", "누가 내 풀통을 쑤셔놓은 거야?"처럼 작업과 관련된 단순한 말조차 외설적인 의미로 해석하곤 했다. 그리고 그 모든 걸 맞은편 보도에서 기다리는 신사와 연관 지었다. 그녀들의 음란한 대화의 종착역은 언제나 밖에서 기다리는 신사였다. 아! 저 남자 귀가 얼마나 따가울까! 여직공들은 기발한 얘기를 찾다못해 터무니없는 말을 하기도 했다. 하지만 여전히 재밌어하면서 눈빛을 반짝거리며 점점 더 대담한 이야깃거리를 쏟아냈다. 그로 인해 르라 부인에게 훈계를 들을 일은 없었다. 상스러운 말을 하는 것은 아니었기 때문이다. 게다가 여직공들은 르라 부인의 별것 아닌 말 한마디에도 포복절도했다.

"리자 양, 내 불이 꺼졌는데 네 것 좀 빌려주겠어?"

"오! 르라 부인의 불이 꺼졌대! 어쩌면 좋아!" 그러면서 모두들 작업장이 떠나가도록 웃어댔다.

르라 부인은 해명하고자 했다.

"여러분도 내 나이가 되면……"

하지만 여직공들은 그녀의 말에는 아랑곳없이 킥킥거리면서, 르라 부인의 불을 다시 지피려면 저 신사를 불러와야 한다고 떠들어댔다.

이런 왁자지껄함 속에서 나나 역시 무척 즐거워했다! 그녀는 이중적 의미가 담긴 어떤 말도 놓치지 않았다. 게다가 그녀 자신도 턱을 내민 채 의기양양한 얼굴로 직설적인 말들을 뱉어냈다. 이처럼 외설스러운 분위기 속에서 나나는 마치 물 만난 물고기처럼 아주 편안해 보였다. 게다가 의자에 앉은 채 몸을 비비 꼬며 웃어대면서도 바이올렛 줄기를 마는 일 또한 척척 해치웠다. 오! 정말 놀라운 기술이 아닌가! 담배 한 개비 마는 시간만큼도 걸리지 않다니! 띠처럼 가느다란 초록색 종이를 손끝으로 집기가 무섭게 얍! 하면 눈 깜짝할 사이에 종이가 저절로 놋쇠 줄을 감고 있었다. 그런 다음 끝 부분에 풀을 한 방울 칠해 붙이면 완성이었다. 여인네들의 가슴에 매력을 더해줄 싱그럽고 섬세한 초록색 줄기가 만들어진 것이다. 마치 뼈가 없는 듯 유연하고 부드러운, 창녀처럼 가느다란 나나의 손가락 끝에서 나오는 기술이었다. 나나는 그동안 마치 그 기술만을 익힌 듯 보였다. 작업장의 모든 직공이 그녀에게 줄기를 맡겼다. 나나의 줄기 만드는 기술을 따라올 사람은 아무도 없었다.

그사이 맞은편 보도에서 기다리던 신사는 가버렸다. 이제 모두들 차분해져서는 후덥지근한 열기 속에서 작업을 했다. 점심시간을 알리는 종이 울리자 모두들 자리에서 일어났다. 즉시 창가로 달려간 나나는 괜찮다면 자신이 먹을 것을 사 오겠노라고 자청했다. 레오니는 그녀에게 2수어치 새우를 주문했다. 오귀스틴은 감자튀김 한 봉지를, 리자는 순무 한 단을, 소피는 소시지를 부탁했다. 나나가 아래층으로 내려가자, 그날따라 유난히 창가에서 얼쩡대는 그녀를 매우 수상쩍게 여긴 르라 부인은 큰 걸음으로 서둘러 조카를 따라잡으면서 소리쳤다.

"기다려, 같이 가게. 나도 필요한 게 있거든."

건물 밖으로 나선 르라 부인의 눈에 들어온 것은, 예의 신사가 촛대처럼 버티고 서서 나나와 눈빛을 주고받는 광경이었다! 나나는 얼굴이 발갛게 달아올랐다. 르라 부인은 조카의 팔을 잡아 세게 흔들고는 앞으로 걸어가라고 다그쳤다. 그러자 남자는 그 뒤를 따라갔다. 오! 그러니까 이 늙은 놈팡이가 그토록 기다린 사람이 바로 나나였던 것이다! 참으로 기막힌 일이 아닌가! 고작 열다섯 살 반밖에 안 된 계집애가 벌써부터 뒤꽁무니에 남자들을 달고 다니다니! 르라 부인은 나나에게 속사포처럼 질문을 해댔다. 오! 맙소사! 나나는 정말 아는 게 아무것도 없었다. 그는 겨우 닷새 전부터 그녀를 따라다녔다. 그녀가 어디를 가든지 그 남자가 항상 발에 거치적거렸다. 나나가 보기에 그는 사업을 하는 사람으로, 뼈로 된 단추를 만드는 제조업자 같았다. 르라 부인은 나나의 말에 무척 놀란 듯 보였다. 그리고 뒤를 돌아보더니 남자를 흘끗 훔쳐보면서 조그맣게 말했다.

"돈이 많아 보이긴 하네. 내 말 명심해, 예쁜 것. 앞으로 나한테 몽땅 얘기해야 한다, 몽땅. 그리고 이젠 겁내지 않아도 돼, 내가 있으니까."

두 사람은 수다를 떨면서, 돼지고기 전문점과 과일 가게, 구운 고기 전문점을 차례로 돌아다녔다. 주문받은 음식들이 기름종이에 싸인 채 손에 차곡차곡 쌓여갔다. 하지만 두 여자는 여전히 매력적으로 보이기 위해 엉덩이를 흔들면서 경쾌하게 웃어 보이거나 반짝이는 눈으로 주변을 흘끔거렸다. 아직도 자신들 뒤를 따라오는 단추 제조업자를 의식한 르라 부인은 우아해 보이려고 애쓰면서 젊은 여인네처럼 굴었다.

"남자가 무척 기품이 있어 보이네." 다시 작업장 건물로 들어서던 르라 부인이 말했다. "그 저의가 의심스럽지만 않다면……"

그리고 계단을 올라가는 동안 갑자기 생각난 듯 물었다.

"아까 아이들이 귀엣말로 무슨 얘기를 속닥거렸지? 왜 있잖아, 소피 그 아이가 무슨 음란한 얘기를 했잖아."

나나는 굳이 감추려고 하지 않았다. 다만 르라 부인의 목을 잡고 그녀를 두 계단 아래로 내려서게 했다. 아무리 계단이라고 해도, 그런 얘긴 큰 소리로 떠들 성질의 것은 아니었기 때문이다. 나나는 르라 부인의 귀에 대고 속삭였다. 르라 부인은 너무나 외설스러운 얘기에 눈을 크게 뜨고 입을 일그러뜨리면서 고개를 끄덕거렸다. 어쨌거나 마침내 알게 되었으니 더 이상 궁금해서 몸이 근질거릴 일은 없었다.

조화 직공들은 작업대를 더럽히지 않기 위해 무릎 위에 음식을 올려놓고 먹었다. 먹는 데 시간을 쓰는 것이 아까워 서둘러 먹어치운 다음, 행인들을 구경하거나 구석에서 은밀한 얘기를 주고받았다. 그날은 아침 내내 밖에 서 있던 신사가 어디에 숨었는지 찾는 데 몰두했다. 하지만 그는 완전히 자취를 감춘 듯했다. 르라 부인과 나나는 입을 꾹 다문 채 서로 눈길을 주고받았다. 시곗바늘은 벌써 한시 십분을 가리켰지만 여직공들은 집게를 집어 들고 서둘러 다시 일을 시작할 마음이 없어 보였다. 그때 레오니가 칠장이들이 서로를 부를 때처럼 입으로 쉿! 하고 신호를 보내 여주인이 오는 것을 알렸다. 그러자 모두들 제자리에 앉아 고개를 숙이고 다시 일을 시작했다. 안으로 들어온 티트르빌 부인은 딱딱하게 굳은 얼굴로 작업대 주위를 둘러보았다.

그날부터 르라 부인은 조카의 첫번째 연애 사건을 마음껏 즐기는 듯 보였다. 그러면서 자신의 책임을 내세워 나나한테서 한시도 떨어지지 않고 아침저녁으로 함께 다녔다. 나나는 다소 성가셔하긴 했지만 한편으로는 자신이 마치 보물처럼 보호받고 있다는 사실에 뿌듯해했다. 거리에서 르라 부인과 대화를 나누며 걸어가는데 단추 제조업자가 뒤를 따라오는 상황은 나나에게 야릇한 흥분을 안겨주면서 유혹에 넘어가고 싶다는 생각마저 들게 했다. 오! 그녀의 고모는 그런 감정을 이해해주었다. 게다가 단추 제조업자처럼 나이가 많고 점잖은 남자는 르라 부인의 마음을 움직이기에 충분했다. 성숙한 사람들의 감정은 언제나 더 깊고 믿을 만하기 때문이다. 다만 그녀는 항상 두 사람을 지켜보았다. 조카를 얻으려면 먼저 그녀를 거쳐가야만 할 터였다. 그러던 어느 날 저녁 르라 부인은 신사에게 다가가 지금 그가 하는 짓은 옳지 못하다고 매몰차게 쏘아붙였다. 하지만 그는 쫓아다니는 여자의 친척이 거절하는 데는 익숙한 늙은 호색한처럼 아무런 대꾸 없이 공손하게 인사를 했을 뿐이었다. 르라 부인은 매너가 깍듯한 그에게 진심으로 화를 낼 수가 없었다. 나나는 고모한테 사랑에 관한 실질적인 충고와 남자들의 더러운 짓거리에 대한 얘기들을 들었고, 남자들이 원하는 것을 들어주었다가 씁쓸함을 삼켜야 했던 여자들의 온갖 사연을 모두 참고 들어야 했다. 그러면서 사악함이 빛나는 눈빛으로 백옥 같은 얼굴에서 애써 지루함을 감추었다.

그러던 어느 날 단추 제조업자가 포부르 푸아소니에르 가에서 조카와 고모 사이를 감히 비집고 들어와 차마 입 밖으로 꺼내기 힘든 민망한 말을 뱉어냈다. 그러자 기겁을 한 르라 부인은 자신의 신변의 안전조차 더 이상 보장할 수 없다는 생각에 동생에게 모든 걸 털어놓았다. 그러자 일이 또 다른 양상으로 전개되었다. 그때부터 쿠포의 집에서는 매일 소란이 일었다. 우선 함석공은 나나를 마구 두들겨 팼다. 자기가 지금 무슨 얘길 들은 건가? 이 망할 창녀 같은 계집이 늙은이하고 놀아났다는 말이 아닌가? 오, 이런 괘씸한 것 같으니라고! 밖에서 남자랑 껴안기라도 하다가 눈에 띄는 날엔 각오를 단단히 하는 게 좋을 것이다. 단번에 목을 꺾어버리고 말 테니까! 이렇게 기막힌 경우가 어디 있던가! 머리에 피도 안 마른 것이 가족의 명예를 더럽히다니! 그는 나나를 붙잡고 세게 흔들면서 앞으로는 처신을 조심하는 게 좋을 거라고 경고했다. 이제부턴 그가 그녀를 철저히 감시할 생각이었다. 그 후부터 그는 나나가 집에 돌아오는 즉시 그녀를 샅샅이 살펴보고 얼굴을 뚫어지게 바라보았다. 눈가에 혹시 은밀한 키스의 흔적을 감추고 있지는 않은지 찾아내기 위해서였다. 딸의 몸에 코를 갖다 대고 킁킁거리면서 이리저리 돌아보게 하기도 했다. 어느 날 저녁 나나는 또다시 아비에게 구타를 당했다. 목에 생긴 검은 자국 때문이었다. 이 창녀 같은 계집은 뻔뻔스럽게도 그것이 키스 자국이 아니라고 우겼다! 그냥 멍이라는 것이다. 레오니라는 계집과 장난을 치다가 생겼다면서. 쿠포는 몸소 딸에게 멍을 만들어줄 수도 있었다. 더 이상 투덜대지 못하게 다리를 분질러버릴 수도 있었다. 어쩌다 기분이 좋을 때면 그는 딸에게 비아냥거렸다. 오, 물론 그녀는 남자들이 군침을 흘릴 만한 여자였다. 가자미처럼 납작한 가슴에, 어깨는 양옆으로 주먹을 쑤셔 넣어도 될 만큼 움푹 파여 있지 않은가! 나나는 자신이 저지르지도 않은 음란한 짓들 때문에 아비에게 두들겨 맞았고, 차마 입에 담지 못할 욕설을 들으며 진창 속으로 끌려 들어갔다. 그러면서 궁지에 몰린 짐승처럼 은밀한 분노를 억누른 채 아비에게 순순히 복종하는 척했다.

"아이를 그냥 좀 놔두라고요!" 좀 더 분별 있는 제르베즈가 소리쳤다. "자꾸 그런 얘기하다가 애가 정말 그러고 싶어지면 어쩌려고 그래요?"

아! 맙소사, 그건 사실이었다! 정말로 그러고 싶은 생각이 들었던 것이다. 아비가 말한 대로 당장이라도 뛰쳐나가 실제로 그런 짓을 하고 싶은 생각에 온몸이 근질근질했다. 아비가 머릿속에 그런 생각을 어찌나 반복적으로 주입하는지 정숙한 처녀조차 그런 욕망이 절로 생겨날 지경이었다. 심지어 놀랍게도, 딸에게 호통을 친답시고 그녀가 아직 모르고 있던 것을 친절하게 일러주기도 했다. 나나는 조금씩 전에 하지 않던 짓을 하기 시작했다. 어느 날 아침 쿠포는 딸이 종이 봉지 안을 뒤적거려서는 얼굴에 무언가를 바르는 광경을 목격했다. 나나는 새틴처럼 매끄러운 얼굴에 퇴폐적인 취향의 창녀처럼 쌀가루로 된 분을 바르는 중이었다. 쿠포는 나나에게 방앗간 주인 딸이냐고 빈정거리면서 얼굴에 생채기가 날 때까지 종이로 딸의 얼굴을 문질렀다. 또 언젠가 나나는 자신이 몹시 부끄럽게 여기는 낡은 검정 모자를 수선하려고 집으로 붉은색 리본들을 가지고 온 적이 있었다. 그러자 쿠포는 불같이 화를 내면서 리본이 어디서 났는지 물었다. 그러니까 뭐야? 자기 몰래 그 돈을 꿍쳐놓았다는 건가? 아니면 어디서 훔쳤나? 더러운 년 아니면 도둑년, 아니 어쩌면 둘 다일지도 모르지. 그는 나나의 손에서 수차례 야릇한 물건들을 발견했다. 홍옥수 반지나 조그만 레이스가 달린 소맷동 그리고 여자들이 가슴골에 넣고 다니는, '만져봐요'라고 불리는 도금된 하트 모양의 도발적인 장식품 등이었다. 쿠포는 나나가 가진 모든 것을 부숴버리려 했다. 하지만 그녀는 필사적으로 자신의 물건들을 지키고자 했다. 그것들은 그녀의 것이었다. 아는 부인네들이 준 것도 있었고, 작업장에서 다른 여직공들의 것과 바꾼 것도 있었다. 하트 모양 장식품은 아부키르 가에서 발견한 것이었다. 아비가 그것을 발로 밟아 박살 내는 동안 나나는 핏기가 가신 얼굴을 일그러뜨리면서 꼿꼿이 서 있었다. 그러면서 당장이라도 아비에게 달려들어 물어뜯어버리고 싶은 마음을 간신히 참았다. 하트 모양의 장식품은 나나가 2년 전부터 갖고 싶어 하던 물건이었다. 그런데 지금 눈앞에서 아비라는 사람이 그것을 납작하게 찌그러뜨리는 모습을 보고만 있어야 하다니! 이건 아니었다, 그녀도 더는 참을 수가 없었다. 언젠가는 이 모든 걸 끝내고 말 터였다!

하지만 날이 갈수록 쿠포는 나나를 자신의 통제하에 두고자 했다. 딸을 위해서가 아니라 자신의 즐거움을 위해서인 듯했다. 그는 종종 부당한 방식으로 딸을 다루면서 더욱더 그녀의 반감을 자극했다. 이제 나나는 작업장을 빼먹기 시작했다. 그리하여 함석공이 또다시 매질을 가하자, 그녀는 아비를 비웃듯 티트르빌의 작업장에는 더 이상 가지 않겠다고 선언했다. 마치 더러운 발을 빨아 먹기라도 한 듯 입에서 심하게 악취가 나는 오귀스틴을 자기 곁에 앉혔다는 게 그 이유였다. 그러자 쿠포는 나나를 직접 작업장으로 데리고 가서는, 별로 그녀를 항상 오귀스틴과 꼭 붙어 있게 해달라고 여주인에게 주문했다. 그리고 그 후 보름 동안 아침마다 푸아소니에르 시문에서 작업장 문까지 나나를 따라갔다. 그런 다음 딸이 도로 나올까봐 오 분간 밖에서 지키고 서 있었다. 그러던 어느 날 아침, 그가 생드니 가의 한 술집에서 동료와 술을 마시고 있는데, 나나가 들어간 지 십 분도 안 돼 엉덩이를 흔들며 거리 아래쪽을 향해 달려 내려가는 광경이 눈에 들어왔다. 보름 전부터 그녀는 아비를 속여왔던 것이다. 티트르빌의 작업장으로 들어가는 대신 3층으로 올라가 그가 가버릴 때까지 계단에 앉아 기다렸던 것이다. 쿠포가 르라 부인에게 따지고 들자 그녀는 자신에게 감히 그런 훈계 따위를 늘어놓을 생각일랑 말라고 소리쳤다. 그녀는 조카에게 남자의 위험성에 대해 이미 충분히 경고했으며, 그런데도 나나가 그런 사내들을 좋아한다면 그건 자신의 잘못이 아닌 것이다. 그녀는 이제 나나의 일에 관여하지 않을 것이며, 앞으로는 그 어떤 일에도 끼어들지 않을 것이다. 그녀도 다 알고 있었다. 가족들이 그녀를 흉보고 있다는 사실을. 그녀가 어린 조카와 함께 타락해버렸다고 입방아를 찧으면서, 나나가 방탕함 속으로 빠져드는 것을 지켜보면서 은밀히 즐거워하는 변태적인 취향이 있다고 그녀를 비난한다는 사실도. 쿠포는 여주인한테서 나나가 또 다른 여직공 때문에 나쁜 물이 들었다는 사실을 알게 되었다. 결혼을 하려고 조화 만드는 일을 그만둔 레오니라는 발랑 까진 계집아이였다. 물론 길에서 파는 갈레트와 지저분한 짓거리를 좋아하는 계집도 머리에 오렌지꽃 화관을 쓰고 결혼할 수도 있다. 오, 하지만 그는 자기 딸이 그런 여자가 되는 꼴을 그냥 보고만 있을 수는 없었다! 딸아이를 순결한 상태로, 소위 정숙한 숙녀들처럼 온전한 상태로 남편에게 넘겨주려면 항상 감시의 눈길을 게을리해서는 안 되었다.

구트도르 가의 공동아파트에서는 모두가 나나의 나이 든 애인에 관해 아주 잘 아는 것처럼 얘기했다. 오! 그는 조금 소심해 보이긴 했지만 아주 예의 바른 신사였다. 하지만 고집이 무척 세고 인내심이 많아, 마치 말 잘 듣는 강아지처럼 언제나 열 걸음 정도 떨어져 나나를 따라다녔다. 건물 안뜰까지 따라올 때도 있었다. 어느 날 저녁엔 고드롱 부인이 3층의 층계참에서 그와 마주친 적도 있었다. 그는 긴장하고 겁먹은 채 고개를 숙이고 계단을 올라가던 중이었다. 로리외 부부는 추잡하기 짝이 없는 조카가 엉덩이에 남자들을 줄줄이 달고 오는 짓을 그만두지 않는다면 이사를 가버리겠다고 으름장을 놓았다. 이젠 도저히 눈뜨고 봐줄 수가 없었다. 층층마다 남자들로 넘쳐났다. 코를 킁킁거리며 기다리는 남자들과 마주치지 않고서는 계단을 내려갈 수도 없을 지경이었다. 아파트 어느 한구석에 발정 난 암캐가 사는 것 같았다. 보슈 부부는 그 가엾은 신사의 운명을 몹시 안타까워했다. 그처럼 점잖은 신사가 창녀 같은 하찮은 계집애한테 반하다니. 어쨌거나! 그는 명색이 사업가가 아닌가. 그들은 빌레트 로에서 그가 운영하는 단추 공장을 직접 보기도 했다. 한마디로 그는 정숙한 여자만 만난다면 여자를 얼마든지 호강시켜줄 수 있는 남자였다. 관리인 부부가 노신사에 관해 온 동네 사람들에게 잔뜩 떠벌려놓은 덕분에, 잿빛 턱수염을 말끔하게 다듬은 그가 희멀건 얼굴로 입을 헤벌린 채 나나의 뒤를 따라올 때면 로리외 부부마저 그에게 예의를 갖추어 깍듯이 인사를 건네곤 했다.

　나나는 처음 한 달간은 자신을 따라다니는 노신사를 보며 내심 즐거워했다. 그가 언제나 겁먹은 표정으로 그녀 주위를 맴도는 광경은 참으로 흥미로웠다. 그는 사람이 많은 곳에서도 뒤에서 무심한 표정으로 그녀의 치마 속을 더듬는, 엉덩이에 광적으로 집착하는 남자였다. 그의 다리는 또 어떠한가! 석탄 가게에서 파는 장작이나 성냥개비처럼 비쩍 말라 있었다. 또한 조약돌 같은 머리에는 이끼조차 자라지 않을 것 같았다. 단지 뻣뻣한 머리카락 네 가닥만이 목덜미 쪽으로 내려와 있을 뿐이었다. 그걸 보면서 나나는 그의 가르마를 타주는 이발사의 주소를 묻고 싶은 짓궂은 생각이 들기도 했다. 아! 정말 고리타분한 늙은이가 아닌가! 그에게서는 어떤 설렘이나 흥분도 느낄 수가 없었다.

　점차 시간이 지나면서 그와 끊임없이 부딪치게 되자 나나는 더 이상 재미있다는 생각이 들지 않았다. 마음속으로 은밀한 두려움이 느껴지면서 그가 가까이 다가오면 소리를 지르고 말 것 같았다. 종종 나나가 보석 가게 앞에서 걸음을 멈출 때면, 갑자기 등 뒤에서 웅얼거리는 남자의 목소리가 들려왔다. 그가 웅얼거린 대로 나나는 벨벳 리본에 십자가 장식이 달린 목걸이를 갖고 싶었다. 또는 너무나 작아서 마치 핏방울처럼 보이는 산호가 박힌 귀걸이도 갖고 싶었다. 아니, 보석까진 바라지 않더라도, 언제까지고 이렇게 누더기 같은 옷만 걸치고 살 수는 없지 않은가. 그녀는 이제 케르 가의 작업장에서 주워 온 옷들을 수선해 입는 데 신물이 날 지경이었다. 특히 모자라고 부르기도 부끄러운 낡은 검은색 모자는 생각만 해도 넌더리가 났다. 작업장에서 몰래 가져와 달아놓은 조화들이 마치 걸인이 등에 달고 다니는 방울처럼 덜렁거려 구질구질하기 짝이 없었다. 지나가는 마차에서 튄 흙탕물을 뒤집어쓴 채 거리에서 서성이던 나나는 진열창의 휘황찬란함에 시선을 빼앗겼다. 그녀는 배 속을 뒤틀리게 하는 강렬한 욕망에 사로잡혔다. 근사하게 차려입고, 고급 레스토랑에서 식사를 하고, 공연을 보러 가고, 멋진 가구가 딸린 자신만의 방을 갖고 싶다는 생각이 지독한 허기처럼 끊임없이 그녀를 괴롭혔다. 욕망으로 창백해진 얼굴로 멈춰 선 그녀는 포석이 깔린 파리의 거리로부터 허벅지로 뜨거운 열기가 올라오는 것을 느낄 수 있었다. 그것은 분주하게 오가는 사람들 틈에서 그녀를 뒤흔들어놓는 유혹들을 덥석 물어버리고 싶다는 더없이 강렬한 욕구였다. 바로 그런 순간마다 노신사는 어김없이 그녀의 귀에 대고 은밀한 제안을 속삭이곤 했다. 아! 그가 두렵지만 않았다면 당장이라도 그의 제안을 받아들였을 것이다. 하지만 나나는 내면의 사악함에도 불구하고 남자의 낯선 욕망에 역겨움을 느끼며 분노했다. 그리고 내면에서 솟구치는 거부감에 더욱더 매몰찬 거절의 말을 뱉어냈다.

겨울이 되자 쿠포 가족의 삶은 더 이상 견디기 힘든 지경에 이르렀다. 나나는 매일 저녁 구타를 견뎌야 했다. 그러다가 아비가 지친 듯 보이면, 이번에는 어미가 똑바로 처신하는 법을 가르쳐준다는 명목으로 빰따귀를 올려붙였다. 그러다가 상황은 가족 전체의 난투극으로 발전하곤 했다. 한 사람이 때리면 다른 한 사람은 두둔하다가는, 결국 셋이 함께 깨진 그릇이 어지럽게 널려 있는 바닥으로 나뒹구는 일이 반복되었다. 게다가 늘 배가 고팠고, 지독한 추위마저 그들을 괴롭혔다. 혹시라도 나나한테서 장식용 리본이나 소맷동에 다는 단추 같은 것이 눈에 띄기라도 하면 부모는 그것을 빼앗아 즉각 돈으로 바꾸었다. 나나의 것이라곤 매일 저녁 할당받는 따귀밖엔 없었다. 따귀를 맞은 다음에는 누더기 같은 시트 속에 몸을 웅크린 채 조그만 검은색 치마로 겨우 몸을 가리고는 추위에 오들오들 떨어야만 했다. 아니, 이 구질구질한 삶을 이렇게 계속 이어갈 수는 없었다. 결코 여기서 이대로 죽을 수는 없었다. 그녀의 아비는 이미 오래전부터 아무런 의미가 없었다. 그녀의 아비처럼 허구한 날 술에 절어 있는 사람은 더 이상 아버지가 아니었다. 없애버리고 싶은 역겨운 짐승이나 다를 바 없었다. 그리고 이젠 그녀의 어미도 점차 그녀에게서 멀어져갔다. 어미 역시 아비처럼 주정뱅이의 길을 걷고 있었던 것이다. 제르베즈는 누가 술을 한잔 사기로 했다는 핑계를 대며 신이 나서 콜롱브 영감의 주점으로 남편을 찾으러 갔다. 그리고 더 이상 처음에 그랬던 것처럼 역겨운 표정을 짓지 않고 자연스럽게 테이블에 자리를 잡고는 단숨에 술잔을 비워냈다. 그렇게 몇 시간이고 그곳에서 죽치다가는 눈이 게슴츠레해져서야 술집을 나섰다. 콜롱브 영감의 주점 앞을 지나가다 안쪽 구석의 욕설을 퍼붓는 남정네들 사이에서 술잔에 코를 박은 채 축 늘어진 어미를 발견한 나나는 엄청난 분노에 사로잡혔다. 인생의 다른 즐거움을 추구하는 젊은이들이 술 마시는 재미를 제대로 이해하기란 힘든 법이다. 그날 밤 나나는 아주 아름다운 풍경과 마주했다. 주정뱅이 아비에 주정뱅이 어미, 먹을 거라곤 눈을 씻고도 찾아볼 수 없고 역겨운 술 냄새만이 진동하는, 신조차 버린 듯한 망할 놈의 집구석. 성녀라 할지라도 그런 곳에서 오래 머무를 수는 없을 것이다. 이젠 어쩔 수 없었다! 언젠가 그녀가 여기서 도망을 친다면, 그녀의 부모는 메아 쿨파*를 외치면서 자신들이 딸을 밖으로 내몰았음을 인정해야만 할 것이다.

어느 토요일, 집으로 돌아온 나나는 끔찍한 몰골을 한 아비와 어미를 발견했다. 쿠포는 침대를 가로질러 엎어져 코를 골고 있었다. 제르베즈는 의자 위에서 몸을 웅크리고 고개를 옆으로 떨어뜨린 채 공허하고 불안한 눈빛으로 허공을 응시하고 있었다. 저녁거리로 남은 스튜를 데우는 것도 잊은 듯 보였다. 미처 심지도 자르지 못한 촛불이 가난에 찌든 초라한 방을 희미하게 밝혀주었다.

"망할 년, 어디 있다 이제 와?" 제르베즈가 더듬더듬 말했다. "아빠가 널 가만두지 않을 거야!"

얼굴이 새하얗게 질린 나나는 아무런 대꾸 없이 냉기가 가득한 난로와 식기가 놓여 있지 않은 식탁, 얼빠지고 초췌한 주정뱅이 부부가 공포를 자아내는 음울한 방을 차례로 둘러보았다. 모자도 벗지 않고 방을 한번 돌아본 그녀는 입을 꼭 다문 채 문을 열고 다시 밖으로 나갔다.

"다시 나가는 거냐?" 고개를 돌릴 힘조차 없던 제르베즈가 물었다.

"네, 잊은 게 좀 있어서요. 다시 올게요…… 편히 쉬세요."

그리고 나나는 다시 돌아오지 않았다. 다음 날 술에서 깬 쿠포 부부는 나나가 사라진 것을 서로의 탓으로 돌리면서 격렬하게 치고받았다. 아! 만약 그때 그대로 나간 거라면 이미 멀리 가 있을 게 분명했다! 아이들에게 알려준 참새 잡는 방법대로 딸의 엉덩이에 소금 한 자

---

* mea culpa. '내 탓이로소이다'라는 뜻의 라틴어.

밤을 뿌려놓았더라면 그녀를 따라잡을 수도 있었으리라. 나나의 가출은 제르베즈에게 엄청난 충격으로 다가왔고 그녀를 더 깊은 나락으로 몰고 갔다. 비록 자신은 이미 망가질 대로 망가졌다고 할지라도, 순결을 잃으면서까지 스스로 타락의 길을 걷고자 하는 딸을 보는 것은 크나큰 무력감을 안겨주었다. 이젠 의지할 자식도 없이 홀로 남아 끝 간 데 없이 추락하는 일만이 남았음을 스스로 예감했기 때문이다. 그랬다, 그 인정머리 없는 계집이 자신의 더러운 치마에 그녀의 마지막 남은 자존심마저 담아 가버렸던 것이다. 분노한 제르베즈는 그 후 사흘 내내 술에 잔뜩 취해 두 주먹을 꼭 쥔 채 창녀가 된 딸을 향해 끔찍한 욕설을 쉬지 않고 내뱉었다. 쿠포는 외곽 도로를 뒤지고 다니면서 지나가는 창녀들을 가까이 가서 살펴본 후 다시 아무렇지도 않게 파이프 담배를 피워 물었다. 다만 식사할 때면 가끔씩 한 손에 칼을 들고 자리에서 일어나 두 주먹을 치켜들면서 자신의 명예가 더럽혀졌다고 외쳤다. 그리고 다시 앉아 먹던 음식을 마저 먹었다.

그들이 사는 공동아파트에서는 쿠포 가족의 일은 가십거리조차 되지 못했다. 마치 카나리아가 열려 있는 새장 문으로 날아가듯, 집집마다 여자아이들이 매달 어디론가 사라져버리는 일이 다반사였다. 오직 로리외 부부만이 신이 나서 떠들어댔다. 아! 자신들은 이미 그 계집이 쿠포 부부의 뒤통수를 칠 것이라고 경고한 바 있었다. 그것은 그들이 자초한 일이나 다름없었다. 조화 직공들이 잘되는 꼴을 본 적이 없었던 것이다. 보슈 부부와 푸아송 부부 역시 순결의 미덕을 엄청스레 강조하면서 그들을 비웃었다. 오직 랑티에만이 은근히 나나를 두둔하고 나섰다. 그는 짐짓 엄격해 보이는 얼굴로 얘기했다. 오, 물론 어린 여자아이가 집을 뛰쳐나가는 것은 비난받아 마땅하긴 하다. 그리고 그는 의미심장한 눈빛으로 덧붙였다. 하지만 사실 그렇지 않은가! 나나는 그 나이에 이렇게 구차스럽게 살기엔 너무나도 매력적인 계집이었다.

"그걸 아직 모르고 있었단 말이오?" 어느 날 보슈의 관리실에서 일당이 함께 커피를 마실 때 로리외 부인이 외쳤다. "이런! 척 보면 알 수 있는 걸 가지고. 방방이 딸을 팔아먹은 거라고…… 그래, 팔아먹은 게 분명해. 내 두 눈으로 똑똑히 봤다니까!…… 계단에서 아침저녁으로 마주친 그 영감탱이가 그것들 집에 올라가서 선금을 건네준 게 틀림없다고. 그거야 안 봐도 뻔하잖아. 게다가, 그러니까 어제 말이지, 누가 랑비귀 극장에서 그 계집하고 늙은 놈팡이가 함께 있는 걸 봤다고 하더라고…… 장담하는데 그것들은 지금 함께 있어, 두고 보라고!"

그들은 그 얘기로 입방아를 찧으면서 커피를 마저 마셨다. 따지고 보면 그건 충분히 있을 법한 일이었다. 그보다 더 험한 일도 일어나는 판국이었다. 그리하여 그 구역에서 좀 더 양식이 있는 사람들조차 제르베즈가 딸을 팔아버렸다고 떠벌리고 다니기에 이르렀다.

이제 제르베즈는 남의 말 따윈 아랑곳하지 않고 구차스러운 나날을 이어갔다. 누가 길에서 도둑년이라고 불러도 뒤를 돌아보지도 않을 터였다. 한 달 전부터는 포코니에 부인의 세탁소로 일을 나가지도 않았다. 말썽이 나는 것을 꺼린 주인이 그녀를 내보낸 게 분명했다. 제르베즈는 몇 주 동안 여덟 군데의 세탁소를 전전했다. 각 작업장에서 2, 3일가량 머무른 다음 해고당하는 일이 반복되었다. 그 정도로 세탁물을 망쳐놓기 일쑤였다. 꼼꼼하지 못하고 지저분한 데다, 제정신이 아니어서 예전의 기술을 잊어버린 것이다. 결국 스스로 그 사실을 깨달은 제르베즈는 다림질을 포기하고 뇌브 가의 세탁장에서 하루 일당을 받고 빨래를 하기 시작했다. 가장 거칠면서도 단순한 일로 되돌아가는 것, 물속에서 첨벙거리고 더러운 때를 두들겨 씻어내는 것은 그녀가 아직은 감당할 수 있는 일이었다. 그것은 동시에 몰락으로 향하는 비탈길을 한 단계 더 내려갔음을 의미했다. 게다가 세탁 일은 그녀를 더욱더 초라해 보이게 했다. 물에 흠뻑 젖어 피부가 시퍼렇게 변한 채로 세탁장에서 나올 때면 흙탕물을 뒤집어쓴 개처럼 보였다. 또한 매일같이 텅 빈 찬장 앞에서 몸을 비트는데도 불구하고 나날이 비대해져갔다. 다리도 점점 더 뒤틀리면서 심하게 절어, 옆에서 걷던 사람이 몸을 부딪혀 넘어질 정도였다.

물론 이 정도로 망가지면 여자로서의 자존심 또한 모두 잃어버리기 마련이다. 제르베즈는 예전에 가졌던 자부심과 여성스러움, 애정과 품위, 존중에 대한 욕구를 모두 깊숙이 묻어버린 지 오래였다. 누군가 그녀의 몸 여기저기에 발길질을 한다고 해도 아무것도 느끼지 못할 정도로 무기력하게 축 처져버리고 말았다. 랑티에 또한 제르베즈를 철저하게 버렸다. 예전처럼 그녀의 몸을 꼬집는 일도 없었다. 제르베즈는 피차 서로 지겨워진 탓에 서서히 느슨해져가던 그들의 오랜 관계가 결정적으로 끝났다는 사실조차 의식하지 못하는 듯 보였다. 그녀로서는 성가신 일을 하나 던 것이나 마찬가지였다. 심지어 랑티에와 비르지니의 관계에도 아무런 관심을 보이지 않았다. 예전에는 그토록 분노를 자아냈던 하찮은 일들에 대해서도 시큰둥한 태도로 일관

할 뿐이었다. 그들이 원한다면 사랑의 중개자 역할이라도 할 터였다. 이제 동네에서는 모자 제조업자와 고급 식료품점 여주인이 그렇고 그런 사이임을 모르는 사람이 없었다. 게다가 상황마저 그들의 편인 듯했다. 마누라가 부정을 저지르는 것도 모르는 멍청한 푸아송은 하루 걸러 한 번씩 야간 근무를 했다. 그리하여 그가 인적이 끊긴 길바닥에서 추위에 떠는 동안, 마누라와 친구는 그의 집에서 서로의 몸을 따뜻하게 덥혀주었다. 오! 그들은 전혀 허둥거릴 필요가 없었다. 그가 텅 빈 캄캄한 밤거리에서 부츠 소리를 내면서 가게로 다가오는 것을 이불 밖으로 코를 내밀지 않고도 알 수 있었기 때문이다. 경관으로서 의무를 수행하는 것이 우선이 아니겠는가? 그가 다른 이들의 재산을 지키는 동안, 두 남녀는 날이 밝을 때까지 그의 재산을 가지고 놀았다. 구트도르 가의 모든 주민은 그 기막힌 코미디에 실소를 금치 못했다. 경관의 마누라가 바람을 피운다는 사실이 더욱더 흥미를 자극했던 것이다. 게다가 랑티에는 그 방면에서는 자타가 공인할 만큼 일가견이 있었다. 그는 가게와 그 여주인을 한꺼번에 집어삼키는 수완을 발휘했다. 이미 제르베즈의 세탁소를 먹어치운 그는 이번에는 고급 식료품점을 삼키려 했다. 그가 바느질 도구상과 지물포, 모자 가게 여주인을 차례로 섭렵한다고 해도 그다지 놀랄 게 없었다. 그는 그 모두를 집어삼키고도 남을 만큼 아가리가 큰 남자였기 때문이다.

게다가 그처럼 단것이라면 사족을 못 쓰는 남자는 지금까지 한 번도 본 적이 없었다. 랑티에는 사실은 자신의 입맛을 충족시키려고 단 과자류를 취급하는 가게를 내도록 비르지니를 부추겼던 것이다. 그는 대부분의 프로방스 출신 사람들처럼 달콤한 것을 미치도록 사랑했다.

드롭스나 사탕, 드라제와 초콜릿만 먹고도 살아갈 수 있을 정도였다. 특히 그가 '설탕을 입힌 아몬드'라고 부르는 드라제는 보기만 해도 군침이 돌면서 목구멍을 기분좋게 간질였다. 그는 1년 전부터 단것만 먹고 살아갔다. 가끔씩 비르지니가 가게를 봐달라고 할 때면 사탕이 든 서랍을 열어서는 마음껏 포식을 했다. 그는 대여섯 명의 사람들이 쳐다보는데도 아랑곳없이 얘기를 하는 중에 수시로 카운터에 놓인 병뚜껑을 열어 속에 든 것을 집어 먹었다. 그렇게 병이 완전히 빌 때까지 손놀림을 멈추지 않았다. 그는 오래된 습관일 뿐이라고 둘러댔다. 사탕이 감기나 목의 염증을 낫게 해준다는 구실을 대기도 했다. 또한 여전히 아무 일도 하지 않으면서 날로 점점 더 굉장한 사업을 구상했다. 지금 당장은 아주 기막힌 발명품이 머릿속에 떠오른 터였다. 비가 한 방울이라도 내리면 즉시 머리 위에서 우산으로 변하는, 이른바 모자-우산이었다. 그리하여 수익이 나면 절반을 푸아송에게 주기로 약속하고는, 시제품을 만든다는 명목으로 여러 차례 20프랑씩을 빌려갔다. 그러는 사이 푸아송 부부의 가게는 그의 혓바닥 위에서 조금씩 녹아 없어졌다. 시가 모양의 초콜릿과 파이프 모양의 붉은색 캐러멜에 이르기까지 모든 상품이 그의 입을 거쳐갔다. 단것을 너무 많이 먹어 질리면 갑자기 사랑을 나누고픈 마음에 사로잡히곤 했다. 그러면 마지막으로 여주인의 달콤함을 맛보고자 가게 구석으로 그녀를 데리고 갔다. 그리하여 그녀는 그와 키스할 때면 그가 온통 달콤한 사탕으로 만들어진 남자인 양 마치 프랄린을 먹는 것 같다면서 황홀해했다. 아, 이런 남자라면 하루 종일이라도 키스할 수 있을 것 같았다! 그의 온몸에 꿀이 발려 있는 듯했다. 보슈 부부는 그가 커피에 손가락을 담그기만 하면 커피가 달콤한 시럽으로 변한다고 주장했다.

언제까지나 이어지는 디저트에 마음이 너그러워진 랑티에는 아버지가 자식을 대하듯 제르베즈를 대했다. 그녀에게 충고하면서 그녀가 더 이상 일에 흥미를 느끼지 않는 것을 나무랐다. 이 꼴이 뭐란 말인가! 그녀 나이의 여자라면 상황에 대처할 줄 알아야 하는 것이다! 그러면서 그는 제르베즈가 언제나 지나치게 탐욕스러웠다고 비난했다. 하지만 도울 가치가 없는 이들에게도 도움의 손길을 내밀 줄 알아야 하는 법이므로, 그는 제르베즈에게 작은 일거리들을 찾아주고자 애썼다. 그리하여 일주일에 한 번씩 제르베즈를 불러서 가게와 방 청소를 시키도록 비르지니를 설득했다. 잿물로 닦아내는 일이라면 제르베즈가 누구보다 잘할 수 있었다. 그렇게 해서 그녀는 매번 30수를 벌었다. 제르베즈는 토요일 아침마다 양동이와 솔을 들고 나타났다. 그러면서 한때 자신이 금발의 아름다웠던 여주인으로 군림했던 곳에 청소부로 다시 돌아와 더럽고 구차스러운 일을 하는 것에도 아무렇지 않은 듯 보였다. 그것은 자존심의 종말을 고하는 것이자 최악의 굴욕이었다.

어느 토요일 제르베즈는 몹시 힘들게 일을 해야만 했다. 사흘간 연달아 비가 내리면서 고객들이 발에 온 동네의 진흙을 몽땅 묻혀 온 것이다. 비르지니는 단정히 머리를 빗고, 레이스가 달린 깃과 소맷동으로 치장한 모습으로 카운터 뒤에 앉아 우아한 숙녀 행세를 하고 있었다. 그녀의 옆에는 좁다란 붉은색 몰스킨* 소파에 누운 랑티에가 가

---

* 표면이 부드럽고 질긴 면직물의 일종.

게의 진짜 주인인 양 편안히 쉬고 있었다. 그러면서 단것을 가까이하는 습관 탓에 무심한 표정으로 박하 드롭스가 든 병 속에 손을 집어넣었다.

"이것 보세요, 쿠포 부인." 입을 꼭 다문 채 청소부 여인이 일하는 모습을 지켜보던 비르지니가 소리쳤다. "거기, 구석에 아직 더러운 게 남아 있잖아요. 제대로 좀 닦아요!"

제르베즈는 비르지니가 시키는 대로 순순히 구석으로 되돌아갔다. 그리고 더러운 물이 홍건한 바닥에 꿇어앉아 허리를 구부리고 어깨를 쑥 내민 채 다시 걸레질을 시작했다. 그러자 점차 두 팔이 자색을 띠면서 저려왔다. 물에 흠뻑 젖은 낡은 치마는 엉덩이에 찰싹 달라붙어 있었다. 머리가 엉망으로 헝클어진 채 바닥에 주저앉은 제르베즈는 더러운 누더기를 뭉쳐놓은 것 같은 후줄근한 몰골이었다. 격렬히 몸을 움직일 때마다 찢어진 캐미솔 사이로 비집고 나온 축 늘어진 살덩어리들이 씰룩거리면서 왕복운동을 했다. 땀으로 흠뻑 젖은 얼굴에서는 굵은 땀방울이 비 오듯 흘러내렸다.

"더 열심히 닦을수록 더 빛이 나는 법이지." 랑티에는 입에 드롭스를 가득 문 채 거드름을 피우면서 말했다.

비르지니는 마치 공주라도 된 양 고개를 뒤로 젖히고 눈을 게슴츠레 뜬 채 제르베즈가 청소하는 모습을 눈으로 좇으며 잔소리를 해댔다.

"거기, 오른쪽 좀 더 닦아요. 오늘은 창틀을 좀 더 신경 써서 닦으세요…… 저번 토요일엔 대체 청소를 어떻게 한 건지 얼룩이 그냥 남아 있었단 말이에요."

모자 제조업자와 고급 식료품점 여주인, 두 사람은 마치 왕좌에 앉은 듯 더욱더 거만한 표정을 지어 보였다. 그러는 사이 제르베즈는 그들의 발밑에서 몸을 질질 끌며 시커먼 흙탕물로 흥건한 바닥을 기어 다녔다. 비르지니는 그런 제르베즈를 보면서 속으로 몹시 통쾌해하는 게 분명했다. 고양이 같은 눈에서 순간적으로 샛노란 빛이 반짝였던 것이다. 비르지니는 옅은 미소를 띤 채 랑티에를 바라보았다. 마침내 오래전 세탁장에서 제르베즈에게 볼기를 맞은 데 대한 복수를 한 것이다. 그러니까 비르지니는 그 일을 한시도 잊지 않고 있었던 것이다!

제르베즈가 바닥의 때를 거의 다 벗겨냈을 무렵, 가게 안쪽 방에서 톱질하는 소리가 조그맣게 들려왔다. 열린 문틈으로, 안뜰에서 새어 들어오는 희미한 빛 속에 잠긴 푸아송의 모습이 보였다. 그는 근무가 없는 틈을 이용해 예전처럼 조그만 상자를 만드는 중이었다. 테이블에 앉아 마호가니로 된 시가 상자에 꽤나 공을 들여 아라베스크 문양을 새기고 있었다.

"이봐, 바댕그!" 친밀감의 표현으로 또다시 예의 별명을 부르기 시작한 모자 제조업자가 소리쳤다. "그 상자는 내가 찜했네. 어떤 숙녀에게 선물로 줄 생각이거든."

비르지니가 그를 꼬집자 모자 제조업자는 입가에 여전히 미소를 머금은 채 생쥐 흉내를 내며 카운터 아래로 그녀의 다리를 더듬거리는 것으로 정중히 답례했다. 그러다가 그녀의 남편이 붉은색 콧수염과 턱수염이 난 흙빛 얼굴을 들자 재빨리 지극히 자연스럽게 손을 거두었다.

"그러지 않아도 자네에게 주려고 만드는 거라네, 오귀스트." 경관이 랑티에를 향해 소리쳤다. "우정의 증표로 말이지."

"아! 그런 거라면 자네의 선물을 잘 간직해야겠군!" 랑티에는 웃으면서 대답했다. "리본에 묶어서 목에 걸고 다녀야겠어."

그리고 리본 얘기가 문득 무슨 생각을 떠올리게 한 듯 소리쳤다.

"그런데 말이지, 엊저녁에 길에서 우연히 나나를 만났다는 거 아냐."

그러자 그 소식에 충격을 받은 제르베즈는 가게를 가득 채운 더러운 물웅덩이 위로 털썩 주저앉았다. 그리고 솔을 손에 든 채 가쁜 숨을 몰아쉬며 땀을 흘렸다.

"아!" 제르베즈는 짧은 탄식을 내뱉었다.

"그랬다니까. 마르티르 가를 내려가는데 앞에서 웬 계집애가 늙은 놈팡이 팔짱을 끼고 엉덩이를 씰룩거리면서 걸어가지 않겠어. 그걸 보면서 생각했지. 왠지 낯익은 엉덩이라고…… 그래서 재빨리 앞질러 갔는데 나나 그 망할 계집하고 딱 마주친 거야…… 그런데 그 아이 때문에 걱정할 것 하나 없어요. 아주 잘 지내는 것 같으니까. 근사한 모직 옷에 목에는 금으로 된 십자가 목걸이를 하고 있더라니까. 그러니까 애가 달라 보이더라고 글쎄!"

"아!" 제르베즈는 더 기어 들어가는 목소리로 탄성을 뱉어냈다.

드롭스 병을 모두 비워낸 랑티에는 이번에는 또 다른 병에 있는 갱엿을 집어 입에 넣더니 이어 말했다.

"참으로 영악한 계집이더군, 그 나나 말이야! 아주 태연하게 내게 따라오라고 신호를 보내지 않겠어. 그러더니 그 늙은이를 어느 카페에 처박아놓더라고…… 오! 정말 볼만하더군, 그 늙은 놈팡이 말이야! 얼굴이 몹시 지쳐 보이더라니까!…… 그리고 나나가 어느 집 문 앞으로 날 다시 만나러 왔지. 어찌나 여우같이 굴던지! 나긋나긋한 목소리로 재잘거리면서 꼬리를 흔드는 강아지처럼 사람 넋을 쏙 빼놓는 거야! 그러고는 내 볼에 키스하더니 온 동네 사람들 소식을 다 묻더라고…… 어쨌거나 그 아일 다시 보니까 정말 반갑더군.”

“아!” 제르베즈는 세번째로 그렇게 외쳤다.

그리고 그 자리에 주저앉아 기다렸다. 그러니까 딸이 어미 이야기는 한 마디도 하지 않았다는 건가? 잠시 침묵이 흐른 후 또다시 푸아송의 톱질 소리가 들려왔다. 신이 난 랑티에는 쩝쩝 소리를 내면서 갱엿을 재빨리 빨아 먹었다.

“나 같으면 그 계집이 눈에 띄는 즉시 다른 쪽 길로 돌아갈 거야.” 비르지니는 모자 제조업자를 더 세게 꼬집고는 태연히 말했다. “세상에, 그런 창녀 같은 계집한테 사람들이 보는 앞에서 인사를 받다니, 생각만 해도 창피해서 얼굴이 화끈거리네…… 이건 쿠포 부인이 여기 있다고 하는 얘기가 아니라, 당신 딸은 정말 쓰레기예요. 내 남편이 길에서 매일같이 잡아들이는 창녀들도 그 계집보단 나을 거라고요.”

제르베즈는 아무런 대꾸 없이 그 자리에서 꼼짝하지 않은 채 허공만 응시했다. 그리고 혼자만의 생각에 대답이라도 하는 것처럼 천천히 고개를 끄덕였다. 그러는 동안 모자 제조업자는 탐욕스러운 표정으로 중얼거렸다.

“그런 쓰레기라면 먹고 체하더라도 상관없을 것 같아. 그 맛이 정말 기막힐 것 같거든……”

하지만 비르지니가 매서운 눈길로 쏘아보자 그는 하던 말을 멈추고 달콤한 말로 그녀의 비위를 맞추었다. 푸아송을 살피던 그는 경관이 조그만 상자에 코를 박고 있는 틈을 이용해 비르지니의 입에 재빨리 갱엿을 집어넣었다. 그러자 식료품점 여주인은 기분 좋은 미소를 지어 보이고는 세탁부 여인한테 대신 분풀이를 했다.

"청소 좀 빨리 끝낼 수 없어요? 그렇게 돌덩어리처럼 앉아만 있으면 어쩌자는 건지 원…… 이봐요, 빨랑빨랑 좀 움직이라고요. 나보고 저녁때까지 이 진창 속을 걸어다니란 거야 뭐야."

그리고 조그만 소리로 사악하게 덧붙였다.

"자기 딸이 창녀가 된 게 내 탓인가!"

하지만 제르베즈는 그녀의 말을 듣지 못한 듯, 바닥에 납작 엎드린 채 몸을 질질 끌면서 개구리처럼 느릿한 동작으로 바닥을 다시 문지르기 시작했다. 두 손으로 솔의 나무 손잡이를 꽉 움켜쥐고 앞에 펼쳐진 시커먼 물웅덩이를 힘껏 밀어내자 흙탕물이 튀어 올라 그녀의 머리 속까지 흠뻑 적셔놓았다. 이제 더러운 물을 배수구로 모두 쓸어낸 다음 깨끗한 물로 헹구는 일만 남아 있었다.

그사이에 잠시 정적이 흐르자 지루해진 랑티에가 다시 목소리를 높였다.

"참, 자네한테 얘기하는 걸 깜빡 잊었는데, 바댕그, 어제 리볼리 가에서 자네 대장을 봤네. 꼴이 아주 말이 아니더라고. 내가 보기엔 6개월도 채 살지 못할 것 같더군…… 하긴 그렇게 사는 게 어디 쉬운 일이겠나!"

그는 황제 얘기를 하고 있었다. 경관은 고개도 들지 않고 퉁명스럽게 대꾸했다.

"자네도 나라를 통치하는 입장이었다면 지금처럼 그렇게 윤기가 줄줄 흐르지는 않았을 걸세."

"오! 내가 만약 황제였다면 말이지, 친구, 장담하건대 지금보단 상황이 훨씬 더 나아졌을 것이야." 모자 제조업자가 갑자기 진지한 표정을 지어 보이면서 말했다. "얼마 전부터 대외 정책을 펴는 것만 보더라도 어찌나 마음이 조마조마한지 모르겠다니까. 나로 말하자면, 기자 한 사람만 알고 있어도 내 생각을 널리 알릴 수 있을 텐데 말이지……"

그는 열띤 어조로 떠들어댔다. 그러면서 갱엿을 모두 먹어치운 후 이번에는 서랍을 열어 마시멜로 몇 개를 집어 입에 털어 넣고는 우물거렸다.

"아주 간단해…… 난 우선 폴란드를 재편할 거야. 그런 다음 북구의 거인을 견제할 거대한 스칸디나비아 국가를 세우는 거야…… 그리고 독일의 오합지졸 왕국들을 모두 하나의 공화국으로 통합하는 거지…… 영국으로 말하자면, 그쪽도 하나도 겁낼 것 없다 이거야. 수상쩍은 기미가 보이기라도 하면 내가 인도로 10만 군대를 보내버릴 테니까…… 거기다가 터키 황제와 교황한테 총부리를 겨누고는 각각 메카와 예루살렘으로 쫓아버리면 되지…… 어때? 그럼 유럽이 금방 깨끗이 정리될 것 같지 않은가. 이걸 봐, 바댕그! 잘 보라고……"

그는 마시멜로를 한 움큼 집어 들었다.

"자! 이걸 삼키는 시간이면 다 해결할 수 있다니까."

그러면서 입을 크게 벌리고는 마시멜로 조각들을 하나씩 털어 넣었다.

"황제에겐 다른 계획이 있네." 경관은 이 분여를 곰곰 생각한 끝에 대꾸했다.

"웃기는 소리 하지 말라고 해!" 모자 제조업자는 발끈 화를 내며 소리쳤다. "그가 무슨 생각을 하는지 천하가 다 안다고! 우린 온 유럽의 조롱거리가 되고 있어…… 튀일리 궁의 아첨꾼들이 매일같이 고급 창녀들하고 놀아나는 자네들 대장을 식탁 밑에서 찾아낸다는 걸 모를 줄 알아."

그 말에 자리를 박차고 일어난 푸아송은 랑티에에게 가까이 다가가 가슴에 한 손을 올려놓은 채 말했다.

"자넨 날 모욕한 거야, 오귀스트. 인신공격은 하지 말고 토론을 하자고."

그러자 비르지니가 끼어들어 제발 좀 조용히 하라면서 그들을 나무랐다. 그녀는 유럽이 어떻게 되든 알 바 아니었다. 다른 모든 것을 함께 나눠 가진 두 남자가 어째서 고작 정치 얘기 따위로 서로를 못 잡아먹어서 안달이란 말인가? 잠시 동안 그들은 각자 무슨 말인가를 웅얼거렸다. 경관은 자신이 아무런 유감이 없음을 보여주려고 막 작업을 끝낸 조그만 상자 뚜껑을 가지고 왔다. 그 위에는 오귀스트에게, 우리의 우정을 기념하며라는 문구가 새겨져 있었다. 그러자 몹시 우쭐해진 랑티에가 몸을 뒤로 젖히면서 쭉 뻗는 바람에 비르지니의 몸 위로 거의 눕다시피 한 꼴이 되었다. 그녀의 남편은 낡은 담벼락 색 같은 얼굴로 그 광경을 지켜보았다. 그의 흐릿한 눈에서는 아무것도 읽을 수가 없었다. 하지만 기이하게도 그의 붉은색 콧수염의 털이 저절로 움직거렸다. 모자 제조업자처럼 매사에 당당한 남자가 아니라면 누구라도 그 모습을 보면서 일말의 두려움을 느꼈을 터였다.

천하의 무뢰한 랑티에는 여인네들이 매력적으로 생각하는 뻔뻔함과 배짱을 지녔다. 푸아송이 돌아서자 그는 느닷없이 푸아송 부인의 왼쪽 눈에 기습적으로 키스를 했다. 평소 그는 교활한 계산속으로 매사에 신중히 행동하는 편이었다. 하지만 푸아송과 정치 문제로 다툴 때면 모든 위험을 무릅썼다. 여자에 있어서는 자신이 한 수 위라는 것을 스스로에게 입증하기 위해서였다. 대담하게도 경관의 바로 등 뒤에서 훔친 탐욕스러운 키스는 프랑스를 사창가로 전락시킨 황제에 대한 복수였다. 다만 이번에는 제르베즈의 존재를 까맣게 잊고 있었다는 게 평소와 달랐다. 그녀는 바닥을 헹구고 닦는 일을 막 끝내고 30수를 받기 위해 카운터 옆에 서 있었다. 눈 위의 키스는 그녀에게 아무런 감정도 불러일으키지 못했다. 그건 그녀와는 아무 상관 없는, 지극히 자연스러운 것으로 여겨졌다. 하지만 비르지니는 다소 당혹스러운 듯 보였다. 그녀는 카운터 위로 제르베즈를 향해 30수를 던졌다. 하지만 바닥을 닦느라 진이 빠진 제르베즈는 시궁창에서 끌어낸 개처럼 흠뻑 젖은 추한 몰골로 여전히 무언가를 기다리는 듯 그 자리를 떠날 생각을 하지 않았다.

"그런데 다른 얘긴 또 없었나요?" 그녀는 마침내 모자 제조업자에게 물었다.

"누구 말이오?" 그는 큰 소리로 외쳤다. "아! 그래, 나나!…… 아니, 다른 얘긴 없었는데. 그 계집은 입도 얼마나 탐스러운지! 꼭 바구니에 가득 담긴 딸기처럼 먹음직스럽더라니까!"

제르베즈는 30수를 손에 꼭 쥐고 그곳을 떠났다. 그녀의 낡아빠진 신발은 물뿌리개처럼 물을 뿜어냈다. 커다란 신발창은 바닥에 젖은 흔적을 남기면서 철벅철벅 음악을 연주하는 듯했다.

이제 동네의 술꾼 여인네들은 제르베즈가 딸이 타락한 것을 견디지 못해 술을 마신다고 수군거렸다. 제르베즈 자신도 술집 카운터에서 독주를 마실 때면, 진탕 마시다가 뒈져버리고 싶은 듯 극적인 표정으로 입속에 술을 털어 넣었다. 그러면서 잔뜩 취해 집으로 돌아올 때면 괴로워서 마신 거라고 더듬더듬 변명을 했다. 점잖은 사람들은 그녀의 말에 어깨를 으쓱해 보였다. 괴로워서 술을 마신다는 건 주정뱅이들이 늘 써먹는 수법인 것이다. 아마도 술독에 빠져서 괴롭다는 말이 더 맞을 것이다. 제르베즈는 물론 처음에는 나나의 가출을 받아들이기가 힘들었다. 그녀 안에 남아 있던 마지막 양식이 분노했던 것이다. 그리고 엄마들은 대체로 바로 그런 순간에도 딸이 낯선 남자와 함께 있다고는 생각하고 싶어 하지 않는 법이다. 하지만 이미 정신이 병들 대로 병들고 세파에 찌들어 판단력이 흐려진 제르베즈로서는 그런 수치심조차 오래 느끼지 못했다. 그러면서 정신이 들락날락하는 상태가 계속되었다. 창녀가 된 딸을 일주일간 한 번도 떠올리지 않고도 잘 지냈다. 그러다가 주로 배 속이 텅 비었을 때나 술에 잔뜩 취했을 때면 느닷없이 딸에 대한 애정이나 분노가 솟구쳐 올랐다. 그러면 나나를 붙잡아 남들이 보지 못하게 구석으로 데리고 가서는 그때그때 기분에 따라 꼭 안아주든지 두들겨 패든지 하고 싶다는 생각이 강렬하게 들었다. 그녀는 이제 올바르게 산다는 게 뭔지도 잘 알지 못했다. 다만 분명한 건 나나가 그녀의 것이라는 사실이었다. 그렇지 않은가? 자신의 손안에 있던 게 날아가버리는 것을 보면서 즐거워할 사람은 물론 아무도 없다.

그런 생각이 들 때마다 제르베즈는 경관처럼 날카로운 눈으로 거리를 유심히 살펴보았다. 아! 행여 그 잡것을 만날 수 있다면 당장 집으로 다시 데리고 올 텐데! 그해에는 그들이 사는 지역에 많은 변화가 있었다. 외곽 도로를 관통하는 마장타 로와 오르나노 로가 새로 뚫리면서 예전에 있던 푸아소니에르 시문은 흔적도 없이 사라져버렸다. 푸아소니에 가 한쪽도 건물이 모두 철거되었다. 이제 구트도르 가에서 거대한 공터를 바라보면서 태양과 신선한 공기를 마음껏 음미할 수 있었다. 또한 오르나노 로에는 시야를 가로막던 초라한 집들 대신 거대한 기념물 같은 7층짜리 대저택이 들어섰다. 마치 교회처럼 조각으로 장식된 건물에는 부티가 줄줄 흐르는 환한 창문마다 자수 커튼이 드리워 있었다. 구트도르 가 건너편에 있는 새하얀 건물에서 나오는 빛이 거리를 환하게 밝혀주는 듯 보였다. 심지어 새 건물은 랑티에와 푸아송을 매일같이 다투게 만들었다. 모자 제조업자는 파리가 모두 파괴되고 있다면서 열변을 토해냈다. 그러면서 황제가 노동자들을 지방으로 보내버리려고 곳곳에 호화로운 건물을 짓고 있다며 비난했다. 분노를 안으로 삭이느라 얼굴이 창백해진 경관은 반대 주장을 했다. 황제는 누구보다 노동자를 먼저 생각하며, 그들에게 일거리를 주기 위해서라면 파리 전체를 밀어버릴 수도 있을 터였다. 제르베즈 또한 파리의 외관이 날로 아름다워지고 있다는 사실이 그다지 달갑지 않았다. 그녀에게는 익숙하기 그지없는 교외의 초라한 모퉁이를 온통 뒤집어엎어놓았기 때문이다. 제르베즈를 무엇보다 우울하게 만든 것은, 자신이 절망의 나락으로 떨어지고 있는 바로 그 시각에 온 동네가 아름다워지고 있다는 사실이었다. 진창 속에 빠져 있을 때는 머리 위를 환하게 비추는 햇살이 달갑지 않은 법이다. 제르베즈는 나나를 찾느라 쌓여 있는 건축 자재를 뛰어넘고 공사 중인 보도 위를 헤치고 나아가다, 앞을 가로막은 말뚝 울타리와 부딪히면 분노하곤 했다. 특히 오르나노 로의 화려한 저택은 그녀를 격분케 했다. 그런 건물들은 나나 같은 창녀를 위한 것이었기 때문이다.

어쨌거나 제르베즈는 여러 차례에 걸쳐 딸의 소식을 들을 수 있었다. 어디서나 고약한 소식을 전하지 못해 안달인 사람들이 있게 마련이다. 그랬다, 그들은 제르베즈에게 딸이 늙은 놈팡이를 내팽개치고 떠났다는 얘기를 들려주었다. 그러면서 세상 물정을 모르는 어린 계집이 철없는 짓을 했다고 덧붙였다. 나나는 그 늙은이에게서 극진한 사랑과 대접을 받았으며, 요령껏 처신하기만 하면 얼마든지 자유롭게 지낼 수도 있었다. 하지만 젊음이란 어리석기 짝이 없는지라 아마도 웬 젊은 놈을 따라가버린 듯했다. 그게 누군지는 정확히 알지 못했다. 그들이 분명하게 아는 것은, 어느 날 오후 바스티유 광장에서 그 계집이 오줌을 누기 위해 늙은 놈팡이에게 3수를 청했고, 그 후로 그는 여전히 그녀를 기다린다는 것이었다. 교양 있는 사람들은 그런 걸 '영국식으로 오줌을 눈다'[*]고 표현했다. 또 어떤 이들은 그 후에 샤펠 가에 있는 **그랑 살롱 드 라 폴리**^{**}에서 나나가 캉캉 춤을 추는 걸 보았다고 주장했다. 그러자 제르베즈는 주변에 있는 댄스홀을 뒤져봐야겠다는 생각이 들었다. 그때부터 그녀는 댄스홀이 보이면 그냥 지나치는 법이 없었다. 쿠포도 함께 나나를 찾아 나섰다. 처음에는 홀을 한 바

---

* 연락처도 남기지 않고 떠나버린다는 뜻.
** '폴리'는 본래 '광기'라는 뜻이나 당시 극장이나 카페콩세르 등으로 쓰이던 교외의 호화 별장을 가리키는 말로도 쓰였다.

퀴 돌아보면서 격렬하게 몸을 흔드는 창녀들을 유심히 살펴보는 데 그쳤다. 그러다가 어느 날 저녁 수중에 돈이 좀 생기자 테이블에 앉아 데운 포도주 한 주발을 시켰다. 목을 축이면서 나나가 나타나기를 기다리려는 것이었다. 그렇게 한 달쯤 지나자 그들은 나나를 까맣게 잊어버렸다. 그리고 춤에 푹 빠져 자신들의 즐거움을 위해 댄스홀을 드나들었다. 숨 막히게 하는 붉은색 조명 아래 마룻바닥이 들썩이는 가운데, 몇 시간이고 한 마디도 하지 않고 멍한 얼굴로 테이블 위에 팔을 괴고 앉아 있곤 했다. 그 지역 창녀들이 엉덩이를 흔들어대는 모습을 흐리멍덩한 눈으로 좇으며 은밀한 즐거움을 느끼는 듯 보였다.

그러던 11월 어느 날 저녁, 그들은 몸을 덥히기 위해 **그랑 살롱 드 라 폴리**로 들어섰다. 밖에는 행인들의 얼굴을 에는 바람이 불었다. 하지만 홀은 사람들로 가득 차 있었다. 오, 맙소사, 테이블과 중앙의 플로어, 그리고 위층까지도 온통 사람들로 득시글거렸다. 마치 돼지고기 내장을 잔뜩 쌓아놓은 것 같은 광경은 캉식 내장 요리를 좋아하는 사람이라면 군침을 흘릴 정도였다. 그들은 빈 좌석을 찾느라 두 바퀴를 돌고 난 후 누군가 자리를 뜰 때까지 서서 기다리기로 했다. 추레한 작업복에 윗부분이 납작하고 챙이 없는 낡은 모자를 쓴 쿠포는 몸을 좌우로 흔들고 있었다. 그때 작은 키에 왜소한 체구의 청년이 통로를 가로막고 서 있던 쿠포를 팔꿈치로 건드리고 지나가더니 외투 소맷자락을 털어내었다.

"이봐!" 화가 난 쿠포가 물고 있던 짤막한 담배 파이프를 입에서 빼면서 소리쳤다. "미안하다는 말도 못 하나?…… 작업복이 그렇게 역겹다는 거야 뭐야!"

그러자 청년은 뒤로 돌아서서 함석공을 쏘아보았다. 쿠포는 계속해서 큰 소리로 떠들어댔다.

"이 기둥서방같이 생긴 놈, 네놈은 작업복이 이 세상에서 가장 멋진 옷이라는 걸 알아야 해, 아무렴 그렇고말고! 이건 신성한 노동자의 옷이라고!…… 난 말이지, 네놈이 원하면 따귀를 후려쳐서 네놈 옷에 묻은 먼지를 떨어줄 수도 있어…… 어디서 계집애처럼 생긴 놈이 노동자를 모욕하려고 들어!"

제르베즈가 그를 진정시키고자 했지만 헛수고였다. 함석공은 가슴을 쭉 내밀고 주먹으로 누더기 같은 작업복을 두드리면서 소리쳤다.

"이 안에는 진정한 남자의 가슴이 들어 있다고!"

그러자 청년은 군중 속으로 사라지면서 중얼거렸다.

"재수 없는 작자가 여기 한 놈 더 있었군!"

쿠포는 그를 따라잡고자 했다. 더 이상 외투를 입은 놈들한테 조롱당하고 있을 수만은 없었다! 게다가 척 보아하니 저놈이 입은 외투는 제 돈을 주고 산 것도 아니었다! 돈 한 푼 안 들이고 여자를 낚기 위해 어디서 빌려 입고 온 게 분명했다. 그놈을 다시 마주친다면 바닥에 납작 엎드리게 해서 자신의 작업복에 입을 맞추게 하고야 말리라. 하지만 빼곡하게 들어찬 사람들 때문에 질식할 지경이어서 더 이상 앞으로 나아갈 수가 없었다. 제르베즈와 쿠포는 춤추는 사람들 주위를 천천히 돌기 시작했다. 술 취한 남자가 대자로 뻗거나 여자가 다리를 추켜올려 모든 걸 보여줄 때면, 눈에 불을 켠 구경꾼들이 세 겹으로 그 주위를 에워쌌다. 제르베즈와 쿠포는 둘 다 키가 작아서 발돋움을 했지만, 위로 튀어 오르는 틀어 올린 머리나 모자밖엔 볼 수 없었다. 밴드는 금이 간 금관악기로 격렬하게 카드리유 춤곡을 연주했다. 커다란 음악 소리에 댄스홀 전체가 흔들리는 것처럼 느껴졌다. 춤을 추는 사람들이 발을 구르자 뿌옇게 먼지가 일어나 가스등 불빛이 흐려졌다. 뜨거운 열기로 인해 숨이 막혀왔다.

"저길 좀 봐요!" 제르베즈가 갑자기 소리를 질렀다.

"뭘 말이야?"

"저기, 벨벳 모자 말이에요."

그들은 발뒤꿈치를 한껏 들어 올렸다. 왼쪽 편으로, 마치 영구차에 다는 것 같은 꾀죄죄한 깃털 장식이 너덜거리는 낡은 검은색 벨벳 모자가 보였다. 하지만 그들은 모자 외엔 아무것도 볼 수가 없었다. 모자는 깡충깡충 뛰어오르고 빙글빙글 돌아가다가는 가라앉았다가 다시 솟아오르기를 반복하며 요란하게 춤을 추었다. 미친 듯이 돌아가는 머리들 속에서, 시야에서 사라졌던 모자가 다시 다른 모자들 위로 솟구쳐 흔들리는 게 보였다. 까불까불하는 그 모습이 어찌나 우스꽝스럽던지, 모자 주인이 누구인지는 알지 못하고 모자만 좇던 주변 사람들이 킥킥거렸다.

"저게 뭐 어쨌다는 건데?" 쿠포가 물었다.

"저 틀어 올린 머리를 못 알아보겠어요?" 목이 멘 제르베즈는 조그맣게 말했다. "우리 딸 나나가 아니면 단두대에 내 목을 걸겠어요!"

함석공은 모여 있는 사람들을 단번에 옆으로 밀쳐냈다. 오, 맙소사! 그래, 나나가 틀림없군! 게다가 아주 기막힌 모양새를 하고 있고 말이지! 온 동네 술집의 테이블을 모두 훑고 다닌 듯 끈적끈적한 것들이 묻은 낡은 실크 드레스는 밑단이 모두 떨어져 나가 너덜거렸다. 게

다가 나나는 재킷도 입지 않고 어깨에 숄조차 걸치지 않아 단춧구멍들이 찢어진 코르사주가 그대로 드러나 보였다. 그녀를 끔찍이 아끼던 늙은 놈팡이를 떠난 지 얼마 되지도 않아 어느새 이 지경이 돼 있다니! 손찌검까지 하는 못된 기둥서방 같은 놈을 만난 게 틀림없었다! 그럼에도 불구하고, 우스꽝스러운 커다란 모자 아래로 보이는 복슬강아지처럼 곱슬곱슬한 머리와 장밋빛 입술 덕분에 나나는 여전히 상큼하고 탐스럽게 보였다.

"여기서 기다려. 내가 저년을 혼내주고 올 테니까!" 쿠포는 노기등등한 표정으로 씩씩거렸다.

물론 나나는 아무것도 알아차리지 못했다. 몸을 얼마나 격렬하게 뒤트는지 가히 굉장한 구경거리가 아닐 수 없었다! 엉덩이를 왼쪽 오른쪽으로 번갈아 흔들고, 허리가 꺾일 정도로 몸을 깊이 숙여 인사를 하고, 몸이 둘로 찢어질 듯 파트너의 얼굴을 향해 양쪽 발을 번갈아 추켜올렸다! 그사이 빙 둘러 모인 사람들은 그녀를 향해 박수 갈채를 보냈다. 이제 춤의 열기에 자극받아 더욱더 과감해진 나나는 치마를 무릎까지 걷어 올린 채, 채찍으로 후려친 팽이처럼 빙글빙글 돌다가는 다리를 180도로 벌려 바닥에 납작 엎드렸다. 그런 다음 숨이 멎을 만큼 매력적인 자태로 엉덩이와 가슴을 마구 흔들어댔다. 그 모습을 보고 있자면, 그녀를 구석으로 끌고 가서 마구 키스를 퍼붓고 싶어졌다.

콩트르당스 춤곡에 맞춰 한창 춤을 추던 사람들 틈에 불쑥 끼어든 쿠포는 여기저기서 쏟아지는 비난을 들어야 했다.

"저 아인 내 딸이라고요! 그러니까 저리 좀 비켜요!" 그가 소리쳤다.

마침 나나는 뒷걸음질을 하고 있었다. 모자의 깃털 장식으로 마룻

바닥을 쓸어내면서, 엉덩이를 있는 대로 둥글려서는 좀 더 섹시하게 보이려고 살짝살짝 흔들어주기도 했다. 그러다가 매우 민감한 부분에 결정적인 발길질을 당하자 기겁을 하며 몸을 일으켰다. 그리고 아비와 어미를 알아보고는 얼굴이 백지장처럼 하얘졌다. 이런 젠장, 빠져나갈 구멍이라곤 전혀 보이지 않았다!

"당장 꺼져버려!" 춤추던 사람들이 야유를 퍼부었다.

하지만 쿠포는 딸의 파트너가 바로 그 외투를 입은 말라깽이 청년이라는 사실을 알고는 그들이 뭐라고 하건 개의치 않았다.

"그래, 우리 맞아! 엥! 이렇게 딱 걸릴 줄은 몰랐겠지…… 오! 나도 여기서 널 다시 만나게 될 줄은 몰랐으니까. 조금 전에 나한테 무례하게 굴던 바로 그 애송이를 말이지!"

제르베즈는 조그맣게 웅얼거리면서 쿠포를 밀어냈다.

"제발 좀 조용히 하지 못해요!…… 구질구질하게 무슨 말이 그리 많은지 원."

그리고 성큼성큼 앞으로 나아가더니 마치 정확하게 겨냥한 것처럼 나나의 뺨을 두 번 때렸다. 처음에는 깃털 모자가 옆으로 돌아갔고, 두번째는 백옥같이 하얀 나나의 볼에 벌건 손자국이 남았다. 하지만 나나는 울음을 터뜨리거나 반항할 생각을 하지 않고 멍하니 서 있었다. 밴드가 연주를 계속하는 가운데 화가 난 군중은 더욱더 격렬하게 소리쳤다.

"당장 꺼져버려! 당장 꺼져버려!"

"자, 어서 가자!" 제르베즈가 말했다. "앞장서! 다시 도망갈 생각일랑 말고. 그랬다간 감옥에 처넣어버리고 말 테니까!"

그 틈을 이용해 키 작은 청년은 슬그머니 자취를 감추었다. 나나는 자신의 불운에 넋이 나간 얼굴로 몸을 곧추세운 채 앞장서서 걸어갔다. 나나가 조금이라도 머뭇거리는 기색을 보이면, 즉각 뒤에서 손바닥이 날아오면서 그녀를 다시 출입문 쪽으로 이끌었다. 그렇게 세 사람은 비아냥거림과 야유 속에 홀을 통과해 나아갔다. 그사이 밴드는 트롬본으로 대포알을 뱉어내듯 우렁차게 콩트르당스 연주를 마쳐갔다.

다시 예전과 같은 삶이 시작되었다. 나나는 예전에 쓰던 작은방에서 열두 시간을 내리 자고 난 후 일주일을 아주 조신하게 보냈다. 꼭 끼는 낡은 드레스를 수선해 입고, 틀어 올린 머리에는 보닛을 쓰고 턱 아래로 끈을 단정하게 묶고 다녔다. 심지어 의욕이 넘치는 모습으로 집에서 일을 하겠다고 선언했다. 집에서 원하는 만큼만 벌면서 작업장의 음탕한 이야기들을 듣지 않아도 되니 일석이조가 아니냐면서. 처음 며칠간은 새벽 다섯시에 일어나 바이올렛 줄기를 말기 위해 도구와 재료를 가져와 테이블에서 작업을 했다. 하지만 몇 그로스를 만들어 넘기고 나자 작업대 앞에서 늘어지게 기지개를 켰다. 그사이 감각이 둔해진 탓에 양손에 경련이 일었다. 게다가 6개월 동안 자유분방하게 지냈던 그녀로서는 집 안에만 갇혀 지내자 숨이 막힐 것만 같았다. 그러자 풀통이 마르고 꽃잎과 초록색 종이가 기름때로 더러워져, 주인이 세 번이나 찾아와 망친 재료들을 배상하라며 소란을 피웠다. 그 후 빈둥거리며 시간을 보내던 나나는 여전히 매일같이 아비의 매질을 견디면서, 어미와는 아침저녁으로 서로를 못 잡아먹어서 으르렁거렸다. 두 여자는 서로에게 서슴없이 욕설을 내뱉으며 치열하게 다투었다. 이렇게 계속 살 수는 없는 노릇이었다. 열이틀째 되던 날 나나는 또다시 집을 나갔다. 가지고 나간 것이라고는 입고 있던 낡은 드레스와 조그만 모자가 전부였다. 나나가 집으로 돌아와 반성하는 빛을 보이자 내심 못마땅해하던 로리외 부부는 그녀의 두번째 가출 소식에 너무나 기분이 좋아져서 배꼽이 빠져라 웃어대다가 하마터면 뒤로 나자빠질 뻔했다. 이번에 다시 나타났다가 또다시 사라지면, 그 땐 마차에 태워 생라자르*로 보내는 일만 남았다! 이거야말로 엄청나 게 웃기는 코미디가 아니고 뭐겠는가! 나나는 가출의 귀재가 틀림없 다! 오, 이렇게 통쾌할 데가! 이제 쿠포 부부는 딸을 집에 붙들어두려 면, 딸년의 옷을 꿰맨 다음 새장에 가둬버려야 할 판이었다!

쿠포 부부는 마음속으로는 분노를 금치 못하면서도, 다른 사람들 앞에서는 입을 하나라도 덜게 돼 차라리 잘됐다는 반응을 보였다. 하 지만 분노란 그리 오래가지 못하는 법이다. 그리고 얼마 지나지 않아, 나나가 이웃 동네의 거리에서 일하고 있다는 얘기를 전해 들어도 눈 하나 깜짝하지 않게 되었다. 제르베즈는 나나가 자신들을 엿 먹이려 고 그러는 것이라고 욕을 해대면서도, 사람들의 입방아 따위에는 아 랑곳하지 않았다. 길거리에서 우연히 딸과 마주치더라도, 그 망할 계 집의 뺨을 때리다가 손을 더럽히는 일 같은 건 결코 하지 않을 터였 다. 그랬다, 이젠 정말 끝이었다. 딸이 길거리에서 벌거벗은 채로 죽 어간다고 할지라도, 그 계집이 자신의 배 속에서 나왔다는 사실을 숨 긴 채 그냥 지나치고 말 것이었다. 나나는 인근 무도장에서 일약 떠오

---

* 프랑스대혁명 때부터 1935년까지 여자 교도소로 쓰였던 곳으로, 건물 상당 부분이 창 녀들에게 할당되었다.

르는 별로 주목을 받았다. 렌 블랑슈*에서 그랑 살롱 드 라 폴리에 이르
기까지 그녀를 모르는 사람이 없을 정도였다. 나나가 엘리제몽마르트
르로 들어서면 모두들 테이블 위로 올라섰다. 그녀가 엉덩이를 흔들
면서 뒷걸음질 치며 카드리유를 추는 모습을 보기 위해서였다. 샤토
루즈**에서 두 번이나 문전박대를 당한 나나는 아는 사람이 나타날 때
까지 문 앞에서 서성인 적도 있었다. 대로에 있는 불 누아르와 푸아소
니에 가의 그랑튀르크는 괜찮은 옷을 갖춰 입어야만 들어갈 수 있는
격조 있는 무도장이었다. 하지만 그중에서 나나가 가장 선호하는 곳
은 음습한 뜰에 꾸며진 발 드 레르미타주와 카드랑 가에 위치한 발 로베
르***였다. 여섯 개의 양등으로 불을 밝힌 비좁고 지저분한 두 군데의
홀은 소박하고 편안하며 자유분방한 분위기를 물씬 풍겼다. 젊은 남
녀는 그곳 구석에서 누구의 방해도 받지 않고 마음껏 키스할 수도 있
었다. 나나는 오르막과 내리막이 반복되는 나날을 이어갔다. 마법사
가 요술봉을 휘두르듯, 어느 때는 근사한 숙녀로 변신했다가 또 어떤
때는 시궁창에서 뒹군 것 같은 더러운 몰골로 나타나기도 했다. 아!
이거야말로 멋진 삶이 아니고 무어란 말인가!

　쿠포 부부는 불미스러운 곳에서 몇 번씩이나 딸과 마주칠 뻔했다.
그럴 때마다 즉시 돌아서서 그녀의 눈에 띄지 않기 위해 다른 곳으로
몸을 숨겼다. 그런 행실 나쁜 계집을 집으로 끌고 가려다 홀의 수많은

---

* '하얀 왕비'라는 뜻.
** '붉은 성'이라는 뜻.
*** '그랑튀르크'는 '터키 황제', '발 드 레르미타주'는 '은자의 처소 무도장', '발 로베
르'는 '로베르 무도장'이라는 뜻.

사람들 앞에서 또다시 조롱거리가 되는 것을 원치 않았기 때문이다. 그러던 어느 날 저녁 열시경, 막 잠자리에 들려고 할 때 누군가 문을 두드리는 소리가 났다. 나나가 찾아와 태연하게 재워줄 것을 청했다. 게다가 맙소사, 하고 있는 꼬락서니라니! 모자는 어디로 갔는지 보이지도 않았고, 누더기 같은 옷에 닳아빠진 신발 하며, 그대로 경찰한테 끌려가 빈민 수용소로 직행해도 손색이 없을 모양새였다. 게다가 누군가에게 흠씬 두들겨 맞은 게 분명했다. 그 몰골로 딱딱하게 굳은 빵을 미친 듯이 삼키던 나나는 마지막 빵 한 조각은 입에 문 채 그대로 나가떨어져버렸다. 그런 날들이 되풀이되었다. 나나는 아침에 일어나 어느 정도 기운을 차렸다 싶으면 또다시 어디론가 증발해버리기 일쑤였다. 마치 애초에 찾아온 적도 없었던 것처럼! 카나리아는 또다시 어디론가 훌쩍 날아가버렸다. 그렇게 몇 주 몇 달이 흘러갔고, 나나는 영영 돌아오지 않을 것 같았다. 그러던 어느 날 다시 불쑥 나타난 그녀는 그동안 어디 있었는지 결코 말하려 들지 않았다. 때로는 집게로도 건드리고 싶지 않을 만큼 더러운 데다 머리부터 발끝까지 온통 상처투성이였고, 또 때로는 잘 차려입었지만 방탕한 생활 탓에 진이 모두 빠져버려 축 늘어진 채 똑바로 서 있기조차 힘들어했다. 부모는 그런 딸에게 익숙해져야만 했다. 두들겨 패는 것도 아무런 소용이 없었다. 심지어 멍이 시퍼렇게 들 정도로 때려도, 딸이 그들의 집을 일주일에 한 번씩 와서 자고 가는 여인숙 취급하는 것을 막을 수는 없었다. 나나는 매 맞는 것으로 잠자리를 제공받는 대가를 치른다는 것을 잘 알고 있었다. 따라서 상황 판단을 해본 다음 그 편이 낫다 싶으면 집으로 와서 기꺼이 매를 맞았다. 게다가 계속 때리는 것도 지겨워지는 법이다. 쿠포 부부는 마침내 나나의 자유분방한 생활을 받아들이기에 이르렀다. 집에 돌아오건 돌아오지 않건, 문을 열어놓지만 않는다면 그걸로 족했다. 맙소사! 습관이란 다른 것들처럼 건전한 삶을 갉아먹고야 마는 것이다.

하지만 제르베즈가 참지 못하는 것이 꼭 한 가지 있었다. 딸이 드레스 자락을 길게 늘어뜨리고, 온통 깃털로 뒤덮인 모자를 쓰고 나타나는 것이었다. 아니, 그런 호사는 결코 용납할 수 없었다. 흥청망청 살든 말든 그건 나나 자신의 일이니 알 바 아니었다. 하지만 부모 집에 올 때는 적어도 노동자 신분에 어울리는 옷을 입어야 하는 게 아닌가. 나나의 긴 꼬리 드레스는 공동아파트 전체를 들썩거리게 했다. 로리외 부부는 킬킬 웃어댔다. 흥분을 감추지 못한 랑티에는 나나의 향기를 맡으려고 코를 킁킁거리면서 주위를 맴돌았다. 보슈 부부는 폴린에게 장식이 요란한 천박한 옷을 입은 창녀 계집과 어울리는 것을 금했다. 제르베즈는 나나가 술을 진탕 마시고 들어온 다음 날이면 업어가도 모를 정도로 정신없이 자는 것도 못마땅해했다. 나나는 가슴을 훤히 드러내고 풀어헤친 머리에는 머리핀을 잔뜩 꽂은 채 시체처럼 파리한 얼굴로 가쁜 숨을 몰아쉬며 잤다. 제르베즈는 아침나절 동안 나나를 대여섯 차례나 흔들어 깨웠다. 그러면서 당장 일어나지 않으면 배에 물을 한 단지 부어버리겠다고 으름장을 놓았다. 아름답고 게을러빠진 계집아이가 사악함에 찌들어 반쯤 벌거벗은 채 누워 있는 모습은 제르베즈의 심기에 몹시 거슬렸다. 잠에 취한 나나는 몸속 가득한 관능을 밖으로 뿜어내는 듯 보였다. 이따금 잠시 한쪽 눈을 떴다가 이내 다시 감고는 더 늘어지게 잠 속으로 빠져들었다.

어느 날 제르베즈는 나나가 살아가는 방식을 노골적으로 비난하면서, 그 정도로 녹초가 돼 돌아오는 걸 보면 이젠 군인들까지 상대하는 건 아닌지 물었다. 그러면서 젖은 손으로 딸의 몸을 흔들면서 협박을 실행에 옮겼다. 그러자 나나는 불같이 화를 내면서 시트로 몸을 감싼 채 소리쳤다.

"이제 제발 그만 좀 하세요, 네? 엄마! 우리 남자 애긴 하지 말죠, 그게 엄마한테도 좋을 거예요. 엄마도 자기 좋을 대로 했으니까 나도 내가 하고 싶은 걸 하는 거라고요."

"뭐? 너 지금 그게 무슨 말이야?" 제르베즈가 더듬거렸다.

"그래요, 그 애긴 지금까지 한 번도 한 적이 없었죠. 왜냐하면 내가 상관할 바가 아니니까. 엄마도 자기 맘대로 살았잖아요. 우리가 아래층에 살 때 아빠가 곯아떨어지면 엄마가 슈미즈 바람으로 어디로 가는 걸 수없이 봤다고요…… 엄만 이제 그런 게 지겨워졌는지 모르지만, 안 그런 사람들도 있단 말이에요. 그러니까 제발 날 좀 그냥 내버려둬요. 나한테 훈계 같은 거 할 생각일랑 말고요!"

얼굴이 새하얗게 질린 제르베즈는 양손을 부들부들 떨다가 넋이 나간 듯 돌아섰다. 나나는 두 팔로 베개를 꼭 껴안고 납작 엎드려 다시 깊은 잠의 나른함 속으로 빠져들었다.

쿠포는 딸을 때릴 생각조차 하지 못하고 무슨 말인가를 웅얼거렸을 뿐이다. 그는 모든 판단력을 상실한 듯 보였다. 이제 그에게 부도덕한 아비라는 비난을 퍼붓느라 공연히 힘을 뺄 필요도 없었다. 술은 그를 선과 악조차 구분하지 못하게 만들어놓았던 것이다.

이젠 이 모든 것이 하나의 일상이 되다시피 했다. 쿠포는 6개월 동안 쉼 없이 술을 마셔대다가 쓰러져 다시 생탄 정신병원에 입원하는 일을 반복했다. 병원에 입원하는 것은 그에게는 소풍을 가는 것과도 같았다. 로리외 부부는 주공(酒公)께서 자신의 영지로 납신다고 비아냥거렸다. 그리고 몇 주 후, 수선을 받고 원기를 회복해 정신병원에서 나온 쿠포는 또다시 술을 입에 대기 시작했고, 그러다 또 쓰러져 다시 수선이 필요한 지경에 이르곤 했다. 그렇게 3년 동안 일곱 차례나 생탄을 제집처럼 드나들었다. 동네 사람들은 그가 병원에 자신의 방을 따로 마련해뒀나보다고 수군거렸다. 하지만 무엇보다 끔찍한 것은, 이 끈질긴 술꾼이 상태가 매번 더 나빠진다는 사실이었다. 재발이 거듭될 때마다 그를 기다리고 있는 종착역이 보였다. 조금씩 금이 가는 병든 술통이 언젠가는 결정적으로 터져버리고 말리라는 것을 예감할 수 있었다.

게다가 그의 몰골은 차마 눈 뜨고 봐줄 수가 없을 지경이었다. 독약이 온몸을 망가뜨린 듯, 마치 살아 있는 유령 같았다! 알코올을 잔뜩 빨아들인 그의 몸은 약국에 진열된 병 속의 태아처럼 쪼그라들어 있었다. 그가 창문 앞에 서면 갈비뼈 사이로 햇빛이 쏟아져 들어왔다. 움푹 팬 볼에, 눈에서는 밀랍 같은 분비물이 대성당에 조달할 수도 있을 만큼 끊임없이 흘러내렸다. 그의 얼굴에서 유일하게 번성한 것은 황폐해진 얼굴 한가운데에 마치 아름다운 카네이션처럼 활짝 피어난 붉은색 코뿐이었다. 쿠포가 노인처럼 허리를 구부린 채 비틀거리면서 거리를 지날 때면, 그가 이제 겨우 갓 마흔이라는 사실을 아는 이들은 몸서리를 쳤다. 손 떨림 증상 또한 날로 심해졌는데, 특히 오른손은 그 정도가 심각했다. 따라서 어떤 날은 술잔을 두 손으로 꼭 잡은 채 입으로 가져가야만 했다. 아! 이 염병할 손은 왜 떨리고 지랄인지! 그의 손은 이젠 대부분의 것들에 무감각해진 그에게 유일하게 성가신 것이었다. 그는 손을 향해 지독한 욕설을 퍼부어댔다. 어떤 때는 몇 시간이고 춤추는 자신의 손을 응시하기도 했다. 더 이상 화도 내지 않고 아무 말 없이 개구리처럼 튀어 오르는 손을 바라보는 그의 모습은, 그 속에 어떤 기계 장치가 감추어져 있길래 저리 작동하는지를 알아내려는 사람처럼 보였다. 그러던 어느 날 저녁 제르베즈는 주정뱅이의 쪼그라든 두 뺨 위로 굵은 눈물 두 방울이 흘러내리는 것을 목격했다.

나나가 아직 부모 집에서 가끔씩 밤을 보내던 마지막 여름은 쿠포에게는 몹시 힘겨운 시기였다. 마치 독주가 목에 새로운 음색을 부어넣기라도 한 것처럼 목소리가 완전히 변해버렸던 것이다. 한쪽 귀도 들리지 않았다. 며칠 사이에 시력도 급격히 저하되었다. 계단에서 굴러떨어지지 않으려면 난간을 꼭 붙잡아야만 했다. 말하자면 건강이 휴식을 취하는 듯했다. 견디기 힘든 끔찍한 두통과 눈앞에 서른여섯 개의 촛불을 반짝이게 하는 현기증이 시시때때로 그를 괴롭혔다. 또한 느닷없이 격렬한 통증이 팔다리를 엄습하곤 했다. 그럴 때마다 사색이 된 그는 그대로 주저앉아 얼빠진 표정으로 몇 시간을 의자 위에서 꼼짝 않고 있어야 했다. 심지어 발작이 일어난 후 하루 종일 한쪽 팔이 마비돼 있던 적도 있었다. 침대에 누워 지내는 시간도 점차 많아졌다. 그럴 때면 그는 시트 속으로 숨어 몸을 웅크린 채 고통 받는 짐승처럼 거친 숨을 몰아쉬었다. 그러면서 생탄에서 했던 기괴한 행동을 다시 하기 시작했다. 고열에 시달리면서 누군가를 경계하는 불안한 눈빛으로 광기를 드러내며 작업복을 갈가리 찢거나, 경련이 이는 입으로 가구를 물어뜯기도 했다. 또 어떤 때는 한없이 약해진 모습으로 계집아이처럼 칭얼거리거나, 누구에게도 사랑받지 못하는 신세를 한탄하기도 했다. 어느 날 저녁 함께 집으로 돌아온 제르베즈와 나나는 그의 침대가 비어 있는 것을 발견했다. 그의 자리에는 그 대신 기다란 쿠션이 눕혀져 있었다. 두 여자가 침대와 벽 사이에 숨어 있는 쿠포를 찾아내자, 그는 이를 마구 부딪치면서 낯선 남자들이 자신을 죽이러 올 거라면서 횡설수설했다. 두 여자는 그를 다시 침대에 눕혀서는 아이처럼 다독거려주어야 했다.

쿠포에게는 오직 한 가지 특효약밖엔 존재하지 않았다. 하루에 반 리터의 독주는 배를 몽둥이로 후려치듯 강렬한 자극을 주어 그를 다시 일어서게 해주었다. 매일 아침 그는 그런 식으로 술독을 치료했다. 기억력은 이미 오래전에 그를 떠났고, 머릿속은 텅 비어버렸다. 그는 자리를 털고 일어나기만 하면 자신의 병을 비웃었다. 그는 결코 아팠던 적이 없었다. 그랬다, 아주 건강하다고 자부하면서 쓰러져 죽는, 딱 그 짝이었다. 게다가 이제 그는 일상생활마저 불가능한 지경에 이르렀다. 나나가 6개월 만에 집에 돌아오면 동네에 심부름을 다녀온 것으로 생각했다. 낯선 남자와 팔짱을 낀 나나가 길에서 그와 마주쳐 킥킥거려도 딸을 알아보지 못했다. 이제 나나에게 그는 존재하지 않는 것과 다를 바 없었다. 의자가 없으면 그를 대신 깔고 앉기라도 할 판이었다.

첫서리가 내리자 나나는 또다시 집을 나갔다. 과일 가게에 구운 배가 있는지 알아보러 간다는 핑계를 둘러댔다. 겨울이 다가오는 것을 느끼자 불 꺼진 난로 앞에서 이를 부딪치면서 덜덜 떨고 싶지 않았기 때문이다. 그녀가 돌아오지 않자, 배를 기다리던 쿠포 부부는 망할 계집이라고 욕을 해댔다. 그러면서도 나나가 언젠가는 돌아오리라 믿었다. 지난번 겨울에는 2수어치 담배를 사러 갔다 오는 데 꼬박 3주가 걸린 적도 있었으니까. 하지만 몇 달이 지나도 나나는 돌아오지 않았다. 이번에야말로 한바탕 거방지게 노는 듯했다. 해가 바뀌어 다시 6월이 되었지만 햇살이 눈부시게 비치는데도 그녀의 모습은 보이지 않았다. 이젠 정말 끝인 것 같았다. 나나는 흰 빵을 배불리 먹을 수 있는 어딘가를 발견한 게 분명했다. 쿠포 부부는 또다시 끼니를 거른 어느 날, 딸이 쓰던 철제 침대 틀을 우수리는 떼고 단돈 6프랑을 받고 팔아버린 다음 그 돈으로 생투앙에 가서 술을 마셨다. 사실 아이의 침대는 자리만 차지하는 애물단지일 뿐이었다.

7월의 어느 날 아침, 비르지니는 가게 옆을 지나가는 제르베즈를 불러 설거지를 도와달라고 청했다. 전날 밤 랑티에가 친구 둘을 데려와 진탕 먹고 마신 때문이었다. 제르베즈가 접시에 잔뜩 묻은 기름때를 닦아내고 있을 때, 가게에서 전날 먹은 음식을 소화하고 있던 모자 제조업자가 갑자기 그녀를 향해 외쳤다.

"그거 알아요, 부인! 일전에 내가 나나를 만나지 않았겠소 글쎄."

카운터에 앉아 있던 비르지니는 계속 비어가는 사탕 병과 서랍 들 앞에서 근심 어린 표정을 짓고 있다가 랑티에의 말에 절레절레 고개를 흔들었다. 그녀는 자신이 알고 있는 사실을 말하지 않으려고 애써 참는 중이었다. 뭔가 수상쩍은 냄새가 났다. 사실 랑티에는 나나를 꽤 자주 보고 지냈다. 둘 사이에 무슨 일이 있었을지는 불 보듯 뻔한 일이었다! 그는 여자 치맛자락이 눈앞에 어른거릴 때는 그보다 더 나쁜 짓이라도 할 수 있는 남자였다. 그때 막 그곳으로 들어온 르라 부인이 야릇한 표정을 지으며 그에게 물었다. 그녀와 비르지니는 서로 속내를 털어놓을 정도로 아주 가까운 사이가 돼 있었다.

"어떤 의미에서 그 아이를 만났다는 거죠?"

"오! 아주 좋은 의미에서죠 물론." 모자 제조업자는 몹시 우쭐한 표정으로 웃음을 터뜨리면서 손으로 콧수염을 둥글게 말았다. "고년이 글쎄 마차를 타고 가더라고요. 난 진창 속을 걸어가고 있는데 말입니다…… 정말이라니까요! 솔직히 말해서 그 계집하고 터놓고 지내는 젊은 사내놈들은 한마디로 땡잡은 거죠!"

그는 가게 안쪽에서 접시의 물기를 닦던 제르베즈를 반짝거리는 눈빛으로 돌아보며 소리쳤다.

"그랬다니까, 나나가 마차를 타고 있더라니까. 게다가 어찌나 근사하게 차려입었던지!…… 하마터면 못 알아볼 뻔했어. 활짝 피어난 꽃 같은 얼굴에 새하얀 이를 드러낸 모습이 지체 높은 귀부인 같더라고. 장갑을 낀 손을 우아하게 흔들면서 나한테 살며시 웃어 보이는데, 오 정말…… 적어도 자작쯤 되는 놈팡이를 하나 물은 게 틀림없다니까. 고 영악한 계집애가 드디어 해낸 거야! 우리 따윈 더 이상 거들떠보지도 않을 거라고. 이젠 원하는 걸 모두 얻었으니까, 그 망할 년이!…… 말도 마, 새끼 고양이처럼 어찌나 사랑스러운지! 정말이지 여태 그토록 사랑스러운 계집은 본 적이 없다니까!"

제르베즈는 이미 한참 전부터 깨끗해진 윤이 나는 접시를 계속 닦았다. 비르지니는 다음 날이 만기인 어음 두 장을 어떻게 갚아야 할지 몰라 걱정하면서 곰곰 생각에 잠겨 있었다. 그동안 피둥피둥 살이 오르고 기름이 줄줄 흐르는 랑티에는 온몸에서 달콤한 냄새를 뿜어내며 고급 식료품점을 사랑스러운 어린 계집들에 대한 찬사로 가득 채웠다. 이미 대부분이 그의 배 속으로 들어간 가게는 파산의 냄새를 짙게 풍겼다. 그랬다, 이제 얼마 남지 않은 프랄린과 갱엿만 먹어치우면 푸아송의 가게 또한 끝장이었다. 모자 제조업자는 문득 맞은편 보도에서 순찰을 도는 경관을 발견했다. 경관은 입을 꼭 다문 채 지나갔고, 허벅지에는 기다란 검이 부딪혀 철썩거렸다. 그런 광경은 모자 제조업자의 흥을 더욱더 돋우었다. 그는 비르지니로 하여금 부득불 남편을 쳐다보도록 했다.

"저런! 오늘 아침엔 바댕그 저 친구가 왠지 심상치 않아 보이는군!…… 아무래도 조심하는 게 좋겠어! 오늘따라 바짝 긴장한 모습이 어딘가에 의안이라도 달고 누군가를 감시하는 것 같단 말이지."

제르베즈가 위층으로 올라가자, 또다시 발작을 일으킨 쿠포가 침대 가에 멍하니 앉아 있었다. 그는 공허한 눈빛으로 바닥을 내려다보았다. 심신이 지친 제르베즈도 의자에 주저앉아 땟물이 흐르는 치마 위로 양손을 축 늘어뜨렸다. 그렇게 십오 분여를 아무 말 없이 그와 마주하고 있다가 마침내 입을 열어 나지막하게 중얼거렸다.

"얘기해줄 게 있어요. 누군가 당신 딸을 봤대요…… 그래요, 당신 딸이 아주 근사해져서는, 이젠 당신이 필요 없대요. 아주 행복해 보인다더군요, 그 망할 년이, 맙소사!…… 아! 어떻게 그럴 수가! 나도 그 아이처럼 될 수만 있다면 무슨 짓이라도 할 텐데."

쿠포는 여전히 바닥을 응시했다. 그러다가 피폐해진 얼굴을 들어서는 백치처럼 히죽히죽 웃으면서 더듬더듬 말했다.

"난 말이지, 여보, 당신을 붙잡지 않을 거야…… 당신은 잘 씻기만
하면 아직 괜찮은 여자거든. 왜 그런 말도 있잖소, 아무리 낡은 냄비
라도 자기한테 맞는 뚜껑은 있는 법이라고…… 그렇고말고! 그래서
사는 게 좀 더 나아진다면 뭐가 문제겠소!"

12

　아마도 집세를 내는 날을 하루 넘긴 토요일, 1월 12일이나 13일쯤이었을 것이다. 제르베즈는 이제 날짜를 정확히 알지 못했다. 그녀 역시 제정신이 아니었다. 배 속에 더운 음식이 들어간 지가 언제인지 기억도 나지 않았다. 아! 정말 지옥 같은 한 주였다! 집에 먹을 것이라고는 눈을 씻고 찾아봐도 없었다. 4파운드짜리 빵 두 개로 화요일부터 목요일까지 버텨야만 했다. 그리고 전날엔 겨우 찾아낸 말라빠진 빵 껍질을 배 속에 털어 넣었을 뿐이다. 그러고 나서는 서른여섯 시간 동안 빵 부스러기 하나 구경하지 못했다. 너무나 배가 고파 텅 빈 찬장 앞에서 몸을 뒤틀며 춤을 추어야 했다! 제르베즈가 확실히 아는 단 한 가지는 날씨가 지독히 추워서 살을 에는 듯하다는 것뿐이었다. 프라이팬 밑바닥처럼 시커먼 하늘은 금방이라도 떨어져 내릴 것 같은 눈을 잔뜩 머금고 있었다. 추운 겨울에 배 속이 텅 비었을 때 허리띠를 졸라맬 수는 있지만 그런다고 주린 배가 채워지지는 않는 것이다.

어쩌면 저녁에 쿠포가 돈을 가져올지도 몰랐다. 그는 일을 한다고 했다. 아직 뭐든지 가능하지 않겠는가? 제르베즈는 그에게 이미 수없이 속아봤음에도 불구하고 이번만큼은 진정으로 그 돈을 기대했다. 온갖 말썽을 일으키고 난 후부터 그녀에겐 더 이상 온 동네를 통틀어 걸레 조각 하나 빠는 일조차 들어오지 않았다. 제르베즈가 허드렛일을 해주던 집의 노부인도 자기 술을 몰래 마신다는 이유로 그녀를 내쫓았다. 이제 어디에서도 그녀를 원하지 않았다. 신용을 모두 잃어버렸던 것이다. 사실 한편으로는 차라리 잘됐다는 생각이 들었다. 제르베즈는 열 손가락을 까딱하느니 차라리 굶어 죽기를 택할 정도로 무기력함에 빠져 있었다. 어쨌거나 쿠포가 일당을 받아 오면 따뜻한 음식을 먹을 수 있을 것이었다. 아직 정오도 되지 않은 터라 제르베즈는 그때까지 매트리스에 누워 기다리기로 했다. 누워 있으면 추위와 배고픔이 조금 덜 느껴졌기 때문이다.

제르베즈가 매트리스라고 부르는 것은 사실은 방구석에 깔아놓은 짚 더미에 불과했다. 그들의 침대는 하나둘씩 동네 고물상으로 자취를 감추었다. 배가 몹시 고팠던 날, 제일 먼저 매트리스를 뜯어 솜 한 뭉치를 앞치마에 싸 가지고 나가 벨옴 가에서 1파운드에 10수를 쳐서 팔았다. 매트리스 속을 모두 비워낸 다음에는 어느 날 아침 커피를 마시기 위해 그 껍데기 천을 30수에 처분해버렸다. 그리고 베개와 기다란 쿠션이 차례로 그 뒤를 이었다. 이제 마지막으로 남아 있는 나무로 된 침대 틀은 몰래 가지고 나갈 수가 없었다. 집주인에게는 담보나 다름없는 물건이 사라지는 것을 보슈 부부가 보면 온 건물이 떠들썩하도록 소란을 피울 게 분명했다. 하지만 어느 날 저녁, 제르베즈는 보슈 부부가 흥청거리며 먹는 데 정신이 팔린 틈을 이용해 쿠포와 함께 침대 양쪽 판과 등받이, 바닥 틀을 차례로 뜯어 차분하게 옮겼다. 그렇게 침대를 깨끗이 처분하고 받은 10프랑으로 사흘 동안을 배불리 먹을 수 있었다. 사실 짚만 깔고 자도 충분하지 않은가? 심지어 짚을 싸고 있던 천마저 매트리스의 뒤를 이어 사라져버렸다. 그렇게 해서 그들은 잠자리를 모두 먹어치우기에 이르렀다. 24시간을 내리 굶은 후 사 먹은 빵은 복통을 유발했다. 짚으로 된 잠자리는 비로 살짝만 힘주어 밀어도 금세 뒤집을 수 있었다. 사실 다른 것들보다 특별히 더 더럽다고 할 수도 없었다.

제르베즈는 추위를 조금이라도 덜 느끼려고 옷을 잔뜩 껴입고 누더기 같은 치마 아래로 두 발을 끌어 모아 몸을 웅크린 자세로 짚 더미 위에 누워 있곤 했다. 그날은 그렇게 누워 눈을 크게 뜨고는 과히 유쾌하지 않은 생각을 했다. 아! 이런 구차한 인생이 또 어디 있을까! 언제까지 이렇게 아무것도 먹지 않고 살 수는 없지 않은가! 이제는 배고픔조차 느껴지지 않았다. 배 속에는 무거운 납덩이만 들어 있고 머릿속은 텅 빈 것 같았다. 물론 이 초라한 방구석에서 웃을 일이 있을 리가 없었다! 외투 차림으로 거리를 활보하는, 그레이하운드처럼 고상한 이들은 설령 그림이라 할지라도 이 방 안에서는 머물고 싶어 하지 않을 것이다. 이곳은 개집이나 다름없었다. 제르베즈는 생기 없는 멀건 눈으로 티끌 하나 남아 있지 않은 황량한 벽을 둘러보았다. 모든 살림살이가 전당포로 향한 지 이미 오래였다. 이제 남은 거라고는 서랍장과 테이블 그리고 의자 하나뿐이었다. 서랍장의 대리석 상판과 서랍은 침대 틀과 같은 식으로 사라져갔다. 자잘한 실내장식품들도 차례로 자취를 감추었다. 12프랑과 맞바꾼 회중시계를 비롯해서 가족 사진이 들어 있던 액자까지 모두 골동품상의 손으로 넘어갔다. 제르 베즈는 아주 상냥한 여자 골동품상에게 냄비, 다리미, 빗을 차례로 갖다주고는 각각 5수, 3수, 2수를 받아 빵 한 덩어리씩을 사 가지고 돌아왔다. 이제 남은 거라곤 초의 심지를 자르는 부러진 낡은 가위뿐이었다. 친절한 골동품상은 가위를 단 1수에도 사려고 하지 않았다. 아! 쓰레기와 먼지 그리고 때 같은 것을 어딘가에 팔 수만 있다면 금세 가게를 열 텐데. 그들의 방에는 그런 것들이라면 얼마든지 있었다! 방 구석구석 눈에 들어오는 거라고는 거미줄밖에 없었다. 거미줄이 베인 상처에 좋다는 얘기가 있긴 하지만 그것을 사려는 상인은 아직 없는 듯했다. 그런 생각이 들자 제르베즈는 장사를 하겠다는 희망을 포기하고 고개를 돌려 짚 더미 위에서 몸을 더 바짝 웅크렸다. 그런 헛된 꿈을 꾸느니 차라리 창문 너머로 눈이 곧 쏟아질 것처럼 잔뜩 찌푸린 하늘을 바라보는 게 더 나았다. 뼛속까지 얼어붙게 만드는 음산한 하루가 그렇게 지나갔다.

참으로 골칫거리가 아닐 수 없었다! 하지만 무엇 때문에 열을 올리고 머리를 쥐어짜면서 고민한단 말인가? 적어도 잠이라도 푹 잘 수 있으면 좋으련만! 제르베즈는 끊임없이 그녀를 옥죄어오는 집 문제로 머리가 지끈거렸다. 어제 집주인 마레스코 씨가 찾아와 밀린 두 분기 치 집세를 일주일 내로 내지 못하면 내보내겠다고 경고했던 것이다. 그래 좋아! 어디 한번 내쫓아보라지! 길거리가 여기보다 못할 것도 없으니까! 코트를 입고 모직 장갑을 낀 자린고비 집주인은 그들이 어딘가에 돈주머니를 감춰놓은 줄 아는지 집세 타령을 해댔다! 맙소사! 정말 그녀에게 돈이 있다면 허리띠를 졸라매는 대신 당장 목구멍에 풀칠부터 했을 것이다! 제르베즈는 인정머리라곤 찾아볼 수 없는 배불뚝이 집주인을 자기 엉덩이 속으로 처넣는 상상을 하곤 했다, 아주 깊숙이! 집에 돌아오기만 하면 그녀를 두들겨 패는 짐승 같은 남편 쿠포도 마찬가지였다. 제르베즈는 그를 집주인과 함께 그곳으로 보내버렸다. 지금쯤 그녀의 그곳은 분명 엄청나게 붐빌 터였다. 그녀가 세상 사람들 모두를 그곳으로 보내버렸기 때문이다. 제르베즈는 이 지긋지긋한 세상과 삶에서 도망치고 싶었다. 이제 샌드백이 돼버린 그녀에게 쿠포는 엉덩이 부채라고 부르는 몽둥이를 휘둘러댔다. 그가 마누라에게 부채질을 하는 광경은 참으로 가관이었다! 제르베즈는 온몸에 땀을 비 오듯 흘렸다. 그녀 역시 과히 조신한 편은 아니어서 쿠포를 물어뜯고 할퀴었다. 그들은 텅 비어버린 방에서 서로를 짓밟으면서 허기를 잊을 정도로 싸움에 몰두했다. 하지만 제르베즈는 다른 모든 것과 마찬가지로 두들겨 맞는 것에도 무감각해져갔다. 쿠포가 수주 동안 집에 돌아오건 말건, 몇 달 동안 내내 술에 절어 있건 말건, 고주망태가 되어 돌아와 그녀를 다시 두들겨 패건 말건, 그녀는 이제 심드렁하고 짜증스러운 반응을 보일 뿐이었다. 그뿐이었다. 그리고 그런 날들에는 어김없이 그를 그녀의 엉덩이로 보내버렸다. 그랬다, 그 징글징글한 남자를 그녀의 엉덩이로! 로리외 부부와 보슈 부부, 푸아송 부부까지 몽땅 싸잡아서 한꺼번에 엉덩이로 보내버렸다! 그녀를 무시하는 동네 사람들도 그녀의 엉덩이로! 파리의 모든 사람들도, 손바닥으로 엉덩이를 한 번 두드리기만 하면 모두 그 속으로 쑥 쑥 들어갔다. 제르베즈는 지극히 무심한 몸짓으로 그 모두에게 복수하듯 입가에 미소를 띤 채 그들을 엉덩이로 보내버렸다.

하지만 유감스럽게도 다른 모든 것에 익숙해질 수는 있어도, 아무것도 먹지 않는 것에는 결코 익숙해질 수 없었다. 그것만이 유일하게 제르베즈를 괴롭혔다. 쓰레기와 함께 시궁창에 처박힌 채 인간말짜 취급을 받거나, 사람들 가까이 지나갈 때 그들이 옷을 터는 걸 보면서도 아무렇지 않았다. 사람들에게 무시와 경멸을 당하는 것쯤은 더 이상 그녀에겐 아무런 문제가 되지 않았다. 하지만 배고픔은 여전히 배를 뒤틀리게 했다. 오! 물론 생각만 해도 군침이 도는 근사한 요리 같은 것에는 작별을 고한 지 오래였다. 이젠 뭐든 먹을 수 있는 것이라면 가리지 않았다. 어쩌다가 돈이 생기면 푸줏간에서 오래 진열해놓아 검게 변한 고기 찌꺼기를 1파운드에 4수를 주고 사서는 감자 한 줌과 함께 냄비에 넣고 오랫동안 익혀 먹었다. 때로는 소 염통으로 스튜를 만들어 먹으면서 입맛을 다시기도 했다. 운 좋게 포도주를 구하면 빵을 포도주에 적셔 먹었다. 빵에 발라 먹는 잘게 썬 돼지 간과 비계, 새하얀 감자, 마른 강낭콩에 물을 넣고 뭉근하게 오래 끓인 것 또한 예전처럼 자주 맛볼 수 없는 음식들이었다. 제르베즈는 싸구려 식당들에서 내놓은 음식 찌꺼기를 기웃거리다가는, 상해서 내다버린 구운 고기와 생선 뼈 한 무더기를 1수를 주고 사 오기도 했다. 인심 좋은 식당에서 손님들이 먹다 남긴 빵 찌꺼기를 얻어 와 이웃집 화덕에서 오랫동안 뭉근하게 끓여 수프를 만들어 먹은 적도 있었다. 내내 굶고 난 다음 날 아침이면 도로 청소부가 지나기 전에 길거리의 개들과 함께 상점들 문 앞을 어슬렁거렸다. 그렇게 해서 때때로 부자들이 먹는 음식을 맛볼 수 있었다. 물러 터진 멜론이나 상한 고등어를 건지기도 했고, 커틀릿 같은 것은 혹시 구더기가 끓지나 않는지 자세히 살펴본 다음 가져왔다. 그랬다, 제르베즈는 그 지경까지 이르렀다. 입맛이 까다로운 사람들은 생각만 해도 역겨울 터였다. 하지만 그 까다로운 이들도 사흘 동안 아무것도 먹지 못한다면, 배에서 보내는 신호에 얼마나 무심할 수 있을지는 두고 볼 일이다. 그들도 어쩌면 그들이 비웃은 사람들처럼 바닥을 기면서 먹을 것을 구걸할지도 모르는 것이다. 아! 불타오르듯 번쩍거리는 거대한 황금빛 도시 파리의 한 모퉁이에, 추위로 이를 딱딱 부딪치면서 주린 배를 움켜쥔 채 더러운 것들을 꾸역 꾸역 집어삼키다가 죽어가는 빈민들이 존재하다니! 그리고 제르베즈 자신에게도 기름진 거위 고기를 배가 터지도록 먹던 시절이 있었다 니! 이젠 그런 것과는 상관없이 살아가야만 했다. 언젠가는 쿠포가 그 녀에게서 훔친 빵 두 개를 되팔아 그걸로 술을 마시자, 굶주림에 눈이 뒤집힌 제르베즈가 삽으로 그를 쳐 죽일 뻔한 적도 있었다.

그사이 제르베즈는 희끄무레한 하늘을 계속 응시하던 끝에 간신히 선잠이 들었다. 그러다가 눈을 잔뜩 머금은 하늘이 몸 위로 무너져 내리는 꿈을 꾸었다. 살을 에는 것 같은 매서운 추위가 엄습한 때문이었다. 알 수 없는 두려움에 소스라치게 놀라며 잠에서 깬 제르베즈는 갑자기 자리에서 벌떡 일어났다. 맙소사! 이제 이대로 죽는 것인가? 반쯤 넋이 나간 얼굴로 오들오들 떨던 제르베즈는 아직 바깥이 환한 것을 확인했다. 밤은 영영 오지 않는 것인가! 배 속이 텅 비면 시간이 왜 이리 더디 가는지! 잠에서 깨어나면서 배 속 또한 그녀를 고통스럽게 했다. 제르베즈는 의자에 털썩 주저앉아 고개를 숙인 채 몸을 덥히기 위해 양손을 허벅지 사이에 끼우고 비벼댔다. 그러면서 쿠포가 돈을 가져오면 먹게 될 저녁을 떠올렸다. 빵, 포도주 1리터, 양파와 함께 튀긴 소의 위 두 조각. 바주즈 영감의 뻐꾸기시계가 세시를 알렸다. 이제 겨우 세시밖에 되지 않았다니. 제르베즈는 울음을 터뜨렸다. 그녀에겐 일곱시까지 기다릴 힘이 남아 있지 않았다. 제르베즈는 배고픔이 느껴지지 않도록 몸을 반으로 구부려 위를 짓누른 채 온몸을 앞뒤로 흔들었다. 크나큰 고통을 누그러뜨리려는 어린아이 같은 몸짓이었다. 아! 배고픈 고통을 이기느니 차라리 아이를 낳는 것이 백배 나았다! 아무리 애를 써도 허기가 전혀 가라앉지 않자 격렬한 분노에 사로잡힌 제르베즈는 자리에서 일어나 발을 쿵쿵거리면서 방 안을 맴돌았다. 마치 아이를 잠재우기 위해 산책시키듯, 그럼으로써 허기를 잠재울 수 있기를 바라는 듯했다. 그렇게 삼십여 분 동안 텅 빈 방의 네 모퉁이에 머리를 들이받다가는 문득 멈춰 서서 멍하니 어딘가를 응시했다. 하는 수 없다! 뭐라고 실컷 지껄이라지. 그들이 원한다면 기꺼이 그들의 발이라도 핥을 것이다. 하지만 부득불 로리외 부부에게 10수를 빌려야만 했다.

해마다 겨울이면 공동아파트의 꼭대기 층, 빈곤한 이들이 모여 사는 이곳에서 배고픈 이들은 수시로 서로에게 10수나 20수를 빌리면서 조금씩 도우며 지냈다. 다만 로리외 부부에게 도움을 청하느니 차라리 굶어 죽는 게 나았다. 그들이 지독하게 인색하다는 것은 천하가 다 아는 사실이었다. 제르베즈가 그들의 집 문을 노크하는 데는 엄청난 용기가 필요했다. 복도에서부터 겁을 집어먹은 나머지 막상 문 앞에 서자 치과의 문을 두드리는 사람들처럼 외려 급작스레 마음이 편해졌다.

"들어오시오!" 사슬 제조공의 날카로운 목소리가 들려왔다.

아, 그 안은 얼마나 따뜻한지! 화덕에서 타오르는 새하얀 불꽃이 비좁은 작업실을 환히 밝혀주었다. 로리외 부인은 금줄 한 뭉치를 다시 달구는 중이었다. 작업대 앞에서 용접기로 사슬 고리를 용접하던 로리외는 열기로 인해 땀을 줄줄 흘렸다. 거기다가 냄새는 또 얼마나 좋은지! 난로 위에서 뭉근하게 끓고 있는 양배추 수프가 제르베즈의 배 속을 뒤집어놓으면서 그대로 까무러칠 것처럼 머리를 빙빙 돌게 했다.

"아! 난 또 누구라고." 로리외 부인은 제르베즈에게 앉으라는 말도 없이 중얼거렸다. "무슨 일이지?"

제르베즈는 선뜻 대답을 하지 못했다. 최근 한 주간은 로리외 부부와 특별히 사이가 나빴다고 볼 순 없었다. 하지만 그들에게 10수를 빌려달라는 말은 목구멍에 걸려 차마 입 밖으로 나오지 않았다. 난롯가에 편하게 자리를 잡고 앉아 쑥덕공론을 하고 있는 보슈를 알아본 때문이었다. 그는 참으로 가증스럽기 짝이 없는 표정을 짓고 있었다. 간에 붙었다 쓸개에 붙었다 하는 줏대 없는 인간 같으니라고! 그가 웃을 때면 마치 엉덩이가 웃는 것 같았다. 뒤룩뒤룩 살이 쪄 부어오른 두 뺨이 코마저 가려버린 탓에 둥그런 입이 똥구멍처럼 보였다. 오, 그야말로 영락없는 엉덩이가 아니고 무어란 말인가!

"무슨 일이오?" 로리외가 다시 물었다.

"혹시 제 남편을 못 보셨나요? 여기 있는 줄 알았거든요." 제르베즈는 간신히 입을 열어 우물우물 말했다.

사슬 제조공과 관리인은 그녀를 향해 냉랭한 웃음을 지어 보였다. 아니, 물론 그들은 쿠포를 보지 못했다. 쿠포 같은 치와 노닥거리면서 함께 술잔을 주거니 받거니 할 만큼 한가하지도 않았다. 제르베즈는 애써 용기를 내어 다시 더듬더듬 얘기했다.

"그이가 오늘은 꼭 집에 오겠다고 했거든요…… 정말이에요, 오늘은 무슨 일이 있어도 돈을 갖다주겠다고 했어요…… 그런데 제가 뭐가 좀 꼭 필요해서요……"

방 안에는 무거운 침묵이 흘렀다. 로리외 부인은 화덕에 세차게 부채질을 해댔다. 로리외는 손끝에서 길게 늘어나는 사슬의 마디 위로 고개를 숙였다. 보슈는 여전히 보름달 같은 얼굴로 실실 웃었다. 벌린 입의 구멍이 어찌나 둥그런지 그 속에 손가락을 집어넣어보고 싶다는 생각이 들 정도였다.

"10수만 있으면 되거든요." 제르베즈는 목소리를 더 낮추어 속삭이듯 얘기했다.

침묵이 계속 이어졌다.

"혹시 10수만 좀 빌려주실 수는 없나요?…… 물론 오늘 저녁엔 꼭 돌려드릴 수 있어요!"

로리외 부인은 뒤로 돌아 그녀를 빤히 쳐다보았다. 감히 그럴듯한 말로 자신들을 등쳐먹으려 하다니! 오늘은 10수를 빌려달라고 하지만 내일은 20수, 그다음엔 자꾸만 더 많이 요구할 게 뻔하지 않은가. 아니, 절대로 그렇게 하게 내버려둘 수는 없었다. 하늘이 두 쪽이 나면 모를까!

"하지만 우리도 돈이 없다는 걸 잘 알잖아!" 로리외 부인이 소리 쳤다. "자, 이렇게 주머닐 뒤집어 보여야 하나. 못 믿겠으면 마음대로 뒤져보든지…… 돈이 있으면 물론 빌려주지, 왜 안 그러겠냐고."

"우리도 마음이야 늘 그러고 싶지." 로리외도 웅얼거리면서 거들 었다. "다만 없는 건 없는 거니까."

제르베즈는 매우 공손한 태도로 고개를 끄덕였다. 하지만 여전히 그 자리를 떠나지 않고, 그곳에 널려 있는 금을 곁눈질로 흘끗거렸다. 벽에 걸린 금줄 뭉치, 로리외 부인이 다이스 철판에 대고 작은 두 팔 로 있는 힘껏 잡아당기는 금줄, 그 남편의 마디진 손가락 아래 쌓인 금 사슬들이 차례로 눈에 들어왔다. 저 시커먼 망할 금속 한 조각이면 맛난 저녁을 배불리 먹을 수 있을 거라는 생각이 들었다. 그날은 낡은 연장들과 석탄가루, 덕지덕지 눌어붙은 기름때로 더러워진 그들의 작 업실조차 제르베즈의 눈에는 환전상의 가게처럼 번쩍거리는 부로 가 득 차 보였다. 그리하여 그녀는 다소곳한 목소리로 거듭 간청했다.

"꼭 갚을게요. 반드시 갚을게요, 무슨 일이 있어도요…… 10수를 빌려주신다고 어떻게 될 것도 아니잖아요."

제르베즈는 전날부터 아무것도 먹지 못한 사실을 털어놓지 않으려 애쓰느라 가슴이 터질 것 같았다. 그러면서 발이 후들거리는 것을 느 끼자 곧 울음이 터져 나올 것 같아 불안한 마음으로 더듬더듬 거듭 애 원했다.

"제발 한 번만 도와주세요!…… 제가 어떻게 지내는지 절대 모르실 거예요…… 네, 그래요, 이 지경까지 되고 말았어요, 맙소사! 내가 어 쩌다 이 지경이……"

그러자 로리외 부부는 입을 굳게 다문 채 서로 의미심장한 눈길을 주고받았다. 이제 방방이 구걸을 하고 있지 않은가! 그건 완전한 몰락을 의미했다. 그거야말로 그들이 혐오하는 것이었다. 미리 알았더라면 아예 집 안에 발을 들여놓지도 못하게 했을 것이다. 구걸하는 자들은 언제나 경계를 게을리해서는 안 된다. 온갖 핑계를 대고 집 안으로 들어와서는 귀중품 같은 것을 훔쳐 달아나곤 하니까. 게다가 그들의 집에는 훔쳐 갈 게 사방에 널려 있었다. 여기저기를 손가락으로 훑은 다음 주먹을 꼭 쥐기만 하면 3, 40프랑쯤은 거뜬히 가지고 나갈 수 있었다. 그들은 이미 수차례 금 앞에 서서 야릇한 표정을 짓는 제르베즈를 보면서 수상쩍게 여겼었다. 이번에야말로 제대로 감시해야 할 터였다. 제르베즈가 나무 깔개 위로 발을 딛고 더 가까이 다가가자 사슬 제조공은 그녀의 요청엔 대답하지 않은 채 매몰차게 소리쳤다.

"이봐요! 좀 조심하라고. 신발 밑창에 금붙이를 붙여 가지고 갈 심산이 아니라면 말이지…… 그러잖아도 잘 달라붙도록 신발 밑에 기름칠까지 해놓은 것 같은데."

제르베즈는 서서히 뒤로 물러섰다. 잠시 선반에 몸을 기댔던 그녀는 자신의 손을 유심히 살피는 로리외 부인을 보고는 두 손을 크게 펴 보였다. 그러면서 갈 데까지 가서 모든 것을 체념한 사람처럼 언짢은 티조차 내지 않고 맥없는 목소리로 말했다.

"아무것도 가져가지 않아요, 잘 살펴보세요."

그리고 서둘러 그곳을 떠났다. 강렬한 양배추 수프 냄새와 작업실의 열기 때문에 너무나 고통스러웠기 때문이다.

아! 로리외 부부는 끝내 그녀를 붙잡지 않았다! 잘 가시오, 그대에게 문을 열어주는 일은 이제 없을 테니! 그들은 다시는 그녀의 얼굴을 마주하고 싶지 않았다. 집에 다른 이들의 곤궁함을 들여놓고 싶지 않았다. 그 곤궁함이 겪어 마땅한 것일 때는 더더욱 그랬다. 그리고 그들은 따뜻한 곳에서 편안히 자리를 잡고는, 예의 기막힌 수프를 기대하며 자신들만의 향연이 선사하는 쾌락 속으로 빠져들었다. 보슈 또한 허세를 부리면서 양쪽 뺨을 더욱더 부풀리는 바람에 웃음소리마저 기이하게 들렸다. 그들은 예전에 자신들을 무시했던 방방의 태도와 그녀의 파란색 가게, 생일잔치를 포함한 모든 것에 대해 보란 듯이 복수를 한 셈이었다. 정말 기막히게 해치우지 않았는가. 그 여자가 그랬던 것처럼 흥청망청 먹고 마시는 삶이 어떤 결과를 초래하는지 본때를 보여주었던 것이다. 식탐에 빠져 있는 게으르고 방탕한 것들은 모두 오물 처리장으로 보내버려야 한다!

"참으로 뻔뻔스럽기 짝이 없군! 우리한테 10수를 내놓으라고 하다니!" 로리외 부인은 제르베즈가 문을 나서자마자 뒤에 대고 소리쳤다. "어림 반 푼어치도 없지. 10수를 빌려주자마자 그길로 당장 술을 마시러 갈 게 뻔하다니까!"

어깨가 축 처진 제르베즈는 낡아빠진 신발을 질질 끌며 무거운 발걸음으로 복도를 지나갔다. 자기 집 방문 앞에 이르렀지만 들어갈 엄두가 나지 않았다. 두려움이 앞선 탓이었다. 차라리 계속 걷다보면 조금이라도 몸이 더워지면서 좀 더 참을 수 있을 것 같았다. 복도를 지나는 길에 브뤼 영감의 계단 밑 방을 들여다보았다. 그 역시 왕성한 식욕을 자랑할 게 분명했다. 사흘 전부터 기억 속에서만 점심과 저녁을 먹었던 것이다. 브뤼 영감이 그곳에 없는 것을 보자 질투심이 느껴졌다. 누군가 그를 초대했을지도 모른다는 생각이 들었기 때문이다. 그런 다음 비자르의 집 앞을 지나가는데 신음이 들려왔다. 문에는 열 쇠가 그대로 꽂혀 있었다.

"무슨 일이에요?" 제르베즈가 물었다.

방은 아주 깨끗했다. 랄리는 그날 아침에도 어김없이 비질을 하고 정리 정돈을 해놓았음을 알 수 있었다. 가난이란 놈이 그들을 휩쓸고 지나가면서 헐벗게 하고 불결한 흔적을 남겨놓더라도 랄리가 그 뒤를 바짝 따라다니면서 모든 것을 다시 깔끔하게 만들어놓았던 것이다. 부유하지는 않았지만, 랄리의 집에서는 살뜰한 주부의 손길을 느낄 수 있었다. 그날은 그녀의 두 아이들 앙리에트와 쥘이 방구석에 앉아 어디선가 찾아낸 낡은 그림들을 가위로 오리고 있었다. 제르베즈는 백지장처럼 새하얀 얼굴을 한 랄리가 비좁은 가대(架臺)식 침대에서 시트를 턱 밑까지 끌어올린 채 누워 있는 모습을 보고는 놀라움을 금 치 못했다. 오 세상에, 랄리가 누워 있다니! 그렇다면 정말 어디가 몹 시 아픈 게 아닌가!

"대체 무슨 일이에요?" 제르베즈가 염려스러운 눈빛으로 거듭 물 었다.

그러자 랄리는 더 이상 신음을 내지 않았다. 새하얀 눈꺼풀을 천천 히 들어 올리더니 입술을 가늘게 떨면서 일그러진 미소를 지었다.

"난 괜찮아요." 아이는 들릴락 말락 하는 목소리로 속삭이듯 말했 다. "오! 정말이에요, 정말 아무 일도 아니에요."

그리고 다시 눈을 감고 힘겹게 말을 이어갔다.

"요즘 너무 피곤했거든요. 그래서 게으름을 피우는 중이랍니다. 나를 좀 예뻐해주고 싶어서요."

하지만 시퍼런 반점으로 얼룩진 소녀의 얼굴에는 견디기 힘든 고통의 흔적이 역력했다. 제르베즈는 자신의 고통마저 잊은 채 두 손을 모으고 소녀 옆에 무릎을 꿇고 앉았다. 이미 한 달쯤 전부터 랄리는 벽을 붙잡고서야 간신히 걸음을 옮길 수 있었다. 그러면서 중증의 병자처럼 기침을 해댈 때는 당장이라도 앞으로 고꾸라질 것처럼 보였다. 이젠 기침을 할 힘조차 남아 있지 않았다. 딸꾹질을 할 때면 양쪽 입가로 가느다란 핏줄기가 흘러내렸다.

"어쩔 수가 없었어요. 힘이 없었거든요." 소녀는 모든 것을 체념한 듯한 목소리로 나지막하게 말했다. "그래서 기어 다니면서 정돈을 하긴 했는데…… 그래도 이 정도면 깨끗한 편 아닌가요?…… 유리창도 닦으려고 했는데 다리가 후들거려서 못했어요. 정말 바보 같죠! 어쨌거나 청소가 끝나서 이렇게 누워 있는 거예요."

그리고 잠시 말을 멈추었다가 이어 말했다.

"우리 아이들이 가위에 손을 베이지나 않는지 좀 봐주세요."

그때 계단에서 묵직한 발소리가 들려오자 아이는 하던 얘기를 멈추고 몸을 떨었다. 곧이어 비자르 영감이 거칠게 문을 밀면서 안으로 들어섰다. 그는 평소처럼 잔뜩 술에 절어 있었고, 눈빛은 노기 띤 광기로 번득였다. 누워 있는 랄리를 발견한 그는 역겹게 웃으며 자신의 허벅지를 툭툭 치더니 거친 신음을 내며 채찍을 빼 들었다.

"오! 이런 염병할, 차마 눈 뜨고 못 봐주겠구먼! 저년이 오늘 몸이 근질근질한가보군! 이젠 소들이 훤한 대낮부터 외양간에 드러누워 쉬나보군!…… 지금 누굴 놀리나, 이 게을러빠진 계집이?…… 젠장,

당장 일어나지 못해!"

말이 끝나기가 무섭게 그는 채찍을 침대 위로 내리쳤다. 아이는 애원하는 눈빛으로 거듭 얘기했다.

"아뇨, 아빠, 그러지 마세요. 때리지 마세요…… 그럼 반드시 후회하실 거예요…… 그러니까 때리지 마세요."

"당장 일어나지 못해, 안 그럼 갈비뼈를 부러뜨려놓겠어!" 그는 더 큰 소리로 악을 썼다.

"거기서 당장 일어나, 이 망할 년!"

그러자 랄리는 차분한 목소리로 대꾸했다.

"전 그럴 수가 없어요, 아직도 모르시겠어요?…… 전 지금 죽어가고 있어요."

그사이 제르베즈는 비자르에게 달려들어 채찍을 빼앗았다. 그는 얼빠진 표정으로 아이의 침대 앞에서 얼어붙은 듯 서 있었다. 저 코흘리개 계집이 지금 무슨 소리를 지껄이는 거지? 아프지도 않은데 어떻게 이렇게 어린 나이에 죽을 수 있다는 건지! 일하기 싫어서 수작을 부리는 게 틀림없다! 그 말이 사실인지 확인해본 다음 거짓말이면 절대 가만두지 않을 테다!

"이제 곧 아시게 될 거예요, 제 말이 사실이라는 걸. 그동안 식구들을 성가시게 하지 않으려고 애썼지만…… 그러니까 이번에는 제 말을 좀 들어주세요. 그리고 제게 작별인사를 해주세요, 아빠."

비자르는 딸의 말에 속아 넘어가지 않으려고 자신의 코를 비틀었다. 아닌 게 아니라, 아이의 얼굴이 평소와는 달리 죽은 사람의 얼굴빛을 띤 채 어른처럼 진지해 보였다. 방 안에 맴도는 죽음의 숨결이 그를 술에서 깨어나게 했다. 그는 오랜 잠에서 깨어난 듯 주변을 둘러보았다. 잘 정돈된 살림과 깨끗하게 씻긴 두 아이가 웃으면서 놀고 있는 모습이 눈에 들어왔다. 그는 의자에 털썩 주저앉으면서 더듬더듬 말했다.

"우리 꼬마 엄마가, 우리 꼬마 엄마가……"

그는 그 말밖에는 하지 않았다. 하지만 그동안 한 번도 사랑받아본 적이 없던 랄리에게는 그것만으로도 충분히 다정하게 느껴졌다. 아이는 오히려 아비를 위로했다. 그러면서 무엇보다 동생들을 제대로 키우지도 못하고 이렇게 가버리는 것을 몹시 안타깝게 생각했다. 하지만 아비가 그들을 잘 돌봐주리라 믿었다. 랄리는 꺼져가는 목소리로 그에게 아이들을 씻기고 입히는 방법을 상세하게 알려주었다. 다시 취기가 올라오면서 멍해진 비자르는 눈을 크게 뜬 채 죽어가는 어린 딸을 지켜보면서 머리를 이리저리 굴렸다. 그의 머릿속에서 온갖 상념이 뒤섞였다. 하지만 딱히 할 말이 떠오르지 않았고, 알코올로 타버린 몸에서는 눈물조차 나오지 않았다.

"제 애길 잘 들으세요." 잠시 숨을 가다듬던 랄리가 다시 입을 열었다. "빵집에 4프랑 7수를 빚졌어요. 그걸 갚아야 해요…… 고드롱 아주머니가 우리 다리미를 빌려갔으니 돌려달라고 하시고요…… 오늘 저녁엔 제가 수프를 만들어놓지 못했어요. 하지만 빵이 남아 있으니 감자를 데워서 같이……"

마지막 숨을 몰아쉬는 순간까지도 가엾은 어린 소녀는 모두의 꼬마 엄마였다. 물론 이제 그 누구도 그녀를 대신할 수 없을 것이다! 그녀는 너무도 어린 나이에 진정한 어머니의 마음을 지녔던 탓에 죽어가는 것이었다. 그토록 짐스러운 모성을 품기에는 아직 몹시도 연약하고 작은 가슴을 가진 때문이었다. 비자르가 그런 보물을 잃는 것은 전적으로 짐승처럼 흉포한 그의 탓이었다. 어미를 발길질로 죽인 후에 이젠 딸마저 처참하게 살해하다니! 두 천사를 땅에 묻고 난 후 이제 그에게 남은 것이라곤 그 역시 어느 길 한 모퉁이에서 비참하게 죽어가는 일뿐이리라.

그러는 동안 제르베즈는 울음을 터뜨리지 않으려고 애써 참고 있었다. 아이를 달래주려고 두 손을 내밀던 그녀는 누더기 같은 시트 자락이 흘러내리자 다시 잘 덮어주기 위해 시트를 걷었다. 그러자 죽어가는 소녀의 앙상한 몸이 드러났다. 오! 신이시여! 이토록 가혹한 운명이 또 어디 있단 말인가! 제르베즈의 눈앞에 보이는 것은 길가의 돌마저 눈물 흘리게 만들 비참함 그 자체였다. 랄리는 슈미즈 대신 다 떨어진 캐미솔 조각으로 어깨를 겨우 가린 채 누워 있었다. 그랬다, 고통스럽게 피가 흐르는 순교자의 알몸을 그대로 드러낸 채였다. 살이라곤 남아 있지 않은 랄리의 몸은 뼈가 살갗을 뚫고 튀어나올 듯했다. 양쪽 옆구리에서부터 허벅지까지는 자색의 줄무늬가 길게 뻗어 있었다. 비자르가 후려친 채찍 자국이 살갗에 고스란히 남아 있었던 것이다. 왼팔에는 검푸른 반점이 커다랗게 나 있었다. 바이스의 물림 장치가 성냥개비처럼 가냘프고 연약한 팔을 가차 없이 으깨놓기라도 한 듯했다. 오른쪽 다리에서는 찢어진 상처가 제대로 아물지 못해 피가 흘렀다. 매일 아침 집안일을 하느라 몸을 혹사한 탓인 듯했다. 머리부터 발끝까지 멍이 들지 않은 곳을 찾아보기 힘들 정도였다. 오! 이토록 끔찍한 아동 학대의 현장을 본 적이 있던가! 병아리처럼 사랑스러운 존재가 짐승 같은 육중한 사내의 발에 마구 짓밟혀 너무나도 가혹한 십자가 형벌 아래 마지막 가쁜 숨을 몰아쉬며 참혹하게 죽어갔다! 교회에서 추앙받는 성녀들조차 이 아이처럼 순결한 몸을 지니고 있진 않을 것이다. 제르베즈는 침대에 못 박힌 듯 누워 있는, 랄리가 늘 말하듯 '아무 일도 아닌' 처참한 모습에 충격을 받아 시트를 다시 덮을 생각조차 하지 못하고 그대로 주저앉고 말았다. 그리고 가늘게 떨리는 입술로 기도를 하고자 했다.

"제르베즈 아주머니." 랄리는 들릴 듯 말 듯한 목소리로 애원하듯 말했다. "이것 좀……"

아이는 조그만 팔로 채 닿지 않는 시트를 끌어당기려 했다. 자신의 알몸과 아비가 한 짓을 보이고 싶지 않았기 때문이다. 비자르는 멍하니 선 채 자신이 만들어놓은 시신을 응시하면서 계속 머리를 굴렸다. 마치 무언가 성가신 골칫거리를 만난 동물의 굼뜬 몸짓과도 같았다.

다시 시트로 랄리를 덮어준 제르베즈는 더 이상 그곳에 머물 수가 없었다. 아이는 점점 더 의식이 희미해지면서 아무런 말도 할 수 없었다. 이제 랄리에게 남아 있는 것이라고는 예전의 검은 눈빛뿐이었다. 어린 소녀는 모든 것을 체념한 채 깊은 생각에 잠긴 듯한 시선으로 그림을 자르고 있는 자신의 두 아이를 응시했다. 방 안에는 죽음의 그림자가 짙게 드리워 있었다. 죽어가는 아이 앞에서 망연자실한 비자르는 의자에 앉아 꾸벅꾸벅 졸았다. 아니, 이럴 수는 없다, 이건 너무나 가혹하지 않은가! 아! 이렇게 엿 같은 인생이 어디 있단 말인가! 정말 구차하기 짝이 없었다! 제르베즈는 비자르의 집을 뛰쳐나와 정신없이 계단을 달려 내려갔다. 삶에 깊은 회의가 느껴져 아무 승합마차에

나 뛰어들어 그대로 바퀴에 깔려 죽고 싶은 마음이 간절했다.

지랄 같은 운명을 한탄하면서 달려가던 제르베즈는 어느덧 쿠포가 일한다고 얘기했던 작업장 문 앞에 가 있었다. 위장이 다시 노래를 부르기 시작하면서 자신도 모르게 그곳으로 향했던 것이다. 이젠 외워 부를 수도 있게 된 길고 긴 배고픔의 애가를 읊조리면서. 일을 마치고 나오는 쿠포를 붙잡아 돈을 확보하면 먹을 것을 살 수 있을 터였다. 이제 기껏해야 한 시간 정도만 더 참으면 될 터이니, 전날부터 손가락만 빨았던 그녀로서는 그 정도쯤은 얼마든지 기다릴 수 있었다.

샤르보니에르 가에 있는 쿠포의 작업장은 샤르보니에르 가와 샤르트르 가가 만나는 모퉁이에 있었다. 사방에서 매서운 바람이 몰아치는 황량한 사거리였다. 오, 맙소사! 길거리를 아무리 서성여도 몸이 조금도 따뜻해지지 않았다. 이럴 때 모피라도 한 벌 있다면 얼마나 좋을까! 하늘은 칙칙한 납빛이었고, 온 동네는 하늘 저 높은 곳에 잔뜩 쌓여 있는 눈으로 만든, 얼음장 같은 모자를 쓰고 있는 듯했다. 아직은 아무것도 내리지 않았다. 하지만 무거운 정적이 대기를 짓누르는 가운데, 파리를 완벽하게 변신시키기 위해 하늘에서 새하얀 파티 드레스를 내려보내려는 듯했다. 제르베즈는 모슬린 드레스를 당장은 내려보내지 말아달라고 하늘을 향해 간청했다. 그리고 발을 동동 구르면서 맞은편에 있는 식료품점을 바라보다가는 이내 몸을 돌렸다. 미리부터 허기를 자극할 필요는 없는 것이다. 사거리에는 볼 게 아무것도 없었다. 몇몇 행인이 목도리로 얼굴을 둘둘 감싼 채 종종걸음을 치고 있었을 뿐이다. 물론 추위에 엉덩이가 움츠러들 때는 사람들은 밖에서 한가로이 어슬렁거리지 않는 법이다. 제르베즈는 자신처럼 함석공의 작업장 앞을 지키고 서 있는 네다섯 명의 여자를 발견했다. 남편이 받아 오는 급여가 술집으로 사라져버릴까봐 망을 보는 불행한 여자들이 또 있었던 것이다. 마치 경관 같은 얼굴을 한 키가 크고 비쩍 마른 여자는 벽에 바짝 기대선 채 남자를 등 뒤에서 덮칠 준비를 하고 있었다. 맞은편 보도에는 온통 검은색 차림의 가냘프고 온순해 보이는 여인이 서성이는 게 보였다. 동작이 굼떠 보이는 또 다른 여인네는 오들오들 떨면서 울고 있는 두 아이를 양옆에 하나씩 세운 채 남자를 기다렸다. 제르베즈를 포함한 여자들 모두는 마치 함께 보초를 서는 동료들처럼 아무 말 없이 서로를 흘끗거리면서 작업장 주위를 맴돌았다. 참으로 기분 좋은 만남이 아닌가, 오! 그렇고말고! 그들은 서로 어디 살고 있는지 물어볼 필요도 없었다. 모두 한 배를 탄 처지였으니까. 그 배의 이름은 추위와 배고픔이었다. 매서운 1월의 추위 속에서 서로 발을 구르는 모습을 지켜보면서 말없이 눈길을 마주치다보니 추위가 뼛속 깊이 스며드는 것 같았다.

한참을 기다려도 작업장에서는 고양이 새끼 한 마리 나오지 않았다. 마침내 하나, 둘 그리고 세 명의 노동자가 차례로 모습을 드러냈다. 그들은 대체로 일당을 얌전히 집으로 가져가는 믿을 만한 남자들인 것 같았다. 작업장 앞에서 배회하는 그림자들을 보면서 고개를 끄덕였던 것이다. 키가 크고 마른 여자는 문 옆으로 더 바짝 붙어 섰다. 그리고 문밖으로 조심스럽게 고개를 기웃거리는 체구가 작고 얼굴이 파리한 남자를 순식간에 덮쳤다. 오! 모든 건 순식간에 끝났다! 여자는 남자의 주머니를 뒤져 돈을 탈탈 털어 가졌다. 그 자리에서 딱 걸린 남자는 목을 축일 돈마저 모두 빼앗겨버리고 말았다! 그러자 몹시 낙담하고 상심한 사내는 아이처럼 굵은 눈물을 쏟아내면서 경관을 닮은 여인의 뒤를 따라갔다. 그 뒤로 노동자들이 계속해서 쏟아져 나왔다. 두 아이를 데리고 있던 여자가 다가가자, 그녀를 알아본 키가 크고 약삭빠른 갈색 머리 사내가 그녀의 남편에게 귀띔해주려고 재빨리 안으로 다시 들어갔다. 잠시 후 나타난 남편은 마차 뒷바퀴라 불리는 100수짜리 새 동전 두 개를 하나씩 신발 속에 감춘 채 좌우로 몸을 흔들어댔다. 그는 아이 하나를 번쩍 들어 안고는 잔소리를 해대는 마누라에게 그럴싸한 거짓말을 둘러대면서 사라져갔다. 보름 치 급여를 친구들과 서둘러 날려버릴 생각에 신이 나 길거리에서 펄쩍펄쩍 뛰어오르는 사내들도 눈에 띄었다. 보름 동안 사나흘 치 수당밖에 받지 못한 이들은 시무룩하고 궁색한 얼굴로 돈을 꼭 움켜쥔 채 스스로를 게으름뱅이라고 탓하면서 술꾼의 헛된 다짐을 반복했다. 하지만 무엇보다 측은한 마음이 들게 한 것은 온통 검은색으로 차려입은 가냘프고 온순해 보이는 여인네의 고통이었다. 멀끔하게 생긴 그녀의 남자가 바로 코앞에서 느닷없이 줄행랑을 쳤던 것이다. 그 바람에 하마터면 땅바닥에 나뒹굴 뻔했던 여자는 거리에 늘어선 상점들을 따라 비틀거리면서 홀로 집으로 돌아가는 내내 하염없이 눈물을 흘렸다.

마침내 행렬이 끝났다. 길 한가운데에 서 있던 제르베즈는 작업장 입구를 뚫어지게 응시했다. 무언가가 잘못된 게 분명했다. 뒤늦게 두 사람이 더 나타났지만 쿠포의 모습은 여전히 보이지 않았다. 제르베즈가 두 사내에게 왜 쿠포가 보이지 않는지를 묻자, 그들은 무슨 일인지 이미 안다는 듯 장난처럼 대꾸했다. 그는 조금 전에 있지도 않은 일을 핑계 삼아 랑티메슈라는 작자하고 뒷문으로 내뺐다. 제르베즈는

또다시 쿠포의 거짓말에 속아 넘어가고 말았던 것이다! 그녀를 향해
꺼져버리라고 소리치며 비아냥거리는 그의 목소리가 들리는 듯했다!
제르베즈는 낡아빠진 신발을 질질 끌면서 서서히 샤르보니에르 가를
따라 내려갔다. 그녀의 저녁식사가 저 앞에서 웃으면서 달려가고 있
었다. 저녁식사가 황금빛 석양 속으로 멀리 달아나는 모습을 지켜보
는 동안 가벼운 전율이 느껴졌다. 이젠 정말 끝이었다. 땡전 한 푼도
없고, 더 이상 어떤 기대도 가질 수 없었다. 길고 긴 밤과 지독한 굶주
림만이 그녀를 기다리고 있었다. 아! 죽음으로 향하는 완벽한 밤, 숨
통을 죄어오는 잔인한 밤이 될 터였다!

　제르베즈가 무거운 발걸음으로 푸아소니에 가를 올라가고 있을 때
쿠포의 목소리가 들려왔다. 그가 거기에 있었던 것이다! 쿠포는 **프티
트 시베트**에서 메보트가 사는 술을 마시고 있었다. 익살꾼 메보트는
여름이 끝나갈 무렵, 이미 한물간 나이지만 아직 왕년의 미모를 간직
한 여자와 정말로 결혼을 했다. 오! 그녀는 주변의 하찮은 여자들하고
는 비교도 되지 않는 마르티르 가 출신의 숙녀였다. 그는 이젠 잘 먹
고 잘 입는 부르주아로 변모해 양손을 주머니에 찔러 넣고 거드름을
피웠다. 그는 예전 모습을 찾아보기 힘들 정도로 살이 쪘고 얼굴에는
기름이 줄줄 흘렀다. 동료들은 메보트의 아내가 잘 아는 남자들에게서
얼마든지 일감을 얻어낼 수 있다고 떠벌렸다. 그런 마누라와 시골에
있는 집이 있다면 아무런 부족함이 없이 윤택하게 살 수 있을 것이다.
쿠포는 감탄 어린 눈으로 메보트를 곁눈질했다. 게다가 그는 새끼손가
락에 금반지까지 끼고 있지 않은가!

　제르베즈는 쿠포가 **프티트 시베트**에서 나오는 때를 기다려 그의 어

깨에 손을 얹으면서 말했다.

"여기 있었네요, 난 계속 기다렸는데…… 배고파죽겠어요. 나한테 줄 돈은 없어요?"

하지만 그의 대답에 그녀는 말문이 막혔다.

"배가 고프면 당신 주먹이나 처먹으라고!…… 한쪽은 남겨뒀다 내 일 먹으면 될 테고."

사람들 앞에서 소란을 피우다니 참으로 짜증나는 여자라니까! 그래서 대체 뭐가 어쨌다고! 그는 일을 하지 않았지만 빵집 주인들은 여전히 빵을 만들고 있지 않은가. 그따위 말로 남편의 숨통을 조이려 하다니, 자기를 계집만도 못한 사내로 보는 게 아닌가 말이다.

"나보고 도둑질이라도 하라는 건가요." 제르베즈는 나지막한 소리로 중얼거렸다.

메보트는 무언가 절충안을 생각해낸 듯 턱을 매만지면서 말했다.

"물론 아니죠, 그건 법으로 금지돼 있으니까. 하지만 여자야 머리만 조금 굴리면 얼마든지……"

그러자 쿠포는 바로 그거라며 큰 소리로 맞장구를 쳤다. 그렇다, 여자라면 자고로 머리를 굴릴 줄 알아야 하는 것이다. 하지만 그의 마누라는 멍청하고 더럽기까지 했다. 그들이 짚 더미 위에서 굶어 죽는다면 그건 순전히 그녀 탓이다. 그는 또다시 침을 튀겨가면서 메보트를 향한 찬사에 열을 올렸다. 어떻게 이렇게까지 우아할 수가 있단 말인가, 이런 굉장한 친구 같으니라고! 새하얀 리넨 셔츠에 근사한 구두를 신은 폼이 집주인이라도 된 것 같지 않은가! 오, 맙소사! 이건 절대 싸구려들이 아니었다. 적어도 그의 아내는 수완이 좋다는 사실을 말

해주고 있었다!

두 남자가 외곽 도로를 향해 내려가자 제르베즈는 그들을 뒤따라갔다. 그녀는 한참 만에 쿠포 뒤에서 거듭 채근했다.

"배고파죽겠단 말예요…… 당신만 기다렸는데. 뭘 좀 먹게 해달라고요."

쿠포가 아무런 대꾸도 하지 않자 그녀는 다 죽어가는 목소리로 또다시 얘기했다.

"그래서, 나한테 줄 돈은 없어요?"

"이런 젠장! 없는 돈을 무슨 수로 만들어내란 거야!" 그는 불같이 화를 내면서 뒤에 대고 소리쳤다. "귀찮게 좀 하지 마, 알겠어? 안 그럼 가만두지 않을 테니까!"

그는 이미 주먹을 치켜들었다. 제르베즈는 뒤로 물러나면서 무슨 결심을 한 듯 보였다.

"알았어요, 더 이상 귀찮게 하지 않을게요. 나도 다른 남자를 찾아볼 거라고요."

그러자 함석공은 코웃음을 쳤다. 그리고 제르베즈의 말을 농담으로 받아들이는 척하면서 그녀를 슬쩍 떠밀었다. 오, 그거야말로 듣던 중 반가운 소식이로군! 밤에 불빛 아래서는 아직 유혹적으로 보일 수도 있으니까. 그러면서 만약 남자를 낚으면 기막힌 식사를 할 수 있는 조그만 룸이 딸린 레스토랑 **카퓌생**으로 가라고 추천하기까지 했다. 창백한 제르베즈가 성난 얼굴을 한 채 외곽 도로로 향하자 그는 뒤에다 대고 큰 소리로 외쳤다.

"저기 말이지, 디저트를 좀 남겨 와. 내가 케이크를 좋아하는 거 당신도 알잖아…… 혹시 그 남자가 잘 차려입은 사내면 안 입는 외투를 좀 달라고도 해보고. 마침 외투가 필요하거든."

농지거리에 진절머리가 난 제르베즈는 걸음을 재촉했다. 그러다가 거리의 인파 가운데 서게 되자 걸음을 늦추었다. 그녀는 단단히 마음을 굳힌 터였다. 도둑질과 그 짓 중에서 선택해야 한다면 차라리 그 짓을 하는 게 나았다. 적어도 남에게 피해를 입히지는 않으니까. 그건 가진 것을 활용하는 일일 뿐이었다. 물론 도덕적이라고 볼 순 없었다. 하지만 지금 그녀의 머릿속에서는 도덕적인 것과 그렇지 못한 것이 마구 뒤섞여 있었다. 배고파 죽을 지경이 되면 철학을 논할 여유 따위는 없다. 일단 눈앞에 있는 빵을 먹기 마련인 것이다. 제르베즈는 클리냥쿠르 가까지 거슬러 올라갔다. 도무지 오지 않을 것 같은 밤을 기다리면서 대로를 따라 마냥 걸었다. 저녁을 먹으러 집으로 돌아가기 전에 바람을 쐬는 숙녀처럼.

그 지역은 제르베즈에게 한없이 초라한 느낌을 안겨주었다. 거리가 날로 아름답게 변신하면서, 사방이 탁 트여 예전 모습을 거의 찾아볼 수 없었다. 파리의 중심부에서 시작돼 올라오는 마장타 로와 외곽으로 뻗어 나가는 오르나노 로가 예전에 있던 시문을 통과해 나면서 수많은 집이 사라졌다. 여전히 새하얀 회반죽 먼지를 뒤집어쓰고 있는 두 개의 대로 양옆으로는 포부르 푸아소니에르 가와 푸아소니에 가가 붙어 있었다. 도로 확장 공사로 일부가 잘려 나가고 훼손된 두 거리는 어두운 창자 속처럼 구불구불하게 안쪽으로 이어졌다. 이미 오래전에 입시세관의 벽을 무너뜨리면서 확장된 외곽 도로 양옆으로는 차도를 냈고, 보행자를 위해 조성된 중앙분리대에는 조그만 플라타너스를 네

줄로 심어놓았다. 끝없이 이어진 도로들로 이루어진 거대한 교차로는 멀리 지평선까지 닿아 있는 듯했다. 우글거리는 사람들과 여전히 공사가 진행 중인 현장들의 혼돈 상태가 지배하는 곳이었다. 하지만 우뚝 솟은 새 건물들 사이에는 아직 힘겹게 버티고 있는 다 쓰러져가는 판잣집들이 보였다. 정면이 조각으로 우아하게 장식된 건물들 사이에는 움푹 들어간 시커먼 틈새 공간이 남아 있었다. 군데군데 누더기처럼 너덜너덜한 창문이 달려 있는 가축우리 같은 집들도 눈에 띄었다. 나날이 더 호화스러워지는 파리의 뒤안길에서 더욱더 두드러져 보이는 외곽 빈민가의 비참함이 빠르게 변모해가는 도시의 건설 현장을 더럽히고 있었다.

너른 대로의 부산스러움 속에서 조그만 플라타너스 길을 따라 걷던 제르베즈는 세상에 홀로 내팽개쳐진 기분이 들었다. 눈앞에 펼쳐진 거대한 공간은 배 속의 허기를 더해주었다. 이렇게 많고 많은 사람 중에서, 여유로운 이들 또한 섞여 있는 인파 속에서 그녀의 처지를 알아차리고 손에 동전 한 푼 쥐여주는 이가 단 한 사람도 없다니! 그랬다, 이곳은 너무나도 크고 너무나도 아름다웠다. 엄청나게 너른 공간 위로 광대하게 펼쳐진 회색빛 하늘 아래에 선 제르베즈는 머리가 빙빙 돌고 다리가 후들거렸다. 전형적인 파리의 석양빛인 칙칙한 누런색을 띤 해가 뉘엿뉘엿 넘어갔다. 당장이라도 죽고 싶다는 생각이 들게 만드는 빛깔이었다. 거리의 삶은 더없이 추해 보였다. 점차 날이 어두워지면서 먼 곳의 풍경들이 뿌옇게 서로 뒤엉켰다. 벌써부터 기진맥진한 제르베즈는 일을 마치고 귀가하는 노동자 무리 한가운데에 서게 되었다. 그 시각에는, 새 건물들에 사는 모자 쓴 여인네들과 잘 차려입은 남자들이 작업장의 오염된 공기 탓에 낯빛이 파리한 남녀 노동자들의 행렬과 뒤섞여 있었다. 마장타 로와 포부르 푸아소니에르 가는 오르막을 올라오느라 숨을 헐떡거리는 무리를 뱉어냈다. 승합마차와 삯마차의 바퀴 소리에 귀가 먹먹해지는 가운데 술통을 운반하는 이륜마차, 지붕이 덮인 가구 운반용 마차, 그리고 목재나 석재 운반용 짐수레가 아무것도 싣지 않은 채로 빠르게 달려갔다. 그사이 헐렁한 작업복이나 아래위가 붙은 작업복을 입은 노동자들이 계속 쏟아져 나오면서 거리를 가득 메웠다. 짐꾼들은 어깨에 등짐 지게를 멘 채 걸어갔다. 두 노동자는 성큼성큼 큰 걸음으로 나란히 걸어가면서, 서로를 쳐다보지는 않은 채 손시늉을 하며 큰 소리로 떠들어댔다. 코트 차림에 챙 달린 모자를 쓴 어떤 이들은 보도 가에 뚝 떨어져 고개를 숙인 채 걸어갔다. 대여섯 명씩 무리를 지어 가는 이들은 양손을 주머니에 찔러 넣고 아무 말 없이 창백한 눈빛을 띤 채 앞뒤로 나란히 서서 걸었다. 몇몇은 불이 꺼진 파이프를 입에 문 채 걸어갔다. 석공들이 넷이서 함께 삯마차를 빌려 타고 집으로 향하는 광경도 눈에 띄었다. 마차 지붕 위에서는 그들이 올려놓은 반죽통이 덜컹거리며 흔들렸고, 문에 쳐놓은 커튼 사이로 해쓱한 얼굴들이 언뜻언뜻 비쳤다. 칠장이들은 칠통을 흔들면서 걸음을 재촉했고, 함석공들은 기다란 사다리를 들고 가다가 행인들의 눈을 찌를 뻔했다. 뒤늦게 나타난 급수 시설 관리인은 등에 연장통을 짊어진 채 조그만 트럼펫으로 〈선한 왕 다고베르〉*를 연주했다. 처량한 석양을 배경으로 구슬픈 곡조가 울려 퍼졌

---

* 프랑스대혁명 직전에 만들어져 당시 유행한 노래로, 루이 16세를 풍자했다.

다. 아! 마치 기진맥진하여 다리를 질질 끄는 짐바리 짐승과 같은 무리의 발걸음에 장단을 맞추는 음악 같았다! 이제 또 하루가 끝난 것이다! 긴긴 하루가 지나면 금세 새날이 시작되곤 했다. 허기진 배를 채우고 소화를 시키다보면 어느새 다시 날이 밝아오면서 각자에게 할당된 빈곤의 몫을 또다시 감당해야만 하는 것이다. 하지만 그중에는 경쾌하게 휘파람을 불고 발을 구르면서, 자신들을 기다리는 저녁식사를 떠올리며 귀가를 서두르는 이들도 눈에 띄었다. 제르베즈는 물결이 휩쓸고 지나가듯 양쪽에서 팔꿈치를 부딪치면서 지나치는 인파에도 아랑곳없이 길 한복판에 멍하니 서 있었다. 피곤에 지친 몸을 이끌고 배고픔을 달래기 위해 걸음을 재촉하는 남자들에겐 한가하게 여자와 시시덕거릴 여유 같은 건 없는 법이다.

문득 고개를 든 세탁부 여인의 눈앞에 예전에 묵었던 봉쾨르 여관이 나타났다. 그 후 수상쩍은 카페로 바뀌었다가 경찰에 의해 폐쇄된 이 조그만 건물은 온통 빗물에 썩고 부서져 내린 채 방치돼 있었다. 흉측한 검붉은 색으로 칠해진 외벽에는 온통 곰팡이가 슬었고, 덧문에는 포스터가 덕지덕지 붙어 있었으며, 가로등은 깨져 있었다. 그 주변에는 별로 달라진 게 없어 보였다. 지물상과 담배 가게도 여전히 그 자리에 있었다. 그 뒤편의 나지막한 건물들 뒤로 우중충한 외관의 6층짜리 건물들도 예나 다름없이 초라한 모습으로 서 있었다. 그랑발콩 무도장은 더 이상 보이지 않았다. 열 개의 창문에서 휘황찬란한 불빛이 번쩍이던 홀에는 덩어리 설탕을 자르는 가공 공장이 들어선 터라 계속해서 윙윙거리는 기계음이 들려왔다. 바로 그곳, 초라하기 짝이 없는 봉쾨르 여관 한구석에서 그녀의 기막힌 삶이 시작되었던 것이다. 제르베즈는 떨어져 나간 덧창이 너덜거리는 2층 창문을 바라보면서 한동안 그 자리를 떠나지 못했다. 그러면서 랑티에하고 보낸 젊은 시절을 떠올렸다. 그들이 처음으로 다투었던 일, 그가 비열하게 그녀를 내팽개치고 떠났던 일도. 어쨌거나 그때 그녀는 젊었고, 이제 와 돌이켜보니 그 시절은 모든 게 좋았던 것 같았다. 겨우 스무 살이었다니, 맙소사! 그런데 지금 그녀는 거리를 헤매고 있었다. 그런 생각이 들자 여관을 보는 것만으로도 가슴이 저렸다. 제르베즈는 대로를 거슬러 몽마르트르 쪽으로 올라갔다.

밤이 깊어가는데도 아직까지 벤치들 사이에 있는 모래 더미에서 노는 아이들이 보였다. 행렬은 계속되었고, 여성 노동자들은 진열창 앞에서 지체한 시간을 벌충하느라 종종걸음을 쳤다. 그때 키가 큰 한 젊은 여자가 걸음을 멈춰 섰고, 그녀의 손을 꼭 잡은 청년은 그녀를 집 근처까지 배웅했다. 서로 인사를 나누면서, 밤에 **그랑 살롱 드 라 폴리나 불 누아르**에서 다시 만나기로 약속하는 이들도 눈에 띄었다. 무리 중에는 바느질 보따리를 팔 아래에 끼고 집으로 돌아가는 삯바느질꾼들도 있었다. 마구의 가슴띠를 몸에 연결한 채 허물어진 건물의 잔해를 수레에 싣고 가던 난로공은 승합마차에 치일 뻔한 것을 간신히 모면하기도 했다. 점점 줄어드는 인파 중에는 화덕 불을 지펴놓은 채 모자도 챙겨 쓰지 못하고 허겁지겁 아래로 내려온 아낙들도 보였다. 저녁거리를 사기 위해서였다. 행인들을 밀치면서 빵집과 돼지고기 전문점으로 뛰어든 그들은 산 물건을 손에 들고 다시 서둘러 집으로 되돌아갔다. 심부름을 나온 예닐곱 살짜리 계집아이들이 제 몸집만 한 4파운드짜리 빵 덩어리를 마치 사랑스러운 인형처럼 가슴팍에 꼭 껴안은 채 상점들을 따라 걸어가는 모습도 보였다. 그러다가 진열창에 진열된 그림들 앞에서 걸음을 멈추고는, 커다란 빵에 한쪽 뺨을 기댄 채 잠시 넋을 잃고 서 있기도 했다. 그러는 동안 거리에는 점차 오가는 인파가 줄어들면서 무리들도 서로 멀어져갔고 노동자들은 대부분 귀가를 마쳤다. 그렇게 하루가 마무리되자 하나둘씩 타오르기 시작하는 가스등 불빛 아래 한참 동안 억눌렸던 나태와 흥청거림에 대한 욕구가 조금씩 모습을 드러내기 시작했다.

오! 그랬다, 이제 제르베즈의 일과도 모두 끝이 났다! 제르베즈는 그녀의 곁을 스쳐 지나가는 저 노동자들 모두를 합친 것보다 훨씬 더 지쳐 있었다. 이젠 자리에 누워 이대로 삶을 끝낼 수도 있었다. 그 어느 곳에서도 더 이상 그녀를 원하지 않았고, 이젠 "이번엔 누구 차례지? 나요, 난 정말 지쳤다고요!"라고 말할 수 있을 만큼 충분히 고통스러웠다. 지금은 모두가 식사를 하는 시각이었다. 이젠 정말 끝이었다. 태양도 휴식을 취하러 물러간 지금, 그녀를 기다리는 것은 끝없이 이어질 기나긴 밤뿐이었다. 오, 맙소사! 몸을 길게 뻗고 편안히 누운 채 다시 일어나지 않아도 된다면, 연장을 내려놓고 빈둥거리며 영원히 게으름을 피울 수만 있다면! 그거야말로 생각만 해도 신나는 일이 아닌가. 20년 동안 뼈 빠지게 일만 하고 살았는데! 허기로 배 속이 뒤틀리는 고통 속에서 과거에 배 터지게 먹으면서 즐기던 날들이 떠올랐다. 지독히 추웠던 사순절 세번째 주 목요일에 그야말로 신나게 놀았던 적이 있었다. 그때 제르베즈는 아직 아름다웠고 금발에 싱그러운 젊음을 간직하고 있었다. 뇌브 가에 있던 세탁장에서는 다리를 절었음에도 불구하고 여왕으로 뽑히기까지 했다. 그리하여 초록색으로 장식한 마차에 올라타서는 대로에서 매료된 시선으로 그녀를 곁눈질하는 잘 차려입은 행인들 사이를 달려갔다. 점잖은 신사들은 진짜 여왕이라도 납신 듯 외알박이 안경을 꺼내 쓰기도 했다. 그날 저녁에는 원 없이 배를 채우고 다음 날 새벽이 될 때까지 지칠 줄 모르고 춤을 추었다. 여왕, 그랬다, 그때 그녀는 왕관과 띠로 치장한 진정한 여왕이었다! 무려 스물네 시간 동안, 시곗바늘이 두 바퀴를 완전히 도는 내내! 제르베즈는 배고픔의 고통으로 인해 온몸의 감각이 둔해지는 가운데 시궁창에 빠뜨린 자신의 위엄을 찾으려는 듯 바닥을 두리번거렸다.

그러다가 다시 고개를 들었다. 바로 눈앞에 나타난 것은 철거 중인 도살장이었다. 부서진 건물 뒤로 아직 축축하게 피에 젖어 있는, 역한 냄새가 풍기는 어두운 공터가 보였다. 다시 대로를 내려가자 이번에는 라리부아지에르 병원이 나타났다. 높다란 회색빛 담장 너머로, 똑같은 모양의 창문들이 난 음울한 분위기의 건물 익면이 부채처럼 펼쳐져 있었다. 담장에 난 문은 그 지역 사람들에게는 두려움의 대상이었다. 갈라진 틈이라곤 전혀 찾아볼 수 없는 단단한 떡갈나무로 만들어진 문은 망자들의 문이라고 불리면서 마치 묘석과 같은 근엄함과 침묵을 불러일으켰다. 제르베즈는 그곳에서 벗어나기 위해 걸음을 재촉해 철교가 있는 곳까지 내려갔다. 강철판을 볼트로 죄어 만든 높은 난간이 앞을 가로막고 있어 철도가 보이지는 않았다. 파리의 빛나는 스카이라인을 배경으로 시커먼 석탄가루로 뒤덮인 거대한 역사 지붕의 널찍한 모서리를 볼 수 있었을 뿐이다. 탁 트인 거대한 공간에서 제르베즈는 기관차들이 울리는 기적 소리와 전차대(轉車臺)가 리드

미컬하게 덜컹거리는 소리를 들으며 눈에 보이지 않는 엄청난 움직임들을 미루어 짐작할 수 있었다. 그때 파리에서 출발한 기차 한 대가 헐떡거리면서 가까이 다가왔다. 우르릉거리는 소리가 점점 크게 들려왔다. 제르베즈는 난간 위로 급작스럽게 솟아올랐다가 사라지는 새하얀 깃털 같은 연기 외에는 아무것도 볼 수가 없었다. 하지만 철교가 덜컹덜컹 흔들릴 때마다 전속력으로 달려가는 기차의 진동을 몸으로 고스란히 느낄 수 있었다. 우르릉거리는 소리가 점차 잦아들자 보이지 않는 기차를 눈으로 좇듯 몸을 돌려 먼 곳을 바라보았다. 제르베즈는 저 너머 양쪽으로 무질서하게 듬성듬성 서 있는 높은 건물들 사이로 탁 트인 들판과 자유로운 하늘을 그려보았다. 기계의 그을음 때문에 누렇게 변한 건물들 벽에는 회반죽이 칠해져 있는 대신 거대한 광고를 그려놓았다. 오! 자신도 저렇게 저 먼 곳으로 떠날 수 있다면, 가난과 고통으로 얼룩진 이곳을 벗어날 수만 있다면! 그럼 어쩌면 새로운 삶을 다시 시작할 수 있지 않을까. 제르베즈는 무심코 난간에 붙어 있는 벽보들로 시선을 향했다. 거기에는 온갖 색깔의 벽보가 붙어 있었다. 앙증맞은 파란색 벽보에는 잃어버린 암캐를 찾아주는 사람에게 50프랑을 사례하겠다는 사연이 적혀 있었다. 세상에, 한낱 개가 저토록 끔찍이 사랑을 받다니!

　제르베즈는 다시 서서히 걸음을 옮겼다. 자욱한 안개 같은 어둠이 내리면서 거리의 가스등이 하나둘씩 켜졌다. 점차 암흑 속으로 빨려 들어가 모습이 보이지 않던 기다란 대로들이 다시 빛나기 시작하면서 어둠을 가르며 길게 뻗어나가 어둑어둑한 지평선까지 가 닿았다. 마치 마법사가 훅 하고 숨결을 불어 넣어, 달조차 보이지 않는 거대한 암흑의 하늘 아래 널따란 지역 전체가 조그만 불꽃들의 띠를 두른 듯 보였다. 이제 대로의 끝에서 끝까지 길게 이어지는 주점과 싸구려 댄스홀, 유곽 등이 와자지껄하게 불타오르기 시작하면서 술잔이 돌아가고 흥겹게 춤을 추는 시간이 다가온 것이다. 보름 치 급여를 받은 노동자들이 술집을 이곳저곳 기웃거리면서 거리에 활기를 불어넣었다. 공기 중에는 벌써부터 거나한 취기의 전조가 감돌았다. 하지만 아직은 전혀 고약하지 않은, 이제 막 불붙기 시작한 단계일 뿐이었다. 사람들은 허름한 식당에 삼삼오오 모여 앉아 진탕 배를 채웠다. 환하게 불이 켜진 창문들 너머로, 음식을 입에 가득 넣은 채 삼키는 것조차 잊어버린 듯 웃는 사람들이 보였다. 주점마다 벌써 자리를 잡고 앉은 술꾼들이 요란한 몸짓과 함께 큰 소리로 떠들어댔다. 보도에서는 끊임없이 발소리가 울려 퍼지는 가운데 여기저기서 날카롭게 외치는 목소리와 걸쭉한 목소리가 뒤섞여 들려왔다. "이봐! 먹으러 안 갈 거야?…… 기다려, 이 망할 것, 술 한 병만 사고…… 아니 저게 누구야! 폴린이잖아! 마침 잘됐군, 오늘 저녁엔 심심하진 않겠어!" 주점의 문이 덜컹거리며 열렸다가 다시 닫힐 때마다 포도주 냄새와 코넷의 연주 소리가 새어 나왔다. 마치 대미사를 준비하는 성당처럼 환하게 불을 밝힌 콜롱브 영감의 주점 앞에는 목마른 술꾼들이 줄을 서서 기다렸다. 세상에! 마치 진짜 종교의식이라도 치르는 듯했다. 남자들은 두 뺨을 불룩하게 부풀리고 배를 쑥 내민 채 성가대원 같은 표정으로 노래를 불렀다. 그들은 천국에서 돈 궤짝을 지키는 아주 맘씨 좋은 급여일의 성녀를 찬양하는 게 분명했다! 어찌나 활기가 넘치는지, 아내와 함께 거리에 산책을 나온 여유로운 남자들은 오늘 밤 파리에 술 취한 사내들이 무척 많은 것 같다면서 고개를 가로저었다. 그런 소란스러움을 벗어나면 칠흑같이 캄캄하고 고요하며 얼음장처럼 차가운 밤이 온 세상을 뒤덮었다. 하늘의 네 귀퉁이로 뻗어나가는 대로의 불빛만이 그 어둠을 깨뜨렸다.

콜롱브 영감의 주점 앞에 멈춰 선 제르베즈는 골똘히 생각에 잠겼다. 단돈 2수만 있다면 안으로 들어가 독주를 마실 수 있을 텐데. 어쩌면 그 독주 한 모금이 지독한 허기를 잊게 해주지 않을까. 아! 그녀도 한때 독주를 마셨던 적이 있었다! 그리고 그 맛이 무척 마음에 들었다. 제르베즈는 멀리서 증류기를 응시하는 동안 어쩌면 자신의 불행이 그 기계에서 비롯되었는지도 모른다는 생각이 들었다. 그리고 언젠가 돈이 생기면 독한 브랜디를 마시면서 삶을 마감할 수 있기를 바랐다. 그때 갑자기 전율을 일으키는 차가운 기운이 머리를 스치고 지나가면서 밤이 깊었음을 알려주었다. 이제 행동으로 옮겨야 할 시간이 다가온 것이다. 사람들은 모두 행복해하는데 나만 길에서 죽어 나자빠지지 않으려면 마음을 굳게 다잡고 유혹적인 모습을 보여야만 한다. 다른 이들이 배 터지게 먹는 모습을 구경한다고 그녀의 배가 채워지는 것은 아니니까. 제르베즈는 걸음을 늦추면서 주변을 둘러보았다. 나무 아래마다 좀 더 짙은 그림자들이 서성거렸다. 이제 오가는 사람들의 발길이 뜸해진 거리에는 귀가가 늦어진 이들이 종종걸음으로 대로를 가로질러 가고 있었다. 인근 거리에서 전해져오는 흥청거림이 잦아드는 너른 보도 위에는 누군가를 기다리는 여인네들이 보였다. 무리를 지어 서 있는 여자들은 조그맣고 앙상한 플라타너스들처럼 꼿꼿이 선 채로 한참 동안 그 자리에 머물러 있었다. 그러다가 얼어붙은 땅 위로 낡은 신발을 끌면서 움직이기 시작해 천천히 열 걸음쯤 가더니 다시 땅에 들러붙은 듯 멈춰 섰다. 그중에는 거대한 몸집에 팔다리는 곤충처럼 가느다란 여인도 있었다. 노란 스카프를 쓴 여자는 낡아빠진 검정 실크 드레스 사이로 비집고 나온 비대한 몸이 마치 굴러갈 것처럼 보였다. 키가 크고 마른 또 다른 여인은 머리에는 아무것도 쓰지 않은 채 하녀들이 착용하는 앞치마를 둘렀다. 얼굴에 덕지덕지 분칠을 한 중년의 여인들과 너무나 더럽고 초라해서 넝마주이조차 거들떠보지 않을 젊은 여자들도 보였다. 어떻게 해야 할지 몰라 머뭇거리던 제르베즈는 그녀들을 따라 하면서 요령을 터득하고자 했다. 그녀는 어린아이처럼 겁을 집어먹어 자신이 수치스러움을 느끼는지조차 알지 못했다. 마치 끔찍한 꿈을 꾸는 것만 같았다. 제르베즈는 십오 분여 동안 꼼짝 않고 우두커니 서 있었다. 남자들은 고개도 돌리지 않고 계속 그대로 지나쳐 갔다. 그러자 제르베즈는 이번에는 자신이 움직이기로 마음을 먹고는 주머니에 손을 찔러 넣은 채 휘파람을 부는 한 남자에게로 다가가 목멘 소리로 조그맣게 말했다.

"저기요, 잠깐 제 말 좀……"

남자는 곁눈질로 그녀를 흘끗 보더니 더 크게 휘파람을 불면서 가던 길을 계속 갔다.

제르베즈는 점점 더 대담해졌다. 텅 빈 배를 움켜쥐고 자꾸만 멀어져가는 저녁거리를 악착스럽게 쫓으며 점차 자신을 잊어갔다. 그녀는 몇 시인지, 자신이 어디에 있는지도 알지 못한 채 발을 동동 구르며 마냥 기다렸다. 주위에는 말 없는 검은 그림자를 닮은 여인네들이 우리 안에 갇힌 짐승처럼 제한된 구역을 벗어나지 못한 채 끊임없이 같은 곳을 오가고 있었다. 그러다가 유령처럼 불분명하고 느릿한 걸음걸이로 어둠 속을 벗어나 가스등 불빛 아래로 자리를 옮겼다. 그러자 마치 가면을 쓴 것 같은 창백한 얼굴들이 점차 또렷이 드러났다. 하지만 어둠의 유혹을 뿌리치지 못한 여자들은 이내 새하얀 치맛자락을 펄럭이면서 몸을 돌려 오싹한 전율이 느껴지는 보도 위의 암흑 속으로 다시 숨어들었다. 길을 가던 남자들은 잠시 걸음을 멈추고 몇 마디 농을 던지다가는 낄낄거리면서 다시 가던 길을 갔다. 좀 더 조심스러운 이들은 눈에 띄지 않게 멀찌감치 떨어져서 여자 뒤를 따라갔다. 곧이어 거친 웅얼거림과 숨죽인 언쟁, 격렬한 흥정이 오가다가 또다시 깊은 침묵이 이어졌다. 제르베즈가 아무리 멀리 가더라도 밤을 지키는 파수꾼 같은 여인네들은 어디서나 보였다. 마치 외곽 도로의 끝에서 끝까지 여자들이 줄지어 심겨 있는 듯했다. 어디를 가더라도 한 여자와 스무 걸음쯤 떨어진 곳에서 또 다른 여자를 발견할 수 있었다. 여인들의 행렬이 끝없이 이어지면서, 마치 파리 전체가 그들의 감시 하에 놓인 듯 보였다. 자신을 아무도 거들떠보지 않는 데 분개한 제르베즈는 이제 클리냥쿠르 가에서 샤펠 로로 장소를 옮겼다.

"저기요, 잠깐 제 말 좀……"

하지만 남자들은 여전히 그녀를 지나쳐 갈 뿐이었다. 제르베즈는 피 냄새가 풍겨 나오는 도살장 앞을 떠났다. 그리고 수상쩍은 평판 때문에 강제로 문이 닫혀 방치된 봉쾨르 여관을 흘끗거리며 지나쳐 갔다. 라리부아지에르 병원 앞을 지나갈 때는 일렬로 불이 밝혀진 정면 창문의 개수를 기계적으로 세었다. 창문마다 죽어가는 이들을 지켜주는 야등처럼 희부옇고 차분한 빛이 새어 나왔다. 철교를 지날 때는 절망적인 외침 같은 기적 소리로 도시의 밤하늘을 갈라놓고 있는 기차의 진동이 느껴졌다. 오! 어찌하여 밤은 이 모든 것을 처량하게 느껴지게 하는 것일까! 제르베즈는 뒤로 돌아 자신이 지나쳐 온 건물과 대로 끝자락의 변함없는 거리 모습을 눈에 담았다. 그렇게, 단 일 분도 벤치에 앉아 쉬거나 하지 않고 같은 행동을 열 번, 스무 번씩 반복했다. 하지만 여전히 그녀를 원하는 남자는 아무도 없었다. 그러한 무관심에 제르베즈는 더 큰 수치심을 느꼈다. 그녀는 다시 병원 쪽으로 내려갔다가 또다시 도살장으로 거슬러 올라갔다. 그것이 그녀의 마지막 산책길이었다. 동물을 때려잡던 피비린내 나는 뜰로부터, 죽음의 신이 뻣뻣해진 사람들을 수의로 꽁꽁 감싸서 데리고 가는 새하얀 병실들이 있는 병원에 이르기까지. 그녀의 삶은 바로 그 두 곳 사이의 공간에 달려 있었다.

"저기요, 잠깐 제 말 좀……"

그 순간 제르베즈의 눈에 들어온 것은 땅바닥에 비친 자신의 그림자였다. 가스등 아래로 다가갈수록 불분명하던 그림자가 한데 뭉치면서 또렷이 모습을 드러냈다. 그것은 거대하고 땅딸막하며 기괴하게 생긴 그림자였다. 제르베즈는 그렇게 비대해져 있었다. 그녀의 그림자는 배와 가슴, 엉덩이가 한데 뭉뚱그려진 채 흐느적거렸다. 게다가 다리를 어찌나 심하게 저는지 마치 땅바닥에서 텀블링이라도 하는 듯 보였다. 그야말로 어릿광대가 따로 없지 않은가! 그녀가 멀어지면 점점 더 거대해진 어릿광대가 대로를 가득 메우면서 인사를 하다가 나무와 건물에 얼굴을 부딪히곤 했다. 오, 세상에! 자신이 이토록 우스꽝스럽고 끔찍하게 생겼다니! 지금까지 제르베즈는 자신이 이렇게까지 망가졌음을 전혀 깨닫지 못했다. 그리하여 다음번 가스등이 나타날 때까지 그림자가 추는 우스꽝스러운 춤에서 눈을 떼지 못했다. 아! 이젠 춤을 추는 매력적인 창녀까지 옆에 데리고 다니다니! 참으로 근사한 모양새가 아닌가! 이만하면 남자들의 눈길을 즉각 사로잡고도 남을 터였다. 제르베즈는 목소리를 더 낮추어 행인들의 등 뒤에 대고 기어 들어가는 소리로 간신히 우물거렸다.

"저기요, 잠깐 제 말 좀……"

그러는 동안 시간이 꽤 많이 흐른 듯했다. 인근 구역의 분위기가 점차 고약해졌다. 조그만 식당들은 대부분 문을 닫았다. 주점의 가스등이 벌겋게 달아오른 가운데 술에 취해 혀가 꼬인 목소리들이 들려왔다. 웃으며 주고받던 우스갯소리는 어느새 언쟁과 주먹다짐으로 변질되었다. 형편없는 몰골을 한 덩치 큰 남자 하나는 고래고래 소리를 질러댔다. "널 박살 내고 말겠어, 네 뼈에 번호를 붙여서 세어야 할 거라고!" 젊은 여자가 댄스홀 앞에서 애인과 말다툼을 벌이는 광경도 보였다. 여자가 더럽고 치사한 나쁜 놈이라고 쏘아붙이자 남자는 "염병할!"이라는 말만 되풀이할 뿐이었다. 취기는 거리로 나선 사내들에게 폭력을 휘두르고 싶은 욕구를 부추겼다. 얼마 되지 않는 행인들은 곳곳에서 난무하는 난폭함에 새하얗게 질린 얼굴을 일그러뜨렸다. 싸움이 벌어져 한 주정뱅이가 땅바닥에 대자로 나자빠지자, 그가 죽었다고 생각한 일행은 요란한 소리를 내면서 줄행랑을 쳤다. 여기저기 무리를 지은 술꾼들이 불러대는 지저분한 노래들이 한차례 휩쓸고 지나간 거리는 다시 무거운 정적 속으로 빠져들었다. 주정뱅이들의 딸꾹질 소리와 쿵 하고 바닥에 넘어지는 둔탁한 소리가 간간이 들려올 뿐이었다. 보름 치 급여와 함께 시작된 술판은 언제나 그런 식으로 끝이 났다. 여섯 시간 동안 쉬지 않고 쏟아부은 포도주는 보도 위까지 흘러넘쳐 개울을 이룰 정도였다. 마치 폭죽처럼 솟구친 토사물이 보도 한가운데를 온통 차지하는 바람에 느지막이 길을 가던 행인들은 신발을 더럽히지 않기 위해 다리를 넓게 벌려 토사물을 건너뛰어야만 했다. 온 동네가 참으로 볼만했다! 새벽에 청소를 하기 전에 다른 곳에서 온 누군가가 그 광경을 봤다면 무슨 생각을 했을지! 하지만 아직은 술꾼들의 세상이었다. 그들은 온 유럽이 무슨 생각을 하든 아랑곳하지 않았다. 오, 맙소사! 누군가 주머니에서 칼을 꺼내 들었고, 이제 그들만의 작은 축제가 피바다 속에서 끝날 참이었다. 겁에 질린 여자들은 걸음을 재촉했고, 남자들은 경계하는 눈빛으로 주변을 어슬렁거렸다. 역겨움이 더해진 밤이 점점 더 짙어지고 있었다.

제르베즈는 여전히 다리를 절뚝거리면서 대로를 오르락내리락했다. 머릿속은 오직 계속해서 걸어야 한다는 생각으로 가득 차 있었다. 하지만 다리 때문에 몸이 규칙적으로 흔들리면서 졸음이 몰려와 깜빡 잠이 들고 말았다. 그러다가 소스라쳐 놀라 깨어나 주변을 둘러보았다. 그리고 자신이 마치 죽은 듯이 의식도 없이 100여 걸음을 걸었음을 깨달았다. 제르베즈는 선 채로 잠들 정도로 기진맥진했고, 발은 잔뜩 부풀어 올라 구멍 뚫린 신발 사이로 비집고 나와 있었다. 제르베즈는 더 이상 아무것도 느끼지 못했다. 너무나 지치고 텅 비어버린 때문이었다. 그녀가 머릿속에 마지막으로 또렷이 떠올린 생각은 망할 딸년이 바로 그 순간 어쩌면 굴을 먹고 있을지도 모른다는 것이었다. 그런 다음 모든 것이 마구 뒤섞였다. 제르베즈는 두 눈을 크게 부릅떴다. 하지만 생각을 하기 위해서는 너무나도 힘겨운 노력이 필요했다. 그녀의 존재가 점차 절멸해가는 가운데 마지막까지 남은 유일한 감각은 지독한 추위에 대한 감각이었다. 지금까지 살아오는 동안 한 번도 겪어보지 못했던, 죽음과도 같은 살을 에는 추위였다. 죽은 이들도 땅속에서 이처럼 춥지는 않을 터였다. 힘겹게 고개를 들자 얼음장 같은 바람이 얼굴을 후려쳤다. 잔뜩 찌푸린 하늘에서 마침내 눈이 내렸다. 섬세하고 촘촘한 눈발에 가벼운 바람마저 더해져 소용돌이가 일었다. 사흘 전부터 떨어질 듯 말 듯하던 눈이 그야말로 기막힌 순간에 내리기 시작했던 것이다.

첫번째 돌풍에 정신이 번쩍 든 제르베즈는 걸음을 더욱더 재촉했다. 양어깨에 벌써 눈이 하얗게 쌓인 남자들은 집으로 돌아가기 위해 서둘러 달리기 시작했다. 제르베즈는 나무 아래로 서서히 걸어오는 한 남자를 보고는 가까이 다가가 말을 걸었다.

"저기요, 잠깐 제 말 좀……"

남자는 걸음을 멈추었다. 하지만 그녀의 말을 알아듣지 못한 듯 보였다. 그는 손을 내밀면서 조그맣게 중얼거렸다.

"제발 한 푼만……"

두 사람은 서로를 마주 보았다. 오! 하느님 맙소사! 어쩌다 이 지경이 되었단 말인가. 브뤼 영감은 구걸을 하고, 쿠포 부인은 거리로 나서다니! 그들은 입을 벌린 채 한동안 멍하니 서로를 바라보며 서 있었다. 이제 그들은 불행의 동반자가 되었던 것이다. 노인은 저녁 내내 그 누구에게도 말을 걸 용기를 내지 못한 채 거리를 헤매고 다녔다. 그러다가 마침내 간신히 붙들어 세운 유일한 사람이 그처럼 굶어 죽어가는 그녀였다니! 오, 주여! 이건 너무나 비참한 인생이 아닌가요? 50년이나 일했는데 이젠 구걸하면서 삶을 연명해야 하다니! 한때 구트도르에서 가장 잘나가는 세탁부였던 여인이 거리의 시궁창에서 삶을 끝내야 하다니! 한동안 서로를 마주 보던 두 사람은 아무 말도 건네지 않은 채 세차게 내려치는 눈보라를 뚫고 각자의 길을 갔다.

그것은 진정한 눈 폭풍이었다. 사방으로 탁 트인 너른 공간 한가운데의 언덕 위로 자잘한 눈송이가 빽빽이 휘몰아쳤다. 눈송이는 사방의 하늘에서 동시에 불어오는 것 같았다. 열 걸음 앞조차 제대로 보이지 않았고, 회오리바람에 세차게 휘날리는 새하얀 가루눈 속에 모든 것이 파묻혀버리고 말았다. 그리하여 사방으로 동네가 사라져버린 채 거리는 쥐 죽은 듯 고요했다. 돌풍이 새하얀 시트로 마지막 술꾼들의 딸꾹질 소리마저 덮어버려 침묵하게 만든 것 같았다. 제르베즈는 방향감각마저 잃어버려 더듬거리면서 힘겹게 앞으로 나아갔다. 오로지 나무들을 지표 삼아 간신히 길을 짐작할 수 있었다. 앞으로 나아갈수록, 꺼져버린 횃불 같은 가스등이 뿌연 눈보라 속에서 차례로 모습을 드러냈다. 교차로를 건널 무렵에는 가스등 불빛들마저 더 이상 보이지 않았다. 자신을 이끌어줄 수 있는 것을 아무것도 발견하지 못한 제르베즈는 희뿌연 소용돌이 속으로 휘말려들었다. 새하얀 눈으로 뒤덮인 땅은 어디가 어딘지 구분되지 않아 발을 딛는 것조차 힘들었다. 회색빛 벽이 사방에서 그녀를 둘러쌌다. 걸음을 멈추고 머뭇거리다가 뒤를 돌아본 그녀는 얼음장 같은 눈의 장막 뒤로 끝없이 이어지는 대로와 가스등의 행렬, 잠든 파리의 황량하고 거대한 암흑의 공간을 어렴풋이 떠올려보았다.

제르베즈는 외곽 도로와 마장타 로, 오르나노 로가 만나는 지점에 이르렀다. 그대로 땅바닥에 누워 잠들어버리고 싶다는 생각을 하고 있을 때 어디선가 발소리가 들려왔다. 정신없이 달려갔지만 날리는 눈발이 시야를 가로막았다. 그러는 동안 발소리는 멀어져갔다. 어느 쪽에서 들려왔는지 미처 알아내기도 전에. 마침내 앞쪽에서 흔들리는 검은 그림자 같은 것이 보였다. 제르베즈는 눈보라 속을 뚫고 걸어가는 한 남자의 널찍한 어깨를 알아보았다. 오! 저 남자는 기필코 붙들고 말 것이다. 결코 놓치지 않을 테다! 제르베즈는 더 빨리 달려가 그의 작업복 자락을 부여잡고 말을 건넸다.

"저기, 저기요, 잠깐 제 말 좀……"

남자는 뒤를 돌아보았다. 그는 구제였다.

이제 구제에게까지 이런 꼴을 보이다니! 대체 자기가 선한 신에게 무슨 죄를 지었길래 이렇게 마지막까지 고통을 받아야 한단 말인가? 대장장이의 발아래로 몸을 던지면서, 여느 창녀들처럼 남자에게 매달리는 구차스러운 모습을 보이다니! 게다가 하필 가스등 바로 아래서 그를 만날 게 뭐란 말인가. 제르베즈는 마치 눈 위에 장난을 쳐놓은 듯 흉하게 일그러진 캐리커처 같은 자신의 그림자를 알아볼 수 있었다. 이건 영락없는 술주정뱅이의 꼬락서니가 아닌가. 맙소사! 빵 한 조각, 포도주 한 방울도 제대로 마시지 못했는데 주정뱅이로 오해를 받다니! 이 모든 건 전적으로 그녀의 탓이었다. 어쩌자고 애초에 술을 마셨더란 말인가? 물론 구제는 그녀가 술을 진탕 마시고 취한 것으로 생각할 터였다.

구제는 눈발이 황금빛 턱수염에 새하얀 데이지 꽃잎을 흩뿌리는 동안 제르베즈를 뚫어지게 바라보았다. 그러다가 고개를 숙이고 뒷걸음질을 하는 그녀를 붙잡으며 말했다.

"가지 마요."

그가 앞장서서 걸어가자 제르베즈는 그 뒤를 따라갔다. 두 사람은 건물들 담벼락에 가까이 붙어 아무 말 없이 정적에 잠긴 동네를 지나갔다. 불쌍한 구제 부인은 지난 10월에 급성 류머티즘으로 세상을 떠났다. 구제는 여전히 뇌브 가의 조그만 집에서 홀로 쓸쓸하게 지냈다. 그날은 다친 동료를 보살피느라 귀가가 늦어졌다. 그는 문을 열고 불을 켠 다음 문간에 초라하게 서 있는 제르베즈를 향해 돌아섰다. 그리고 마치 그의 어머니가 그곳에 있기라도 한 것처럼 목소리를 낮추어 조그맣게 말했다.

"들어가요."

구제 부인이 거처하던 첫번째 방은 그녀가 있을 때처럼 경건하게 보존되어 있었다. 창가에 있는 의자 위에는 그녀가 사용하던 둥근 자수틀이 놓여 있었다. 그 옆에는 늙은 레이스 수선공을 기다리는 듯한 커다란 소파가 보였다. 침대 또한 잘 정돈돼 있어서 언제라도 노부인이 무덤에서 나와 아들과 함께 밤을 보낼 수 있을 것 같았다. 그녀의 방에는 여전히 경건함과 신실함, 선의의 향기가 감돌았다.

"들어가요." 대장장이는 더 큰 소리로 거듭 얘기했다.

제르베즈는 성스러운 장소에 처음으로 발을 들여놓는 어린아이처럼 겁먹은 표정으로 조심스럽게 안으로 들어갔다. 대장장이는 어머니 방에 이처럼 여자를 들여놓는 것이 당혹스러운 듯 창백해진 낯빛으로 몸을 떨었다. 그들은 행여 발소리가 들릴까봐 두려운 듯 발뒤꿈치를 들고 살금살금 걸었다. 구제는 제르베즈를 자신의 방으로 밀어 넣고는 문을 닫았다. 그 방은 그의 영역이었다. 제르베즈가 익히 보았던, 새하얀 커튼이 드리운 조그만 철제 침대가 놓여 있는 기숙생의 방 같은 곳. 다만 그사이 벽에 오려 붙인 그림들이 더 늘어나 천장까지 높이 올라가 있는 게 예전과 달랐다. 감히 그러한 순수함을 더럽힐 수 없었던 제르베즈는 등불에서 멀리 떨어지고자 뒤로 물러섰다. 그때까지 아무 말도 하지 않았던 구제는 느닷없이 격렬한 열정에 사로잡혀 그녀를 끌어당겨 으스러지게 품에 안으려고 했다. 하지만 제르베즈는 정신을 잃으면서 희미하게 중얼거렸다.

"오! 맙소사!…… 오! 맙소사!……"

골탄 가루로 뒤덮인 난로가 아직 타오르는 가운데, 대장장이가 저녁식사를 위해 재받이 앞에 놓아둔 먹고 남은 스튜가 은근하게 끓고 있었다. 온기로 인해 몸이 녹은 제르베즈는 냄비에 든 것을 먹기 위해서라면 기어가는 것도 마다하지 않을 것 같았다. 그것은 그녀의 인내의 한계를 넘어서는 것이었다. 배 속이 갈기갈기 찢어지는 것처럼 고통스러웠다. 제르베즈는 고개를 숙이면서 길게 한숨을 토해냈다. 그러자 비로소 알아차린 구제는 스튜를 식탁 위에 올려놓은 다음 빵을 자르고 물을 따라주었다.

"고마워요! 정말 고마워요! 오! 당신은 정말 천사가 분명해요! 정말 고마워요!"

제르베즈는 발음조차 불분명한 말을 더듬더듬 간신히 뱉어냈다. 그러면서 손이 마구 떨려서 집어 들었던 포크를 떨어뜨리고 말았다. 그녀를 옥죄어오는 배고픔은 노화 현상마저 유발했던 것이다. 이제는 손가락으로 집어 먹어야만 했다. 감자 한 조각을 입에 쑤셔 넣은 제르베즈는 오열을 터뜨렸다. 두 뺨을 타고 흘러내린 굵은 눈물방울이 빵 위로 뚝뚝 떨어졌다. 제르베즈는 쉬지 않고 계속 먹어댔다. 거칠게 숨을 몰아쉬면서, 입을 덜덜 떨며 눈물에 젖은 빵을 게걸스럽게 삼켰다. 구제는 그녀가 목이 메지 않도록 억지로 물을 마시게 했다. 물잔이 그녀의 이에 부딪히면서 딱딱 소리가 났다.

"빵 좀 더 먹을래요?" 그가 나지막한 목소리로 물었다.

제르베즈는 계속 눈물을 흘리면서, 아니라고 했다가 다시 그러마고 하기를 반복했다. 그녀는 자신이 무엇을 원하는지도 알지 못했다. 오! 맙소사! 배가 고파 죽어갈 때 먹을 수 있다는 것이 얼마나 행복하면서도 슬픈 일인지!

구제는 제르베즈 바로 앞에 버티고 선 채 그녀를 응시했다. 이제야 비로소 등불의 환한 불빛 아래서 그녀를 찬찬히 뜯어볼 수 있었다. 그 사이 제르베즈는 몹시 늙고 퇴색해버려 예전 모습을 전혀 찾아볼 수가 없었다! 그녀의 옷과 머리에서는 눈이 녹아내려 물이 뚝뚝 흘렀다. 머리는 불안정하게 건들거렸고, 온통 잿빛으로 변한 머리칼은 바람에 마구 뒤엉켜 있었다. 목이 어깨에 파묻힌 것처럼 쪼그라든 제르베즈는 보는 사람이 울고 싶어질 정도로 추하고 뚱뚱하게 변해 있었다. 그는 자신들이 사랑하던 시절을 떠올렸다. 아직 싱그러운 젊음을 간직하고 있던 발그레한 피부의 제르베즈가 포동포동한 목에 목걸이처럼 사랑스러운 아기 주름이 잡힌 채 힘차게 다림질하던 모습이 눈앞을 스쳐갔다. 당시 그는 제르베즈를 보는 것만으로도 흐뭇해하며, 몇 시간이고 세탁소에 머무르면서 그녀를 곁눈질했다. 언젠가 그녀가 대장간으로 그를 보러 왔고, 그때 그들은 지극한 행복감을 맛보았다. 그가 쇠를 두드리는 동안 그녀는 그의 망치가 춤추는 것을 지켜보았다. 그 시절 그는 밤마다 베개를 물어뜯으면서 지금처럼 그녀와 자신의 방에서 함께 있을 수 있기를 얼마나 갈망했던가! 오! 그때 그녀를 가질 수 있었다면 그녀를 으스러뜨렸을지도 몰랐다. 그녀를 그토록 간절히 원했건만! 그런데 이제 그녀가 그의 눈앞에 있었다. 그는 그녀를 취할 수도 있었다. 제르베즈는 빵을 모두 먹었다. 냄비 밑바닥으로 흘러내린 눈물을, 음식 위로 끊임없이 흘러내린 깊은 침묵의 눈물을 닦아낸 빵이었다.

제르베즈는 자리에서 일어났다. 이제 주린 배를 채우고 나자 구제가 자신을 원하는지 아닌지 몰라 당혹스러워 고개를 숙인 채 잠시 기다렸다. 그리고 그의 눈 속에서 불꽃이 번득이는 듯하자 캐미솔로 손을 가져가 첫번째 단추를 끌렀다. 하지만 구제는 무릎을 꿇고 앉아 그녀의 두 손을 잡고는 다정하게 말했다.

"당신을 사랑합니다, 제르베즈 부인. 오! 그래요, 난 아직 당신을 사랑해요. 당신이 어떻게 변했든 내겐 중요하지 않아요, 정말입니다!"

"그런 말 하지 마세요, 구제 씨!" 제르베즈는 그가 자신의 발밑에 무릎을 꿇은 것을 보고는 기겁하며 소리쳤다. "그래요, 다시는 그런 말 하지 마세요. 그런 가혹한 말로 내 가슴을 찢어놓지 말라고요!"

그가 자신의 인생에 두 번의 사랑은 없다고 거듭 얘기하자 그녀는 더욱더 절망하며 외쳤다.

"아뇨, 안 돼요, 난 그럴 수 없어요. 이제 와서 당신한테 그럴 순 없다고요…… 오, 맙소사! 제발 일어나요. 바닥에 무릎을 꿇어야 하는 건 바로 나란 말이에요."

다시 몸을 일으킨 구제는 몸을 떨면서 더듬거리는 목소리로 물었다.

"키스하는 걸 허락해주시겠어요?"

놀라움과 감동으로 가슴이 벅차오른 제르베즈는 아무런 말도 할 수 없었다. 그리고 고개를 끄덕이는 것으로 대답을 대신했다. 오, 이제 그녀는 그의 것이었다! 그가 원하는 대로 무엇이든 할 수 있었다. 하지만 그는 단지 입술을 내밀었을 뿐이다.

"우리 사이엔 이걸로 충분하다고 생각해요, 제르베즈 부인." 그가 속삭이듯 말했다. "우리의 순수한 우정을 이해하시겠지요?"

그는 그녀의 이마 위로 흘러내린 잿빛 머리카락 한 가닥에 입을 맞추었다. 어머니가 세상을 떠난 이후 그 누구와도 키스하지 않았던 그였다. 그의 소중한 친구 제르베즈만이 그에게 남은 전부였기 때문이다. 지극히 경건한 마음으로 그녀에게 키스를 한 구제는 뒷걸음질로 물러나다가 침대에 주저앉았다. 그러자 그때까지 참았던 오열이 터져나오면서 목이 메었다. 제르베즈는 더 이상 그곳에 머물러 있을 수가 없었다. 서로 사랑하는 사람들끼리 그런 상황 속에서 다시 만난다는 것은 너무나도 슬프고 끔찍한 일이었다. 제르베즈는 그를 향해 소리쳤다.

"나도 당신을 사랑해요, 구제 씨, 나도 당신을 사랑한다고요…… 하지만 이건 안 돼요, 난 그걸 잘 알아요…… 안녕, 잘 있어요, 이건 우리 모두에게 너무나 가혹한 일이에요."

제르베즈는 구제 부인의 방을 통과해 밖으로 뛰쳐나갔다. 간신히 정신을 차리고 구트도르 가의 아파트로 돌아와 종을 울리자 보슈가 문고리를 잡아당겨 문을 열어주었다. 공동아파트는 온통 칠흑 같은 어둠 속에 잠겨 있었다. 제르베즈는 자신의 무덤 속으로 들어가듯 안으로 걸어 들어갔다. 그 시각에 황폐한 모습으로 입을 벌리고 있는 건물 입구가 마치 굶주린 짐승의 아가리처럼 보였다. 그런데 한때 그녀는 짐승의 시체처럼 흉물스럽기 짝이 없는 이곳 한 귀퉁이에서 사는 꿈을 꾼 적이 있었다! 그때는 귀가 멀어 저 벽들 뒤에서 나지막이 울리는 크나큰 절망의 음악 소리를 미처 듣지 못했던 것이다! 그리고 그곳에 발을 들여놓은 후로 추락이 시작되었다. 그랬다, 빈곤한 노동자들끼리 아래위로 겹겹이 살아가는 초라한 공동주택에서의 삶은 불행하게 끝날 수밖에 없다. 이곳에서는 모두가 콜레라와 같은 가난에 전염되고 마는 것이다. 그날 밤은 그곳의 모든 사람이 죽어버린 것만 같았다. 다만 오른쪽에서는 보슈 부부가 코를 고는 소리가, 왼쪽에서는 아직 잠들지 않은 랑티에와 비르지니가 눈을 감고 편안히 가르랑거리는 소리가 들려올 뿐이었다. 안뜰로 들어서자 공동묘지 한가운데에 있는 기분이 들었다. 바닥에는 눈이 그려놓은 희끄무레한 사각형이 보였다. 불빛이라곤 하나도 없이 납빛을 띤 회색으로 높이 솟은 건물들의 정면은 폐허의 잔해를 연상케 했다. 마을 전체가 추위와 굶주림으로 죽어 매장되기라도 한 것처럼 조그만 숨소리 하나 들리지 않았다. 제르베즈는 검은 도랑을 건너뛰어야 했다. 염색업자의 작업장에서 흘러나온 김이 나는 시커먼 물은 새하얀 눈에 진창으로 된 물길을 그려놓았다. 물의 빛깔이 제르베즈의 심경과도 같았다. 오래전에 보았던, 하늘색을 닮은 쪽빛과 연분홍빛으로 물든 아름다운 물은 이제 아득히 먼 곳으로 흘러가버렸다!

캄캄한 어둠 속에서 더듬거리며 여섯 개 층을 올라가는 동안 제르베즈는 자신도 모르게 웃음이 터져 나왔다. 그녀를 몹시 아프게 하는 헛헛한 웃음이었다. 오래전에 품었던 자신의 이상이 떠올랐던 것이다. 별 탈 없이 일하면서 언제나 배불리 빵을 먹고, 지친 몸을 누일 깨끗한 방 한 칸을 지니고, 아이들을 잘 키우고, 남자한테 맞지 않고 살면서, 마지막에 자신의 침대에서 죽는 것. 이제 이 모든 게 얼마나 이루어졌는지를 생각해본다면 이거야말로 코미디가 따로 없었다! 그녀는 더 이상 일도 하지 않았고, 배불리 먹기는커녕 허기를 달래기도 힘든 지경이며, 오물 더미 위에서 잠을 자고, 딸은 거리의 여자가 되었고, 남편에게 얻어맞는 것은 일상이었다. 이젠 길거리에서 죽는 일만이 남았다. 그건 집으로 돌아가는 길에 창문으로 뛰어내릴 용기만 낼 수 있다면 당장이라도 가능한 일이었다. 사람들은 그녀가 신에게 3만 프랑의 연금과 각별한 관심을 바라기라도 한 것으로 생각할지도 모른다. 아! 이 고단한 생에서는 아무리 소박한 꿈을 꾸어도 하늘은 절대로 들어주지 않는 듯했다! 하찮은 음식과 잠자리마저 허락지 않았다. 그것이 보통 사람들의 운명인 것이다. 제르베즈는 예전에 자신이 20년간 다림질을 하고 나면 시골로 가서 살겠다는 근사한 소망을 품었던 적이 있었음이 떠올라 더욱더 허망한 웃음을 터뜨렸다. 따지고 보면 그녀가 곧 가게 될 곳도 시골이긴 했다. 그녀는 풀이 나 있는 페르라셰즈 묘지 한 귀퉁이에 누워 쉴 수 있기를 바랐다.

집으로 가는 7층 복도로 들어설 무렵 제르베즈는 실성한 여자 같았다. 가엾은 그녀의 머리는 빙빙 돌았다. 그녀의 가장 큰 고통은 구제에게 영원한 작별을 고한 것이었다. 이제 그들 사이에는 아무것도 남지 않았다. 두 사람은 서로 다시는 만날 수 없을 터였다. 그와 더불어 또 다른 온갖 불행한 생각이 한꺼번에 몰려오면서 머리가 터질 듯이 아파왔다. 복도를 지나는 길에 비자르 영감의 집을 들여다보자 죽은 랄리가 보였다. 아이는 영원히 쉴 수 있게 되어 만족스럽다는 표정으로 누워 있었다. 아! 아이들은 어른들보다 운이 좋은 것 같았다! 바주즈 영감 집 문틈으로 새어 나오는 빛을 본 제르베즈는 자신도 랄리와 똑같은 여행을 떠나고 싶다는 강렬한 욕망에 사로잡혀 곧장 안으로 들어갔다.

익살스러운 광대를 닮은 바주즈 영감은 그날 밤 몹시 흥에 겨워 집으로 돌아왔다. 잔뜩 취한 그는 추운 날씨에도 불구하고 바닥에 드러누워 코를 골고 있었다. 그러면서 기분 좋은 꿈이라도 꾸는 듯 배를 들썩거리며 웃었다. 아직 불타고 있는 촛불은 그의 누더기 같은 옷과 구석에 찌그러져 있는 검정 모자, 그가 이불자락처럼 무릎 위로 끌어당겨 덮은 검정 코트를 비추었다.

바주즈 영감을 본 제르베즈는 갑자기 큰 소리로 신세 한탄을 늘어놓으면서 그를 잠에서 깨웠다.

"맙소사! 문을 닫아, 추워죽겠잖아!…… 엥! 이게 누구야!…… 무슨 일이오? 부인이 이 시각에 여긴 웬일이오?"

제르베즈는 자신이 무슨 말을 하는지도 의식하지 못하고, 그를 향해 두 팔을 내밀면서 간절히 애원했다.

"제발 날 좀 데려가주세요, 더는 못 하겠어요. 이대로 가버리고 싶다고요…… 날 원망하면 안 돼요. 그땐 잘 몰라서 그랬어요! 아직 준비가 안 됐을 때는 잘 모르잖아요…… 그래요! 영감님 말이 맞아요,

언젠가는 죽는 걸 다행으로 여길 때가 있을 거라는 말요!…… 그러니까 날 좀 데려가주세요, 데려가달라고요. 그럼 그 은혜 죽어서도 잊지 않을게요!"

제르베즈는 간절한 욕구로 인해 새하얘진 얼굴로 몸을 떨면서 그의 발밑에 무릎을 꿇었다. 그녀는 지금까지 단 한 번도 남자에게 무언가를 간청해본 적이 없었다. 바주즈 영감의 뒤틀린 입과 술에 전 얼굴, 묘지의 흙먼지가 덕지덕지 묻은 피부조차 태양처럼 빛나고 아름다워 보였다. 비몽사몽간이던 노인은 그녀가 고약한 장난을 치는 것으로 생각했다.

"이봐요, 나한테 이러면 안 되잖소!" 그가 중얼거렸다.

"제발 날 좀 데려가주세요." 제르베즈는 더욱더 간절하게 거듭 애원했다. "기억나세요, 언젠가 저녁에 내가 벽을 두드렸던 일요. 그리고 그런 적이 없다고 했죠. 그땐 내가 아직 잘 몰라서 그랬던 거예요…… 하지만 이젠 알겠어요! 자, 손을 줘보세요, 난 이제 무섭지 않다고요! 그러니까 날 좀 데려가서 잠들게 해주세요. 손가락 하나 까딱하지 않고 가만히 있을게요…… 정말이에요, 이젠 죽고 싶은 생각밖엔 없어요. 오! 그렇게만 해준다면 정말 영감님을 사랑할 거예요!"

아직 여자에게 정중함을 잃지 않은 바주즈 영감은 자신을 그토록 좋아하는 여인에게 매몰차게 굴어서는 안 된다고 생각했다. 그녀가 비록 제정신이 아니긴 했지만 흥분을 하면 아직 왕년의 미모가 살짝 엿보이기도 했던 것이다.

"물론 그대 말이 맞긴 하지." 그는 당당한 표정으로 말했다. "난 오늘만 해도 부인네들을 셋이나 묻고 왔거든. 아마도 주머니에 손을 넣을 수만 있었다면 모두들 나한테 두둑한 팁을 주었을 거라고…… 하지만 죽는 게 그냥 이런 식으로 할 수 있는 게 아니란 말이지……”

“제발 날 좀 데려가주세요, 제발 좀 데려가달라고요.” 제르베즈는 계속해서 소리쳤다. “정말 죽고 싶어서 그래요……”

“맙소사! 그러려면 그 전에 해야 할 일이 있지…… 그러니까 꽥 이렇게!”

그는 혀를 삼키는 시늉을 해 보이면서 목구멍으로 꽥 소리를 냈다. 그러고는 자신의 농이 재미있다고 생각하면서 히죽거렸다.

제르베즈는 서서히 몸을 일으켰다. 그 역시 그녀를 위해 아무것도 해줄 수가 없단 말인가? 멍한 상태로 방으로 돌아간 제르베즈는 음식을 먹은 것을 후회하면서 짚 더미 위로 몸을 던졌다. 오! 어떻게 이럴 수가, 가난은 죽는 것조차 쉽게 허락지 않는단 말인가!

13

그날 밤 쿠포는 밤새 술집을 누비고 다녔다. 다음 날 제르베즈는 철도 기술자가 된 아들 에티엔이 보내준 10프랑을 받았다. 그는 집에 먹을 것이 없는 걸 알고는 가끔씩 100수짜리 동전들을 보내주었다. 그 돈으로 제르베즈는 포토푀를 끓여 혼자 먹었다. 망할 놈의 남편은 다음 날에도 돌아오지 않았던 것이다. 월요일이 지나고 화요일이 되어도 여전히 코빼기도 내밀지 않았다. 그렇게 일주일이 지나갔다. 오! 부디! 혹시라도 어떤 여자가 그를 납치해 간 거라면 차라리 행운이라고 여길 터였다! 일요일이 되자 제르베즈는 인쇄된 종이 한 장을 전해 받았다. 처음에는 경찰서에서 날아온 소환장인 줄 알고 겁을 집어먹었다. 하지만 곧 안심했다. 그것은 생탄에서 그녀의 웬수 같은 남편이 죽어가고 있음을 알려주려고 보낸 편지였다. 물론 편지는 그 얘기를 좀 더 부드럽게 전했지만 결국 그 말이 그 말이었다. 사실 쿠포를 납치한 것은 여자가 맞긴 했다. 그 여자의 이름은 저승사자 소피[*]였다. 주정뱅이들의 다정한 마지막 동반자.

물론 제르베즈는 조금도 호들갑을 떨지 않았다. 쿠포는 오가는 길을 익히 알고 있으니 정신병원에서 혼자서도 얼마든지 집으로 돌아올 수 있었다. 게다가 그 사람들은 그를 이미 수없이 낫게 해주었으니, 이번에도 고약한 방식으로 다시 회복시킬 게 분명했다. 오늘 아침에만 해도 쿠포가 일주일 내내 메보트와 함께 벨빌의 술집이란 술집을 모조리 순례하느라 고주망태가 되었다는 얘기를 전해 듣지 않았던가! 물론 그에게 술값을 대준 것은 메보트였다. 그는 아내가 그렇고 그런 짓으로 벌어 모은 돈을 흥청망청 써버리는 게 틀림없었다. 아! 그 대단한 돈으로 사방에 온갖 질병을 퍼뜨리고 다니다니! 쿠포가 복통이라도 생긴다면 그거야말로 쌤통이다! 무엇보다 제르베즈는 그 얌체 같은 두 사내가 자기한테 술 한잔 살 생각조차 하지 않았다는 사실에 분노를 금치 못했다. 이런 경우 없는 짓이 세상에 또 어디 있단 말인가! 일주일 내내 술독에 빠져 지내면서, 숙녀에게 기본적인 예의조차 지키지 않다니! 그렇게 혼자 실컷 퍼마셨으니 죽을 때도 혼자 죽는 게 당연하다!

하지만 월요일에 먹다 남은 삶은 강낭콩과 포도주를 곁들인 저녁거리가 준비되자, 제르베즈는 약간의 산책은 식욕을 돋우는 데 도움이 된다는 핑계를 스스로에게 둘러댔다. 서랍장 위에 올려놓은 정신병원

---

[*] '죽음'을 뜻하는 프랑스 속어 '소피 투른드뢰유(Sophie Tourne-de-l'œil)'에 '소피'라는 여자 이름이 들어 있다.

314

에서 온 편지가 내내 마음에 걸린 때문이었다. 그사이 눈도 녹았고, 흐릿한 하늘에 기분을 상쾌하게 해주는 쌀쌀함이 느껴지는 온화한 날씨였다. 제르베즈는 정오에 출발했다. 갈 길이 멀었기 때문이다. 파리를 가로질러야 했고, 그녀는 다리 때문에 언제나 걸음이 늦었다. 게다가 거리는 인파로 붐볐다. 제르베즈는 사람들을 구경하다가 한껏 기분이 좋아진 채로 병원에 도착했다. 그녀의 차례가 되자 그들은 믿기 어려운 얘기를 들려주었다. 사람들이 쿠포를 퐁 뇌프 다리 아래에서 건져 왔다는 것이다. 쿠포는 수염 달린 남자가 앞길을 가로막고 있어서 다리 난간에서 뛰어내렸다고 했다. 참으로 근사한 점프가 아닌가? 쿠포는 자신이 왜 퐁 뇌프 다리에 가 있었는지는 설명하지 못했다.

그사이 경비원이 제르베즈를 안내했다. 계단을 올라가는 중에 온몸에 소름이 끼치는 비명이 들려왔다.

"굉장하지 않습니까? 저 소리 말이오!" 경비원이 말했다.

"대체 누가 저러는 건가요?" 제르베즈가 물었다.

"물론 부인 남편이죠! 그저께부터 저렇게 소리를 질러요. 게다가 춤까지 춘다니까요, 이제 곧 보게 되겠지만."

오! 세상에! 저게 대체 다 뭐람! 제르베즈는 그 자리에 얼어붙은 채 아무 말도 하지 못했다. 조그만 독방은 위에서 아래까지 온통 두꺼운 천이 덧대어져 있었다. 바닥에는 깔개 두 장이 포개어져 있고, 방 귀퉁이에는 매트리스와 기다란 쿠션이 덩그러니 놓여 있을 뿐이었다. 그 안에서 쿠포는 소리를 지르면서 춤을 추고 있었다. 너덜너덜해진 작업복을 걸치고 허공에 손발을 휘젓는 모습이 마치 쿠르티유에서 열리는 카니발에서 탈을 뒤집어쓴 채 춤을 추는 것 같았다. 하지만 춤꾼의 모습은 전혀 우습지 않았다. 오, 절대 아니었다! 죽어가는 사람의 탈을 쓴 듯한 그의 모습에 제르베즈는 모골이 송연했다. 오, 하느님 맙소사! 이 무슨 기막힌 원맨쇼란 말인가! 창문에 부딪혔다가 뒷걸음질로 물러나면서 박자를 맞춰가며 두 손을 격렬하게 흔드는 모습이 마치 두 손을 부러뜨려 다른 이들의 얼굴을 향해 던지기라도 할 것처럼 보였다. 싸구려 댄스홀에 가면 그런 춤을 흉내 내는 어릿광대들을 볼 수 있다. 하지만 그들은 서툴게 흉내를 낼 뿐이다. 제대로 추었을 때 얼마나 근사한지 알려면 주정뱅이들이 폴짝폴짝 뛰는 모습을 봐야만 한다. 노래 역시 나름의 스타일대로 불렀다. 카니발에서 있는 대로 크게 소리를 지르듯, 입을 크게 벌린 채 녹슨 트롬본에서 나오는 것 같은 똑같은 곡조를 몇 시간이고 뱉어내는 식이다. 쿠포는 발을 밟힌 짐승처럼 비명을 질러댔다. 자, 밴드는 힘차게 음악을 연주하고, 남자들은 파트너를 이끌면 된다!

"맙소사! 대체 왜 저러는 거죠?…… 왜 저러느냐고요?……" 제르베즈는 얼굴이 새파랗게 질린 채 물었다.

키가 크고 얼굴이 발그레한 금발의 청년 수련의 하나가 하얀색 가운 차림으로 의자에 앉아 차분하게 무언가를 적고 있었다. 극히 드문 경우를 만났다고 생각한 수련의는 쿠포의 곁을 떠나지 않고 계속 지켜보았다.

"원하시면 잠깐 여기 계셔도 됩니다." 수련의가 제르베즈에게 말했다. "하지만 침착하셔야 합니다…… 환자에게 말을 걸어도 좋지만 부인을 알아보진 못할 겁니다."

과연 쿠포는 아내를 알아보지 못하는 듯했다. 제르베즈는 처음에는 그를 제대로 쳐다보지도 못했다. 그가 미친 듯이 날뛰었기 때문이다. 마침내 그의 얼굴을 똑바로 바라볼 수 있게 되자 기겁을 하며 두 손을 축 늘어뜨렸다. 어떻게 사람이 저런 얼굴을 할 수 있지? 눈에는 핏발이 잔뜩 서고, 입술은 온통 딱지로 뒤덮인 몰골이라니! 물론 제르베즈도 그를 알아보지 못했을 게 분명했다. 무엇 때문인지는 알 수 없지만, 무엇보다 그는 얼굴을 온통 찌푸리고 있었다. 느닷없이 입술을 까뒤집거나 코를 찡그렸고, 볼은 움푹 들어간 게 영락없는 짐승의 면상이었다. 몸은 어찌나 뜨거운지 김이 나는 듯했다. 니스를 칠한 것처럼 반들반들 윤이 나는 피부에서는 굵은 땀방울이 줄줄 흘러내렸다. 미친 듯이 어릿광대 춤을 추는 그를 보고 있노라면, 그러는 그 자신 역시 편안하지 않음을 알 수 있었다. 머리가 깨질 듯 아팠고, 팔다리에도 통증이 느껴지는 듯했다.

제르베즈는 손가락 끝으로 의자 팔걸이를 계속해서 두드리는 수련의에게로 다가갔다.

"저기요, 선생님, 이번에는 많이 심각한가요?"

수련의는 아무런 대답 없이 고개를 끄덕였다.

"얘기 좀 해주세요, 남편이 뭐라고 조그맣게 중얼거리고 있지 않나요?…… 안 들리세요, 대체 뭐라는 건가요?"

"자기 눈에 보이는 걸 얘기하는 겁니다." 젊은 수련의가 목소리를 낮추어 말했다. "좀 조용히 하세요, 뭐라고 하는지 들어봐야 하니까요."

쿠포는 중간 중간 끊어지는 목소리로 무언가를 계속 웅얼거렸다. 하지만 눈은 흥겨움으로 반짝거렸다. 그는 마치 뱅센 숲을 거닐기라도 하는 것처럼 바닥을 내려다보고 오른쪽 왼쪽을 둘러보다가 뒤돌아보기를 반복하면서 끊임없이 떠들어댔다.

"오! 여긴 참으로 근사하군, 정말 끝내주는걸…… 저기 부스들 좀 봐, 완전 축제 분위기잖아. 오, 음악도 신나고! 저 푸짐한 음식들 좀 봐! 술도 진탕 마실 수 있겠는걸…… 아주 멋져! 번쩍거리는 저 불들 좀 보라고. 공중에 빨간 풍선들도 떠 있잖아, 어라, 오르락내리락하는 놈, 날아가는 놈, 가지각색이군!…… 오! 오! 나무들 사이에 초롱도 매달아놓았어!…… 정말 멋지지 뭐야! 여기저기서 물도 넘쳐흐르고 분수에 폭포까지, 이건 마치 물이 노래를 부르는 것 같잖아, 오! 꼭 성가대 아이들이 합창하는 것 같아…… 오! 훌륭해! 저 폭포들 정말 죽이지 않아!"

그는 물이 들려주는 감미로운 음악 소리를 더 잘 들으려는 듯 몸을 곧추세웠다. 그리고 분수에서 튀어 오르는 신선한 물을 마시는 것처럼 공기를 세게 빨아들였다. 그러더니 차츰 무언가가 두려워진 듯 얼굴을 일그러뜨렸다. 그리고 몸을 숙인 채 벽을 따라 빙글빙글 빠르게 돌면서 속삭이듯 위협적인 말을 쏟아냈다.

"이번에도 속았어, 이건 모두 속임수였다고!…… 그럴 줄 알았어…… 그 입 닥치지 못해, 이 천하의 불한당들 같으니라고! 그래, 나를 우습게 봤다 이거지. 네놈들이 술을 처마시고, 저 창녀 같은 계집들하고 악을 쓰면서 노래를 불러대는 건 모두 날 괴롭히려고 그러는 거야…… 내가 모두 죽여 없애버려야지, 내가, 네놈들이 숨어 있는 부스를 몽땅 부숴버리겠다고!…… 이런, 염병할! 날 좀 제발 그냥 놔두란 말이야!"

그는 두 주먹을 움켜쥐더니 몸을 바짝 구부린 채 거친 괴성을 지르

면서 깡충거리기 시작했다. 그리고 두려움에 떨면서 이를 딱딱 부딪
쳤다.

"난 다 알아, 저놈들은 내가 죽기를 바라는 거야. 하지만 난 절대로
물속에 뛰어들지 않을 거야!…… 저 물속엔 절대로 못 들어가, 절대
로. 천만에, 난 절대로 뛰어들지 않을 거야!"

그가 다가갈수록 멀리 달아나는 폭포는, 반대로 그가 물러나면 가
까이 다가왔다. 그는 갑자기 백치 같은 표정으로 주위를 두리번거렸
다. 그러면서 알아듣기조차 힘든 목소리로 더듬더듬 말했다.

"어떻게 이럴 수가, 날 해치려고 의사까지 고용하다니!"

"난 그만 가야겠어요, 선생님, 안녕히 계세요!" 제르베즈는 수련의
를 향해 말했다. "더 이상은 도저히 못 보겠어요, 나중에 다시 올게요."

제르베즈는 얼굴이 백지장처럼 새하얗게 질려 있었다. 쿠포는 창가
에서 매트리스로, 매트리스에서 창가로 끊임없이 오가면서 홀로 원맨
쇼를 계속했다. 여전히 똑같은 리듬으로 박자를 맞추면서, 진이 빠지
도록 땀을 줄줄 흘렸다. 그사이 제르베즈는 도망치다시피 그곳을 빠
져나왔다. 계단을 뛰어내리다시피 해서 아래층까지 내려왔음에도 그
녀의 남자가 벌이는 소름 끼치는 광대놀음 소리가 여전히 그녀를 따
라왔다. 오! 맙소사! 바깥은 천국이나 다름없었다. 이제야 비로소 숨
을 제대로 쉴 수 있을 것 같았다!

그날 저녁에는 구트도르 가의 공동아파트 전체가 쿠포의 기이한 병
에 대해 수군거렸다. 이제 방방을 우습게 여기는 보슈 부부는 자세한
얘기를 들으려고 관리실에서 그녀에게 카시스를 대접했다. 로리외 부
인과 푸아송 부인도 관리실로 모여들었다. 그리고 끝없는 입방아가

이어졌다. 보슈는 생마르탱 가에서 나체로 스트립쇼를 벌이다가 폴카를 추면서 죽어간 소목장 사내 얘기를 들은 적이 있었다. 그는 압생트 술을 마시던 남자였다. 여인네들은 그 얘기를 들으면서 배꼽을 잡고 웃었다. 슬픈 이야기이긴 하지만 웃기는 것은 어쩔 수가 없었다. 제르베즈는 사람들이 자신의 얘기를 잘 이해하지 못하자 직접 보여주려고 그들을 뒤로 물러나게 해서 자리를 만들었다. 그리고 관리실 한가운데에서 모두 지켜보는 가운데 쿠포 흉내를 냈다. 그녀는 소리를 지르고 폴짝폴짝 뛰면서, 끔찍하게 일그러진 표정으로 몸부림쳤던 그를 똑같이 흉내 냈다. 그랬다, 맹세할 수 있었다! 이 모든 건 한 치의 과장도 없는 틀림없는 사실이었다! 그러자 모두들 믿을 수 없다는 표정을 지어 보였다. 말도 안 돼! 보통 사람이라면 그렇게 세 시간도 채 버티지 못할 터였다. 하지만 정말로 그랬다! 가장 신성한 것을 두고 맹세할 수 있었다. 쿠포는 전날부터 무려 서른여섯 시간 동안을 그러고 있었다. 그녀의 말을 믿지 못하겠다면 직접 가서 확인해봐도 된다. 그러자 로리외 부인은 고개를 절레절레 저으면서, 자기 남편은 그런 곳에 절대로 발을 들여놓는 일이 없도록 할 것이라고 선언했다. 가게 운영이 점점 악화 일로를 걷고 있어 얼굴이 흙빛이 된 비르지니는 삶이란 항상 즐거운 게 아니라고 중얼거렸다. 오, 물론 절대 아니고말고! 카시스를 모두 마시고 나자, 제르베즈는 모두에게 잘 자라는 인사를 했다. 얘기를 멈춘 그녀는 즉시 두 눈을 크게 뜬 채 샤요의 바보* 같은 얼뜬 표정을 지었다. 아마도 춤을 추는 자신의 남자를 떠올리는 듯했

---

* 근거를 알 수 없는 이유로 당시 샤요는 바보들이 많은 장소로 알려져 있었다. 그 때문에 '샤요의 바보', '샤요로 보내버리다'와 같은 관용적 표현들이 존재했다.

다. 그녀는 다음 날 잠에서 깨어나면서 다시는 그곳에 가지 않겠다고 다짐했다. 그게 다 무슨 소용이란 말인가? 그러다가 자신마저 돌아버릴까봐 두려웠다. 하지만 제르베즈는 십 분마다 다시 생각에 잠겼다. 흔히 하는 말처럼 마음이 콩밭에 가 있었던 것이다. 그가 아직까지 계속 폴짝거리면서 방 안을 돌고 있다면 참으로 기이한 일이 아닐 수 없었다. 정오가 되자 더는 참을 수가 없었다. 가는 길이 멀다는 생각조차 들지 않을 만큼 자신을 기다리고 있는 것에 대한 호기심과 두려움이 동시에 머릿속을 지배했던 것이다.

오! 제르베즈는 새삼 쿠포의 소식을 물을 필요조차 없었다. 층계 아래쪽에서부터 그의 노랫소리를 들을 수 있었다. 똑같은 노래와 똑같은 춤이 계속되고 있었다. 마치 조금 전에 내려왔다가 다시 올라가는 것 같은 느낌이 들 정도였다. 전날 만났던 관리인은 탕약이 든 병을 들고 복도를 지나가다가 그녀와 마주치자 알은척을 하며 눈을 찡긋했다.

"여전한가요?" 제르베즈가 물었다.

"오! 여전합니다." 그는 걸음을 멈추지 않고 지나치면서 대답했다.

병실 안으로 들어간 제르베즈는 문 옆의 구석진 곳에 붙어 섰다. 방에는 쿠포 외에도 다른 사람들이 더 있었다. 전날 보았던 발그레한 낯빛의 금발 수련의가 서 있었고, 그가 앉았던 의자에는 옷에 훈장을 단, 대머리에 족제비처럼 생긴 노신사가 앉아 있었다. 날카롭고 예리한 시선으로 보아 의사들의 우두머리가 틀림없었다. 갑작스러운 죽음을 다루는 이들은 대부분 그런 눈빛을 띠었다.

어쨌거나 제르베즈는 그를 보러 온 게 아니었다. 그녀는 발돋움을 해서 그의 머리 너머로 쿠포를 관찰했다. 쿠포는 전날보다 더 격렬하게 미친 듯이 춤을 추며 소리를 지르고 있었다. 제르베즈는 예전에 참회 화요일 축제에서 세탁장의 건장한 청년들이 밤새 춤을 추는 것을 본 적이 있었다. 하지만, 결코, 단 한 번도, 그렇게 오랫동안 춤을 추며 즐길 수 있으리라고는 상상해본 적도 없었다. 즐기는 거라고 말은 했지만, 자신의 의지와 상관없이 쉬지 않고 잉어처럼 펄떡펄떡 뛰는 게 결코 즐거울 턱이 없었다. 마치 화약통을 삼키기라도 한 것 같았다. 땀으로 흠뻑 젖은 쿠포는 김을 점점 더 많이 뿜어내었다. 계속 소리를 질러대다보니 입도 훨씬 더 커 보였다. 오! 임신한 여인네들은 절대 보아서는 안 될 광경이었다. 매트리스에서 창가로 어찌나 많이 왕복을 했던지 바닥에 길이 나 있을 정도였다. 바닥에 깔린 깔개에는 그의 슬리퍼 자국이 새겨져 있었다.

아니, 이건 결코 아름다운 광경이 아니었다. 제르베즈는 몸을 떨면서 자신이 왜 이곳에 다시 왔는지 후회했다. 전날 밤 보슈 부부의 집에서 모두 모였을 때, 그들은 그녀가 사실을 과장한다고 비난했다! 천만에! 그러기는커녕 절반도 제대로 묘사하지 못했던 것이다. 이제 그녀는 쿠포가 어떤 식으로 움직이는지 좀 더 잘 알 수 있었다. 크게 뜬 두 눈으로 허공을 응시하는 그의 모습은 결코 잊을 수 없을 것 같았다. 그사이 제르베즈는 수련의와 우두머리 의사가 주고받는 말을 어느 정도 알아들을 수 있었다. 수련의는 그녀가 알아듣지 못하는 말로 밤에 있었던 일을 상세히 보고했다. 그녀의 남자는 밤새 떠들어대며 방 안을 빙글빙글 돌았다. 그가 하려던 말은 그렇게 요약될 수 있었다. 마침내 별로 친절해 보이지 않는 대머리 노의사는 그녀의 존재를 알아차렸다. 수련의가 환자의 부인이라고 얘기하자 노의사는 경관 같은 고약한 표정으로 그녀에게 질문을 퍼부었다.

"저 남자 아버지도 술을 마셨습니까?"

"네, 선생님, 조금, 다른 사람들만큼…… 그런데 어느 날 술에 취해서 지붕에서 떨어져 죽었답니다."

"그럼 어머니는?"

"오, 어머니도 그냥 다른 사람들만큼, 가끔씩 한잔하는 정도였어요…… 가족들은 정말 별문제 없었어요!…… 아주 젊을 때 발작을 일으키고 죽은 형제가 하나 있긴 하지만요."

노의사는 날카로운 눈빛으로 그녀를 응시했다. 그리고 불쑥 다시 질문을 했다.

"부인도 마십니까?"

제르베즈는 한 손을 가슴에 올려놓은 채 더듬거리면서 자신은 절대로 마시지 않는다고 맹세했다.

"당신도 마시는군요! 경고하는데, 조심하는 게 좋을 겁니다. 알코올이 사람을 어떤 지경으로 몰고 가는지 똑똑히 보지 않았습니까…… 언젠가는 당신도 저렇게 죽을 수 있다는 것을 명심하세요."

제르베즈는 벽에 꼭 붙어 있었다. 노의사는 그녀에게 등을 돌린 채 바닥에 쪼그리고 앉았다. 프록코트에 바닥 깔개의 지푸라기가 묻는 것도 개의치 않는 듯했다. 그렇게 앉아 쿠포가 자신의 앞을 지날 때를 기다렸다가 눈으로 좇으면서 그가 몸을 떠는 모습을 오랫동안 관찰했다. 쿠포는 이번에는 손을 흔들지 않고 다리를 부들부들 떨었다. 떨림 현상이 손에서 발로 옮아간 듯했다. 그는 실에 매달린 채 나무로 만든 뻣뻣한 몸통과 팔다리로 사람들을 웃기는 꼭두각시를 닮아 있었다. 그러는 사이 통증이 점차 그를 엄습해왔다. 마치 몸속에서 음악이 울리는 듯했다. 3, 4초마다 한 번씩 새로운 곡이 연주되었고 잠시 멈추었다가 다시 시작되었다. 그 광경은 겨울날 길에서 헤매던 개들이 추위를 피해 어느 집 문간에 멈춰 서서 몸을 부르르 떠는 모습을 연상시켰다. 배와 어깨 또한 부글부글 끓어오르는 물처럼 격렬히 떨려왔다. 간지럼을 참지 못하는 계집아이처럼 몸을 뒤틀다니, 죽는 모습치고는 참으로 희한한 광경이 아닐 수 없었다!

그러는 동안 쿠포는 웅얼거리듯 신음을 했다. 전날보다 고통이 심한 듯 보였다. 이따금 끊어지는 신음은 그가 온갖 종류의 고통을 겪고 있음을 짐작게 했다. 수천 개의 바늘이 몸을 콕콕 찌르는 것 같았다. 또한 묵직한 무언가가 몸 곳곳을 짓눌렀다. 정체를 알 수 없는 차갑고 축축한 짐승이 허벅지 위를 기어 다니면서 송곳니로 살을 물어뜯는 느낌이었다. 또 다른 짐승들은 그의 어깨에 매달려 발톱으로 등 거죽을 벗겨냈다.

"목이 말라, 아! 목이 마르다고!" 그는 쉬지 않고 그렇게 투덜거렸다.

그러자 수련의가 조그만 선반 위에 있던 레몬수 병을 집어 건넸다. 쿠포는 병을 두 손으로 잡고 게걸스럽게 들이켰다. 물의 절반은 몸 위로 쏟아져 내렸다. 쿠포는 역겹다는 표정으로 벌컥 화를 내면서 삼킨 것을 즉시 뱉어내고는 소리쳤다.

"이런 젠장! 이건 브랜디잖아!"

그러자 수련의는 노의사의 신호에 따라 물병을 꼭 잡은 채 쿠포에게 강제로 물을 마시게 했다. 억지로 한 모금을 마신 쿠포는 이번에는 불을 삼키기라도 한 것처럼 더 크게 소리를 질러댔다.

"이건 브랜디라고, 제기랄! 브랜디란 말이야!"

전날부터 그가 마신 것은 모두 브랜디였다. 그로 인해 갈증은 더 심해졌고, 그는 더 이상 아무것도 마실 수 없었다. 모든 게 그를 불태웠기 때문이다. 그들이 그에게 가져다준 포타주는 물론 그를 독살하려는 것이었다. 포타주에서도 싸구려 독주 냄새가 풍겼다. 빵은 시큼하게 상해 있었다. 그의 주변에 있는 것에는 온통 독이 묻어 있었다. 방에서는 지독한 유황 냄새가 났다. 심지어 쿠포는 그들이 자신을 괴롭히려고 성냥을 자신의 코에 바짝 갖다 대고 켠다면서 불평을 늘어놓기도 했다.

노의사는 이제 자리에서 일어나 쿠포가 하는 말을 주의 깊게 들었다. 쿠포는 대낮에 또다시 환영을 본 것이다. 배의 돛처럼 커다란 거미줄이 벽을 온통 뒤덮고 있었다! 그러다가 거미줄이 그물망으로 변해 신기한 장난감처럼 줄어들었다 늘어나기를 되풀이했다! 마법의 공 같은 검은 공들이 그물코 사이를 돌아다녔다. 처음에는 구슬만 하던 공들이 점차 대포알만큼 커지더니, 커졌다 작아지기를 반복했다. 이 모두가 그를 괴롭히려는 것이었다. 그는 느닷없이 소리를 질렀다.

"오! 쥐, 쥐야, 이 시간에 쥐가 나타나다니!"

이번에는 공이 쥐로 변했던 것이다. 점점 더 커진 더러운 쥐새끼들은 그물망을 통과해 매트리스로 뛰어내려서는 그대로 증발해버렸다. 벽을 들락날락하는 원숭이도 있었다. 벽에서 튀어나올 때마다 그에게 점점 더 가까이 다가갔기 때문에 코를 물어뜯기지 않으려면 뒤로 물러서야만 했다. 그러다가 갑자기 장면이 바뀌었다. 이번에는 벽이 깡충깡충 뛰어다니는 듯했다. 그는 두려움과 분노로 목이 멘 채 소리를 질러댔다.

"좋아, 어디 해보라고! 얼마든지 날 흔들어봐, 그런다고 내가 꼼짝하기라도 하나!…… 오, 오, 이런! 집이 무너지고 있어!…… 그래, 종을 울려보라고, 이 망할 까마귀들아! 오르간을 울리라고, 내가 경비를 부르지 못하게 말이지!…… 저 망할 것들이 벽 뒤에 기계를 숨겨놓은 게 분명해! 난 알 수 있어, 우르릉거리는 소리가 들리거든. 이제 곧 여기가 폭파되고 말 거야…… 불이야! 오, 맙소사! 불이 났어, 불이 났다고! 활활 타오르는 저 불길을 좀 보라고. 오! 너무나 환해, 너무나 환해! 하늘이 온통 불타고 있어. 빨간색, 푸른색, 노란색으로 불타고 있어…… 날 좀 살려줘! 제발! 불이야!"

그의 비명은 헐떡거리는 신음으로 잦아들었다. 그는 입에 게거품을 물고 턱은 온통 침으로 범벅이 된 채 밑도 끝도 없는 말을 횡설수설해댔다. 노의사는 손가락으로 코를 문질렀다. 심각한 경우를 접했을 때 나오는 버릇인 듯했다. 그는 수련의를 돌아보며 조그맣게 물었다.

"체온은 여전히 40도인가?"

"그렇습니다, 선생님."

노의사는 입을 다물었다. 그리고 쿠포를 응시하면서 이 분여를 더 머물러 있다가는 어깨를 으쓱하면서 지시를 내렸다.

"어제하고 똑같은 처방으로, 맑은 수프, 우유, 레몬수, 약한 기나피액…… 환자를 계속 지켜보다가 위급한 경우에는 나를 부르게."

노의사가 밖으로 나가자 제르베즈는 더 이상 아무런 희망이 없는지를 묻기 위해 그를 뒤따라갔다. 하지만 그가 너무나 뻣뻣한 자세로 걸어가고 있어 감히 다가갈 엄두를 내지 못했다. 그녀는 복도에 멈춰 선 채 쿠포에게로 다시 돌아갈지 말지 잠시 망설였다. 지금까지 본 것만으로도 충분히 끔찍했기 때문이다. 그때 또다시 레몬수에서 브랜디 냄새가 난다고 외치는 쿠포의 목소리가 들려오자, 맙소사! 제르베즈는 더 이상 망설이지 않고 도망치듯 그곳을 떠났다. 거리로 나서자 귓가에 울리는 말발굽 소리와 마차 소리 탓에 생탄 전체가 그녀를 뒤쫓아오는 것처럼 느껴졌다. 게다가 의사는 그녀를 위협하기까지 했다! 사실 제르베즈는 자신도 지금 쿠포와 비슷한 병을 앓고 있다고 생각했다.

물론 구트도르에서는 보슈 부부를 비롯한 모두가 제르베즈가 돌아오기를 기다렸다. 건물 입구에 제르베즈의 모습이 보이자 그들은 즉시 그녀를 관리실로 불러들였다. 그래서? 쿠포의 상태는 여전한지? 맙소사! 그래요, 여전해요. 그러자 보슈는 깜짝 놀라면서 당혹스러워했다. 그는 쿠포가 오늘 저녁을 넘기지 못하리라는 데 포도주 한 병을 걸었던 것이다. 아니 뭐라고! 아직도 살아 있다니! 모두들 놀라면서 허벅지를 두드렸다. 참으로 끈질긴 사내로군! 로리외 부인은 시간을 계산해보았다. 서른여섯 시간에 스물네 시간을 더하면 모두 합쳐 예순 시간이었다. 오, 이런 세상에! 예순 시간 동안 펄쩍펄쩍 뛰면서 소리를 질러대다니! 지금까지 그런 기막힌 묘기는 본 적이 없었다. 술내기 때문에 씁쓸한 웃음을 지어 보이던 보슈는 반신반의하면서, 혹시 제르베즈가 떠난 뒤에 그가 죽은 건 아닌지를 거듭 물었다. 오! 절대 아니었다. 그는 아직 그럴 생각이 없었다. 그러기엔 뛰어오르는 폼이 너무 힘찼다. 보슈는 쿠포가 어떻게 하고 있는지 궁금한 나머지 제르베즈에게 다시 흉내를 내달라고 청했다. 그래, 그래, 다시 한 번 더 보여줘! 모두들 이구동성으로 외쳤다! 그들은 그렇게 해주면 고맙겠다는 말로 그녀를 채근했다. 게다가 전날 기막힌 구경거리를 놓친 이웃의 두 부인네까지 내려와서 그녀를 기다리던 차였다. 관리인은 소리를 지르면서 모두 뒤로 물러나라고 했다. 그러자 다들 호기심으로 몸을 부르르 떨면서 서로를 팔꿈치로 쿡쿡 찔러가며 관리실 한가운데에 자리를 만들었다. 그러는 동안 제르베즈는 아무 말 없이 고개를 숙이고 서 있었다. 그녀는 자신도 쿠포와 같은 신세가 될까봐 내심 잔뜩 겁에 질려 있었다. 하지만 빼는 듯한 인상을 주지 않으려고 두세 번 정도 팔짝팔짝 뛰는 시늉을 냈다. 그러다가 기분이 묘해지면서 뒤로 주춤 물러섰다. 맙소사, 더 이상은 도저히 할 수 없었다! 그러자 좌중에 실망을 표하는 중얼거림이 퍼져 나갔다. 유감이군, 정말 기막히게 흉내를 내더니만. 어쨌거나, 못 하겠다면 어쩔 수 없지! 그사이 비르지니가 가게로 돌아가버리자 다들 쿠포의 일은 까맣게 잊은 채 이번에는 푸아송 부부에 관해 떠들어대기 시작했다. 그들 가게는 이제 엉망이 되어버렸다. 전날에는 집행관들이 찾아오기까지 했다. 경관은 이제 곧 가게를 잃게 될 터였다. 랑티에로 말하자면, 그는 바로 옆 식당에서 일하는 여자 주위를 맴돌았다. 내장 가게를 차리고 싶어 하는 몸매가 아주 잘 빠진 여자였다. 아무렴 그렇고말고! 모두들 낄낄거리면서 벌써부터 비르지니의 가게에 자리 잡은 내장 장수 여인네를 떠올렸다. 달콤한 것은 충분히 맛보았으니, 이젠 좀 더 든든한 것을 먹어줄 차례인 것이다. 오쟁이 진 남자 푸아송은 이 모든 일에서 무기력한 얼굴을 하고 있었다. 아니, 늘 예리한 시선을 유지해야 하는 경관이라는 사람이 어떻게 자기 집 일에는 그토록 둔감할 수 있단 말인가? 그러다가 갑자기 얘기를 멈춘 그들은 구석에 홀로 서 있던 제르베즈에게 일제히 시선을 집중했다. 그녀는 손과 발을 떨면서 또다시 쿠포 흉내를 냈다. 브라보! 바로 그거야, 저런 걸 원했다고. 제르베즈는 꿈에서 막 깨어난 사람처럼 멍하니 서 있었다. 그리고 후다닥 그 자리를 떠났다. 그녀는 모두에게 인사하고 잠을 자러 위층으로 올라갔다.

다음 날 보슈 부부는 제르베즈가 지난 이틀간 그랬듯이 정오경 병원으로 향하는 것을 보고는 상냥하게 잘 다녀오라는 인사를 건넸다. 그날 생탄의 복도에는 쿠포의 고함 소리와 쿵쿵거리는 발소리가 요란하게 울려 퍼졌다. 제르베즈가 아직 층계의 난간을 잡고 있을 때 그가 커다랗게 외치는 소리가 들려왔다.

"벌레야, 저기 벌레가 있어!…… 이쪽으로 오기만 해봐, 내가 모조리 죽여버릴 테니까!…… 오! 저것들이 날 죽여 없애려고 해, 아! 망할 놈의 벌레들!…… 난 네놈들이 한꺼번에 몽땅 덤벼도 다 해치울 수 있다고! 저리 꺼지지 못해, 염병할!"

제르베즈는 잠시 동안 문 앞에서 숨을 가다듬었다. 그는 마치 군대를 상대하는 듯했다! 안으로 들어가자 더 황당하고 기막힌 광경이 눈앞에 펼쳐졌다. 쿠포는 꼭 샤랑통 정신병원에서 도망친 미치광이 같았다! 그는 방 한가운데에 서서 사방으로 손을 휘저으며 날뛰고 있었다. 주먹으로 자기 몸을 때리거나, 벽과 바닥을 향해 손을 허우적거리다가는 앞으로 곤두박질치거나 손바닥으로 허공을 때리기도 했다. 창문을 열려고 하기도 하고, 몸을 숨기고 저항하듯 발버둥을 치다가는 누군가를 부르고 스스로 대답하기도 했다. 그는 마치 세상 사람 모두에게 괴롭힘을 당하는 악몽에 시달리는 듯 격앙된 표정으로 홀로 광적인 몸짓을 계속했다. 어느 순간 제르베즈는 그가 지붕 위에서 함석판을 깔고 있는 것으로 착각하고 있음을 깨달았다. 그는 입으로 풀무질을 하고는 풍로에 인두를 넣어 휘저었다. 그런 다음 꿇어앉아 바닥깔개 가장자리에 엄지손가락을 갖다 대면서 용접하는 흉내를 냈다. 그랬다, 죽어가는 순간에 자신의 직업에 대한 기억이 되살아났던 것이다. 그가 지붕 위에서 큰 소리를 지르면서 팔다리를 버둥거리는 것은 나쁜 놈들이 그의 일을 방해했기 때문이다. 이웃한 건물의 지붕 위에도 그를 성가시게 하는 불한당들이 있었다. 게다가 그들은 그의 다리 사이로 쥐 떼를 풀어놓기까지 했다. 오! 이 징그러운 놈들 같으니라고! 쥐들은 사방에서 그를 덮쳐왔다! 바닥에 대고 발로 아무리 힘껏 짓눌러도 끊임없이 몰려왔다. 지붕이 온통 검게 뒤덮일 정도였다. 거기다가 거미들마저 가세해 그를 괴롭혔다. 그는 허벅지에 달라붙은 굵은 거미들을 죽이려고 바지를 바짝 움켜쥐었다. 이런 제기랄! 이런 식으로는 결코 일을 제때 끝내지 못할 터였다. 방해꾼들은 그의 일을 망치려 하고, 그의 주인은 그를 마자 감옥으로 보내려 했다. 그리하여 일을 서두르던 그는 자신의 배 속에 증기기관이 있다고 생각하며 입을 크게 벌리고는 증기를 뿜어냈다. 그러자 짙은 증기가 병실을 가득 채웠다가 창문으로 빠져나갔다. 그는 몸을 숙인 채 여전히 증기를 뿜어내면서, 증기로 된 띠가 창밖으로 길게 펼쳐졌다 하늘로 올라가 해를 가리는 모습을 지켜보았다.

"저길 봐!" 그가 소리쳤다. "클리냥쿠르 가에서 온 사람들이야. 곰으로 변장하고는 아주 흥겹게 흔들어대고 있어……”

그는 마치 지붕 꼭대기에서 거리의 행렬을 내려다보듯 창문 앞에 쪼그리고 앉았다.

“저기 가장 행렬이 지나가네. 사자랑 표범이 무서운 표정을 짓고 있어…… 개하고 고양이로 분장한 아이들도 있고…… 머리에 깃털을 잔뜩 꽂은 키다리 클레망스도 보이는걸. 오! 저런! 클레망스가 넘어졌어. 그 바람에 엉덩이가 홀랑 드러났다고!…… 오, 이런, 당신 나하고 도망가야겠어…… 이봐! 인정머리 없는 경찰 나리들, 내 마누라는 건들지 말란 말이야!…… 오, 쏘지 마요, 맙소사! 제발 쏘지 말라고요……”

겁에 질린 거친 목소리로 점점 더 크게 외치던 그는 갑자기 재빨리 몸을 낮추었다. 아래쪽에 진을 친 경찰과 군인들이 그를 향해 총을 겨누었기 때문이다. 벽에도 그의 가슴을 겨눈 권총의 총구가 보였다. 그들은 그에게서 딸을 다시 빼앗아 가려고 온 것이었다.

“쏘지 마요, 제발! 쏘지 마요……”

그리고 집들이 무너져 내렸다. 쿠포는 온 동네가 무너져 내리는 광경을 흉내 냈다. 모든 게 사라졌고 날아가버렸다. 그러고 나서 미처 숨 돌릴 겨를도 없이 엄청나게 빠른 속도로 또 다른 광경들이 지나갔다. 그는 끊임없이 얘기하고 싶은 강렬한 욕구에 사로잡힌 듯 횡설수설 아무 의미 없는 말을 뱉어냈다. 그러면서 목소리를 계속 높였다.

“이게 누구야, 당신이잖아, 잘 지냈지!…… 오, 장난치지 마! 당신 머리카락이 내 입으로 들어오잖아.”

쿠포는 한 손을 얼굴에 갖다 대고 머리카락을 떼어내려고 입김을 훅 불었다. 수련의가 그에게 물었다.

"지금 누구한테 얘기하는 거죠?"

"내 아내죠 물론!"

쿠포는 제르베즈에게 등을 돌린 채 벽을 응시하고 있었다. 제르베즈도 겁을 잔뜩 집어먹은 채 벽을 살펴보았다. 혹시 정말로 자신의 모습이 보이는 건 아닌지 확인하기 위해서였다. 그는 홀로 얘기를 계속했다.

"오, 날 속이려 들지 마…… 날 묶어둘 생각도 말고…… 오호! 당신 오늘 아주 아름다운걸, 옷도 아주 멋져. 그런 게 다 어디서 났지? 망할 년! 길거리에서 사내들한테 꼬리를 치다가 온 걸 내가 모를 줄 알고, 이 더러운 계집 같으니라고! 기다려, 내가 네년을 손봐줄 테니!…… 엥? 지금 네년 치마 뒤에 숨긴 놈팡이는 누구지? 누구냐고? 어디 몸 좀 숙여봐, 어떤 놈인지 보게…… 오, 맙소사! 또 그놈이잖아!"

쿠포는 벽에 머리를 무섭도록 세게 갖다 박았다. 하지만 벽에 두꺼운 천이 덧대어진 덕분에 충격을 덜 받을 수 있었다. 다만 튀어 오른 몸이 바닥 깔개 위로 떨어지면서 쿵 하는 둔탁한 소리가 났을 뿐이다.

"지금 누굴 보고 있는 거죠?" 수련의가 다시 물었다.

"모자 제조업자! 모자 제조업자 그놈이야!" 쿠포는 비명에 가까운 소리를 질러댔다.

수련의가 제르베즈에게 모자 제조업자가 누군지 묻자, 그녀는 말을 더듬거리면서 대답을 하지 못했다. 눈앞에 펼쳐지는 광경은 제르베즈로 하여금 지금까지 살아오는 동안 겪었던 파란곡절을 다시 떠올리게 해주었던 것이다. 함석공은 주먹을 꼭 쥔 두 손을 앞으로 내밀면서 소리쳤다.

"어디 우리 둘이 한번 붙어볼까, 친구! 이번에야말로 기필코 널 없애버리고 말겠어! 아! 어떻게 저년하고 팔짱을 끼고 뻔뻔스럽게 내 앞에 나타날 수 있느냔 말이지. 사람들 앞에서 날 망신 주려는 게 아닌가 말이야. 그래 좋아! 네 목을 졸라버리고 말 거야, 내가 못 할 줄 아나본데, 천만에! 장갑을 끼지 않고도 할 수 있다고!…… 더 이상 네 놈이 허세 부리는 꼴을 봐줄 수가 없거든…… 이제 내 주먹을 받아라! 에잇! 나쁜 놈! 비열한 놈!"

쿠포는 허공을 향해 주먹을 마구 휘둘렀다. 그러면서 엄청난 분노에 휩싸였다. 뒷걸음질을 하다가 벽에 부딪힌 그는 상대가 뒤에서 자신을 공격하는 것으로 생각했다. 그리하여 뒤로 돌아서서는 벽에 붙여놓은 두꺼운 천을 공격하기 시작했다. 몸을 날려 이쪽저쪽으로 뛰어오르면서, 배와 엉덩이, 어깨로 번갈아가며 들이받다가 바닥으로 넘어졌다가는 다시 일어나기를 반복했다. 그러는 사이 온몸의 뼈가 물러지면서 살에서는 젖은 솜뭉치에서 나는 것 같은 둔탁한 소리가 났다. 그는 이 사랑스러운 놀이 사이사이에 마치 누군가를 위협하듯 일그러뜨린 얼굴로 미개인처럼 목구멍 깊은 곳에서 터져 나오는 비명을 질러댔다. 하지만 싸움이 그에게 불리하게 돌아가는 듯했다. 호흡이 점점 더 빨라지면서 눈이 바깥으로 튀어나올 것 같았다. 그는 차츰 어린아이 같은 두려움에 사로잡혀 몸을 떨었다.

"사람 살려! 저놈들이 사람을 죽이려고 해!…… 저리 가지 못해, 두 놈 다. 오! 비열한 놈들, 감히 나를 보고 웃다니. 바닥에 벌렁 드러

누운 저년을 보라고, 망할 계집 같으니라고!…… 넌 이제 끝이야, 물론 그렇고말고…… 아! 저 악당이 계집을 잔인하게 죽이고 있어! 칼로 저년의 다리 하나를 잘랐다고. 나머지 다리 하나는 바닥에 굴러다니고, 배는 둘로 갈라져서 피가 철철 흘러…… 오! 하느님 맙소사! 오! 세상에! 오! 너무나 끔찍해!……"

머리가 쭈뼛 서고 땀에 흠뻑 젖은 쿠포는 겁에 질린 얼굴로 두 팔을 격렬히 흔들면서 뒷걸음질 쳤다. 차마 두 눈 뜨고 볼 수 없는 끔찍한 광경을 피해 달아나는 듯했다. 그러다 매트리스에 발뒤꿈치가 걸리자 날카로운 비명을 지르면서 매트리스 위로 벌러덩 넘어졌다.

"선생님, 선생님, 남편이 죽은 것 같아요!" 제르베즈는 두 손을 꼭 모은 채 외쳤다.

수련의는 앞으로 걸어가서 쿠포를 매트리스 한가운데로 끌어당겼다. 아니, 그는 죽은 게 아니었다. 수련의가 쿠포의 신발을 벗기자 매트리스 밖으로 튀어나온 두 발이 번갈아 박자를 맞추면서 빠르고 규칙적인 춤을 추기 시작했다.

그때 전날 보았던 노의사가 안으로 들어섰다. 그는 자신처럼 훈장으로 장식한 동료 의사 두 사람을 데려왔다. 하나는 말랐고, 다른 하나는 뚱뚱했다. 세 사람은 아무 말 없이 쿠포를 꼼꼼히 살펴보았다. 그리고 목소리를 낮추어 재빠르게 무슨 말인가를 속삭였다. 그들은 쿠포의 옷을 벗겨 어깨부터 허벅지까지 훤히 드러나게 했다. 제르베즈가 발돋움을 하자 길게 누운 그의 벌거벗은 상반신이 보였다. 오! 참으로 완벽하지 않은가! 팔에서부터 시작돼 아래로 내려온 떨림은 다리를 다시 거슬러 올라가 이젠 몸통으로 옮아갔다. 꼭두각시가 배를 들썩거리면서 흥겹게 춤을 추는 듯했다! 웃음이 옆구리를 따라 길게 전달되면서 배가 터질 것처럼 숨을 헐떡거렸다. 이제 모든 게 동시에 춤을 추었다. 그건 누가 봐도 명백하게 알 수 있었다! 근육들이 서로 마주보면서 피부가 북소리를 울리듯 마구 떨려왔다. 온몸의 털들이 서로에게 인사하면서 왈츠를 추었다. 그 광경은 마치 새벽이 밝아올 무렵 모든 춤꾼들이 서로 손을 잡고 발을 구르면서 피날레를 장식하는 춤을 추는 것과도 같았다.

"이제 잠든 것 같군." 우두머리 의사가 조그맣게 말했다.

그리고 다른 두 의사에게 환자의 얼굴을 자세히 들여다보게 했다. 눈을 감은 쿠포의 얼굴에 미세한 경련이 일면서 무언가가 얼굴을 사방으로 당기는 것처럼 보였다. 턱은 튀어나오고 얼굴 전체가 찌그러진 끔찍한 몰골이 마치 악몽을 꾸는 듯 일그러진 데스마스크 같았다. 의사들은 매우 흥미롭다는 표정으로 그의 발을 자세히 살펴보았다. 발이 여전히 요동을 쳤기 때문이다. 쿠포가 잠든 동안에도 두 발은 춤을 멈출 줄 몰랐다. 오! 주인이 아무리 코를 골며 자도 발은 전혀 개의치 않고 하던 동작을 계속했다. 서두르지도 게으름을 피우지도 않았다. 자동으로 움직이는 발은 자기 마음 가는 대로 즐기는 듯 보였다.

의사들이 자기 남자의 몸에 손을 얹는 것을 보자 제르베즈 역시 그를 만져보고 싶어졌다. 그녀는 살그머니 다가가 남편의 한쪽 어깨에 손을 올려놓았다. 그리고 잠시 동안 움직이지 않고 그대로 있었다. 맙소사! 이 안에서 대체 무슨 일이 일어나고 있는 걸까? 제르베즈는 그의 살 속 깊은 곳에서 미세한 떨림을 느낄 수 있었다. 뼈들이 폴짝폴짝 뛰어오르는 듯했다. 피부 아래로 멀리서 넘실거리며 물결처럼 전해져오는 전율을 느낄 수 있었다. 손에 살짝 힘을 주어 살을 누르면 뼛속 깊숙한 곳에서부터 고통으로 인한 비명이 들려오는 듯했다. 척 보아도, 소용돌이 표면에서처럼 얼굴 안쪽에서 가늘게 경련이 일면서 얼굴이 씰룩거리는 것을 알 수 있었다. 하지만 그 안은 틀림없이 황폐할 대로 황폐해졌을 것이다. 아! 정말 굉장하지 않은가! 두더지도 무색해할 정도였다! 콜롱브 영감의 독주가 그의 몸 안에서 가차 없이 곡괭이질을 해댔던 것이다. 이제 그의 온몸은 땀으로 흠뻑 젖어 있었다. 오, 세상에! 쿠포의 몸뚱이를 쉼 없이 떨게 만들면서 산산조각 내버리는 고통은 이제 마지막을 향해 치닫고 있었다.

의사들은 모두 떠났다. 한 시간 후, 수련의와 함께 남아 있던 제르베즈는 나지막하게 속삭였다.

"선생님, 선생님, 남편이 죽은 것 같아요……"

하지만 쿠포의 발을 살펴본 수련의는 아직은 아니라는 의미로 고개를 가로저었다. 매트리스 밖으로 나온 맨발이 여전히 들썩거렸기 때문이다. 시커먼 땟물이 흐르는 발에는 발톱이 길게 자라나 있었다. 그후 다시 여러 시간이 흘러갔다. 어느 순간 발이 동작을 멈추면서 뻣뻣해졌다. 그러자 수련의는 제르베즈를 돌아보며 말했다.

"이제 됐습니다."

오직 죽음만이 쿠포의 발을 멈추게 할 수 있었다.

제르베즈가 구트도르 가로 돌아왔을 때, 보슈 부부의 관리실에는 동네 아낙들이 모여 열띤 목소리로 떠들어대고 있었다. 그녀는 그들이 여느 때처럼 자신이 전해줄 소식이 궁금해서 기다리는 것으로 생각했다.

"그이가 죽었어요." 기진맥진한 제르베즈는 문을 밀고 들어서면서 넋이 나간 얼굴로 말했다.

하지만 그들은 제르베즈의 말에는 관심이 없는 듯했다. 공동아파트 전체가 들썩거렸다. 오! 이렇게 재밌는 얘기는 정말 처음이라니까! 푸아송이 마침내 랑티에와 자기 마누라가 같이 있는 현장을 잡고야 말았던 것이다. 하지만 그 누구도 정확한 사실은 알지 못했다. 저마다 내놓는 얘기가 달랐기 때문이다. 어쨌거나 푸아송은 두 남녀가 전혀 예기치 못했던 순간에 그들을 덮쳤다. 여인네들은 서로 앞다투어 자세한 정황을 덧붙였다. 그런 광경을 목격한 푸아송이 평소와 180도 다르게 돌변했음은 물론이었다. 한마디로 호랑이가 따로 없었다! 평소에 말이 없고 속마음을 전혀 내비치지 않던 그가 무섭게 포효하며 달려들었던 것이다. 그리고 그 후의 일에 관해서는 알려진 바가 없었다. 랑티에는 또다시 여자의 남편에게 무언가 거짓 해명을 늘어놓았을 게 분명했다. 어쨌거나 더 이상 그런 식으로 계속할 수는 없었다. 보슈는 옆 식당의 여자가 마침내 그들 부부의 가게를 인수해 내장 가게를 열기로 했음을 알렸다. 그 교활한 모자 제조업자는 내장이라면 사족을 못 썼다.

그사이 로리외 부인과 르라 부인이 나타나자 제르베즈는 힘없는 소리로 다시 말했다.

"그이가 죽었어요…… 맙소사! 나흘 동안이나 발버둥치고 소리치다가는 결국……"

그러자 두 누이는 손수건을 꺼내드는 것밖에는 달리 할 수 있는 게 없었다. 추한 꼴을 보이긴 했지만 그는 어쨌거나 동생이 아닌가. 보슈는 어깨를 으쓱하면서 모두에게 다 들리도록 큰 소리로 외쳤다.

"차라리 잘된 거야! 주정뱅이가 하나 줄어들었으니 말이지!"

그날 이후 종종 정신줄을 놓은 제르베즈는 쿠포 흉내를 곧잘 냈고, 공동아파트의 이웃들은 그런 그녀를 구경하는 것을 큰 낙으로 삼았다. 이젠 그녀에게 한번 보여달라고 부탁할 필요조차 없었다. 제르베즈는 저절로 터져 나오는 뜻 모를 횡설수설과 함께 손발을 떨면서 사람들에게 수시로 공짜 구경거리를 제공했다. 어쩌면 생탄에서 너무 오래 자신의 남자를 지켜본 탓에 그런 습관이 들어버렸는지도 몰랐다. 하지만 제르베즈는 운이 없는 편이었다. 쿠포처럼 당장 죽지도 못했던 것이다. 우리에서 도망친 원숭이처럼 얼굴을 찡그린 채 거리를 돌아다니면서 아이들이 던지는 양배추 속대를 맞는 게 고작이었다.

제르베즈는 그렇게 몇 달을 더 버텼다. 점점 더 나락으로 굴러떨어졌고, 더없이 구차스러운 모욕을 감수하면서 매일 조금씩 굶어 죽어갔다. 그러다가 조금이라도 돈이 생기면 술을 마시고 비틀거리는 나날이 이어졌다. 사람들은 동네에서 아무도 하려 하지 않는 더러운 일을 그녀에게 시키곤 했다. 어느 날 저녁에는 그녀가 설마 역겨운 것을 먹지는 않을 거라며 내기를 걸기도 했다. 하지만 제르베즈는 10수를 벌기 위해 그것을 먹었다. 마레스코 씨는 그녀를 7층 방에서 내보내기로 결정했다. 하지만 브뤼 영감이 계단 밑 골방에서 죽어 있는 것을 막 발견한 터라, 그녀가 그곳에서 머물 수 있도록 선처했다. 제르베즈는 그곳의 낡은 지푸라기 더미 위에서 뼛속 깊이 스며드는 추위에 이를 딱딱 부딪치면서 주린 배를 움켜쥐었다. 아무래도 이 세상은 그녀를 원하지 않는 것 같았다. 이제 머릿속이 텅 비어버린 제르베즈는

7층에서 아래로 몸을 던지면 이 모든 것을 끝낼 수 있다는 간단한 생각조차 해내지 못했다. 죽음은 제르베즈가 자초한 비참한 삶 속에서 마지막까지 조금씩 그녀를 침범해왔다. 심지어 제르베즈가 어떻게 죽었는지 정확히 아는 사람은 아무도 없었다. 추위 때문에 얼어 죽었다고 말하는 사람들도 있었다. 하지만 그녀의 죽음은 빈곤함과 불결함 그리고 삶의 고단함으로 인한 것이었다. 로리외 부부의 표현에 의하면, 제르베즈는 조금씩 타락해감으로써 죽음에 이르렀던 것이다. 그러던 어느 날 아침 복도에서 악취가 풍겼고, 사람들은 이틀 전부터 제르베즈가 보이지 않았음을 떠올렸다. 그리고 계단 밑 골방에서 이미 시퍼렇게 변해버린 제르베즈의 시신을 발견했다.

제르베즈의 시신을 거두기 위해 팔 아래에 가난한 이들을 위한 관을 끼고 나타난 것은 바로 바주즈 영감이었다. 그날 그는 여느 때처럼 얼큰하게 취해 있었다. 여전히 사람 좋은 그는 매우 유쾌해 보였다. 자신이 처리할 고객이 누군지 알아본 그는 소소한 절차를 준비하는 동안 철학적 사색이 담긴 듯한 말을 주저리주저리 늘어놓았다.

"누구나 언젠가는 그곳으로 가게 마련이야…… 서두를 필요가 없단 말이지. 그곳엔 언제든지 갈 수 있으니까…… 그러니 좀 늦게 간다고 조급해할 필욘 없다고…… 나야 모두를 기쁘게 해줄 수 있다면 더 바랄 게 없지. 나를 원하는 사람도 있고 아닌 사람도 있지만. 어디 보자, 그러니까 이 고객은…… 오, 처음엔 싫다고 진저리를 치다가 나중엔 빨리 데려가달라고 사정했던 바로 그 아낙이구먼. 그래서 내가 좀 더 기다리라고 했지…… 어쨌거나 결국 이렇게 됐군. 자기가 바라던 대로 됐어! 그러니까 기분 좋게 가자고!"

　그러면서 바주즈 영감은 더럽고 우악스러운 두 손으로 제르베즈를 단번에 움켜잡았다. 그러자 그녀를 향한 연민에 사로잡혀, 자신을 그토록 오랫동안 갈망해왔던 여인을 부드럽게 들어 올렸다. 아버지처럼 정성스럽게 관 안쪽에 제르베즈를 눕히던 그는 딸꾹질을 하는 사이에 더듬더듬 말했다.

　"이보게…… 내 말 들리지…… 날세, 비비라게테*, 여인들에게 영원한 안식을 선사하는 남자…… 잘 가게, 거기선 여기서보다 더 행복할 수 있을 거야. 이제 편히 잠들라고, 어여쁜 부인!"

---

* '기쁨을 주는 남자'라는 뜻.

삶의 일상처럼 편안하게 읽히는
'죽이는' 이야기 『목로주점』

"진실은 때로 진실임 직하지 않다."
— 니콜라 부알로, 『시법』

『목로주점』의 '죽이는' 제목 이야기

『목로주점』은 한마디로 죽이는 소설이다. 대부분의 사람들에게 언뜻 낭만적으로 들릴지 모르는 이 소설의 제목에는 태생적으로 '죽이는' 이야기가 압축되어 있다. '삶의 일상처럼 편안하게 읽히는 이야기'가 죽이는 이야기라니? 얼핏 모순되게 들리는 사실을 이해하기 위해서는 무엇보다 이 소설에 붙여진 제목의 압축 파일부터 풀어봐야 할 것이다.

『목로주점』의 원제는 '아쏘무아르(L'Assommoir)'이다. '때려눕히다, 머리를 쳐서 죽이다'라는 의미의 동사 assommer의 명사형 assommoir는 도살용 도끼 혹은 곤봉이라는 뜻인데, 비유적으로 '치명적인 타격을 가하는 돌발적인 사건'을 의미하기도 한다.

또한 '아쏘무아르'는 당시 파리 벨빌에 있던 선술집 이름이자 노동자들 사이에서 싸구려 독주를 파는 주점이라는 의미로도 통용되었다. 이 소설 속에서는 이야기의 주요 무대인 콜롱브 영감의 주점을 가리킨다. 하지만 예리한 관찰력을 지닌 독자라면 이미 주목했겠지만 정작 콜롱브 영감의 주점에는 '아쏘무아르'라는 간판이 붙어 있지 않다. 또한 그곳에는 사전적 의미의 '목로'가 없다. 목로, 즉 '선술집에서 술잔을 놓기 위하여 쓰는, 널빤지로 좁고 기다랗게 만든 상' 대신 함석으로 만든 조그만 탁자가 놓여 있을 뿐이다. 그럼에도 불구하고 『목로주점』이라는 일견 낭만적인 주점을 연상시키는 제목을 고집한 것은 바로 그 '낭만성' 뒤에 숨겨진 삶의 아이러니와 이중성을 드러내기 위함이었다. 노동자들이 휴식을 취하면서 한순간이나마 배고픔과 삶의 신산함을 잊고 행복감에 젖을 수 있게 해주는 유일한 장소인 선술집은, 달콤한 마약 같은 탈을 쓴 치명적인 도살용 도끼나 다를 바 없었던 것이다. 게다가 그 선술집의 주인 이름이 콜롱브(비둘기)라는 사실은 그 선한 이름 뒤에 감추어진 치명적인 비극성과 아이러니를 더욱더 강조한다.

따라서 '아쏘무아르'라는 원제의 다중적인 의미와 작가의 의도를 한마디 말로 옮긴다는 것은 불가능에 가깝다. 그러니 이 소설의 원제는 역자에게도 '죽이는' 제목임이 틀림없다. 졸라는 이처럼 일반화가 가능하면서도 다의적이고 은유적인 단어를 소설의 제목으로 사용함으로써 그 단어에 역동적이고 변화무쌍한 생명을 부여했다. '아쏘무아르'는 이야기 속에서 점차 그 외연을 확장해나가면서, 주인공 제르베즈에게는 치명적인 전락과 파멸을 야기하는 악과 빈곤함, 무기력함의 근원으로, 쿠포를 비롯한 수많은 노동자에게는 그들의 삶을 좀먹고 망가뜨리는 '괴물'로 변모해가는 것이다. 등장인물들(노동자들)의 삶을 지배하고 갉아먹는 일상의 괴물들, 무시무시한 발톱을 감춘 채 우리 모두를 노리는 괴물들을 표현하는 데 이보다 더 함축적이고 적절한 제목이 또 있을까? 졸라는 자신의 이야기에 놀라운 다의성을 지닌 제목을 붙임으로써 등장인물들과 이야기 전체를 관통하는 하나의 통합적인 효과를 이끌어내는 데 성공했다. 또한 무엇보다 민중 소설을 표방하는 작품의 제목으로 당시 하층계급인 노동자들이 드나드는, 그들의 유일한 휴식처이자 일상의 탈출구였던 선술집을 의미하는 속어를 사용함으로써 진정한 민중 소설을 지향했다.

'루공마카르 총서' 와 『목로주점』

'루공마카르'는 졸라가 1870년에서 1893년 사이에 펴낸 스무 권의 소설을 아우르는 명칭이다. "'루공마카르'는 한 시대, 즉 제정 시대를 구현하게 될 것이다"라는 졸라 자신의 말처럼 '루공마카르 총서' 에는 '제2제정기 한 가문의 자연사와 사회사'라는 부제가 달려 있다. 1865년경 이폴리트 텐의 실증주의의 영향 아래 발자크의 총서 '인간극'에 깊이 매료된 졸라는 발자크와 다른 색깔을 지닌 방대한 총서를 구상하게 된다. 졸라는 '루공마카르 총서' 의 집필을 시작하기 전인 1869년에 쓴 「발자크와 나의 차이점」이라는 글에서 다음과 같이 기술한 바 있다.

'인간극' 은 가톨릭 사상과 교단(敎團)에 의한 교육, 왕정주의 등에 바탕을 두고 있다. (……) 내 작품은 사회적이라기보다는 과학에 더 가까운 것이 될 것이다. 발자크는 3천여 명의 인물을 등장시켜 종교와 왕정에 기반을 둔 사회의 풍속도를 그리고자 했다. (……) 한마디로 그는 자신의 작품이 현대사회의 거울이기를 원했다.

내 작품은 그의 것과는 전혀 다른 것이 될 것이다. 그 배경 또한 더 제한적일 것이다. 나는 현대사회가 아닌 한 가족에 관한 이야기를 하려고 한다. 타고난 유전적 기질이 환경에 의해 어떻게 변해가는지를 보여주기 위해 역사적 배경과 직업, 거주 공간 등을 작품 환경으로 선택할 것이다. 나는 순수한 자연주의자이자 순수한 생리학자이고 싶다. 원칙(왕정, 가톨릭 사상)보다는 법칙(유전, 격세유전)에 근거한 글쓰기를 지향하고자 하는 것이다.

발자크의 '인간극'과 졸라의 '루공마카르 총서'의 무엇보다 커다란 차이점은 다음과 같다. '인간극'은 발자크가 훗날 자신의 작품 전체에 붙인 총서명인 데 반해, '루공마카르 총서'는 졸라가 총서의 집필을 시작하기 전에 그 큰 틀과 내용을 결정한 후 붙인 이름이라는 것이다. '루공마카르 총서'는 처음에는 '한 가문의 역사'라는 잠정적인 제목 아래 열 권으로 계획되어 있었으나 시간이 감에 따라 차츰 대중의 뜨거운 반응에 힘입어 분량이 스무 권으로 늘어났다. '한 가문의 자연사와 사회사'라는 다소 소박해 보이는 부제가 붙어 있긴 하지만, 치밀한 현장 답사와 방대한 양의 자료 수집 후에 쓰여진 '루공마카르 총서'는 그 규모의 방대함이나 소재와 배경의 다양함으로 인해 19세기 후반 프랑스 사회의 벽화라고 해도 지나치지 않을 것이다. 따라서 당시 프랑스 사회와 풍속도를 연구하고자 하는 민속학자와 사회학자 등을 포함한 많은 이들이 졸라에게 빚을 지고 있음을 부인할 수 없다. 졸라는 각 작품의 등장인물과 주요 소재(노동자의 삶, 산업자본주의의 발흥, 기계 문명의 시작, 예술 세계, 부동산 투기, 백화점, 증권거래소, 정치적 사건과 전쟁 등), 배경(프로방스, 파리, 광산촌 등) 등을 총체적이고 체계적인 골격을 바탕으로 치밀하게 그려냈다.

작가로서 오랫동안 경제적으로 힘든 시기를 보낸 졸라에게는 긴 기간이 요구되는 방대한 작업을 시작하면서 물질적인 안정을 확보하는 것 또한 주요 고민거리 중 하나였다. "한 줄이라도 쓰지 않고 보내는 날은 없다(Nulla Dies Sine Linea)"라는 모토가 말해주듯, 그는 본격적인 작가의 길로 들어서기 전에 저널리스트로 일하면서 철두철미하게 몸에 익힌 일상적인 글쓰기 습관을 '루공마카르 총서'를 집필하면서도 철저하게 유지해나갔다. 매일 기사를 하나씩 써내듯 어김없이 서너 페이지씩 써나감으로써 아홉 달 만에 두 권짜리 소설 하나를, 그리고 20여 년 만에 하나의 세상을 탄생시켰던 것이다.

그렇게 해서 탄생한 '루공마카르 총서'는 서로 다른 두 갈래의 운명과 마주치는 가문의 역사를 풀어나간다. 지방 출신의 소상인과 프티부르주아로 이루어진 루공가는 소위 적법한 가족이다. 그와 반대로 마카르가는 그 계보가 사생(私生)으로 얼룩져 있다. 마카르가 사람들은 농부와 밀렵꾼, 밀수업자, 노동자들로 빈곤과 알코올중독에 찌들어 살아간다. 소설 속에서 그들의 근거지로 등장하는 플라상은 가상의 도시로, 프랑스 남부의 엑상프로방스를 모델로 하였다. 총서의 첫번째 권인 『루공가의 행운』에서 루공가는 나폴레옹 3세가 일으킨 1851년 12월

2일의 쿠데타에 편승해 권력을 잡으면서 마카르가가 가진 것을 빼앗고 그들을 역사의 가장자리로 밀어내는 이야기가 나온다. '루공마카르 총서'는 그 두 가문의 역사를 5대에 걸쳐 그리고 있다. 그중 어떤 이는 제2제정 시대에 정점의 지위에 오르기도 하고, 또 어떤 이는 유전적인 알코올중독과 사회적 실패, 그리고 어찌할 수 없는 빈곤으로 인해 파멸에 이르기도 한다. 졸라는 정치, 경제, 사회, 종교, 예술 등 모든 분야를 광범위하게 다루면서, 두 가문의 유전적 결함이 어떻게 후대에 전달되는지, 어떻게 그들을 변화시켜나가는지를 보여주고자 했던 것이다.

졸라는 총서의 첫번째 작품을 쓰기 전인 1868년과 1869년 사이에 두 가문의 혈연관계를 보여주는 계통수(l'arbre généalogique)를 작성했다. 그 후 1878년과 1889년에 두 번의 수정을 거친 다음 1893년, 총서의 마지막 작품인 『파스칼 박사』를 출간하면서 최종본을 발표했다.

루공과 마카르 가문의 계통수를 바탕으로 『목로주점』에 등장하는 인물들의 혈연관계를 간단하게 살펴보자면 다음과 같다. 총서의 첫번째 권 『루공가의 행운』에서 루공의 부인 아델라이드 푸크는 정부인 마카르와의 사이에서 사내아이를 낳는데, 그가 바로 제르베즈의 아버지 앙투안 마카르이다. 한편 『목로주점』의 주인공 제르베즈 마카르는 모두 네 자녀를 두게 된다. 그중에서 총서의 열일곱번째 작품 『인간 짐승』에 나오는 자크 랑티에는 제르베즈 사후에 새롭게 등장한 아들이다. 『목로주점』에서 제르베즈는 『나나』의 주인공인 나나(안나 쿠포)와 『제르미날』의 주인공 에티엔 랑티에, 『작품』의 클로드 랑티에, 이렇게 세 자녀를 둔다. 또한 제르베즈의 아버지 앙투안 마카르는 자녀와 손자손녀보다 더 오래 살아남아 총서의 마지막 권인 『파스칼 박사』에 이르러서야 죽음을 맞이한다. 알코올에 온몸이 순간적으로 불타오르는 아주 드라마틱한 방식으로.

이처럼 총서의 여러 권에 걸쳐 얽혀 있는 가족 관계는 독자가 관련 인물들 사이를 오가며 상상의 날개를 펼치면서 그들을 새롭게 규정짓도록 해준다. 에티엔과 클로드, 그리고 나나가 제르베즈의 자녀들이라는 사실은 그들 각자를 또 다른 느낌으로 바라보게 해주는 것이다. 『목로주점』의 열한번째 장은 물오른 처녀로 자라나 거리의 악의 꽃으로 변모해가는 나나의 성장에 초점을 맞추면서 총서의 아홉번째 소설 『나나』의 탄생을 예고한다.

『목로주점』, 19세기 최초의 베스트셀러가 되다

졸라는 『목로주점』의 서문에서 이 작품을 "민중을 묘사한 최초의 소설로 거짓말을 하지 않고 진실을 얘기하는, 민중의 향기를 담은 소설"로 규정했다. 졸라가 민중을 소재로 한 소설을 구상하게 된 것은 1864년 공쿠르 형제가 발표한 『제르미니 라세르퇴』의 서문을 접하고 난 후부터였다. 성명서 형태의 서문에서 공쿠르 형제는 민중에게도 문학에 참여할 수 있는 권리를 부여할 것을 주장하며 다음과 같이 말했다.

보통선거, 민주주의, 자유주의의 시대인 19세기에 살면서, 이젠 '하층계급'에게도 소설에 등장할 수 있는 권리를 부여해야 하는 게 아닌지 자

루공마카르 가문의 계통수

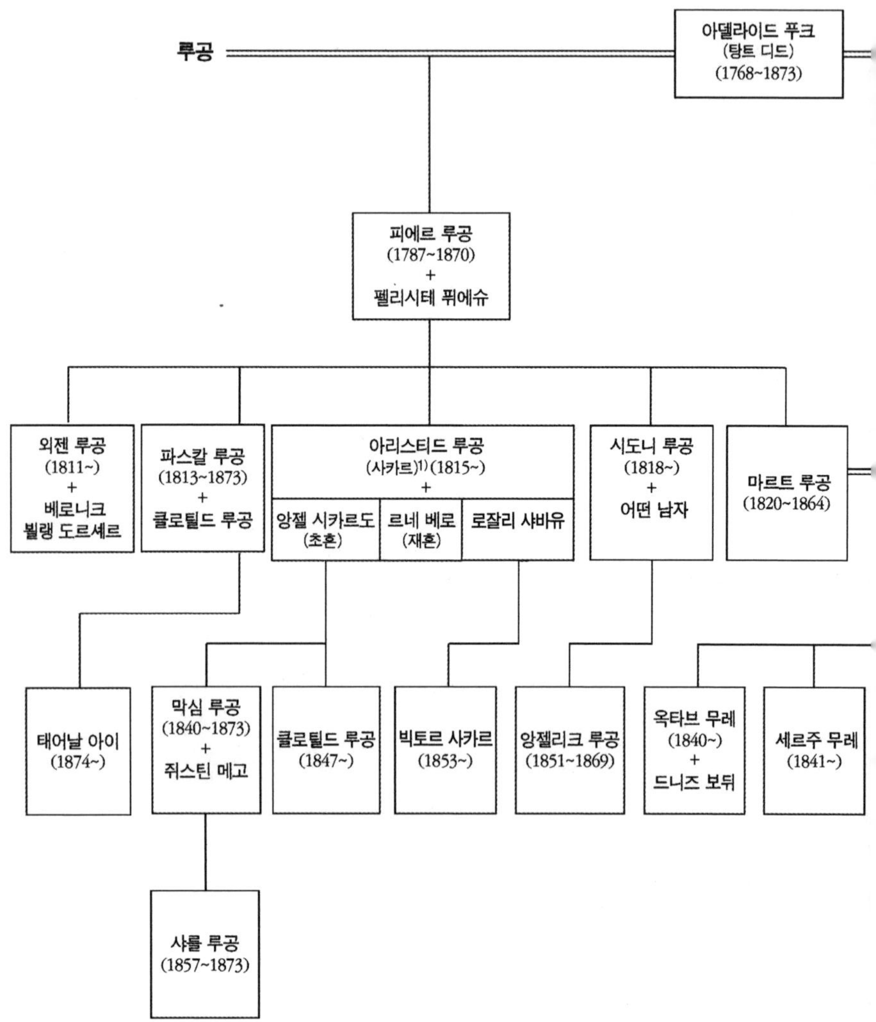

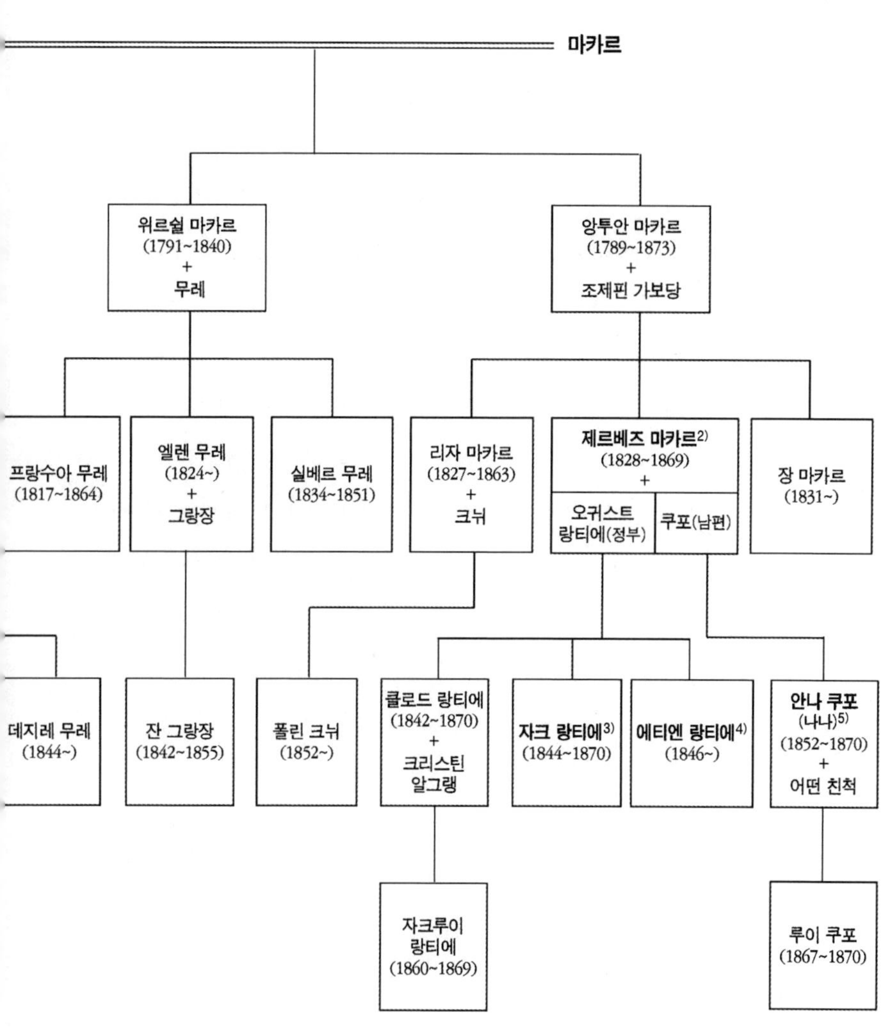

1) 『돈』(루공마카르 총서 18)의 주인공.
2) 『목로주점』(루공마카르 총서 7)의 주인공. 클로드와 자크, 에티엔 랑티에, 나나의 어머니.
3) 『인간 짐승』(루공마카르 총서 17)의 주인공. 제르베즈 마카르와 오귀스트 랑티에의 아들.
4) 『제르미날』(루공마카르 총서 13)의 주인공. 제르베즈의 아들이자 클로드와 자크의 동생.
5) 『나나』(루공마카르 총서 9)의 주인공. 제르베즈와 쿠포의 딸. 클로드, 자크, 에티엔의 동복(同腹) 동생.

문하게 된다. 세상 아래 존재하는 또 다른 세상인 민중이 그들의 영혼과 마음에 대해 지금까지 침묵한 작가들의 경멸과 문학적 금기의 대상으로 계속 남아 있어야 하는지 자문해보게 되는 것이다.

'세상 아래 존재하는 또 다른 세상'에 다가서고자 하는, 당시에는 아주 새로웠던 바람은 졸라에게 하나의 진지한 화두를 던져주었다. 공교롭게도 1864년은, 5월에는 노동자들에게 파업과 동맹을 할 수 있는 권리가 처음으로 부여되고, 9월에는 런던에서 최초로 '국제노동자협회'가 결성된 해였다.

드가가 1874년 인상파 화가들의 첫번째 전시회에서 세탁부를 그린 그림을 전시한 것처럼, 『목로주점』은 세탁부 여인을 진정한 의미의 주인공으로 내세움으로써 '문학의 민주화'를 이루어냈다. 물론 졸라 이전에도 민중을 소재로 삼은 작품이 없었던 것은 아니다. 하지만 발자크와 스탕달은 거리가 느껴지는 익명의 시선으로 민중을 바라보았으며, 『제르미니 라세르퇴』의 서문에서 '하층계급'을 향한 새로운 관심을 표명했던 공쿠르 형제와 플로베르는 동물학자나 탐험가의 호기심에서 관망적인 태도로 그들을 바라보았다. 졸라는 서문에서 밝힌 것처럼 여기서 한발 더 나아가 『목로주점』을 통해 계층 중심주의로 이루어진 유리벽을 처음으로 부수고, 민중의 삶 속으로 파고 들어가 자신의 시선과 목소리를 민중의 그것과 하나가 되게 하려고 시도한 작가였다.

졸라는 훗날 또 하나의 민중 소설인 『제르미날』과 드레퓌스의 무죄를 주장하며 대통령에게 보낸 공개서한 「나는 고발한다」를 발표하여 온 세상을 떠들썩하게 하며 민중을 대변하는 작가이자 논객으로 명성을 떨쳤다. 그러나 그의 최초의 민중 소설인 『목로주점』에 대한 민중의 반응은 전혀 뜻밖이었다.

1876년 당시 출판 일과 신문 일을 하며 다양한 경력을 쌓은 36세의 젊은 작가 졸라는 문단에는 이미 널리 알려져 있었지만 아직 대중적인 인지도와 인기를 얻지는 못했다. 그런데 1876년 4월 13일 과격한 성향의 공화파 신문 〈르 비앵 퓌블릭〉에 『목로주점』이 연재되기 시작하면서부터 졸라는 일약 프랑스에서 가장 많이 읽히는 작가, 가장 뜨거운 논쟁의 중심에 선 유명 인사가 되었다. 『목로주점』은 처음으로 빅토르 위고의 『레 미제라블』의 인기를 뛰어넘은 소설이었다. 〈르 비앵 퓌블릭〉에 연재를 시작할 당시에는 '파리의 풍속 연구'라는 발자크스러운 부제가 달려 있었다. 이 작품은 당시 프랑스에 와 있던 투르게네프의 중개로 상트페테르부르크의 신문 두 군데에서도 동시에 연재되었다. 거칠 것 없는 언어로 민중의 삶을 미화하지 않고 날것 그대로 보여준 『목로주점』은 신문에서 논란의 여지가 있을 것 같은 부분을 삭제했음에도 불구하고 우파와 좌파, 부르주아와 민중, 양쪽 모두의 분노를 자아냈다.

부르주아 계층의 독자는 민중이 얼마나 경멸스럽고 사회에 위험한 존재인지를 새삼 확인하며 은밀한 쾌감을 느낌과 동시에, 『목로주점』의 노골적인 언어와 몇몇 장면의 음란함에 역겨움을 나타냈다. 한편 민중 계층에 속하는 독자는 졸라가 노동자들의 빈곤과 타락상을 그처럼 생생한 언어와 섬세한 필치로 그려낸 데 고통 받았다. 그들은 졸라가 『목로주점』과 더불어 훗날 민중 소설의 백미로 평가받은 『제르미날』을 구상하고 있음을 아직 알지 못했다. 그는 보수 진영으로부터는 문학과 병리학을 구분하지 못하는 싸구려 술집의 발자크라는 악평을, 공화파로부터는 부르주아의 민중에 대한 '네로 황제'식의 경멸에 동참하여 세탁부들과 함석공들을 공공연히 깎아내리는 인물이라는 비난과 독설을 감수해야 했다. 졸라는 『목로주점』을 통해 당시의 문학적 금기에 속하는 두 가지, '민중'과 '육체'를 소설의 주제와 소재로 삼아 적나라한 민중의 삶을 그려냈던 것이다. 게다가 여성이자 세탁부인 제르베즈를 장편소설의 주인공으로 전면에 내세운 것은 당시 보수적인 문단의 분위기와 사회 관례에 어긋나는 파격적인 일이었다(졸라가 애초에 『목로주점』의 제목으로 생각했던 것은 '제르베즈 마카르의 소박한 삶'이었다). 심지어 위고마저 졸라가 "노동자들이 처한 비참하고 비천한 삶의 흉측한 상처"를 제멋대로 드러내 보여주면서 세인의 구경거리로 전락시켰음을 심히 유감스럽게 생각한다는 의견을 표명했다. 졸라가 최초의 민중 소설을 표방하고 야심 차게 쓴 작품이 다른 누구도 아닌 민중에게 이처럼 격렬한 비난과 야유를 받았다는 사실은 참으로 아이러니가 아닐 수 없다. 자신의 치부를 그대로 드러내고 싶은 사람은 없어서였을까? 대작가 졸라도 『목로주점』을 구상하면서 그 점까지 예상하진 못했던 것 같다. 또한 훗날 자신이 죽었을 때 파리로 온 광부들이 장례 행렬을 뒤따르며 마음 깊은 곳에서 우러나는 '제르미날! 제르미날!'을 연호하리라는 사실도 예상하지 못했을 것이다.

1876년 6월 7일, 『목로주점』은 여섯번째 장이 마무리됨과 동시에 연재가 중단되는 불운을 맞이했다. 그 일은 앞으로 전개될 엄청난 스캔들과 논쟁의 서막일 뿐이었다. 『목로주점』은 1876년 7월 9일부터 카튈 멘데스가 이끄는 문학잡지 『라 레퓌블리크 데 레트르』에 다시 매주 연재되기 시작해 1877년 1월 7일에 끝을 맺었다. 재능과 시기, 스캔들과 성공은 동전의 양면 같은 것이다. 1877년 1월 말, 졸라는 예전보다 훨씬 더 좋은 조건으로 샤르팡티에 출판사와 단행본 계약을 맺었다. 그러면서 연재 당시 삭제했던 구절을 복원하기도 하고, 일부 구절은 그 강도를 완화하기도 했다. 당시 내무성에서는 기차역에서 졸라의 책을 판매하게 해달라는 요청을 거절했다고 한다. 이렇게 우여곡절 끝에 마침내 세상의 빛을 보게 된 『목로주점』은 날개 돋친 듯 팔려나가 순식간에 38쇄를 찍었으며, 3년 후에는 100쇄를 돌파하며 전례 없는 대성공을 거두었다. 19세기 최초의 베스트셀러로 등극한 『목로주점』은 보수주의 비평가들의 빈축과 야유를 샀고, 동료 문인들의 질시의 대상이 되기도 했다. 풍자 화가, 패러디 작가, 풍자 만담가들이 너도나도 앞다투어 그 대열에 합류했으며, 이는 이 작품의 판매를 더욱더 부추겼다.

그때까지 물질적으로 안락한 삶과는 거리가 멀었던 작가 졸라는 1878년 『목로주점』의 대성공으로 받은 인세로 파리 근교 센 강가에 있는 시골 메당에 그가 '토끼장'이라고 불렀던 한 저택을 구입했다. 그곳에 있던 한 달간 아무도 찾아오는 사람이 없었다며 졸라로 하여금 적적함을 토로하게 했던 메당의 저택은 오늘날 많은 이들이 찾는 졸라 박물관이 되어 있다. 그리고 바로 그곳에서 졸라를 중심으로 모파상, 세아르, 위스망스, 에니크, 알렉시스 등의 젊은 작가들이 모여 『메당의 저녁』이라는 소설집을 함께 펴냄으로써 졸라의 메당 저택은 자연주의 문학의 산실이자 상징이 되었다.

이처럼 졸라의 『목로주점』은 작가에게 문학적 성공은 물론이고, 처음으로 물질적인 부를 안겨준 소설이었다. 그리하여 졸라 자신이 『실험소설론』에서 당당히 밝힌 것처럼, 그를 구차스러운 물질적 예속 상태에서 해방시켜 자유로운 영혼으로 글을 쓸 수 있게 해주었다는 점에서 진정한 현대문학의 태동을 가능케 했던 작품이라고 볼 수 있다.

'공간'의 소설 『목로주점』

졸라의 '루공마카르 총서'에서는 종종 하나의 공간을 중심으로 이야기가 전개되면서, 특정한 장소가 인물들에 버금가는 '행위자' 역할을 한다. 『파리의 배』의 레 알, 『무레 신부의 과오』의 파라두 정원, 『여인들의 행복 백화점』의 실질적인 주인공인 여인들의 행복 백화점, 『제르미날』의 배경인 르 보뢰 탄광 등이 그 예이다. 또한 『목로주점』은 '루공마카르 총서' 중에서 『파리의 배』 『여인들의 행복 백화점』과 더불어 구체적인 공간이 소설의 제목이 된 드문 경우에 속한다.

1877년에 출간된 『목로주점』은 그 시간적 배경이 나폴레옹 3세의 통치하인 1850년경부터 제르베즈가 죽음에 이르는 1869년까지로, 당시의 독자들이 사는 시대를 배경으로 한다. 여기서 한 가지 짚고 넘어갈 점이 있다. 졸라는 치밀하고 광범위한 사전 조사와 자료 수집을 거침으로써 다큐멘터리적인 면모와 가치를 지닌 작품들을 남겼지만, 때로는 소설적 필요성에 의해 연대(날짜)의 의식적인 착오를 저지르기도 했다. 그는 작품에서 구체적인 연도와 시기를 표기하는 대신, 역사적 사건이나 인물의 언급과 같은 우회적인 방법으로 독자에게 시간적 배경을 '귀띔'해주는 방법을 택했다.

『목로주점』을 읽은 독자라면 이미 간파했겠지만, 이 소설은 제목이 암시하듯 시간보다는 공간의 묘사와 그것의 함축적 의미에 더 중점을 둔다. 소설의 주요 배경인 구트도르의 공동아파트와 콜롱브 영감의 주점은 각기 다른 장소이면서도 공통점을 지닌 곳들이다. 이 두 곳은 『목로주점』의 등장인물들이 모여 살거나 모여드는 곳이면서, 소설의 주인공인 제르베즈와 그녀의 남편 쿠포를 죽음에 이르게 하는 치명적인 공간이기 때문이다. 여기서 구트도르라는 지명에 관한 간략한 설명을 곁들이는 것이 소설의 이해에 도움이 될 듯하다.

파리 18구의 몽마르트르 언덕 아래쪽에 위치한 구트도르(Goutte-d'Or)는 '황금 방울'이라는 의미로, 과거에 그곳의 포도밭에서 생산된 백포도주의 빛깔에서 그 이름이 비롯되었다. 중세부터 구트도르란 이름의 포도주를 왕에게 진상했다는 이야기가 전해오지만, 지금의 모습에서 그 옛날의 영화를 떠올리기란 쉽지 않다. 오늘날의 구트도르는 파리에 남아 있는 몇 안 되는 대표적인 서민 구역 중 하나로, 1860년 행정구역상 파리에 편입된 이후 다양한 국적의 이민자들이 모여 살면서 이국적인 분위기를 느끼게 한다. 그곳의 주민들은 여전히 황금 방울이라는 화려한 이미지와는 동떨어진 삶을 살고 있는 듯하지만, 2000년 이후 지속적인 재개발이 이루어짐에 따라 변신을 거듭하고 있다. 또한 구트도르는 '아쏘무아르'와 마찬가지로 당시 노동자들이 즐겨 찾던 선술집의 이름이기도 했다.

졸라가 자신이 구상한 최초의 민중 소설의 배경으로 구트도르를 택한 데는 여러 가지 이유가 있겠지만, '아쏘무아르'와 더불어 구트도르라는 지명이 보여주는 반어법과 아이러니에 고개를 끄덕이지 않을 수 없다. 또한 당시 구트도르는 푸아소니에르 시문과 입시세관으로 나뉜 파리의 외곽에 위치했다. 아침 일찍 파리로 일을 하러 가는 노동자들이 길게 늘어선 광경으로 시작되는 소설의 첫 장면은, 파리와 그 외곽 지대를 구분 짓는 시문이 지형학적 경계일 뿐만 아니라 사회적 경계로서 부르주아 계층과 노동자 계층을 갈라놓고 있음을 시사한다.

『목로주점』은 제르베즈가 콜롱브 영감의 주점과 노동자들이 모여 사는 공동아파트 사이를 오가며 '자신만의 안식처'를 찾아 헤매는 이야기이다. 우리에게도 잘 알려진 영화감독 르네 클레망이 1956년에 이 소설을 영화화했을 때 그는 〈제르베즈〉라는 제목을 택했다. 졸라가 먼저 염두에 두었던 제목 '제르베즈 마카르의 소박한 삶'과 맥락을 같이한 셈이다. 『목로주점』은 다양한 면을 지닌 매력적인 소설이지만, 주인공 제르베즈가 끊임없이 자신만의 안식처이자 세상으로부터의 도피처를 찾아가는 소박한 여정을 그린 이야기라고 볼 수 있을 것이다. 제르베즈는 구애하는 함석공 쿠포에게 자신이 그리는 이상적인 삶에 대해 이렇게 이야기한다.

내 꿈은, 별 탈 없이 일하면서 언제나 배불리 빵을 먹고, 지친 몸을 누일 깨끗한 방 한 칸을 갖는 게 전부랍니다.

제르베즈는 '지친 몸을 누일 수 있는 깨끗한 방 한 칸'을 찾아 거처를 다섯 번이나 옮겨 다닌다. 봉쾨르 여관의 허름한 방(1~3장), 구제 모자와 이웃한 뇌브 가의 2층 방(4장), 그녀의 자랑이던 파란색 세탁소(5~9장), 세탁소를 잃고 들어간 공동아파트의 7층 방(10~13장), 그

방에서 쫓겨난 후 잠시 머무르다가 죽음을 맞이한 곳인 계단 밑 골방(13장)이 그것이다. 그리고 마침내 마지막이자 영원한 거처가 된 장의사 일꾼 바주즈 영감의 작은 관(13장)에 고단한 몸을 누이게 된다. 이처럼 『목로주점』에서 라이트모티프처럼 반복적으로 등장하는 '방 한 칸'을 찾아가는 여정은 세탁소에서 그 정점을 이룬다. 그곳에서는 어머니의 품이나 잃어버린 낙원을 찾아 헤매는 듯한 제르베즈의 소박한 꿈이 마침내 이루어지는 듯 보인다.

이미 모든 꿈이 이루어진 마당에 무엇을 더 바라겠는가? 제르베즈는 자신이 과거에 꾸었던 꿈에 대해 얘기했다. 어느 날 무일푼 신세로 거리로 나앉게 되었을 때 간절히 바랐던 것은 일을 하고 빵을 배불리 먹고, 몸을 누일 조그만 방 한 칸을 마련하고, 아이들을 잘 키우고, 남자한테 맞지 않고, 자신의 침대에서 죽는 것이었다. 이제 그녀의 소망은 이루어지고도 남은 셈이었다. 그녀는 모든 것을 가졌고, 그것도 꿈꾸던 것 이상으로 가졌다.

그러면서 제르베즈의 세탁소는 점차 제르베즈뿐만 아니라 동네의 가난한 이들이 잠시나마 추위를 피할 수 있는 도피처이자 안식처 역할을 하면서 마치 성소 같은 경건함을 띠어간다.

제르베즈의 가게는 동네에서 추위에 떠는 사람들의 피난처 역할을 했다. 구트도르 가에 사는 사람들은 모두 그곳이 따뜻하다는 사실을 알고 있었다. 그리하여 세탁소는 무릎까지 치마를 걷어 올린 채 예배를 보듯 난로 주위에 둘러앉아 불을 쬐며 수다를 떠는 여인네들로 언제나 붐볐다. 제르베즈는 이런 화기애애함에 자부심을 느끼면서 사람들을 자꾸만 불러들였다.

게다가 제르베즈의 세탁소는 그들 부부와 기묘한 동거를 해나가면서 제르베즈의 삶을 좀먹고 그녀를 나락으로 몰아넣는 랑티에에게도 이상적인 은신처처럼 여겨진다.

세탁소 특유의 냄새 속에서 맨팔로 다림질을 하는 땀에 젖은 세탁부 여인네들이 있고, 온 동네 여인네들이 속내를 풀어놓는 규방과 같은 이곳이 그에게는 오랫동안 꿈꾸며 찾아 헤매던 이상적 안식처이자 나태와 향락이 공존하는 은신처같이 느껴졌다.

하지만 바깥세상의 적대적 기운들을 피해 안으로 움츠러들던 제르베즈는 자신만의 안식처이자 도피처인 세탁소가 점차 외부인들에게 침범당하자 다시 바깥세상으로 눈을 돌려 새로운 도피처를 찾아 나선다. 그런 그녀가 잠시라도 쉴 수 있는 유일한 안식처이자 사랑의 둥지는 제르베즈를 마음속 깊이 사랑하고 아끼는, 불과 대장간의 신 불카누스를 연상시키는 금발 청년 구제가 일하는 대장간이다.

봄이 오자 제르베즈는 종종 도피처를 찾아 구제의 곁으로 달려가곤 했다. (……) 그런 두려움이 제르베즈를 사로잡을 때마다 구제의 대장간이 유일한 도피처가 되어주었다. 그곳에서는 구제의 든든한 보호 아래

다시금 평안함을 느끼면서 미소를 되찾을 수 있었다. 낭랑하게 울려 퍼지는 그의 망치 소리가 그녀로 하여금 악몽을 떨쳐버리게 해주었던 것이다.

『목로주점』을 구성하는 열세 개의 장 중에서 한가운데 위치하면서 '피라미드 형태'의 꼭짓점을 이루는 일곱번째 장은 이 소설의 압권이자 정점을 이룬다. 잘나가는 세탁소의 여주인이 된 제르베즈가 이웃들을 초대해 성대한 생일잔치를 치르는 장면에서 주목할 점 가운데 하나는, 그녀의 내밀한 공간이자 '노동'의 공간인 세탁소가 '축제'의 공간으로 변모하여 그 문을 활짝 열어젖힌 채 거리로까지 이어진다는 점이다.

그랬다, 그들로 인해 온 동네가 들끓었다! 쿠포는 큰 소리로 외쳤다. 무엇 때문에 애써 감추겠는가? 탄력을 받은 그들은 더 이상 먹는 모습을 드러내는 것을 수치스러워하지 않았다. 식탐으로 입을 크게 벌린 채 주위로 모여든 군중은 그들을 더욱더 부추기고 자극했다. 그들은 진열창을 뚫고 식탁을 도로까지 밀고 나가, 모두가 웅성거리며 지켜보는 가운데서 디저트를 먹을 수 있기를 바랐다.

이 장에서는 사적인 공간이 외부로 확장됨으로써 그 내밀함이 상실됨과 동시에, 그녀를 버리고 달아났던 랑티에가 제르베즈의 삶에서 가장 화려한 순간에 다시 나타남으로써 서서히 파국이 다가오고 있음을 암시한다. 돈이 넘쳐나는 방앗간(물랭 다르장)에서 결혼 피로연을 치르고, 선한 마음이 가득한 곳(봉쾨르 여관)에서 첫날밤을 보내고, 새로운 거리(뇌브 가)에서 신혼 시절을 보내며 아이를 낳고, 황금 방울(구트도르)이 흐르는 동네에 살면서 버젓한 세탁소를 운영하고 일꾼들을 부리는 여주인이 되었지만, 제르베즈는 이미 오래전부터 예정돼 있었던 파국을 피해갈 수는 없었다. 그녀는, 인간은 유전적 환경적 요인의 지배를 벗어날 수 없음을 소설을 통해 보여주고자 했던 자연주의 작가 에밀 졸라가 탄생시킨 인물이기 때문이다. 알코올중독자인 아버지의 유전자를 받고 태어난 제르베즈는 남편 쿠포처럼 점차 알코올중독에 빠져들면서 '곤궁한 이들의 은신처'를 끝내 벗어날 수 없도록 운명 지어졌던 것이다.

졸라의 자연주의와 『목로주점』에 사용된 독창적 언어 기법

졸라와 자연주의는 서로 떼어놓고 생각하기 불가능할 정도로 밀접하게 연관되어 있음은 주지의 사실이다. 하지만 사실 '자연주의자'라는 말에는, 좀 더 광범위한 의미가 포함돼 있다. 그것은 우리가 졸라의 작품을 통해 떠올리는 '문학적 자연주의'의 개념이 1866년 졸라에 의해 처음으로 언급되기 전부터 존재해온 개념이다. 1881년 졸라는 〈르 피가로〉지의 사설에서 이렇게 밝힌 바 있다. "그렇습니다, 이것들은 내가 처음으로 생각해낸 게 아닙니다. 오늘날 우리가 사용하는 의미의 자연주의라는 말도 이미 몽테뉴에게서 찾아볼 수 있습니다." 그의 말대로 '자연주의자'라는 용어는 과학적 의미로는 18세기 초반 무렵 자연사를 연구하는 학자들을 가리키는 데 사용되었고, 철학적 의미로는 자연만이 존재하는 유일한 실재라고 생각하는 사조와 연관이 있었으며, 예술적 의미로는 실재하는 자연을 표현하는 쿠르베와 같은 화가들을 가리키는 말이었다.

졸라는 스물네 살이던 1864년 친구인 발라브레그에게 보낸 편지에서, 고전주의와 낭만주의 그리고 사실주의 미학의 차이점을 창작자와 사실 사이에 존재하는 필터에 비유해서 설명한 '필터 이론(La théorie des écrans)'을 피력한 바 있다. 졸라는 다소 투명하면서도 실제 모습을 변형시키는 필터가 끼워진 창문의 이미지를 차용하여 예술 작품에 서 있는 그대로의 현실을 그린다는 것은 불가능하다고 주장했다. 창작자는 현실을 깎아내리거나 이상화하기 때문이다. 하지만 어떤 필터들은 매우 투명해서 현실을 비교적 정확하게 반영하기도 한다. 따라서 그 투명함의 정도에 따라 고전주의, 낭만주의 그리고 사실주의를 규정할 수 있다는 것이다. 그중에서 사실주의의 필터는 아주 얇고, 아주 투명해야 한다고 주장한다. 소설은 한 시대의 사회적 정치적 현실을 있는 그대로 엄격하게 비추는 '거울'이 되어야 한다고 주장한 스탕달과는 달리, 필터에 반영된 현실에는 '관찰자'로서의 작가의 시선이 담겨 있어야 한다는 것이다. 1866년 이폴리트 텐에 관한 연구에서 이러한 필터 이론을 한마디로 명쾌하게 정리한 것이 그 유명한 졸라의 예술론이다. "예술 작품은 기질을 통해 본 자연의 한 측면이다."

오귀스트 콩트의 실증주의적 방법을 빌려 과학적으로 문학을 연구한 프랑스의 철학자이자 역사가인 텐은 『영국 문학사』(1864) 서문에서 "악덕이나 미덕도 황산염이나 설탕과 같은 조성물"이라고 말하면서, 작가나 작품도 인종, 환경, 시대 및 주요 능력을 기준으로 자연과학적 방법으로 분석할 수 있으며, 모든 것을 인과관계로 설명할 수 있다고 주장했다. 텐의 영향을 받은 졸라는 기질의 우위를 내세움으로써 텐이 주장한 사회 환경 결정론과 자신의 관점의 차이를 분명히 했다.

1878년 이후, 프랑스의 생리학자 클로드 베르나르의 『실험 의학 연구 서설』(1865)을 접한 졸라는 의학은 엄밀한 실험으로 뒷받침되어야 한다고 설파한 이 책의 영향을 받아, 작가는 '관찰자'로서의 입장에서 한발 더 나아가 '실험자'로서의 역할에도 충실해야 한다는 주장을 편다. 작가는 사회와 환경 그리고 삶의 조건 등에 관한 상세한 정보를 수집해야 할 뿐만 아니라 신랄하고 엄정한 언어로 현실을 묘사하면서, 환경과 유전의 법칙에 따라 이야기 속의 사실들이 서로 연결되는 메커니즘을 보여주어야 한다는 것이다. 따라서 졸라의 작품 속 인물들은 유전적으로 물려받은 신체적이고 생물학적인 요소에 환경적 요인이 더해진 결과물인 셈이다.

졸라와 그의 작품을 논할 때 그의 자연주의적 문학관을 언급하지 않고 지나갈 수는 없겠지만, 그의 작품을 읽지 않고 이론만 논한다면 그 '폼 나 보이는' 현란한 용어와 수식어들이 다 무슨 소용이 있을까. 백문이 불여일독(不如一讀)인 것이다. 『목로주점』을 이미 읽은 독자라면 마치 눈앞에 보이는 것 같은 착각을 불러일으키는 치밀한 배경 묘사와 세세하고 생생하게 그려낸 인물들의 삶 외에도 작품에서 사용된 예사롭지 않은 언어 기법에 주목하며 감탄했으리라 생각한다. 다소 현학적으로 들릴지 모르지만 여기서 '자유간접화법'에 대해 언급하지 않을 수 없다. 간접화법에서 도입부, 즉 주절이 생략된 형태의 자유간접화법에서는 말하거나 생각하는 주체인 화자가 누구인지 명확하게 알 수가 없다. 따라서 인물의 목소리와 화자의 목소리가 서로 뒤엉키면서 그 경계가 모호해진다. 화자와 인물의 목소리가 하나로 합쳐진 것에, 거리의 언어인 쑥덕공론과 소문, 군중의 목소리가 가세하여 마치 이웃들이 둘러앉아 끝없이 수다라도 떠는 것처럼 이야기가 이어진다. 졸라는 바로 이렇게 지극히 현대적이면서 당시로서는 파격적인 문체를 시도했다. 인물들의 대화뿐 아니라 서술 부분에까지 민중의 어휘와 말투를 그대로 도입함으로써 그야말로 맛깔스러운 언어의 성찬을 우리에게 제공하는 것이다. 빈곤과 알코올중독으로 비참한 삶을 이어가는 사회 하층민 노동자들의 실상을 적나라하게 그려냈음에도 불구하고, 그 이야기가 결코 우울하게만 느껴지지 않을 뿐 아니라 때로는 우리로 하여금 미소마저 짓게 만드는 까닭이 바로 거기에 있다. 비록 그의 새로운 시도가 수많은 사람들의 질타의 대상이 되긴 했지만, 『목로주점』의 전례 없는 대성공이 바로 그 언어적 파격에 기인했음은 또 하나의 아이러니가 아닐 수 없다.

이 소설의 마지막 페이지를 덮으면서 문득, 제르베즈와 쿠포를 죽음에 이르게 하고, 그들의 딸 나나를 거리로 내몬 무시무시한 괴물 '아쏘무아르'가 우리 곁에 아주 가까이 있는 것은 아닐까 하는 생각이 들었다. 빈곤과 나태, 폭력과 알코올중독, 예기치 못한 갑작스러운 사고와 일들, 매 순간 발버둥을 쳐보지만 어느새 목을 죄어오는 삶의 굴레가 어찌 그들만의 얘기겠는가. 우리 자신이 제르베즈이고, 제르베즈가 곧 우리 자신인 것을……

적지 않은 기간과 노력이 소요된 번역 작업 동안, 대가의 대표작을 번역하는 데 대한 부담과 책임감만큼이나 즐거움과 기쁨, 보람 또한 컸다. '다 아는 것 같지만 실상은 아무것도 알지 못하는' 고전을 즐겁게 읽기 위해서는 무엇보다 믿을 수 있는 번역이 우선되어야 함을 누구보다 잘 알기에 역자로서 각고의 노력을 기울였음은 물론이다. 최근 몇 년간 각 출판사에서 너도나도 앞다투어 세계문학전집을 출간하는 것은 다양하고 폭 넓은 고전을 입맛대로 골라 읽을 수 있다는 점에서 독자에게 무척 반가운 일이 아닐 수 없다. 그러면서 한편으로는 수많은 번역본 중에서 어떤 책을 골라야 할지 행복한 고민거리를 안겨주기도 한다. 이 책을 선택하고 읽은 독자가 자신의 선택에 만족해하며 독서삼매경에 빠질 수 있다면, 그리하여 책의 마지막 장을 덮은 후에 또 다른 고전을 찾아 나설 마음이 생긴다면 역자로서 그보다 더한 보람이 없을 것 같다.

역자이자 한 사람의 독자로서 설레는 마음으로 『목로주점』의 출간을 기다리며, 이처럼 의미와 재미를 함께 갖춘 빛나는 작품을 믿고 맡겨주신 문학동네와 부끄럽지 않은 책으로 독자 앞에 설 수 있게 해주신 편집부에 깊은 감사의 말씀을 전하고 싶다.

박명숙

1840년	4월 2일, 파리에서 이탈리아계 토목기사인 프랑수아 졸라와 에밀리 졸라 사이에서 출생.
1843년	가족과 함께 엑상프로방스로 이사. 아버지가 댐과 도수로 건설 공사를 맡음.
1847년	아버지가 폐렴으로 사망. 극심한 생활고에 시달림.
1848년	기숙사에서 마리우스 루, 필리프 솔라리(훗날 각각 저널리스트와 조각가가 됨)와 친구가 됨. 2월 혁명으로 루이 필리프의 7월 왕정이 종식되고 제2공화국이 수립됨. 루이 나폴레옹 보나파르트가 프랑스 최초의 대통령으로 선출됨.
1851년	12월 2일, 루이 나폴레옹 보나파르트가 황제가 되기 위해 쿠데타를 일으킴.
1852년	엑상프로방스의 부르봉 중학교에서 장 바티스탱 바유와 폴 세잔을 알게 됨. 1852년부터 1857년까지 위고와 뮈세에 심취함. 12월 2일, 제2제정이 선포되고 루이 나폴레옹 보나파르트가 나폴레옹 3세가 됨.
1853년	1853년부터 1869년까지 파리 지사(知事) 오스만이 오늘날 파리 모습의 근간을 이룬 대대적인 도시 정비 사업을 단행함.
1858년	어머니와 함께 프로방스를 떠나 파리에 정착. 생루이 고등 중학교에서 학업을 계속함. 가난으로 어려운 시절을 보냄. 바유와 세잔과 편지를 주고받음.
1859년	8월과 11월 연이어 바칼로레아(대학 입학 자격시험)에 실패한 후 학업을 포기.
1860~	일거리를 찾지 못해 절망에 빠짐. 세잔과 함께 화가들과 친

| 1861년 | 분을 쌓음. 몰리에르, 몽테뉴, 셰익스피어, 상드, 미슐레 등을 탐독함. 프랑스 국적을 취득함. |

1861년　분을 쌓음. 몰리에르, 몽테뉴, 셰익스피어, 상드, 미슐레 등을 탐독함. 프랑스 국적을 취득함.

1862년　아셰트 출판사의 발송 부서에 취직함.

1863년　신문에 처음으로 콩트와 기사를 발표. 저널리스트로서의 활동을 시작함.

1864년　아셰트 출판사의 홍보 책임자가 됨. 스탕달과 플로베르에 심취함. 사실주의 작가들, 화가들과 가깝게 지냄. 『니농에게 주는 이야기 Contes à Ninon』 발표. 런던에서 최초로 '국제 노동자협회'가 결성됨.

1865년　리옹의 〈르 프티 주르날〉과 〈르 살뤼 퓌블릭〉에 정기적으로 사설을 기고함. 최초의 자전적 중편소설 『클로드의 고백 La Con-fession de Claude』 발표. 희곡 습작을 함. 훗날 아내가 된 가브리엘 알렉상드린 멜레를 처음 만남.

1866년　아셰트 출판사를 그만두고 전업 작가로 살아가기로 함. 시사평론가, 수필가, 평론가로 활발히 활동하며 미학적 신념을 펼침. 〈레벤망〉의 사설에서 화가 마네를 옹호함. 평론집 『나의 증오 Mes Haines』와 예술평론집 『나의 살롱 Mon Salon』, 소설 『죽은 여인의 소원 Le Voeu d'une morte』 발표. 세잔을 비롯한 화가들과 벤쿠르에서 머무름.

1867년　최초의 자연주의 소설 『테레즈 라캥 Thérèse Raquin』과 연재소설 『마르세유의 신비 Les Mystères de Marseille』 발표. 센 강 좌안의 바티뇰에 정착함.

1868년　서문이 추가된 『테레즈 라캥』의 재판 출간. 소설 『마들렌 페라 Madeleine Férat』 발표. 공화파 신문 〈라 트리뷴〉지에 기고. 샤를 르투르노의 『정념의 생리학 La Physiologie des pas-sions』과 프로스페르 뤼카스 박사의 『자연 유전의 철학적 · 생리학적 개론 Traité philosophique et physiologique de *l'hérédité naturelle*』을 읽음(여기서 훗날 '루공마카르 총서'의 마지막 권『파스칼 박사』의 영감을 얻음). 라크루아 출판사와 '루공마카르 총서' 열 권에 대한 계약을 맺은 후 발자크의 작품을 다시 읽고 다양한 과학서를 탐독하면서 집필 준비를 해나감. 마네가 자신의 예술을 옹호해준 답례로 〈졸라의 초상〉을 그림.

1869년 　　『루공가의 행운*La Fortune des Rougon*』집필 시작. 플로베르와 친교를 맺음.

1870년 　　가브리엘 알렉상드린 멜레와 결혼. 여러 공화파 신문에 사설을 기고함. 프로이센-프랑스 전쟁의 발발과 스당전투의 참패로 제2제정이 무너짐. 제3공화국이 선포되고 국민방위군 정부가 성립됨. 신문 창간과 행정 참여 등의 뜻을 품고 마르세유와 보르도로 떠남. 총서의 첫번째 작품인『루공가의 행운』이 〈르 시에클〉지에 연재되기 시작함.

1871년 　　파리코뮌(3월 18일~5월 28일). '피의 일주일'이라 불린 7일간의 시가전 끝에 코뮌이 붕괴됨. 파리로 돌아와 여러 신문에 파리코뮌에 관한 글을 기고함.『루공가의 행운』출간. 〈라 클로슈〉지에 총서의 두번째 작품『쟁탈전*La Curée*』을 연재하던 중 검열 당국에 의해 중단됨.

1872년 　　여러 공화파 신문에 왕정주의를 반대하는 기사를 기고함. '루공마카르총서'를 샤르팡티에 출판사와 새로운 조건으로 다시 계약함. 총서의 내용이 추가됨. 투르게네프와 알퐁스 도데와 친분을 맺음. 총서의 두번째 작품『쟁탈전』출간.

1873년 　　총서의 세번째 작품『파리의 배*Le Ventre de Paris*』발표. 『테레즈 라캥』을 각색한 연극이 실패함.

1874년 　　총서의 네번째 작품『플라상의 정복*La Conquête de Plassans*』과『니농에게 주는 새로운 이야기*Les Nouveaux*

Contes à Ninon』 발표. 희곡 「라부르댕가의 상속자들*Les Héritiers Rabourdin*」이 실패함. 마네 덕분에 알게 된 말라르메와 모파상과 가까이 지냄.

1875년　총서의 다섯번째 작품『무레 신부의 과오*La Faute de l'abbé Mouret*』 발표. 투르게네프의 소개로 러시아 상트페테르부르크의 잡지『유럽의 메신저』에 시사평론을 기고함.

1876년　총서의 여섯번째 작품『외젠 루공 각하*Son Excellence Eugène Rougon*』 발표.

1877년　총서의 일곱번째 작품『목로주점*L'Assommoir*』 출간. 이 작품이 큰 화제를 불러일으키면서 부자가 됨. 4월 16일, 폴 알렉시스, 레옹 에니크, 앙리 세아르, 모파상 그리고 위스망스가 트라프 레스토랑에 졸라, 에드몽 드 공쿠르, 플로베르를 초대함으로써 자연주의 학파의 탄생을 알림.

1878년　파리 근교의 메당에 저택을 구입. 그때부터 파리와 메당을 오가며 대부분의 작품을 그곳에서 집필함. 총서의 여덟번째 작품『사랑의 한 페이지*Une page d'amour*』 출간.

1879년　『목로주점』을 각색해 랑비귀 극장에서 상연, 대성공을 거둠. 〈르 볼테르〉에『나나*Nana*』가 연재되기 시작함.

1880년　『실험소설론*Le Roman expérimental*』, 총서의 아홉번째 작품『나나』 출간. 졸라, 알렉시스, 에니크, 세아르, 모파상 그리고 위스망스 등 자연주의 소설가들의 소설집『메당의 야회*Les Soirées de Medan*』 출간. 플로베르와 친구 뒤랑티 그리고 어머니가 연이어 세상을 떠나 깊은 상실감에 빠짐.

1881년　평론집『자연주의 소설가들*Les Romanciers naturalistes*』『연극에서의 자연주의*Le Naturalisme au théâtre*』『문학 자료들*Documents littéraires*』 발표. 소설 집필에 전념하기 위해 언론을 떠나 더 이상 신문 사설 등을 쓰지 않기로 함.

1882년   총서의 열번째 작품『살림*Pot-Bouille*』발표.〈르 피가로〉에
         발표한 시사평론을 모은『캠페인*Une Campagne*』, 단편집
         『뷔를 대위*Le Capitaine Burle*』발표. 폴 알렉시스가 졸라
         의 전기를 출간하여 더 유명해짐. 작품이 외국에까지 점점
         널리 알려짐에 따라 작가의 권리를 보호하기 위해 애쓰며
         번역 조건 등을 협상함.

1883년   총서의 열한번째 작품『여인들의 행복 백화점*Au Bonheur
         des Dames*』이〈질 블라스〉에 연재됨. 연극으로 각색된『살
         림』이 초연되어 대성공을 거둠. 졸라와 각별한 사이였던 마
         네 사망.

1884년   총서의 열두번째 작품『삶의 기쁨*La Joie de vivre*』과 단편집
         『나이스 미쿨랭*Naïs Micoulin*』발표. 광산 노동자들에 관한
         소설을 쓰기 위해 앙쟁 광산(1878년 광산 노동자들이 파업
         을 했던 곳)에서 자료를 수집함. 11월 26일부터〈질 블라스〉
         지에『제르미날*Germinal*』이 연재되기 시작함.

1885년   총서의 열세번째 작품『제르미날』출간. 평단으로부터 걸작
         이라는 찬사를 받음. 검열 당국은 소설을 연극으로 상연하
         는 것을 금지함.

1886년   총서의 열네번째 작품『작품*L'Oeuvre*』발표. 소설의 주인공
         이 자신이라고 생각한 세잔이 졸라와 절교를 선언함. 다음
         작품『대지*La Terre*』를 준비하기 위해 보스 지방을 여행함.

1887년   총서의 열다섯번째 작품『대지』발표. 도데와 공쿠르 형제의
         은밀한 부추김을 받은 자연주의 성향의 젊은 작가 다섯 명
         이〈르 피가로〉에 졸라에 반대하는 공개 서한「5인 선언서*Le
         Manifeste des Cinq*」를 발표함. 본탱, 로스니, 데카브, 마르
         그리트, 기슈 등 5인은 졸라의 작품이 저속하고 진지함이 결
         여돼 있으며, 졸라가 돈벌이를 위해 똑같은 것을 우려먹는

다고 비난을 퍼부음. 졸라는 묵묵부답으로 일관했으며 언론은 그를 옹호함. 이 일로 인해 졸라는 공쿠르 형제, 도데와 소원해짐. 『쟁탈전』을 각색한 5막짜리 연극 〈르네*Renée*〉가 초연됨.

1888년　총서의 열여섯번째 작품 『꿈*Le Rêve*』 발표. 『제르미날』을 연극화한 작품이 검열로 인해 완화된 상태로 공연됨. 작품이 수정되어 기분이 상한 졸라는 연극 상연에 참석을 거부함. 레지옹 도뇌르 기사 훈장을 받음. 집에 침모로 들어온 스물한 살의 잔 로즈로와 연인 사이가 됨. 이 무렵부터 사진에 관심을 갖기 시작해 1900년 파리 만국박람회를 찍은 사진을 비롯해 19세기 후반의 귀중한 기록이 되는 사진들을 남김.

1889년　잔 로즈로가 딸 드니즈를 낳음.

1890년　총서의 열일곱번째 작품 『인간 짐승*La Bête humaine*』 발표. 아카데미프랑세즈 회원으로 처음 입후보함. 그 후 1897년까지 여러 차례 입후보하지만 끝내 받아들여지지 않음.

1891년　총서의 열여덟번째 작품 『돈*L'Argent*』 발표. 문인협회 회장에 만장일치로 선출됨. 그 후 1900년까지 거듭 피선되며 저작권 보호를 위해 힘씀. 『꿈』이 알프레드 브뤼노의 음악으로 오페라로 각색되어 성황리에 초연됨. 잔 로즈로가 아들 자크를 낳음. 아내 알렉상드린이 졸라의 이중생활을 알게 되어 불화가 심해짐. 하지만 가정을 버리지 않겠다는 졸라의 말에 상황을 받아들이고, 졸라 사후에 두 자녀를 졸라의 호적에 올림(알렉상드린은 평생 자녀를 두지 못했음).

1892년　총서의 열아홉번째 작품 『패주*La Débâcle*』가 출간되어 엄청난 판매 부수를 기록함. 8월과 9월에 루르드와 프로방스, 이탈리아를 여행함.

1893년　총서의 마지막 작품 『파스칼 박사*Le Docteur Pascal*』 출간.

불로뉴 숲에서 '루공마카르 총서'의 완간을 축하하는 성대
한 연회가 열림. 졸라는 당시 문교장관이던 레몽 푸앵카레
에 의해 레지옹 도뇌르 장교로 격상됨. 하지만 1898년 드레
퓌스 사건으로 수훈자 자격을 박탈당했다가 1900년 12월 27
일, 사면법이 발효됨에 따라 자동 복권됨. 단편소설 「방앗간
의 공격*L'Attaque du Moulin*」이 브뤼노의 음악으로 오페라
로 초연됨.

1894년 3부작 '세 도시 이야기*Les Trois Villes*' 중 첫번째 권『루르
드*Lourdes*』발표. 프랑스 육군 대위였던 유대인 드레퓌스가
간첩이라는 누명을 쓰고 종신형을 선고받음.

1895년 드레퓌스가 강제로 불명예 전역된 뒤 프랑스령 기아나의 악
마도(L'île du Diable)으로 유배당함.

1896년 '세 도시 이야기' 두번째 권『로마*Rome*』발표. 「유대인들을
위하여*Pour les Juifs*」를 비롯해 당시 사회에 팽배했던 반유
대주의에 반대하는 글을 차례로 〈르 피가로〉지에 기고함. 피
카르 대령이 드레퓌스가 무죄이며 에스테라지 소령이 진범
임을 알아냄.

1897년 드레퓌스의 무죄를 확신한 졸라는 사법 당국의 잘못을 밝히
고 드레퓌스 사건의 재심을 요구하는 언론 캠페인을 벌임.

1898년 진범 에스테라지가 형식적인 재판을 거쳐 무죄로 풀려나자
1월 13일 〈로로르〉지에 당시 대통령 펠릭스 포르에게 보내
는 공개서한 「나는 고발한다*J'Accuse...!*」를 발표함. 이로
인해 대중이 처음으로 사건의 전모를 알게 되고 프랑스 전
역과 온 세상이 정치적, 이데올로기적 논쟁에 휘말림. 국방
부로부터 명예훼손죄로 고발당한 졸라는 여러 차례의 재판
을 거쳐 1년 형과 벌금형을 선고받고 런던으로 망명함. '세
도시 이야기' 세번째 권『파리*Paris*』출간.

1899년   드레퓌스 재판이 재기됨. 졸라는 11개월의 망명생활을 끝내
         고 프랑스로 돌아옴. 드레퓌스는 또 유죄 선고를 받지만 사
         면됨. 새로운 연작소설 '네 복음서 *Quatre Évangiles*'의 첫
         번째 권『풍요 *Fécondité*』발표.
1900년   드레퓌스 사건과 관련된 모든 사실에 대한 사면법이 공포됨.
1901년   드레퓌스 사건과 관련된 팸플릿과 기고문 열세 편을 모은
         졸라의『전진하는 진실 *La Vérité en marche*』이 파스켈 출판
         사에서 출간됨. '네 복음서'의 두번째 권『노동 *Travail*』출
         간. 좌파와 프랑스 사회당의 장 조레스를 비롯해 평단의 열
         렬한 찬사를 받았으며, 여러 노동자 단체들이『노동』의 출간
         을 기념하는 연회를 베풂. 오랜 친구 폴 알렉시스 사망.
1902년   메당에서 여름을 보내고 9월 28일에 파리로 돌아와 29일 아
         침에 가스중독으로 사망함. 졸라의 아내는 살아남음. 반(反)
         드레퓌스 파에 의한 암살이라는 설이 분분함. 10월 5일에
         거행된 장례식에서 아나톨 프랑스는 아카데미프랑세즈의
         대표로 조사를 읽음. "그는 인간적 양심의 위대한 한 순간이
         었습니다." '네 복음서'의 마지막 권『정의 *Justice*』는 초안
         상태로 남음.
1903년   드레퓌스 사건에서 영감을 받은 '네 복음서' 세번째 권『진
         실 *Vérité*』출간.
1906년   드레퓌스 무죄 선고, 복권되어 육군에 복직함.
1908년   6월 4일, 졸라의 유해가 팡테옹으로 이장됨.

세계문학은 국민문학 혹은 지역문학을 떠나 존재하는 문학이 아니지만 그것들의 총합도 아니다. 세계문학이라는 용어에는 그 나름의 언어와 전통을 갖고 있는 국민문학이나 지역문학의 존재를 인정하면서 그것을 넘어서는 문학의 보편적 질서에 대한 관념이 새겨져 있다. 그 용어를 처음 고안한 19세기 유럽인들은 유럽문학을 중심으로 그 질서를 구축했지만 풍부한 국민문학의 전통을 가지고 있는 현대의 문학 강국들은 나름의 방식으로 세계문학을 이해하면서 정전(正典)의 목록을 작성하고 또 수정한다.

한국에서도 세계문학 관념은 우리 사회와 문화의 변화 속에서 거듭 수정돼왔다. 어느 시기에는 제국 일본의 교양주의를 반영한 세계문학 관념이, 어느 시기에는 제3세계 민족주의에 동조한 세계문학 관념이 출현했고, 그러한 관념을 실천한 전집물이 출판됐다. 21세기 한국에 새로운 세계문학전집이 필요하다는 것은 명백하다. 우리의 지성과 감성의 기준에 부합하는 세계문학을 다시 구상할 때가 되었다.

문학동네 세계문학전집은 범세계적으로 통용되는 고전에 대한 상식을 존중하면서도 지난 반세기 동안 해외 주요 언어권에서 창작과 연구의 진전에 따라 일어난 정전의 변동을 고려하여 편성되었다. 그래서 불멸의 명작은 물론 동시대 세계의 중요한 정치·문화적 실천에 영감을 준 새로운 작품들을 두루 포함시켰다.

창립 이후 지금까지 한국문학 및 번역문학 출판에서 가장 전문적이고 생산적인 그룹을 대표해온 문학동네가 그간 축적한 문학 출판 경험을 바탕으로 새로운 세계문학전집을 펴낸다. 인류가 무지와 몽매의 어둠 속을 방황하면서도 끝내 길을 잃지 않은 것은 세계문학사의 하늘에 떠 있는 빛나는 별들이 길잡이가 되어주었기 때문이다. 우리가 자부심과 사명감 속에서 그리게 될 이 새로운 별자리가 독자들의 관심과 애정에 힘입어 우리 모두의 뿌듯한 자산이 되기를 소망한다.

문학동네 세계문학전집 편집위원
민은경, 박유하, 변현태, 송병선, 이재룡, 홍길표, 남진우, 황종연

세계문학전집 084
목로주점 2

1판 1쇄 2011년 12월 23일
1판 9쇄 2024년 10월 10일

지은이 에밀 졸라 | 옮긴이 박명숙

책임편집 고우리 | 편집 이미영 | 독자모니터 양은희
디자인 엄혜리 이주영 최미영 | 저작권 박지영 형소진 최은진 오서영
마케팅 정민호 서지화 한민아 이민경 왕지경 정경주 김수인 김혜원 김하연 김예진
브랜딩 함유지 함근아 박민재 김희숙 이송이 박다솔 조다현 정승민 배진성
제작 강신은 김동욱 이순호 | 제작처 영신사

펴낸곳 (주)문학동네 | 펴낸이 김소영
출판등록 1993년 10월 22일 제2003-000045호
주소 10881 경기도 파주시 회동길 210
전자우편 editor@munhak.com | 대표전화 031)955-8888 | 팩스 031)955-8855
문의전화 031)955-1927(마케팅), 031)955-1916(편집)
문학동네카페 http://cafe.naver.com/mhdn
인스타그램 @munhakdongne | 트위터 @munhakdongne
북클럽문학동네 http://bookclubmunhak.com

ISBN 978-89-546-1686-7 04860
      978-89-546-0901-2 (세트)

잘못된 책은 구입하신 서점에서 교환해드립니다.
기타 교환 문의 031) 955-2661, 3580

www.munhak.com

● 문학동네 세계문학전집은 계속 출간됩니다